Katinka Buddenkotte
EDDIE MUSS WEG

KATINKA BUDDENKOTTE

(geboren 1976 in Münster) lebt und schreibt in Köln, beides meist komisch. Ihr Debüt »Ich hatte sie alle« (2018 neu veröffentlicht bei Satyr) wurde von Jürgen von der Lippe in *Was liest du?* präsentiert und avancierte daraufhin zum Bestseller. Drei weitere Kurzgeschichtenbände und die Roman »Betreutes Trinken« und »Fortpflanzung nach Tagesform« folgten. Zudem schreibt sie satirische Beiträge u. a. für *Titanic* und *taz,* tritt in verschiedenen TV-Sendungen auf (z. B. *Ladies Night* in der ARD) und tourt mit ihrem aktuellen Soloprogramm »Liebling der Schwerkraft«. Aus ihrem Werk liest sie, wann und wo immer sie gebraucht wird, aber auch stets regelmäßig bei der Kölner Lesebühne *Rock 'n' Read.*

KATINKA BUDDENKOTTE

EDDIE MUSS WEG

ROMAN

SATYR
VERLAG

Taschenbuchausgabe März 2020

© Satyr Verlag Volker Surmann, Berlin 2017
www.satyr-verlag.de

Cover: Karsten Lampe
Korrektorat: Jan Freunscht

Druck: cpi books | Clausen & Bosse, Leck
Printed in Germany

Die Deutsche Nationalbibliothek verzeichnet diese Publikation in der Deutschen Nationalbibliografie; detaillierte bibliografische Daten sind im Internet abrufbar über: http://dnb.d-nb.de

Die Marke »Satyr Verlag« ist eingetragen auf den Verlagsgründer Peter Maassen.

ISBN: 978-3-947106-44-8

»We both know how hard it is
for both of us to try
We both know how hot it is
in Texas in July«

ALL, »Long Distance«

BRITTA

»Dein Leben leben. Deine Liebe lieben. Life – der neue Duft für die Frau, die weiß, was sie will. Was für ein Scheiß.«

Der letzte Satz stand nicht auf dem Textblatt, den habe ich nur gedacht. Laut. Ins Mikrofon. Nach einigen Sekunden fällt das auch dem Tonmeister auf: »Ups – Kannst du das bitte noch einmal machen, Britta? Sonst muss ich das hinten abschneiden. Das klingt dann blöd.«

»Klar, Markus. Tut mir leid«, sage ich. Nicht: »Klar, Markus. Es ist ja nur dein Job, die Sätze so zu schneiden, dass sie am Ende nicht blöd klingen.« Ich bin Profi, also benehme ich mich auch so. Ab jetzt:

»Sollen wir noch einen Take machen, den ich etwas ... bestimmter spreche? Oder eher lockerer, irgendwie frischer?«

Markus scheint entweder nicht begriffen zu haben, dass ich ihn von der Sprecherkabine aus durch die Glasscheibe sehen kann, oder es ist ihm egal. Er sucht in seinem linken Nasenloch nach der passenden Antwort, findet sie nicht und stellt mir schließlich die erwartete Gegenfrage: »Äh ... ja. Warum nicht?«

Warum überhaupt?, frage ich mich. Gut, weil ich das Geld brauche. Aber Markus scheint sich noch weniger auf diese saublöde Parfümwerbung konzentrieren zu können als ich. Wahrscheinlich haben sich weder die Agentur noch deren Kunden im Vorfeld wirklich Gedanken zu dem Text gemacht. Und ich sollte jetzt nicht damit anfangen. Tue es aber trotzdem: »Unfassbar, dass die das Zeug wirklich ›Life‹ nennen, oder?«

»Machen die ja auch nicht.« Der Satz platzt aus Markus' Mund heraus. Im selben Moment kapiert er, dass er sich verquatscht hat. Und nicht mehr zurückkann: »Äh, also, Britta, was wir hier heute machen, ist eher so eine Art Demoversion. Für agenturinterne Zwecke. Für die Marktforschungsgruppen wahrscheinlich. Weißt schon.« Markus will verschwörerisch zwinkern. Er schafft es nicht. Er drückt wortwörtlich beide Augen zu. Gut für ihn, dass da eine zentimeterdicke Glasscheibe zwischen uns ist.

Laut meiner Setcard ist meine Stimme rauchig, verheißungsvoll, reif. Dank meiner Schauspielausbildung bin ich aber auch in der Lage, süß, naiv oder aufgepeitscht zu klingen. Ich kann sowohl die herrische Baronin geben als auch das hysterische Entführungsopfer. Ich habe bei ein paar sehr guten Hörspielen mitgewirkt und bei vielen mittelmäßigen. Im letzten Jahr habe ich mehrere lokale Radiowerbungen gemacht und lieh meine Stimme einer wichtigen weiblichen Nebenrolle in einem Computerspiel, das bei der Zielgruppe angeblich äußerst beliebt ist. Und wenn eine vierunddreißig Jahre alte Frau zweihundert Sätze so einsprechen kann, dass Teenager denken, ein echter Teenager würde hinter »Claire, the Zombie Bride« stecken, ist das gut. Fürs Geschäft. Fürs Ego. Als Trostpflaster, zumindest: Meine Stimme kennt man in der relevanten Zielgruppe, da ist es gleich, was die Zeit mit dem dazugehörigen Gesicht mittlerweile angestellt hat. Selbstverständlich kann ich mich ebenso schnell aus dem dramatischen Fach herausholen, wie ich mich hineingesteigert habe. Vollkommen sachlich, im besten Tagesschau-Sprecherinnen-Tonfall, stelle ich fest: »Für Demoversionen erhält der Sprecher die Hälfte des üblichen Satzes. Und keine Nachvergütung, da die Weiterverwendung der Aufnahmen automatisch entfällt.«

Markus verzieht den Mund, sagt aber nichts. Er wollte mir unter die Arme greifen, klar. Hat ein bisschen getrickst, damit das Tonstudio ein paar Kröten lockermacht für etwas, das normalerweise die Praktikantin für ein »Danke dir, wirklich« erledigt. Und ich bin eine undankbare Bettlerin, die die milde Gabe bemäkelt. Trotzdem verfolgen Markus und ich das gleiche Ziel: Wir wollen beide so schnell wie möglich nach Hause. »Mach's doch *bitte* noch mal, und einfach so, wie es da steht, ja. Danke dir wirklich, Britta.«

Mache ich. Den ganzen behämmerten Spruch, schön betont, dialektfrei, einen Hauch lasziv, aber vor allem: selbstbewusst und stolz. Und ohne meine persönlichen Gedanken zum Thema im Anhang. Der erste Take war trotzdem besser. Müsste man halt nur »Was für ein Scheiß« abschneiden. Oder auch nicht.

»Wunderbar. Nehmen wir so. Danke.« Markus hält beide Daumen hoch. Dachte nicht, dass dieser Mann sich noch selbst karikieren könnte. Ich verlasse die Sprecherkabine durch die Tür zum Flur. Am liebsten würde ich direkt nach Hause, ohne noch einmal zu Markus in den Aufnahmeraum zu gehen. Aber das kann ich nicht bringen. Die buchen mich hier sonst nie wieder. Und Markus würde es seinen Kollegen erzählen, sogar meinen Kolleginnen, ich würde auf ewige Zeiten als eingeschnappte Diva gelten. Außerdem hängt meine Jacke noch bei ihm im Regieraum. Also gehe ich die paar Schritte bis zu seiner Tür, atme durch, setze ein Lächeln auf, drücke die Klinke und trete ein.

Wie lange stand ich im Flur? Normalerweise müsste Markus noch damit beschäftigt sein, den Take auf dem Computer abzuspeichern, an seinem Energydrink zu saugen oder wenigstens an seiner Brille herumzufummeln. Aber er sitzt da, die Jacke schon angezogen, und hält mir meine entgegen. Ich greife danach, murmle »Danke«, verkneife mir »Bis demnächst« und will nur noch raus, aber Markus hält mich am Zeigefinger fest. Das ist ekelig, viel zu intim, noch schlimmer nur seine Frage: »Britta,

9

hast du Stress? Aber mit Stan ist alles gut, oder? Wie geht's dem eigentlich?«

Oh bitte, Markus, was soll das denn? Ich schaue ihm direkt in die Augen, er wendet den Blick nicht ab. Vielleicht wollte er einfach nur höflich sein. Vielleicht ist es ihm auch nur unangenehm, dass ich von seiner kleinen Affäre mit der Praktikantin weiß, und er will mich nun im Gegenzug über mein Privatleben aushorchen. Vielleicht will er wirklich wissen, wie es meinem Freund geht. Aber wahrscheinlich ist er einfach nur ein Idiot, der mal wieder an diese Tatsache erinnert werden muss. »Niemand sagt mehr Stan zu ihm, Markus. Seit Jahren.«

Markus schiebt seine Brille mit dem Zeigefinger den Nasenrücken hoch. Hat er sich wohl bei einem Fernsehpsychologen abgeguckt. Als Nächstes wird er mit bedächtiger Stimme sagen: »Interessant, hm, und warum reagieren Sie so aggressiv, wenn ich Sie auf Ihren Lebenspartner anspreche?«

Aber Markus will nur wissen: »Äh, okay. Aber wie nennt er sich denn jetzt?«

»Konstantin.« Es klingt absolut lächerlich. Ist es auch.

Markus zieht die Augenbrauen sehr hoch, schlussfolgert grenzgenial: »Ach. So heißt er in echt?«

Ja, Alter, was dachtest du denn? Stanley? Stanislaus? Standardname? Aber ich zaubere mir nur ein Lächeln ins Gesicht und sage: »Ja, schon immer.«

Markus merkt, dass wir das Gesprächsthema hinlänglich erschöpft haben, und steht endlich auf.

»Na, komm. Dann mal raus hier. Ich will die holde Gattin auch mal zu Hause ablösen, die kriegt ja auch kaum noch Schlaf, mit den Zwillingen. Da muss der Papa mal Nachtschicht machen.«

»Na klar. Grüß Katy von mir«, sage ich, und Markus zuckt. Ist sich aber nicht zu blöde, mich zu verbessern: »Kathrin. Meine Frau heißt Kathrin.«

Ach ja, klar. Katy war die Praktikantin.

Ob Markus da auch mal durcheinandergekommen ist, im Supermarkt oder im Bett? Und ist es Kathrin dann aufgefallen? Wahrscheinlich nicht. Und falls doch, hat sie es übergangen. Man muss sich auch mal in die Menschen hineinversetzen: Kathrin und Markus leiden bestimmt unter der enormen Doppelbelastung: doppeltes Einkommen, Doppelhaushälfte, Doppelkinder, Doppelkinne. Da wird es wahrscheinlich irgendwann unmöglich, kein Doppelleben zu führen. Wenigstens für eine Zeit, sonst dreht man ja vollkommen durch.

Meine Laune steigt durch diese kleine Empathieübung, aber als Markus mich unten auf der Straße (wie sind wir da hingekommen?) fragt, ob ich auch zur S-Bahn muss, erfinde ich ein Fahrrad, das ich in entgegengesetzter Richtung geparkt habe.

»Na dann«, sagt Markus zum Abschied, ich sage doch noch: »Bis bald«, und gehe los. Durch den spätherbstlichen Abend, die unbeleuchtete Sackgasse hinunter, wo nicht mal ein Hirnamputierter sein Rad parken würde. Irgendwann bleibe ich hinter einem Müllcontainer stehen, um mir eine Zigarette anzuzünden. Um mir vorzustellen, wie Markus kopfschüttelnd zur S-Bahn geht, dann in die Vorstadt fährt, zu Hause ein schnelles Risotto macht, ohne Weißwein, wegen der Kinder. Die werden trotzdem erfreulich schnell müde, sodass sich Kathrin und Markus den Wein doch noch aufmachen, im Wohnzimmer, vor dem Fernseher. Den schalten sie aber nicht an, weil sie eh schon so wenig Qualitätszeit zu zweit haben. Und *Promi Big Brother* erst später anfängt. Wenn Kathrin dann fragt: »Und, Muckelchen, wie war dein Tag?«, fühlt sich Markus irgendwie ertappt, weil ich ihn an die Sache mit Katy erinnert habe. Aber dann rette ich ihn gleichsam:

Er berichtet seiner geliebten Ehefrau: »Och ja. Ein bisschen stressig. Habe aus reiner Nettigkeit eine Demoversion gemacht, für so eine blöde Parfümwerbung. Haben wir auch nichts dran verdient. Wollte nur der Sprecherin einen Gefallen tun. Die soll ja auch wieder auf die Beine kommen. Hier, die Britta. Britta Werner. Kennste doch auch noch. Die hat mal ganz kurz bei *Blüten der Leidenschaft* mitgespielt. Ja, ist lange her. Doch, die kennst du. War mal ganz niedlich. Die Freundin vom Stan. Genau. Der Stan. Der mit mir die Ausbildung angefangen hat. Ach, der heißt jetzt Konstantin, wusstest du das? Besteht drauf, nur noch so genannt zu werden. Die haben sie doch auch nicht mehr alle, die zwei.«

Ja, genau, Britta, so reden Leute über dich, die haben bestimmt nichts anderes zu tun. Aber vielleicht tun sie das ja wirklich. Ich könnte das verstehen. Stan und ich tun das auch. Qualitätszeit eben.

Ich trete die Zigarette aus, sage dabei laut: »Dein Leben leben. Deine Liebe lieben. Scheiß – der neue Duft für die Frau, die weiß, was sie will.« Oh ja, diese Frau weiß, was sie will. Ab nach Hause, Füße hoch, Bier auf und Stan so lange »Kon-stan-tieeeeeen« rufen, bis er auch darüber lachen muss. Kein Mensch nennt ihn so. Von seinem Vater mal abgesehen. Ich gehe schneller, um die Bahn noch zu erwischen, dann fällt mir ein: Wird nichts mit Bier heute.

Wir müssen zu dieser dämlichen Party. Oder ist die morgen? Nein, heute, definitiv. Deswegen musste ich wohl an Weißwein denken. Den sollen wir mitbringen. So eine Art von Party wird das.

Ich gehe wieder langsamer, um die Bahn zu verpassen. Wenn ich zu spät nach Hause komme, hat Stan vielleicht auch keine Lust mehr hinzugehen. Er wird sowieso müde sein von dem Umzug, zu dem er sich wieder hat breitschlagen lassen. Dann werden wir also zu Hause sitzen, beim Fernsehen, damit wir nicht darüber reden müssen, wessen Tag beschissener war.

»Wenn wir die Box da hinhängen, ist der Sound optimal. Deswegen habe ich da auch die Markierungen gemacht, da drüben. Müssen wir nur schräg hängen. Etwa so, verstehst du?«

Sven nickt. Schön. Reicht ja, wenn er so tut, als hätte er verstanden, was ich meine. Er muss mir ja nur das Werkzeug anreichen, und sein Kumpel Dennis so lange die Box festhalten. Dennis will aber lieber eine andere Meinung haben, statt mir einfach mal zu vertrauen: »Alter, aber wenn wir die Box da aufhängen, stößt Olli sich immer den Kopf dran.« Jetzt zieht er wieder die Oberlippe hoch. So ganz langsam, wie ein Eselchen, das gleich niesen muss. Langsam frage ich mich, ob das eine Masche von diesem Dennis ist oder eine ernsthafte Störung. Sven kichert. Ich weiß nicht, warum, aber Kiffer brauchen ja keinen besonderen Anlass zur Freude. Also halte ich mich doch lieber an Dennis, frage ganz ruhig nach: »Dennis, warum sollte Olli dahinten in die Ecke gehen?«

»Um sich den Kopf zu stoßen«, gackert Sven. Er will sich selbst ein High-Five geben, die linke Hand verfehlt die rechte, er fällt hin und kichert auf dem Fußboden weiter. Dennis starrt in die Zimmerecke, in der ich die neuen Markierungen eingezeichnet habe, und murmelt schließlich gnädig: »Obwohl, doch, ja. Könnte passen. Wir können ja kleinere Boxen nehmen, oder?« Sven schaut Dennis bewundernd an und wiederholt begeistert: »Kleinere Boxen, klar, eben.« Dennis verschränkt die Arme vor der Brust, wie kleine Kinder und Actionfilmhelden es tun: »Genau. Kleinere Boxen. Die Markierungen können aber bleiben.« Sven kichert zur Abwechslung.

Wer sind diese Clowns eigentlich? Wo hat Olli die aufgegabelt, und wo steckt der eigentlich? »Ich schau mal, wo der Hausherr abgeblieben ist«, informiere ich das Dream-Team. Aber die hören mich gar nicht mehr, haben sich schon auf Ollis riesige Boxen gepflanzt, um eine neue Tüte zu drehen. Prima, wenn man die guten Stücke also genauso gut als Sitzmöbel benutzen kann, müssen wir die ja gar nicht entsorgen, sondern nur neue, kleinere Boxen dazukaufen. Oder irgendwoher »nehmen«, wie Dennis es formulierte. Ich muss trotzdem grinsen, als ich die Treppe heruntergehe. Wie alt sind die beiden? Neunzehn, zwanzig? In dem Alter waren wir bestimmt noch bescheuerter. Phasenweise.

Vor der Haustür wird mir leicht schwindelig. Der dritte Tag nach der letzten Zigarette ist immer der schlimmste. Morgen wird es besser, da kommt frische Luft plötzlich gut, aber gerade will sie mich nur quälen. Der gemietete Transporter steht noch exakt da, wo er vor einer Stunde stand. Als Olli ihn zum Baumarkt zurückbringen wollte. Gut, müssen wir das heute Abend auch nicht mehr machen, der Baumarkt hat jetzt geschlossen. Und Olli darf noch einen ganzen Extratag Miete zahlen. Vielleicht hat er das auch gerade geschnallt. Jedenfalls hockt er auf dem Fahrersitz, umklammert eine Flasche und sieht aus, als hätte er geheult.

Ich will keinen erwachsenen Mann weinen sehen, schon gar nicht, wenn er allen Grund dazu hat. Aber noch weniger will ich am dritten Tag meines endgültig rauchfreien Lebens rauf zu Cheech und Chong. Ich klopfe an die Scheibe. Ollis Augen sind rot geädert, er sieht aus wie ein trauriger Stoffhund. Wie diese Viecher, die es mal in den Achtzigern gab, komplett mit Papphütte drum herum. Wauzis hießen die, genau. Olli sieht aus wie ein Wauzi, die Fahrerkabine ist seine Hütte. Der Mittelscheitel formt seine Mähne zu braunen Schlappohren, perfekt. Der Riesenwauzi schafft es, mir die Beifahrertür zu öffnen. Ich steige ein, knalle die Tür zu. Was jetzt? Instinktiv würde ich sagen: Losfahren. Irgendwohin, wo es besser ist. Aber dazu ist Olli jetzt nicht in der Lage. Ich kann auch nicht fahren. Immerhin reicht mir Olli die Flasche rüber. Der Augenblick schreit nach einer Zigarette. Wenn man raucht, geht das Leben nach dem nächsten Zug immer irgendwie weiter.

»Das Leben geht weiter«, sage ich. Nikotinentzug lässt einen auch die größte Scheiße laut aussprechen. Olli guckt mich an, als wolle er mir eine reinhauen. Bitte, warum nicht? Wenn er sich dann besser fühlt. Aber Olli ist nicht nach Schlagen, sondern nach Ätzen: »Natürlich geht das Leben weiter, du Vollidiot. Iris' Leben geht sogar ganz fantastisch weiter, mit dem schönen Holgi, und auch noch in so einer tollen Wohnung, in *unserer* Wohnung nämlich. Nächste Woche bauen sie wahrscheinlich mein Arbeitszimmer in ein Kinderzimmer um, läuft doch ...«

»Iris ist schwanger?«

Ich brauche dringend eine Kippe, damit ich aufhöre, meinen Mund zum Sprechen zu benutzen. Olli schnauft laut auf, sagt etwas ruhiger: »Nein. Keine Ahnung. Bald vielleicht. Muss ja. Gibt ja sonst keinen Grund, 'nen Supertypen wie mich zu verlassen, oder?«

Er grinst, zeigt sein derb schlechtes Gebiss in voller Pracht. »Die Akropolis bei Nacht« haben wir diesen Anblick immer genannt. Ollis Zähne haben Iris nie gestört. Mich auch nicht. Mich hat in letzter Zeit nur Iris an Olli gestört, und vielleicht wäre jetzt ein guter Zeitpunkt, das zu erwähnen. Subtil, natürlich: »Alter, die Gegend hier ist doch gar nicht sooo schlecht. Eine echte Junggesellenbude hast du jetzt wieder. Kannst Musik hören. Musik machen! Heiße Bräute einladen ...«

»Juhu. Ein Traum wird wahr. Endlich.«

Ich lehne mich im Sitz zurück, weil ich weiß, dass Olli sich jetzt vollkommen in seine Lebenskrise reinsteigern wird. Er ist und war immer mein bester Kumpel. War schon klar, oder? Stan und Olli. Dick und Doof. Dabei sind wir eher schlank und ...

cool. Beide. Zumindest gewesen. Aber jetzt sind wir eben keine zwanzig mehr, auch nicht mehr wirklich Anfang dreißig, und statt an einem Lagerfeuer am Strand sitzen wir in einem Transporter in einer absolut trostlosen Ecke der Stadt.

Olli starrt durch die Windschutzscheibe auf den zehnstöckigen Wohnblock, der nun sein Zuhause ist: »Ist jedenfalls cool, dass du geholfen hast, Alter. Da lohnt sich so 'ne Trennung ja fast. Da sieht man mal, auf wen man bauen kann.«

Es geht bergauf. Olli suhlt sich nicht mehr in Selbstmitleid, sondern sieht das Gute und wird aktiv. Er nimmt mir die Flasche weg, ohne dass ich einen Schluck genommen hätte. Was ist das überhaupt für ein Zeug? Wacholder? Bah.

»Ich hätte dich ja unmöglich mit den beiden Deppen da oben allein umziehen lassen können«, sage ich, »die meinen, man könnte deine Boxen nicht in die Zimmerecke hängen.« Olli verschluckt sich fast: »Natürlich kann man das. Die müssen sogar dahin. Meinten die, das ginge wegen der Statik nicht, oder was? Ach, die haben doch keine Ahnung von gar nichts.«

»Äh, nein, Dennis befürchtete, du könntest dir den Kopf stoßen. Weil die Decken nicht so hoch sind wie bei euch zu Hau...« Prima, immer wieder Salz in die Wunde streuen, das kann ich. Olli hat das aber gar nicht mitbekommen. Zumindest nicht den letzten Halbsatz. Er befindet sich in dem Stadium, in dem er gern ins Philosophieren gerät: »Tja. Könnte sein. Man wird nicht kleiner im Alter, was? Oder doch?« Auf jeden Fall wird man schneller besoffen. Olli kurbelt das Fenster herunter, um frische Luft reinzulassen. Und die Flasche herauszuschleudern. Das laute Klirren beim Zerscheppern von Glas auf Asphalt passt optimal zu der Umgebung. Fehlt noch was? Ach ja, der unvermeidliche Hund, der jetzt tatsächlich aus der Ferne bellt. Danke, guter Hund, guter Einsatz.

Ein Fenster im dritten Stock von Ollis neuer Behausung wird

geöffnet: »Seid ihr gestört, oder was?«, röhrt es auf uns herab. War das eine Frau oder ein Kerl? Olli und ich halten instinktiv die Luft an und warten, bis das Fenster wieder zugeschlagen wird. Wird es aber nicht. Es gibt einen Nachschlag: »Ey, ich hab euch was gefragt!«, kreischt die Stimme, jetzt doch eindeutig weiblich im Tonfall. Sie klingt wie alle genervten Exfreundinnen der Welt auf einmal. Olli und ich schauen uns an, unterdrücken ein Lachen, glotzen dann beide wieder zum Fenster hoch, aber ich erkenne nur einen formlosen Schatten. Irgendwann entscheidet sich die Dame doch dafür, das Fenster zu schließen, wobei sie noch »Scheißkerle, elende, alle!« grollt.

»Die Nachbarn scheinen kontaktfreudig«, sage ich, Olli steigt drauf ein: »Ja, hier interessiert man sich noch wirklich für seine Mitmenschen. Nicht so wie bei euch im Nobelbunker.« Okay. Zwei Minuten Spaß ist wohl gerade die maximale Dosis, die Olli erträgt, bis er mir wieder alles unter die Nase reiben muss. Die Welt ist schlecht, sein Leben versaut, und ich bin mal wieder das Arschloch, schon weil ich grad da bin.

Ich wünschte, Britta wäre hier. Sie kann immer das Richtige im völlig falschen Augenblick sagen, ohne Rücksicht auf Verluste. Britta würde Olli jetzt entweder zusammenfalten oder einfach gehen. Ich bin eher der diplomatische Typ. Oder sagen wir lieber: loyal. Ich halte das aus, wenn ein Freund mal schlecht drauf ist. Olli ist seit 2008 schlecht drauf. Bald können wir Jubiläum feiern. Ich muss lachen, Olli schaut mich böse an. Jetzt will ich doch aus dieser Karre raus. Und von Olli weg. Er riecht so lecker nach altem Rauch. Also mache ich einen guten, einen praktischen Vorschlag: »Olli, ich glaube, wir hängen die Boxen besser morgen auf. Ist schon spät, und wenn wir jetzt noch bohren, flippen die Nachbarn völlig aus.« Olli stimmt zu: »Jau. Dann können wir ja jetzt noch einen trinken gehen, oder?«

Ich schaue auf mein Handy, als stünde da auf dem Display

eine Ausrede, um genau das nicht zu tun, aber da steht nur die Uhrzeit. 20:30 Uhr. Zu spät zum Essen, zu mittendrin für Fernsehen, viel zu früh, um schlafen zu gehen. Ganz falsche Jahreszeit, um an den See zu fahren. Britta ist bestimmt auch noch nicht zu Hause. Bleibt noch ein Punkt abzuklären: »Ist gut, auf ein Bier. Aber Dennis und Sven müssen wir ja nicht unbedingt mitnehmen, oder?«

Olli guckt, wie nur Olli gucken kann. Wenn man sich das Gestrüpp im Gesicht mal weg und die Zähne heller und halbwegs in Reihe denkt, dann hat er immer noch etwas von einem indignierten britischen Lord, Sir Oliver, dem ich gerade vorgeschlagen habe, die Zirkusband zur Fuchsjagd einzuladen: »Alter, das sind *Umzugshelfer*! Bekannte, bestenfalls.«

Wir steigen aus, schnuppern in der Luft, als könnten wir so eine Kneipe in dieser Gegend wittern, die nicht völlig indiskutabel ist. Immerhin schlagen wir wortlos dieselbe Richtung ein, Olli vergisst sogar für ein paar Schritte zu humpeln. Es geht doch.

BRITTA

Wo ist Stan? Ich hatte mein Telefon abgeschaltet, damit er mich nicht erreichen und an diese Party erinnern konnte. Jetzt kann ich ihn nicht erreichen, es geht nur seine Mailbox dran. Und er hat davor nicht einmal versucht, mich anzurufen. Das macht mich wütend. Vielleicht mache ich mir auch Sorgen, weil Stan sonst immer an sein Telefon geht. Vor allem bin ich einsam. Dabei bin ich gerne mal allein. Ich bin am liebsten allein. Nur nicht in unserer Wohnung. Dabei ist sie schön. *Modern, nicht groß, aber raffiniert geschnitten, sehr geschmackvoll ausgestattet.* Nirgends liegt Staub, kein Kratzer an den Küchengeräten. Auch das Wohnzimmer ist nahezu klinisch rein, fast wie ein Warte-zimmer, allerdings hängen nicht einmal billige Kunstdrucke von beruhigenden Landschaften an den Wänden. Bei uns zu Hause sind die Wände kahl, weil der Finanzheini meinte, es würde den Wert mindern, wenn wir Nägel in die Wand schlügen. Als wir einzogen, habe ich alte Filmposter an die Wände geklebt, mit ab-lösbaren Streifen, die garantiert keine Spuren an der kostbaren Raufasertapete hinterlassen. Stan fand das gut. Zunächst. Sein Vater sagte, dass er die Plakate auch interessant fände, diese aber ohne Rahmung nicht optimal wirken würden. Stan hat sofort geschnallt, was sein Vater damit meinte, und später für mich übersetzt: »Da hat Papa schon recht, Britta. Und außerdem sind die Plakate doch so ziemlich ungeschützt, der Witterung gegen-über. Sollen wir die alten Schätzchen nicht lieber in der Mappe aufbewahren, bis wir mal ...« Da hatte ich das erste Plakat schon wieder heruntergerissen und in den Mülleimer gestopft.

Stan sagte: »Hey, lass das doch!«, aber ich habe gesehen, wie er mit einem Auge noch auf die Wand gelugt hat, ob da wirklich keine Spuren zu sehen sind. Leider waren da wirklich keine. Am liebsten hätte ich noch das Geschirr auf dem hochwertigen Stäb-chenparkett zerdeppert, die Gegensprechanlage mit Kaugummi verstopft und die Couch zerschlitzt. Aber Stan hilft mir bei der Bewältigung meiner Aggressionsschübe, indem er einfach da ist. Und mich mit seinem Hundeblick daran erinnert, dass ich alles, was ich unserer Wohnung antue, uns antue und nicht dem Eigentümer: seinem Vater, der dieses attraktive Objekt in der In-nenstadt als Wertanlage gekauft hat. Und natürlich war das eine gute Idee, damals, dass wir beide erst einmal hier einziehen.

Und selbstverständlich wohnen wir nicht mietfrei. Wir über-weisen jeden Monat eine lächerlich niedrige Summe, dazu kommt noch das Hausgeld, das aber nicht an Stans Vater geht. Fest steht: In meinem nächsten Leben werde ich Hausmeister.

Jeden Monat von acht Mietparteien je knapp 400 Euro einsammeln, als Gegenleistung ab und zu eine Glühbirne im Hausflur wechseln, das bekomme ich auch noch hin. Insgesamt berappen wir für dieses feudale Heim also etwas mehr als für mein altes WG-Zimmer. In dem Stan und ich sehr glücklich waren. Auf sechzehn Quadratmetern konnten wir beide arbeiten, fernsehen und wunderbar zur lauten Musik meiner Nachbarn einpennen. Wir hatten guten Sex und mieses Essen, und meine Mitbewohner waren genauso pragmatisch wie ich, wenn es ums Putzen ging: Spülen muss sein, aber Dreck hält die Regale zusammen. Nichts konnte kaputt gehen, weil alles schon kaputt war.

Hier habe ich mich schnell umgewöhnt. Ich putze. Regelmäßig. Wische direkt den Herd ab, wenn ich mal gekocht habe. Denn es hat mich halb wahnsinnig gemacht, als Stan hinter mir her gewischt und gesaugt hat, unauffällig, wie er dachte. Manchmal steht er jetzt noch ganz früh auf und poliert heimlich den Vintage-Designer-Kühlschrank. Der ja uns nicht gehört. Nichts ist weniger sexy als ein Mann, der zum Heinzelmännchen mutiert.

Armer Stan. Ich wünsche mir für ihn, dass er gerade irgendwo versackt ist: mit den anderen Umzugshelfern, in der schäbigsten Kaschemme der Stadt. Dass er sich höllisch besäuft mit ein paar milchbärtigen Proleten, die Olli bestimmt angeheuert hat, damit die seine Möbel in den sechsten Stock schleppen, für einen Hungerlohn. Den er ihnen natürlich trotzdem schuldig bleibt, klar. Stan riskiert den Bandscheibenvorfall natürlich gratis für seinen besten Freund. Man muss ja helfen bei so einem Neustart.

Den kriegt Olli nie hin.

Mir wird klar, dass Stan sich gerade keineswegs gut gelaunt das siebte Bier in den Nacken kippt und der Jugend Schwänke über die gute alte Zeit erzählt, sondern wahrscheinlich Olli das Händchen hält, während der sich über die schlechten alten Zeiten beklagt. Und Olli wird der Einzige sein, der sich dabei viehisch betrinkt. Stan passt auf ihn auf, wie er immer auf Olli aufpasst, wenn er nicht gerade damit beschäftigt ist, auf mich aufzupassen. Ich werde also einfach ins Bett gehen und auf ihn warten. Aber vorher widme ich mich noch meinem Hobby, meinem Geheimprojekt. Auf Socken schleiche ich in die Küche und stibitze einen Kanten Brot aus dem Kasten. Der Kasten ist natürlich riesig und farblich auf die Hängeschränke abgestimmt. *Champagner rustikal*, oder *Egg Natural*, oder *Porridgekotzgraubeige*, ich weiß nicht mehr genau, wie der Ton heißt. Ganz leise schließe ich die Wohnungstür hinter mir und gehe vorsichtig die zwei Treppen hinauf zum Dachboden. Bloß nicht auf die knarzende Stufe treten und das Baby der Nachbarn aufwecken. Ich öffne die Tür zum Speicher, die nicht mehr quietscht, seit ich sie vor ein paar Wochen geölt habe. Ich werfe den Brotkanten hinein und flüstere: »Gute Nacht, meine kleinen Freunde. Keine Sorge, ich passe auf euch auf.«

STAN

Es ist total verrückt. Gegen die Dingens der Physik. Aber es ist viel leichter, den alten Sack die Treppe hochzutragen, wenn er schläft. Und ich betrunken bin. Tut dem dann gar nicht so weh, wenn sein Kopf an die Wand titscht. »Pschpsch«, mache ich. Sonst kann ich mich nicht konzentrieren. Auf was noch mal? Ach ja, Schlüssel finden. Da ist er ja, in meiner Hand. Der Schlingel. Was jetzt? Schlüsselloch suchen. Das ist mir jetzt zu abgeschmackt, echt, ist ja wie ein schlechter Witz hier. Wie auf der letzten Seite von einer ollen Fernsehzeitschrift. Olli wird wieder schwerer, was mache ich dagegen? Ich könnte das Licht im

Hausflur anmachen, aber ich will ja niemanden wecken. Bin ja rücksichtsvoll immer, auch wenn's keiner merkt. Aber so kommen wir hier nicht weiter. Also klingeln. Und das war eine sehr, sehr gute Idee. Die Tür öffnet sich. Und da steht Britta. Meine Frau. Ganz ohne Nudelholz, hihi. Sondern mit einem Lächeln im Gesicht und einem verdammt heißen T-Shirt an. Ein ganz altes aus meiner Sammlung. Es steht ihr aber besser. Sie kann aber auch alles tragen, vor allem um diese Uhrzeit. Das muss ich ihr unbedingt sagen: »Baby, du ... du siehst ... aus.«

Das kam falsch rüber, oh, oh. Das Lächeln verschwindet, der ganze Rest von Britta auch. Sagt noch: »Klasse, echt«, während sie weggeht. Verstehe nicht mehr, was sie sonst noch so sagt. Klang nicht gut. Hätte sie auch gleich das Nudelholz mitbringen können. Ob sie wegen Olli sauer ist? Es gibt einen Weg, das herauszufinden: »Bissu sauer, wegen ...« Ich lasse Olli auf die Couch fallen, demonstrativ, also daneben. Aber er ist gut gepolstert, nix passiert.

Britta kommt mit Bettzeug zurück. Sieht immer noch scharf aus. Britta. Das Bettzeug nicht so. »Oh, Scheiße, nee. Willst du den da so liegen lassen? Ist selbst für Olli ein bisschen hart, oder?« Britta und ich sind Seelenverwandte. Sie denkt immer genau dasselbe wie ich, manchmal ist sie nur ein bisschen schneller dabei, aber eben war ich noch fixer als sie: Ich finde es ja auch zu hart für irgendjemanden, alleine schlafen zu müssen, auf dem Boden. Aber ich kann Olli jetzt nicht auf die Couch wuchten. Das Denken wird mir zu anstrengend, also löse ich das Problem einfach. Ich lege mich neben Olli, weil ich eh grad an der Stelle hingefallen bin. »Viel besser, oder?« Kein Applaus von Britta, nicht mal im Ansatz. Es ist grad erst hell geworden draußen, aber jetzt wird es schon wieder dunkel drinnen. Und warm. Faszinierend. Oder eine Klimakatastrophe, mitten in unserer Wohnung. Nee, war nur die Decke, die Britta über uns geworfen hat. Sie hat das lieb gemeint. Manchmal meint sie Sachen lieb. Doch. Aber das war nicht sehr schlau von ihr, denn Olli stinkt fies, und ich werde ersticken mit ihm unter einer Decke. Ich muss hier raus. Wo ist der Ausgang? Bettdecken sind tückische, tückische Todesfallen. Wie Treibsand. Muss man strampeln, aber nicht in Panik geraten. Nein, andersrum. Oder sie einfach wegklappen. Und drunter wegkriechen, obwohl es dann kalt wird. Ist egal, ist ein Trick von Decken. Du musst von ihnen weg, wenn ein Stinker mit dir da drunter liegt, und zum Bett laufen. Oder krabbeln, völlig egal, bloß raus. Zu der schönen Frau, deiner Frau, in dein Bett. Da ist es auch warm, und viel schöner, und der Fernseher läuft, und sie raucht und guckt dich so an: »Hat es sich wenigstens gelohnt?«, fragt sie, und du willst sagen: »Ja, oh Weib! Obwohl du rauchst und mir kotzübel ist, der Weg zu dir lohnt sich immer!« Aber das sind zu viele Wörter zum Sprechen, also guckst du und merkst dabei: Sie meint was anderes. Weil sie Schauspielerin ist, kann sie so gucken, dass der Zuschauer sofort mitkriegt: Ah, ganz andere Ebene, oder so. Du weißt aber nicht ganz genau, welche, weil du blau bist und deine Freundin eine sehr gute Schauspielerin ist, so mit Interpretationsfreiraumscheißgedöns. »Geht so«, kann man dann immer sagen, damit ist man auf der sicheren Seite. Meistens. Problem ist jetzt: Britta ist ganz wach, rollt die Augen wie ein Nudelholz und sagt: »Müssen wir jetzt tagelang den Babysitter für ihn spielen, oder haut der morgen früh ab in seine neue Bude?« Wie kann eine einzige Frau so viele Fragen stellen? Da muss man ihr die Kippe abnehmen und zu Ende rauchen. »Ach, echt ey!«, sagt sie und tut was ganz Unglaubliches. Sie pfeffert die Fernbedienung auf den Nachttisch, dreht sich zur Wandseite und zieht mir die ganze warme Decke weg. »Ich liebe dich auch.« Das hat sie noch gehört. Das weiß ich. Macht es aber grad nicht besser. Augen zu, Affe tot. Oder so.

Ich kann ihm das verzeihen. Quatsch, da gibt es gar nichts zu verzeihen. Er hat sich besoffen mit seinem alten Kumpel, alles okay. Für einen guten Zweck sozusagen, wenn nicht sogar für zwei. Es würde mich freuen, wenn er wieder mehr mit Olli machen würde. Außer saufen, meine ich. Olli hat ja auch seine guten Seiten. Es war Iris, die ihn und uns wahnsinnig gemacht hat. Gut, dass die weg ist. Wenn Iris nicht gewesen wäre, hätten die beiden so was wie unser befreundetes Paar werden können. Ja, okay, die Rechnung geht nicht ganz auf. Andererseits: Ich glaube sowieso nicht an befreundete Paare. Es ist doch so: Wenn Paare frisch verliebt sind, kann man nichts mit denen anfangen. Und wenn sie dann nach ein paar Monaten endlich voneinander lassen können, versuchen sie total krampfhaft, jetzt aber mal mit anderen Leuten was zu unternehmen, ihr gemeinsames Sozialverhalten zu testen oder anzugeben. Am liebsten mit einem total exotischen Essen, das noch keiner von beiden je zuvor gekocht hat, und dann fallen andauernd Sätze wie: »In Thailand machen die das Curry immer ganz frisch, wisst ihr? Wir wollen auch irgendwann wieder nach Thailand. Schatz, meinst du nicht, ich soll da noch mehr Koriander reinmörsern? Wir *lieben* Koriander!«

Ja, Scheiße, dann heiratet doch euren Koriander, wir gehen uns solange einen Döner holen.

Nicht dass Iris und Olli so ein Selbst-gemachtes-Curry-Paar gewesen wären. Sie ist Sozialpädagogin und wollte Olli immer analysieren, am liebsten mit uns zusammen. Iris wollte keinen Koriander, sondern uns zermörsern. Hat sie nicht geschafft. Bei tiefschürfenden Gesprächen über die Vergangenheit bin ich fast so schlecht wie in Smalltalk über die Zukunft. Also dem Zeug, das bei diesen Pärchenabenden immer zusammen mit dem Dessert (Chia-Samen-Pudding) auf den Tisch kommt, nämlich der feierlichen Verkündung der Gastgeber: »Wir werden die Wohnung wohl über kurz oder lang kaufen. Das amortisiert sich ja irgendwann.« »Ach schön, wenn ihr ein gutes Angebot bekommt, schlagt zu!«, muss man dann sagen, und nicht: »Geil! Zwanzig Jahre Kredit abbezahlen! Also, trennt euch bloß nicht, auch wenn ihr anfangt, euch zu hassen!« Nein, man sagt nur: »Klasse. Toll. Schön.« Und dann geht's trotzdem weiter mit dem Ausquetschen: »Was ist denn mit euch?«

Und da heißt es immer, hierzulande redet man nicht über Geld. Doch, tut man. Man kaschiert es nur ganz schlecht, indem man die Immobilienfinanzierungspläne seiner angeblichen Freunde abfragt. Deswegen geben wir auch keine Abendgesellschaften. Dann müssten wir unser desaströses Mietmodell offenlegen und uns dann noch fragen lassen, ob wir denn nicht wenigstens irgendwo einen kleinen Garten hätten oder vielleicht eine Ferienwohnung? Nein. Wir haben nur Mäuse auf dem Dachboden. Vielleicht sind es auch Ratten. Ich lasse mich da überraschen.

Ich ertrage solche Gespräche nicht mehr. Das muss Stan übernehmen, der kann das, freundlich, ganz ohne, auch nur innerlich, durchzudrehen. Einmal hat er uns wunderschön aus einer solchen Situation gerettet, nachdem das »Und, was ist mit euch?« gefallen war. Er hatte schon leicht einen im Tee, oder vielleicht war er auch bekifft, könnte sein, ist länger her. Jedenfalls hat Stan unsere Gastgeber nur erschrocken angeschaut und völlig verblüfft geantwortet: »Wir? Nein, danke. Wir wollen diese Wohnung nicht kaufen. Es ist ja eure.« Und der Typ, es war ein Freund von Stan, hat so gelacht, hat sich richtig weggeschmissen, als hätte er seit Jahren nicht so etwas Witziges gehört. Und sie: Sie hat so verkniffen geguckt, als wollte sie ihren Stock im Arsch zum Diamanten pressen. In solchen Momenten weiß ich, was ich an meinem Stan habe. Es wurde jedenfalls noch ein sehr schöner Abend, den wir in der Konstellation niemals wiederholt haben. Perfekt.

Ich muss mich öfter daran erinnern, was Stan alles Gutes tut für mich. Wie er mir hilft, mich immer wieder rettet vor der bösen Welt da draußen. Ich muss mich daran erinnern, dass ich ihn liebe, auch wenn ich ihn gerade an die Wand klatschen könnte. Ich liebe ihn. Er bekommt das gerade nicht so mit, weil er schläft, aber ich versuche, das Gefühl zu halten, bis er aufwacht. Nicht mehr sauer auf ihn sein, schon weil es gar nichts bringt. Er kapiert einfach nicht, dass ich *nicht* böse auf ihn bin, weil er mit Olli abgestürzt ist oder ihn mit zu uns nach Hause gebracht hat. Oder sein Studium abgebrochen hat oder seinen Führerschein abgeben musste. Ich bin überhaupt nie sauer wegen irgendwas, was er tut. Ich hasse es nur, wenn er Dinge bleiben lässt. Und dann so etwas Bescheuertes sagt wie: »Na, dann habe ich ja jetzt Zeit, mal Dinge ohne Auto zu machen. Vielleicht mit dem Rauchen aufhören.«

Toller Plan. Du rauchst nicht, und ich kutschiere dich herum?

Stan rülpst im Schlaf. Ich muss pinkeln. Ich klettere über Stan hinweg, kicke seine Jeans beiseite, die er offenbar irgendwann doch noch ausgezogen hat. Im Wohnzimmer stolpere ich fast über Ollis Fuß, der unter der Decke hervorlugt. Olli schnarcht, die ganze Wohnung stinkt nach saurem Schweiß. Ich benutze die Gästetoilette. Die ist tatsächlich schallgedämmt, wie der Makler uns mit einem süffisanten Lächeln erklärte. Darum geht es mir aber nicht: Ich weiß einfach, dass Olli unser Bad benutzen wird, sobald er aufwacht. Er braucht den Platz und muss sein Revier markieren. Als ich auf der Schüssel sitze, kann ich ihn hören, trotz Schalldämmung. Ollis Gelenke knacken unwahrscheinlich laut, als er aufsteht. Vielleicht hat er sich auch auf unserem Couchtisch abgestützt, und dabei ist irgendeine Schraube abgebrochen (die man aber total unkompliziert für nur dreißig Euro plus Versandkosten nachbestellen kann. Und Stan würde das sogar tun).

Ich will mich am liebsten für immer hier auf der Gästetoilette verstecken, aber irgendwann drücke ich doch die Spülung und gehe nachschauen. »Guten Morgen, Sonnenschein.« Olli lehnt lässig im Türrahmen, in fleckigem T-Shirt und Unterhose. Seine Haare sind fettig, die Bierpocke wirkt noch prominenter als beim letzten Mal, als ich ihn in dieser Aufmachung gesehen habe. Aber er lächelt, Mut zur Lücke, den hat Olli Stauffer immer gehabt.

»Morgen. Willste 'n Kaffee?«

»Jau. Hast du noch Kippen? Oder hast du auch aufgehört?«

Ich schüttle den Kopf: »Nee, wenn wir beide gleichzeitig aufhören, dann hauen wir uns hier die Köppe ein.« Olli zieht sich mit der Hand einen Scheitel. Das macht er immer, früh am Morgen, als müsste er für komplexere Gedankengänge erst den Turboschalter an seinem Kopf finden: »Ja, bei uns war das andersrum. Also, es hat erst geklappt, als wir zusammen aufgehört haben, Iris und ich.«

Das ist das Großartige an Olli. So heftig kann den gar kein anderer treffen, wie er sich die Eigentore reinzimmert. Ich muss ihm einfach die Schulter tätscheln, dem stinkenden, alten Zottel: »Kippen liegen am Computer, im Schlafzimmer. Aber weck Stan nicht, wenn es geht. Der ist noch völlig fertig von gestern.«

Olli klammert sich an mich, schafft es irgendwie, mich in eine Umarmung hineinzuzwingen: »Wieso ich? Was machst denn du? Gehst du weg? Wohin?« Da hat wohl jemand schon lange vor der fälligen Trennung keinen Körperkontakt mehr gehabt.

»Ich geh nur Kaffee machen, komm runter.« Ganz die gut Krankenschwester, die ich sein kann, winde ich mich aus C Umarmung und gehe in die Küche, Medizin machen. Ol' mir nach: »Habt ihr Amaretto da?«

27

Darauf antworte ich nicht. Als ich höre, wie Olli unser Schlaf-zimmer nach Zigaretten durchforstet und dabei natürlich Stan weckt, packe ich die Gelegenheit beim Schopfe. Ich verstecke alle Schnapsflaschen unter der Spüle, hinter den Reinigungs-mitteln. Unter der Spüle schauen Alkoholiker ja als Letztes nach, klar. Aber es beruhigt mich, dass unsere Hausbar nur aus vier Flaschen ausgesuchter Brände besteht, drei davon Geschenke, zwei davon noch verschlossen. Sehr gut, geradezu vorbildlich. Ein Hochgefühl stellt sich ein: Im Vergleich zu Olli geht's uns doch super. Wir haben uns, manchmal Arbeit, noch alle Zähne im Maul und verlangen nicht nach einem Frühstücksschnaps im Kaffee. Ja, Stan und ich, wir haben es geschafft, ganz klar.

Gemurmel, ein Seufzen aus dem Schlafzimmer. Dann Stan, der etwas wehleidig ruft: »Baby, kann Olli noch 'ne Nacht hier schlafen?« Oh, sicher doch. Schlachten wir doch ein Kalb – zur Feier, dass der verlorene Sohn heimgekehrt ist. Ich umkralle den Rand der Arbeitsplatte und zähle. Nicht bis zehn oder hundert, sondern einfach so lange, bis Stan in der Küche auftaucht. Er sieht um die Augen herum wesentlich lädierter aus als sein Sauf-kumpan und zuckt mit den Achseln: »War abzusehen, oder?«

Schon. Jetzt haben wir nicht nur Mäuse auf dem Dachboden, sondern auch noch eine Schnapsleiche mit Ambitionen zum Vollalkoholiker im Schlafzimmer. Und dabei hatte ich gerade erst die ganze Wohnung gesaugt. Jetzt muss Stan für Lichtblicke sorgen, ich habe mein Kontingent für heute schon aufgebraucht: »Wir sind ja heute Abend eh eingeladen. Bei Rina. Kann sich Olli ja hier auspennen und morgen früh abhauen, oder?«

Oh. Oh klar. Die Scheißparty hat gar nicht gestern ohne uns stattgefunden, sondern steht uns noch bevor. Allerdings geht der Spaß erst in sechs Stunden los, oder? Stans Vorfreude auf seine Exkommilitonin scheint aber jetzt schon massiv zu sein. Er hat lle Informationen zu dem Event parat: »Also, die Rina sagte, so gegen acht da sein wäre gut. Wegen des Essens. Wir müssen noch den Wein besorgen, übrigens.«

Plötzlich habe ich auch Lust auf einen Schuss im Kaffee. Oder in den Kopf.

STAN

Britta starrt aus dem Fenster, obwohl es in dem U-Bahn-Schacht nichts zu sehen gibt außer Dunkelheit. Vielleicht gelegentliche Blitze von Stromleitungen. Aber sie schaut sich das gerne an. Alle anderen Frauen betrachten bei so einer Gelegenheit ihr Spiegelbild, bringen ihre Frisur in Ordnung, lächeln sich heimlich aufmunternd zu. Britta guckt ins Blitznichts. Die anderen Frauen schauen heutzutage auch lieber direkt in ihre Handykameras, grinsen sich selbst bestätigend zu, wie toll sie sich zurechtgemacht haben, schießen ein Selfie und überlegen, ob sie es später posten sollen, um dafür gereckte Daumen und Herzen zu erhalten. Die Typen gucken dabei zu. Was die Leute halt so machen, wenn die Bahn seit Minuten steht und niemand Netz hat. Nur ich glotze den Hinterkopf meiner Freundin an. Um nicht ihr Spiegelbild in der Scheibe zu sehen. Dieser leere Blick macht mir Angst und geht mir auch auf die Nerven. Ist ja nicht so, als wären wir auf dem Weg ins Fegefeuer. Es ist nur eine Party. Nicht mal. Ein nettes Beisammensein mit gutem Essen. Und ohne Olli.

Das Paar neben uns beginnt nun ein Gespräch. Darüber, dass das Handynetz auf diesem Streckenstück immer weg ist. Ja, das stimmt. Ja, das haben die von der Bahn nicht gut geregelt. Genau, es könnte ja einen Notfall geben. »Genau«, sagt sie. »Kundenfreundlich ist das nicht«, sagt er. »Genau«, sagt sie.

Guter Gott, kann die Scheißbahn nicht endlich weiterfahren?

Britta dreht sich zu mir, um mir zu zeigen, wie toll sie zusätzlich mit den Augen rollen kann, während sie dasselbe denkt wie ich: »Du wolltest doch mit der Bahn fahren«, sage ich. Sie versteht das sofort als Angriff: »Ja, wollte ich. Weil wir dann sagen können, dass wir die letzte Bahn erwischen müssen. Falls das da länger gehen sollte.«

Falls das da länger gehen sollte. Jedes einzelne Wort voller Abscheu ausgespien. Warum sagt sie nicht gleich »Falls wir dort gegen unseren Willen festgesetzt werden von deinen grausamen Bekannten, die ich jetzt schon hasse«? Sie hätte auch sagen können: »Hätten wir das Auto genommen, hätte ich ja fahren müssen.« Ist aber nicht Brittas Stil, versteckte Vorwürfe zu machen.

Trotzdem bringt sie mich dazu, dass ich mich dafür rechtfertige, dass ich ab und zu soziale Kontakte pflege: »Ach, komm. Die Rina ist total nett. War die einzig Vernünftige damals bei mir im Studium. Mit der konnte man um die Häuser ziehen wie mit einem guten Kumpel. Bin total froh, dass sie wieder hergezogen ist ...«

Britta zieht eine Augenbraue hoch, und gleichzeitig bemerke ich, dass das Paar neben uns sein Gespräch eingestellt hat. Entweder ist alles über das fehlende Netz gesagt, oder sie spüren, dass unser Gespräch interessanter ist als ihres. Aus dem Augenwinkel sehe ich, wie sie ihn anstupst, nach dem Motto: »Oh, oh, er hat eine alte Freundin als ›guten Kumpel‹ bezeichnet. Alarm, Alarm! Da lief bestimmt was mit der, und seine Alte macht ihm gleich eine Szene.«

Da kennen sie Britta aber schlecht: »Rina, ja? Heißt die in echt Katharina?‹«

»Ja, klar. Wie sonst. Warum?« Britta schüttelt sich, der gesamte Oberkörper wird von einem Schauer erfasst, als hätte sie gerade in etwas unsagbar Ekliges reingebissen: »Die meisten Katharinas nennen sich ja Kati. Oder Katha. ›Katha‹ klingt allerdings immer so nach einer Affenart, oder? Baumkattas, gibt's die nicht? Auf Madagaskar oder so?«

»Weiß nicht.« Die Frau vom Platz nebenan guckt, als wolle sie sich zu diesem Thema melden, ihr Zeigefinger zuckt. Biologielehrerin vielleicht, was weiß ich. Ich gebe Britta noch drei Sekunden, bis sie weitere Ausführungen zum Thema Namen macht. Eins, zwei ... »Rina klingt wie eine Mischung aus ›Rita‹ und ›Tina‹. Also den beiden schlimmsten, langweiligsten Namen überhaupt ...« Ja, nicht annähernd so exotisch wie »Britta«, denke ich, meine Freundin murmelt: »Rina. Rina. Rieeenaaaaa.«

Es reicht mir: »Willst du wieder nach Hause?«, sage ich viel lauter, als ich es beabsichtigt habe, und das Paar nebenan zuckt zusammen, sehr synchron. Aber Britta drückt meine Hand: »Quatsch.« Sie lächelt, küsst mich unvermittelt auf den Mund. Ich glaube, sie hat unsere interessierten Sitznachbarn jetzt auch bemerkt, zumindest gibt sie ein bisschen Zunge hinzu.

Denen fällt jetzt doch noch was ein, über das sie reden könnten: »Ah, wir fahren wieder«, sagt sie, er sagt: »Ja. Stimmt.« Ich grinse, und Britta lässt von mir ab. Sie lehnt sich zurück und seufzt: »Klar gehen wir da jetzt hin. Ich hab doch den blöden Weißwein gekauft, wer soll den denn sonst trinken? Ich jedenfalls nicht! Den würde sogar Olli stehen lassen, glaube ich.«

Ich schließe die Augen. Kann sie es nicht gut sein lassen? Es ist ja nicht so, dass ich ein großer Fan davon wäre, wenn Leute mir ganz exakt auftragen, was ich zu einer Party mitbringen soll. Andererseits: Es wäre verdammt umständlich geworden, einen Kasten Bier von der Haltestelle bis zu Rina nach Hause zu schleppen. Ist doch gut, wenn sich jemand um solche Dinge im Vorfeld Gedanken macht. Britta findet das nicht so gut: »Ich meine, es ist schon okay zu sagen: ›Bringt bitte Wein mit.‹ Aber wenn Leute dir dann eine *Mail* schicken, in der steht, wo man die Plörre einzukaufen hat, mit einem Foto vom Etikett im Anhang, frage ich mich doch, was da gleich abgeht. Sind die in 'ner Sekte, oder was?«

Wäre ja auch gelacht gewesen, wenn Britta die Sache nicht noch hätte breiter treten können. Bestimmt erzählt sie mir gleich wieder von den Koriander-Menschen, an die ich mich gar nicht mehr erinnern kann, weil das Freunde von ihr waren. Glaube ich. Aber Britta ist auf der Sektenidee hängen geblieben: »Ich meine, stell dir das vor: Wir klingeln, die machen auf und fragen *uns*: ›Entschuldigen Sie, haben Sie jemals über Gott nachgedacht, also so richtig? Glauben Sie, Jesus hatte einen Lieblingswein? Und wie hat er ihn bewertet? Mit fünf von fünf Kreuzen. Ha!« Okay, das wäre schon lustig. Wir grinsen ein wenig still und grenzdebil vor uns hin.

Das Paar neben uns steht auf, weil es jetzt aussteigen muss. Genau wie wir. Erst jetzt sehe ich, dass der Typ eine Jutetasche dabeihat, in der offenbar eine riesige Schüssel steckt. Entweder Salat oder Nachtisch. Gehen die etwa zur selben Party? »Oh, bitte nicht!«, denke ich. Britta spricht die Worte laut aus. Die beiden glotzen uns an. Jeder andere hätte jetzt geschaltet und ganz schnell etwas nachgeschoben wie: »Oh, bitte nicht! – Ich glaube, ich habe zu Hause das Bügeleisen angelassen!« Irgendetwas, das diese beiden Figuren in dem Glauben gelassen hätte, man hätte etwas ganz anderes gemeint als sie. Britta nicht. Die guckt nur weiter angewidert. Bis die Tür sich endlich öffnet. Und die beiden wie angestochen davonwieseln, Richtung Ausgang West. Also den, den Rina in ihrer der Mail ebenfalls angehängten Anfahrtsskizze markiert hat.

»Was war denn mit denen los?«, fragt Britta, ehrlich verwundert, und ich notiere mir, sie bald, ganz bald mal auf ihr Verhalten anzusprechen. Vielleicht bekommt sie das wirklich gar nicht mit, was sie ungefiltert ausspricht. Vielleicht leidet sie unter einer Lightversion des Tourette-Syndroms. Aber ich fürchte, sie weiß genau, was sie da eben getan hat.

»Keine Ahnung, vielleicht waren die sauer, weil wir nur Wein kaufen mussten und sie den ganzen Tag extra Salat schnippeln mussten?« Britta hält mich am Jackenärmel fest. Ganz kurz hege ich die Hoffnung, dass sie es tatsächlich erst jetzt kapiert hat. Dass die beiden auch zu Rina gehen. Und sich ihr »Oh, bitte nicht!« tatsächlich auf etwas ganz anderes bezog. Und dass sie sich wenigstens jetzt ein bisschen genieren könnte. Einmal wenigstens.

»Lass mal kurz warten, dann sind die beiden bei Rina im Getümmel verschwunden, wenn wir ankommen. Die muss ich nicht direkt wiedersehen.« So löst Britta Peinlichkeiten und andere Probleme. Leider ergibt sich daraus ein neues: »Stan, das wird aber schon eine Party, oder? Das wird jetzt nicht so ein komischer Pärchenabend mit nur zehn Leuten, oder?« Blankes Entsetzen in ihren Augen. Ich habe keine Ahnung, was uns bevorsteht, versuche aber, sie zu beruhigen: »Glaub ich nicht. So dicke bin ich mit der Rina ja nicht mehr, dass die uns zu so einem exklusiven Treffen einladen würde.«

Das hört sich sehr logisch an, für mich. Da setze ich gleich noch einen drauf: »Und die da ...«, ich deute auf den Ausgang, durch den das »Bitte nicht!«-Pärchen gerade gedackelt ist, »... die hatten doch eine Riesenschüssel dabei. Riesenschüssel – Riesenparty, ganz eindeutig!« Britta ist noch nicht ganz überzeugt: »Die sahen aber auch aus, als würden sie riesige Portionen verdrücken können!« Da hat sie recht. Beachtlich, dass die beiden so schnell rennen können.

Britta hakt sich unter, und wir gehen Richtung Ausgang. »Weißt du, was ich schön finde«, fragt sie mich, als wir oben auf der Straße stehen. »Dass du den Wein im Rucksack hast. Noch *klingt* er wenigstens wie Bier.«

Ich finde das auch schön, dass Britta das schön findet, habe aber gleichzeitig das Gefühl, dass wir den Abend viel schöner gestalten könnten, wenn wir jetzt einfach umkehrten. Wir könnten ja in Ollis neuer Wohnung pennen. Warum kommen einem die besten Ideen immer erst, wenn man am anderen Ende der Stadt steht?

BRITTA

Positiv denken, immer positiv denken. Das wird bestimmt nett. Ich will ja, dass es nett wird, und diese Rina ist ein Teil von Stans Vergangenheit, die sollte ich mir ruhig mal angucken. Er hat ein bisschen zu oft betont, was für ein Superkumpel die früher war. Also, zweimal hat er es erwähnt. Einmal eben in der Bahn und das erste Mal, kurz nachdem er sie zufällig in der Stadt getroffen hatte. »Die ist noch genau wie früher«, hat er ganz begeistert erzählt. »Sah genauso aus, war gar nicht aufgebrezelt oder eingebildet, obwohl die schon letztes Jahr ihren Facharzt gemacht hat. Urologie. Cool, oder?«

Und irgendwie haben wir dann nicht mehr über Rina geredet, sondern darüber gestritten, warum Urologie plötzlich cool sein soll. Na, für eine Frau, eben. Katharina ist nämlich auch eine Frau, nicht nur ein Superkumpel, das hatte ich schon verstanden. Stan hat sich über meinen unqualifizierten Kommentar aufgeregt, nämlich: »Was ist daran cool? Gibt doch umgekehrt Tausende von Männern, die Frauenarzt werden.« Anschließend hat er mir erklärt, dass Urologen ja nicht automatisch »Männerärzte« seien, weil die sich ja auch um die Blasen und so weiter von Frauen kümmerten. Und ich habe in meiner Dorftrottelstimme wiederholt: »Hehe, Blasen und so weiter«, weil ich die angespannte Stimmung etwas auflockern wollte. Das klappte ganz gut, weil wir im Supermarkt standen und uns die Kassiererin dort eh schon für bekloppt hält. Jedenfalls geriet darüber die Diskussion sowohl über Rina als Person und duften Kumpel als auch ihre Tätigkeit als coole Urologin in Vergessenheit.

Bis eben. Dabei kann er mir doch einfach sagen, wenn die beiden mal was miteinander hatten, das ist doch jetzt mindestens hundert Jahre her. Oder zehn. »Was bist du so still, Baby?«, fragt Stan und schwenkt seinen Rucksack auf die andere Schulter um. Klingt gar nicht nach Bier, war gelogen. »Die Gegend hier ist so furchtbar, das macht mich sprachlos.« Und das ist überhaupt nicht gelogen. Ich war noch nie in diesem Teil der Stadt, falls der überhaupt noch zur Stadt dazugehört. Wahrscheinlich weil ich bisher nie die Lust verspürte, irgendwo tot überm Zaun zu hängen.

»Boah, jetzt warte doch erst mal ab«, entgegnet Stan gereizt, weil er die Gegend selbst zum Kotzen findet. Ich weiß, dass er schon nachrechnet, wann wir losgehen müssen, um rechtzeitig wieder an der U-Bahn zu sein. Wenn er das tut, zupft er sich nämlich immer an seinem Ohrring und starrt in die Ferne. Manchmal entdeckt er dort sogar etwas Spannendes, wie zum Beispiel: »Guck mal, die Pummels gehen da vorne rein. Da muss es sein.«

Wahnsinn. Ich dachte, wir wären die, die stets im hässlichsten Haus der Straße wohnen. Rina und ihr Typ aber wohnen im hässlichsten Stadtteil in der hässlichsten Straße im hässlichsten Haus der Welt. Die Angeber! Gut, es ist anders hässlich als bei uns: völlig andere Liga, trautes-Heim-in-Sackgasse-hässlich. »Sind die bei den Eltern eingezogen? So in die Einliegerwohnung? Oh je, die Armen. Die armen Eltern, auch. Arm und hässlich ...« Ich bemühe mich tatsächlich, mich mit Leuten zu solidarisieren, die ich schon jetzt nicht ausstehen kann. Stan schüttelt den Kopf: »Nein, die Eltern von Rina kommen aus Frankfurt.

Aber sie meinte, die Bank hätte ihnen ein wirklich günstiges Finanzierungsmodell angeboten.« Welch Wunder, denke ich. Stan gibt zu: »Hätte ich mir aber auch anders vorgestellt. Vielleicht ist es von innen ganz schön.«

Es *kann* von innen nur schöner sein. Wir stehen jetzt direkt vor *Disgraceland*: ein Flachdachbau aus rotem Klinker, die Fensterrahmen braun, der Vorgarten so klein, dass selbst der winzige Buchsbaum darin wie ein Gefangener in einer Einzelzelle aussieht. Damit auch wirklich alle Geschmacksverirrungen komplett sind, wurde die Einfahrt noch mit diesen Platten gepflastert, in denen Tausende winzige Kiesel eingegossen sind. Aus Erfahrung weiß ich, dass man sich an denen an lauen Sommerabenden vortrefflich die Zehen blutig schlagen kann. Aber jetzt ist fast Winter, und man muss andere Möglichkeiten finden, um herannahende Gäste durch Widerlichkeiten zu zermürben. Und das hat Rina geschafft: Neben der Türklingel hängt ein Schild aus Salzteig. Ernsthaft! So mit Buchstaben draufgenudelt, aus der Knoblauchpresse gewürgt: »Katharina, Arndt & Ludwig«.

Ludwig. Ich will nach Hause. Stan schaut auch irritiert drein, aber er dreht nicht um. Vor lauter Schreck zünde ich mir eine Kippe an. Stan geht näher an das Schild heran, fehlt nur noch, dass er eine Lupe aus der Tasche zaubert: »Ich kann mir nur vorstellen, dass das ironisch gemeint ist«, lautet schließlich seine Expertise. »Klar«, gebe ich zurück, »und ich hoffe, der kleine Ludwig ist schon reif genug, um die Ironie zu verstehen. Sonst muss es ihm sein Therapeut später für sehr viel Geld erklären.« Stan lächelt müde oder noch leicht verkatert: »Ach komm, so ist Rina nicht. Ist bestimmt der Hund. Ludwig.« Mein Freund ist ein elender Optimist.

Ich finde den Namen Ludwig schon für einen Hund bedenklich. Aber ich mag Hunde. Lässig trete ich meine Kippe auf der gepflasterten Einfahrt aus, hebe sie auf und stecke sie in die

Jackentasche. So gut erzogen bin ich. Stan schenkt mir trotzdem diesen Blick, den nur frisch gebackene Nichtraucher so gut drauf-haben. Jetzt keine Diskussion anfangen, sondern munter auf die Klingel gedrückt. Die ist sehr laut. Und mir fällt auf, dass es drin-nen sehr leise ist, für eine Party allemal. Schon hören wir Schritte über Fliesen stöckeln. Gleich wird die Tür geöffnet werden, aber Stan schafft es noch, mir ins Ohr zu flüstern: »Vielleicht ist Arndt ja auch der Hund.« Und so lächle ich exakt im richtigen Moment einer Frau entgegen, die genauso cool aussieht, wie eine Urologin mit Salzteigschild in dieser Gegend nur aussehen kann. Sie sieht mich aber gar nicht, ein Hauch von Halstuch und Perlenohrrin-gen wischt an mir vorbei, und ihre lockere Hochsteckfrisur löst sich fast vollständig auf, als die großartige Rina meinem Freund um den Hals fällt und ruft: »Konstantin, endlich!«

Prima. Wer solche Szenen live erlebt, muss wirklich keine Soaps mehr schauen. Oder gar in einer mitspielen. Hoffentlich fragt mich niemand nach meinem beruflichen Werdegang. Hof-fentlich ist der Hund wenigstens nett.

Rina hat endlich von meinem Mann abgelassen und hält mir die Pfote hin wie eine Immobilienmaklerin auf Kundenfang. Aber das passt ja. Rina steckt in einem cremefarbenen Kostüm-chen, das ich vielleicht anziehen würde, wenn ich des Mordes angeklagt vor Gericht stünde. Dazu aber eben dieses total kecke bunte Halstuch, welches verkündet: »Ich kann auch ganz wild!« Ihre High Heels schreien hingegen: »Wir sehen billig aus, wa-ren aber sehr teuer.« Rina wäre auch ohne diese Nuttenschuhe einen Kopf größer als ich, also drücke ich ihre Hand fester als nötig. Rina fletscht die Zähne: »Hiiiii! Ich bin Katharina, und du musst Birgit sein! Kommt rein, fühlt euch wie zu Hause, Straßenschuhe könnt ihr anlassen, ich leg den Wein schon mal kalt.« Weg ist sie, mit unserem Rucksack. Sie ist wohl durstig.

Vielleicht war sie nur eine Erscheinung. Stan guckt, als würde er das auch für möglich halten. Sein Mund steht offen. Neben der Haustür hängt so ein überdimensionaler Hausschuh, in dem mehrere Paar normal große Hausschuhe stecken. Hatte das Weib nicht gerade gesagt, wir könnten die Schuhe anlassen? War das ein weiteres Zeichen ihrer viel gepriesenen Ironie? Stan will jetzt wieder irgendwas sagen, wahrscheinlich etwas, was diesen Auftritt oder dieses Haus rechtfertigt, aber das kann er sich sparen. Und er soll es nicht wagen, in diese Puschen zu schlüpfen. Also knurre ich: »Dann mal los, *Konstantin*.«

Wir schleichen in die Richtung, in die unsere Gastgeberin gerade gehuscht ist, und landen unvermittelt in einem Titelblatt von *Wohn!Design*. Ein wirklich ironischer Bruch zur Fassade des Hauses, eine Zeitreise gar, aber wirklich perfekt wäre dieses Arrangement aus wuchtigem, dunklem Holztisch, kühnem Kronleuchter und grellweißen Dekoelementen bloß als Stillleben gewesen. Achtlos zusammengewürfelte Gäste können neureiche Pracht mindern, das weiß man doch.

»Ach, hallo«, ruft uns eine männliche Hornbrille mit hellblauem Pulli zu, »immer schön, wenn die Getränke als Letztes kommen, haha!« Muss ein Insiderwitz sein, alle lachen, also alle anderen sechs Anwesenden, außer Katharina, die schrillt: »Wenigstens ist der schon kalt, den kann man direkt trinken, hihihi.« Zu lustig, nein, da kann man keinen mehr draufsetzen. Doch, man kann. Eine glänzende Glatze krakeelt: »Gut, dass ihr nicht für den Rotwein eingeteilt wart, höhöhö.«

Da gibt es kein Halten mehr. Kalter Rotwein, hei, wie lustig, man keckert aufgeregt bis hysterisch im Kreise. Noch fünf Minuten, dann heißt es hier: Licht aus, Gruppensex. Wäre vielleicht angenehmer, als mit diesen Leuten reden zu müssen.

Aber Pummeline aus der Bahn erweist sich als Stimmungsbremse: »Na, dann können wir ja endlich anfangen, bevor der Salat welk wird.« Sie zeigt unterstützend, nein, anklagend auf ihren Salat. Es ist ein toller Salat, so ein Rucola-Walnuss-Kirsch-tomaten-Zeug. Da erkenne selbst ich: »Alles bio! Selbst gezupft! Im Schweiße meines Angesichts!« Ich könnte ewig diesen Salat angucken, nur um die Leute auszublenden. Aber da haut eine Pranke auf meinen Rücken, Glatze hat sich zwischen Stan und mich gedrängt und klärt endlich die Namensverhältnisse im Haus: »War nur Spaß, ne? Also, ich bin der Arndt, mit ›dt‹, müsst ihr aber nicht mitsprechen.« Höfliches Kichern, Augenrollen von Katharina, ja, hatte ich mir gedacht, dass Arndt diesen Bringer öfter reißt.

»Herzlich willkommen, also, das sind Imke und Alf ...«

»Hallo.«

»Hallo.«

»... Björn und Verena ...«

»'n Abend.«

»Hey.«

»... und unsere Supersalatfee Anke und der Kai.«

»Wir kennen uns schon.« Allgemeines Hihihi. Arndt tritt einen Schritt zurück, Katharina übernimmt, so als hätten die beiden das vorher geprobt: »Und das ist mein ganz lieber, alter Kommilitone Konstantin und seine ...«

»Birgit«, helfe ich ihr. Diesen Abend bring ich nicht unter meinem richtigen Namen hinter mich. Stan tritt mir auf den Zeh.

»... genau, die Birgit. Sie ist Schauspielerin, also, früher auch im Fernsehen, oder?« Genau, früher. Wie in »Früher oder später trete ich dir in deinen Arsch, Rina. Mit Straßenschuhen!«.

Ich nicke so unmerklich wie möglich. »Oho«, tönt es allerseits. Nur nicht von Anke, die wuschelt ihren Salat zurecht, das Zeichen zum Hinsetzen. Katharina erklärt ihren Schlachtplan: »Birgit, wenn du dich dann da neben Alf setzt, und Konstantin vielleicht hier neben mich. Ich meine, bei seinem Partner sitzt man ja immer, und wenn wir schon so unterschiedliche Leute einladen, dachten wir, mischen wir mal, oder?«

Kai mit der Brille trötet: »Partnertausch!«, es folgt ein noch lauteres »Ohohoho!«, nur Anke rammt ihrem Kerl den Ellenbogen in die Seite. Ich mag nicht neben Alf sitzen. Muss ich aber wohl, also gebt mir was zu trinken, meinetwegen auch Weißwein, schon kapiert, dass hier bierfreie Zone ist. Aber nein, der Wein muss doch erst in einen Kühler, obwohl er ja passend temperiert war, aber dieser Kühler ist einfach »... zauuuberhaft!«, und ja, »die Salatteller auch.« Und, wer hätte das gedacht, im Salat sind »die guten Nüsse aus dem Bioladen drin, hier, von dieser einen Marke«, und das Dressing ist auch »zum Teil« mit Kürbiskernöl angemacht, gewagt, gewagt, und vor allem: »Was für eine Arbeit, Anke!«

Ich gucke, lächle schüchtern, ich bin jetzt Birgit, nein, *die* Birgit. Gebe mich leicht verhuscht, überlege ich, und täusche vielleicht noch eine Ohnmacht vor zu gegebener Zeit, also spätestens vor dem Hauptgang. Ach, Mist, die wissen jetzt ja, dass ich Schauspielerin bin. Okay, dann kann ich vielleicht zur Freude aller meinen Facettenreichtum darbieten, eine Irrsinnige spielen, etwas total Verrücktes sagen, wie: »Der Salat war eher so mittellecker.« Au, das ist zu hardcore, das hebe ich mir für den Abschied auf.

»Letztendlich kannst du auch gar nichts mehr im Supermarkt kaufen«, beschließt Rina, alle nicken, teils beschämt. »Deswegen sind wir ja auch hier rausgezogen, das meiste holen wir direkt vom Bauern.« – Wie, kein Szenenapplaus? – Katharina macht so eine wiggelige, kleine Handbewegung und gibt zu: »Na ja, so manches kaufen wir dann doch noch normal im Laden.«

Ich bin immer noch Birgit. Und viel zu schüchtern, um jetzt laut loszuprusten: »Ja, kann ich mir vorstellen. Der SUV in der Einfahrt, der ist bestimmt aus *dem* Laden.«

Ich suche Stans Blick. Will ein Grinsen von ihm. Aber er starrt Katharina an. So ... bewundernd?

STAN

Was ist mit Rina los? Vor zwei Wochen war die doch ganz normal, also, wie früher. Gut, vielleicht ist sie nervös, weil ihr Kerl schon schwer angeheitert ist. Oder ist der immer so? Das würde einiges erklären. Okay, jetzt ganz ehrlich: Ich kann mir gar nicht vorstellen, dass die überhaupt zusammen sind. Der Typ ist ein schlecht verkleideter Proll und Rina ein noch schlechter als Businesstante verkleideter Hippie. Oder Exhippie. Neulich in der Stadt war sie doch noch so ... normal. Was ist seitdem mit ihr passiert? Ich höre in ihr Geplapper rein, um vielleicht einen Anhaltspunkt zu erhalten: »... also den Konstantin habe ich neulich gaaanz zufällig wieder getroffen, als ich vom Yoga kam ...« Ach so. Deshalb hatte sie da die gewohnten Klamotten an und wirkte so entspannt, verstehe. Fast.

»... aber wir haben uns auf Anhieb wiedererkannt! Wir hatten ja damals so viel Spaß im Grundstudium!« Rina kreischt ihre Sätze jetzt heraus. Die hat sich doch vorher mit ihrem Typen was eingeschmissen, ihre Augen sind ganz glasig.

»Äh ... ja, hatten wir«, bestätige ich, was auch sonst? Katharina wirft ihren Kopf in den Nacken, total gekünstelt, und ich kann mir jetzt schon ausmalen, wie Britta das zu Hause nachäffen wird, immer und immer wieder, mindestens eine Woche lang.

»Ja, ich hoffe nicht zu viel Spaß«, röhrt Arndt. Ich blicke in die Runde, alles lacht wieder so dämlich. Nur Britta spielt mit ihrem Weinglas. Als überlege sie, es auf die Tischkante zu hauen, um sich mit den Scherben die Pulsadern aufzuschneiden. Oder jemand anderem die Kehle. Die Salat-Uschi nölt schon wieder:

»Ja, das hört man ja immer wieder, Medizinstudenten sind die Schlimmsten. Saufen acht Semester, und dann dürfen die direkt an einem rumschnippeln …« Ich nehme mal an, sie hat etwas anderes studiert. Bachelor in Neidhammelei, Master in Salatdressing? Sie wendet sich direkt an mich: »Konstantin, was bist denn du jetzt?« – Hä?

Sie präzisiert: »Also, was für einen Facharzt hast du gemacht?« Alle gucken mich an. Echt interessiert? Oder nur schadenfroh, weil sie bestimmt alle schon darüber Bescheid wissen, dass ich mein Studium abgebrochen habe? Zweimal. Dafür mache ich jetzt etwas Sinnvolles, nämlich …

»Konstantin hat sich noch mal umorientiert. Du warst ganz viel auf Reisen, oder? Hast du mir das nicht erzählt, neulich? Warst du nicht surfen?« Danke, Rina, danke, war bestimmt lieb gemeint. Der Typ mit der Brille lacht dreckig: »Ja, da kann man bestimmt eine Menge Kohle mit machen. Wo kann man das studieren? Auf Hawaii?« Was will der Kerl von mir? Er hat noch den halben Salat zwischen den Zähnen und ätzt gegen mich, weil ich keinen Doktortitel habe? Jetzt starren sie mich alle an, wie eine Kommission, die darüber entscheidet, ob ich überhaupt berechtigt bin, an ihrer erlauchten Tafelrunde zu sitzen. Nur Britta glotzt ihr Glas an, als versuche sie, ihren Wein telepathisch in Bier zu verwandeln.

»Ich arbeite momentan mit Schülern, die Lernschwierigkeiten haben, in so einer Gruppe. Ich bin da so reingerutscht, weil …«, hebe ich erneut an und spüre, dass daraus kein Satz mehr wird, der nicht noch mehr Häme heraufbeschwört. »Bei den Idioten reingerutscht« ist ja auch eine verdammte Steilvorlage.

»Konstantin arbeitet in einem Förderprojekt mit Lernbehinderten, um gemeinsam mit einem Pädagogenteam herauszufinden, ob sie am Unterricht in einer Regelschule teilnehmen können oder sich sogar für eine Ausbildung qualifizieren. Inklusion ist ja das große Thema momentan.«

Britta hatte doch etwas ganz anderes im Weinglas gesucht, nämlich eine imposante Umschreibung dafür, dass ich stundenweise Nachhilfe gebe.

Die Verachtung in den Blicken wechselt zu Bewunderung oder zumindest zu Betroffenheit: »Das ist ja toll. Also wenn unsere Luisa im nächsten Jahr eingeschult wird, möchte ich auch, dass sie in eine Klasse mit Behinderten und, äh, Nicht-Behinderten kommt, da lernen die Kinder ja so viel in punkto Sozialverhalten«, bemerkt Hornbrilles Partnerin.

Anke lächelt sie giftig an: »Ah, aber hattest du nicht eben noch gesagt, sie soll auf die Europa-Schule?« Hornbrille revanchiert sich bei ihr mit der leutseligen Frage, wie denn Ankes »Schlank im Schlaf«-Diätprogramm so laufe, Arndt reißt einen saublöden Spruch darüber, dass körperliche Fitness doch eher damit zu tun habe, was man außer schlafen noch im Bett anstellt, höhö.

Ich bin dankbar für seinen Holzhammerhumor, denn jetzt folgt eine Reihe schlüpfriger Witze, die der Gastgeber aller Wahrscheinlichkeit nach in wenigen Minuten mit einer vergessenen Perle aus dem Fips-Asmussen-Fundus veredeln wird.

Minuten, in denen ich Britta anschauen kann, die sich am Stiel ihres Glases festhält. Sie wirkt wie eine erschöpfte Seherin, die nach ihrem großartigen Orakelspruch nicht mehr die Kraft hat, noch etwas zum Tischgespräch beizutragen. War ja auch Wahnsinn, was sie sich da gerade aus den Rippen geleiert hat, um mich aus der Schusslinie zu holen. Ich meine, ich gebe Nachhilfe, hauptsächlich Deutsch für Ausländer, bei den jüngeren Kindern nahezu alle Fächer. Kaum einer ist da lernbehindert, die meisten sind nur extrem bildungsfern aufgewachsen und frustriert, und das Pädagogenteam besteht aus den Jahrgängen der Lehramtsstudenten, die aufgrund ihrer Fächerwahl keinen Job bekommen haben. Eigentlich bin ich da ein schlecht bezahlter Kummerkasten für alle. Aber gut, da ich bloß einen befristeten Vertrag habe, kann man das Ganze natürlich »Förderprojekt« nennen, ohne zu lügen. Wenn ich mich mal wieder irgendwo bewerben muss, sollte ich das genauso aufschreiben, wie Britta es eben gesagt hat.

»... fragt die andere: ›Habt ihr denn keine Vase?‹ Hahaha!« Arndt hat den Pegel seines Publikums wohl überschätzt. Wenn ich in die Runde schaue, war sein letzter Gag einer von der Sorte, über die man erst nach dem vierten Glas schmunzelt oder sie man, wie Anke es vormacht, als Anstoß zum Themenwechsel nutzen kann: »Apropos: Habt ihr die Vase auch von *habitat*?«

Oha. Mir ist die erste Hälfte des Witzes eingefallen. Einer meiner Siebtklässler hat ihn mir neulich erzählt, weil er ihn nicht verstanden hatte. Und ich habe mich geweigert, ihn zu erklären. Brittas Gesichtsausdruck nach zu urteilen hat sie ihn heute zum ersten Mal gehört. »Entschuldigung, wo ist hier denn das Bad?«, fragt sie Arndt, fügt aber nicht hinzu: »Ich müsste mal brechen.« Schade. Arndt erklärt den Weg, natürlich angemessen: »Da raus, rechts und dann da, wo die meisten Fliegen sind.«

Ich könnte ihm mein Glas an den Kopf werfen. Mit ein bisschen Glück treffe ich sein Jochbein, den *Os jugale*, falls es jemand genauer wissen wollte. So weit bin ich noch gekommen im Studium. Ich könnte sogar im Anschluss die Platzwunde nähen, falls gewünscht.

»Danke«, haucht Britta, steht auf und geht. Als sie im Flur verschwindet, stupst Rinas Fuß gegen meinen. Soll das eine Anmache sein oder eine Entschuldigung oder was?

Ich muss mal runterkommen, was Normales tun, vielleicht Salat essen. Der liegt ja noch kaum angerührt auf meinem Teller. Schmeckt nicht halb so gut, wie er aussieht. Da wird sich Britta freuen. Und ich freue mich schon darauf, was meine Freundin gleich der dummen, dicken Kuh sagen wird, wenn die unter Garantie nachfragt: »Und, hat's euch geschmeckt?« Und nachdem Arndt mit seinen Scherzen die Latte ziemlich niedrig gelegt hat, man sich also schon wirklich in den Unverschämtheitslimbo reinknien muss, um hier rausgeschmissen zu werden, wird Britta daraufhin ganz lieb gucken und zuckersüß flöten: »Zum Scheißen reicht's, danke.«

Danach könnten wir endlich abhauen aus diesem Albtraum. Wo bleibt Britta? Rinas Fuß ist wieder da. Pocht gegen mein Schienbein, ich zähle neun Mal insgesamt. Ein SOS? Ich sehe Rina an, sie dreht sich weg. Nach nur einem Schluck Wein wird mir klar: Das *ist* eine Sekte hier. Und sie halten Rina gefangen. Daher benimmt sie sich so gestört, also, so anders gestört als die anderen. Aber Britta und ich, wir könnten sie hier rausholen, notfalls per Taxi, und dann verstecken wir sie bei uns zu Hause. Vielleicht versteht sie sich ja ganz gut mit Olli, wer weiß? Es gibt nur einen Weg, das herauszufinden, nämlich ...

Rina schubst mir den Salatteller auf den Schoß: »Oh, nein! Entschuldige, Konstantin, oh, tut mir leid!«

Das war deutlich, Rina braucht Hilfe. Natürlich schallt es von allen Seiten »Oh!«, »Ups« und von Arndt das voraussehbare »Prost, Damenwahl!«. Aber endlich auch: »Der Balsamico, der zieht schnell ein, wasch das direkt aus.«

Ich stehe auf, Rina steht sowieso schon und quasselt: »Ja genau, direkt auswaschen, komm mit in die Küche, ich helfe dir!« Das Zwinkern war gar nicht mehr nötig. Die Aktion war nicht innovativ, aber wirkungsvoll. Die gesamte Runde diskutiert jetzt darüber, ob Salatdressingflecken von der Haftpflichtversicherung übernommen werden. Und von wessen. Als ich an Arndt vorbeigehe, wirft er mir einen Blick zu und sagt so halb im Spaß: »Pass auf, Bürschchen, ich hab dich im Auge.« Kurz überlege ich, ob und wie ich Britta eine Nachricht hinterlassen könnte, aber Rina quäkt: »Konstantin, komm, sonst zieht es ein.«

Die Küche ist auch so topmodern eingerichtet, alles weiß, die

Arbeitsflächen aus Granit, mit so einem freistehenden Koch-block, den sich alle Hobbyköche wünschen, oder wie Olli jetzt bestimmt sagen würde: »Genau wie bei euch, Alter.«

Das Fleckenmittel, das Rina schließlich aus einer Schublade kramt, sieht hingegen aus, als wäre es im selben Jahr produziert worden, in dem das Haus erbaut wurde. Mein alter Kumpel Rina – eine Frau voller Widersprüche. Zeitreisende aus den frühen Siebzigern oder Gefangene der Balsamico-*habitat*-Sekte? Viel-leicht einfach nur verloren im Stilmix, das würde auch ihre Part-nerwahl erklären.

»Gott, ist mir das peinlich.« Rina hält mir auffordernd die linke Hand hin, in der rechten hat sie schon ein großes Glas Wasser, das sie in sich hineinschüttet. Es ärgert mich maßlos, dass alles, was ich gerade mit Sicherheit sagen könnte, ist: »Das Glas ist aber von Ikea.« Rina stöhnt: »Ich habe zu viel getrunken. Sorry. Vielleicht mache ich das Zeug doch besser pur drauf.« Sie kniet sich vor mich hin, Fleckenteufel im Anschlag, um ihn mir in den Schritt zu reiben. Ich male mir aus, was geschehen wür-de, wenn Britta jetzt hier reinkäme.

»Warte, ich mach das lieber selbst«, sage ich, grapsche nach dem Fläschchen, und Rina heult. Bitte nicht. Ich hocke mich zu ihr und lege ihr die Hand auf den Rücken. Rinas Weinen wird heftiger, ich umarme sie. Nicht auszudenken, was passie-ren würde, wenn Britta *jetzt* hier reinkäme. »Tut mir leid, tut mir leid, tut mir leid«, wimmert Rina, und ich sage nur: »Ist doch nicht schlimm. Alles nicht so schlimm.«

Ich ziehe Rina hoch, lehne sie an der Spüle an, damit sie sich beruhigt und freier atmen kann. Was Halbärzte halt so tun, wenn Fachärztinnen zusammenbrechen. Wundersamerweise funktioniert es. Ich reiche Rina die Rolle Küchenkrepp, sie reißt ein Tuch ab und schnäuzt sich, danach schaut sie mich traurig an: »Die Aufregung.« Ah, die Aufregung. Weswegen?

Rina entsorgt die Rotzfahne im Müll. Wäscht sich die Hände, Berufskrankheit. Immerhin kann sie nun klar und deutlich sprechen: »Konstantin, die Sache ist die: Ich wollte mit dir reden. Über diese Sache. Also, nicht unbedingt hier.« Sie kichert, als wäre es eine besondere Gemeinheit des Schicksals, dass wir beide jetzt hier stehen, in einer Küche. Ich war mal mit ihr in einer anderen Küche, nach einer ganz anderen Party. Mir wird heiß, ich habe ein ganz, ganz ungutes Gefühl. Gleich wird mir Rina sagen, ich hätte ein Kind. Einen Sohn namens – Ludwig? Er ist jetzt etwa zehn und hat noch keinen Haarausfall, so wie Arndt ihn in dem Alter doch schon hatte. Ludwig sieht ihm überhaupt nicht ähnlich, dafür hat er ein Grübchen links.

»Ich sag's geradeheraus: Es geht um Geld«, bestätigt Rina meine Ahnung. Ich kann gar nichts sagen. Geld. Sie will Geld, zehn Jahre Alimente nachträglich, ohne Umschweife und ohne mir meinen Sohn wenigstens vorzustellen. Blöde Schlampe, denke ich. Will es auch sagen, aber jetzt hat Rina ihren Text beisammen: »Also, das Haus war nicht ganz so günstig, wie wir dachten, da haben wir uns verkalkuliert, aber wir dachten ja auch, dass Arndt befördert würde. Sonst sähe das hier ja alles schon ganz anders aus. Alles, was uns jetzt retten kann, wäre, wenn ich die Stelle an der Klinik bekommen würde. Darauf bewerben sich aber ungefähr hundert andere, da habe ich gar keine Chance ...« Sie sieht mich flehentlich an. Oder so, wie dumme Möchtegernschauspielerinnen denken, dass es total authentisch rüberkommt. Ekelhaft. Ich kann verstehen, dass Britta diese Mädels hasst, und auch, warum sie Rina schon nicht ausstehen konnte, bevor sie sie auch nur kennengelernt hat.

»Ich würde dir ja gern helfen«, lüge ich los, aber dann sage ich es lieber frei heraus, schon um es kurz zu machen: »Ich habe gerade kein so gutes Verhältnis zu meinem Vater. Ich kann den nicht fragen. Tut mir leid.«

»Oh«, sagt Rina, »das ist ja schade. Aber ich kam ja immer gut mit ihm klar. Also, wenn ich ihn vielleicht direkt anrufen könnte?« Eiskalt. Oder völlig verzweifelt, ich weiß es nicht, ich will nur, dass Britta hier reinkommt und was tut, anstatt so blöd daherzureden wie Rina. Aber sie kommt nicht, also muss ich selbst was tun: »Gib mal das Fleckenzeug her.«

Rina nickt, hat wohl wenigstens kapiert, dass ich nicht ihr Mittel zum Zweck bin, und reicht mir das Fläschchen. »Ich gehe mich mal kurz frisch machen«, erklärt sie, als wenn sie sich nicht über der Spüle Wasser ins Gesicht klatschen könnte. Na ja, sie wird wohl auch die Frisur retten, die Nase pudern, sich aufhängen gehen wollen. Damit wäre die Party wohl endgültig vorbei.

Ich halte Rina am Ärmel fest: »Du kannst ihn anrufen, aber ich sage dir: Das bringt nichts. Der ist da ganz objektiv bei Bewerbungen.« Rina schnieft, lächelt und geht ab. Gut gerettet, Konstantin. Schnell mit einem Satz geklärt, dass weder Rina noch du das größte Arschloch der Welt ist, sondern dein alter Herr. Danke, Papa. Der Fleck auf meiner Hose ist eingetrocknet. Dank Rotweinbalsamico sieht es wenigstens nicht so aus, als hätte ich mich eingenässt, sondern ...

»Haben sie dich angeschossen, Baby? Dann sollten wir wirklich gehen!« Britta steht im Türrahmen, hält mir meine Jacke entgegen. Sie guckt, als hätte sie in den letzten zehn Minuten noch Traumatischeres miterleben müssen als ich. Kann sie mir auf dem Nachhauseweg erzählen. Nichts wie weg hier.

BRITTA

So ist Stan. Tief im Inneren weiß ich auch, dass er immer bei mir ist, mit mir geht, wenn es wirklich sein muss. Im entscheidenden Moment lässt er sich nicht einlullen, versucht nicht mehr, die Dinge schönzureden oder höflich zu sein, sondern ist auf meiner Seite. Dann ist es ihm egal, ob er verbrannte Erde hinterlässt oder mir zuliebe ehemals coole Kumpelurologinnen womöglich niemals wiedersieht. Vielleicht wäre dies der ideale Zeitpunkt, ihm zu sagen, dass ich ihn auch liebe, alleine dafür. Aber damit warte ich vielleicht besser, weil er gerade angespannt schnauft: »Die nächste Bahn kommt in drei Minuten, lass ma' rennen.«

Wir sprinten los, legen ein ganz gutes Tempo vor, schaffen es aber doch nur bis zur nächsten Straßenecke. Da geht mir der Atem aus und Stan die Motivation. »Scheiße, das schaffen wir nicht mehr«, stellt er fest, aber er nimmt meine Hand und drückt sie fest. Ich drücke zurück. Ist der Situation vielleicht angemessener als ein »Ich liebe dich« zu hauchen. Damit sollte man nicht zu verschwenderisch umgehen. Steht in jeder Frauenzeitschrift. »Ich liebe dich« zu sagen und dann mindestens zwanzig Minuten in der Kälte an der Treppe zur U-Bahn zu warten, während einer raucht und der andere nicht, ist nicht gut.

»Was ist passiert?«, fange ich also ein weniger romantisches Gespräch an und deute auf Stans Schritt. Er winkt ab: »Frag nicht.«

Und das ist das Irre zwischen uns: In den ganz, ganz rar gesäten Momenten, in denen Stan nicht der große Sonnenschein ist, der in allem und jedem noch das Gute sehen kann, da springe ich ein. Ob ich will oder nicht, ganz automatisch, es ist wie ein in sich geschlossenes System – oder ein sympathischer Zweig meines Neurosendickichts. »Ach, übrigens: Ludwig ist kein Hund«, hebe ich den ersten Schleier des großen Geheimnisses, das ich lüften konnte. Aber Stan lächelt nicht, sondern stöhnt: »Oh nein – sie haben wirklich ihr Blag so genannt?«

Ich muss mich doch sehr wundern. Stan sagt nie »Blag«', sondern immer »Kind«, egal ob die Eltern es hören können oder

49

nicht. Ich zünde mir eine Kippe an, Stan nimmt sie mir aus der Hand, zieht gierig. So gefällt mir mein Mann, muss ich leider zugeben. Stan reicht mir die Zigarette, fragt jetzt, dank Nikotin ruhiger, nach: »Wie alt ist denn der arme Wurm?«

Danke, jetzt kann ich die Story doch noch fast so schön erzählen, wie sie es verdient hat: »Schwer zu sagen. Aber er hat Stacheln auf dem Rücken. Und lebt in einem Terrarium. Er ist ein Leguan.« Stan nickt nur, als hätte er das schon geahnt. Ich muss nachlegen: »Ey, du machst dir kein Bild. Ich kam vom Klo, du warst weg, und der fiese Arndt hat sich so an mich rangeschleimt ...«

Stan schaut mich jetzt interessiert an, also gebe ich alles, als ich Arndts Stimme nachahme: »Ja, Birgit, dein Kerl ist mit meiner Frau in der Küche, höhö, da dachte ich mir, da könnte ich dir ja auch mal was zeigen, was einen zwanzig Zentimeter langen Schwanz hat, höhö.«

Stan verzieht seinen Mund: »Nicht im Ernst, oder? Wie eklig ist das denn?« Ich halte Stan wieder die Kippe hin. Aber Stan will nicht mehr rauchen, er will die Geschichte zu Ende hören. »Jedenfalls haben dann alle wieder gekreischt und mich vorangeschoben in den Keller. Ich habe mich gefühlt wie die Hauptperson bei einer Hexenverbrennung ...«

»Armes Baby«, sagt Stan und zieht mich zu sich heran. Ich würde jetzt gern knutschen und dann nach Hause, ganz schnell. Aber hier ist die Chance auf ein Taxi gleich null, also nur ein bisschen knutschen.

»Und weiter«, fragt Stan und krault meinen Rücken. Das steht in keiner Frauenzeitschrift: Bringen Sie neuen Schwung in Ihre Beziehung, indem Sie eine abgedrehte Haustiergeschichte erzählen. Funktioniert aber erstaunlich gut.

»Dann stehen wir also vor der Kellertür, so eine richtige, amtliche Brandschutztür, und Arndt ging fast einer ab, als er dann verkündete: ›Sagt Hallo zu Ludwig.‹ Und dann macht er die Tür auf. Stan, halt dich fest, der ganze Keller, ich schwöre, der ist mindestens so groß wie unsere Wohnung: eine einzige Wüstenlandschaft. Hinter Glas. Und das Viech saß hinter einem Stein und guckte blöd. Wahnsinn.«

»Wahnsinn«, murmelt Stan und hört auf, meinen Rücken zu kraulen. »Überleg mal, was das kostet, allein das Heizen«, füge ich hinzu. Ich kann fühlen, wie sich Stans Hand an meinem Rücken zur Faust ballt, sich aber im nächsten Moment wieder entspannt. Oh, Mist, haben wir unsere Heizkostenrechnung nicht bezahlt? Ich schaue auf, und Stan gibt mir einen Kuss.

»Tut mir leid, dass ich dich dahin geschleppt hab«, sagt er heiser. »Das waren mit Abstand die widerlichsten, dämlichsten und arrogantesten Leute, die ich je kennenlernen musste. Und Rina ...« Ich würde seinen Satz gern sinnvoll ergänzen, etwa so: »... ist die Königin der Gestörten«, halte mich aber zurück, weil ich es von meinem Freund hören will: »... Rina ist eine ganz arme Wurst.« Okay, soll mir genügen. Er muss sie nicht hassen, seine alte Kumpelfreundin, die ist genug gestraft mit ihrem Arndt und dem Minidrachen im Keller.

»Wollen wir mal runter? Die Bahn kommt gleich«, fragt Stan. Die Zeit fliegt, wenn man Spaß hat. Wir gehen die Treppen hinab, und dabei fällt mir alles ein, was ich in der Geschichte ausgelassen habe: dass ich wirklich Angst hatte, als Stan mit Rina verschwunden war. Und dass ich lieber sterben würde, als irgendwann so zu wohnen, und dass Arndt tatsächlich so etwas wie menschliche Züge angenommen hat, als er von seinem Ludwig erzählte. Aber genau jetzt fällt mir auf, dass Stan das alles schon längst begriffen hat und deswegen Rina wahrscheinlich als arme Wurst bezeichnet hat.

Die Bahn kommt, wir quetschen uns hinein, denn wie um die Uhrzeit üblich flüchten etwa zehntausend Jugendliche in die

Innenstadt, um zu überprüfen, ob noch mehr Alkohol in sie hineinpasst als die halbe Gallone Wodka Red Bull, die sie schon intus haben. Sie pöbeln sich gegenseitig an, bis sie in meinem Freund ein besseres Opfer glauben gefunden zu haben. Aus dem Pulk löst sich ein Bengel, der kaum größer als eine Mülltonne ist, zeigt auf Stans Hose und erkundigt sich brüllend: »Ey, Alter, hast du deine Tage oder was?«

Der ganze Wagen gackert, Stan grinst den Jungen an und erwidert: »Ja, genau. Pass auf, passiert dir auch bald, wenn du demnächst in die Pubertät kommst.«

Alle halten die Luft an. Ich auch. Stan lächelt immer noch, keine Spur von Angst in seinem Gesicht. Der Junge grunzt kurz auf, hebt dann seine Hand: »Korrekt, Alter!« Stan hält ihm die Ghettofaust hin, der Junge wird mit Schulterklopfen wieder ins Rudel seiner Freunde aufgenommen. Stan schüttelt den Kopf, murmelt: »Kinder.« Noch acht Stationen und fünf Minuten Fußmarsch, bis ich über ihn herfallen werde.

STAN

Sieben Stationen noch. Nur ein halbes Glas Wein getrunken, ich bin ganz klar im Kopf, die Wut ist verraucht. Ich habe nicht einmal mehr Mitleid mit Rina, ich meine, es ist doch ihre Schuld, wenn sie sich verkalkuliert. Mit ihren Finanzen, ihrem Arndt, ihren Freunden, mit ihrem Leben. Nein, korrigiere, die Wut ist nicht verraucht, sie sitzt jetzt im Bauch oder etwas tiefer, wo der Rotweinessig klebt, und da mischt sie sich mit ... anderem. Ich will jetzt ganz schnell allein mit Britta sein, damit wir uns diesen Abend aus dem Hirn vögeln können. Und wenn ich jetzt auf ihren Hinterkopf gucke, weiß ich, dass sie das auch will. Gut, mag daran liegen, dass sie zusätzlich ihre Hand an meinem Bauch herabwandern lässt. Noch sechs Stationen. Sie hat ja keine Ahnung, was sie da gerade anrichtet. Hat sie natürlich doch. Ich lege ihre Hand auf ihren Schoß zurück, sehe ihr gespiegeltes Grinsen in der Fensterscheibe. Aussteigen und ein Taxi nehmen? Unfug. Vielleicht ein bisschen über Belanglosigkeiten reden? Ist einen Versuch wert:»Ich muss dringend aus dieser Hose raus«, sage ich, Britta grinst breiter. Versuch fehlgeschlagen. Denk an was Anderes, Unangenehmes, Fieses, Ekliges. Rinas blödes Gesicht erscheint vor meinem inneren Auge, als sie mich fragt, ob sie meinen Vater anrufen dürfe. Jetzt ärgert sich mein Kopf über meinen Vater, aber das Blut rauscht weiter südwärts. Wie alt bin ich eigentlich oder wie kaputt? Hallo, ist vielleicht ein Therapeut anwesend? Noch vier Stationen, eine Britta, die mich wahrscheinlich sorgenvoll anschaut, aber noch wahrscheinlicher: lüstern. Ich schaue weg. An was Langweiliges muss ich denken, genau. Etwas völlig Nüchternes, Klares. Als Teenager, als wir dachten, dies wäre die einzige Art von Erektionsstörung, die uns je ereilen würde, hatten wir doch ein Mittel dagegen. Im Freibad hat es immer hervorragend funktioniert: im Kopf die Primzahlen aufsagen. Wenn Sarah Lehmann mit ihrem Gefolge an uns vorbeikam und an ihrem Eis schleckte, als hätte sie das so in einem Softporno gesehen, dann gab es nur eine Rettung: Primzahlen. Olli und ich hatten denselben Trick drauf und uns, wenn Sarah Lehmann endlich hüftschwingend von dannen gewogt war, gegenseitig zugerufen:»23!« Und die anderen haben es nicht geschnallt, erst recht nicht unseren Lachanfall, den Olli Stunden später beim Grillen auslöste, als er urplötzlich »8147!« schrie. – Ach ja, der Olli. Scheiße.

»Wir müssen raus«, sagt Britta und flutscht an mir vorbei zur Tür, als müsse sie einen dringenden Termin wahrnehmen, den ich bis vor zehn Sekunden auch hatte. Bis Olli ihn abgesagt hat. Britta ist noch nicht eingefallen, dass unsere Wohnung belagert wird. Oder es macht ihr nichts aus, Sex zu haben, während Olli im Nebenzimmer vor sich hin schnarcht, wenn er denn überhaupt schon pennt. Ganz kurz denke ich darüber nach, ob wir uns vielleicht ein Hotelzimmer nehmen sollen, aber als wir oben auf der Straße stehen, hat die Realität auch Britta eingeholt: »Shit. Olli.«

Betont langsam latschen wir weiter, Britta raucht schon wieder, welch Überraschung. Als wir in unsere Straße einbiegen, sehen wir Licht im Wohnzimmerfenster. Er ist tatsächlich noch wach. Wow, endlich habe ich den perfekten Lustkiller gefunden, besser als Primzahlen, und der reicht für zwei. Britta murmelt: »Ey, bitte nicht. Ich kann jetzt nicht auch noch stundenlang Suff und Selbstmitleid ertragen. Echt nicht.« Ich auch nicht. Wo wäre denn das nächste Hotel hier in der Gegend? Und wo der Held, der uns das bezahlt? Wir stehen vor der Haustür, unschlüssig, müde und – genial. »Hast du die Garagenschlüssel dabei?«, frage ich Britta. Sie klimpert mit dem Schlüsselbund in ihrer Tasche, doofe Frage, Britta hat immer alle Schlüssel dabei. »Was hast du vor, willst du noch irgendwo hinfahren? Also, ich kann nicht, ich hab zu viel getrunken, und du kannst auch nicht, weil ...« Sie bricht ab. So weit hatte ich gar nicht gedacht: »Nein, ich dachte, wir pennen im Auto.«

Britta sieht mich zweifelnd an: »In der Tiefgarage? Ist das nicht ...?« Keine Ahnung, ob sie »verboten«, »gefährlich« oder »dämlich« sagen wollte. Die Alternative heißt »Olli«, und der kann all das auf einmal sein.

Wir schleichen durch den dunklen Hausflur, Britta tastet sich an den Briefkästen entlang, wir kichern wie angeschickerte Sechzehnjährige, die sich nach einer Party wieder ins Haus ihrer Eltern hineinschleichen wollen, eingedenk des sensationellen Masterplans aller Jugendlichen: »Wenn wir das Licht nicht anmachen, merken die nie, dass wir überhaupt weg waren.« Der

Unterschied ist: Zwanzig Jahre später klappt das tatsächlich. Wir treten weder in eine Mausefalle (die wirklich schärfste pädagogische Maßnahme meines Vaters, dem allerdings nicht klar war, dass ich nicht barfuß durch das Haus schleichen würde) noch geht plötzlich die Festbeleuchtung an, und vierzig noch viel betrunkenere Menschen schmeißen eine Überraschungsparty für die Tochter, die nicht halb so betrunken ist wie ihre Mutter (Brittas fünfzehnter Geburtstag, keine erkennbare pädagogische Absicht dahinter). Britta findet sogar im ersten Anlauf den richtigen Schlüssel zur Kellertür, und deren zartes Quietschen wird Olli nicht hören können oben im dritten Stock.

In der Tiefgarage riecht es nach Tiefgarage. Ich hasse diesen Ort, aber auf der Straße gibt es nie Parkplätze. Wir tasten uns zu unserem Auto vor. Der gute, alte Volvo. Britta tätschelt sein Dach, bevor sie aufschließt. Andere hegen zärtliche Gefühle für Echsen, wir lieben unsere Karre. Und uns. Genau, da war ja noch ein Programmpunkt, auf den ich ganz heiß bin. Oder war.

Vielleicht liegt es an den Betonpfeilern, den schicken Schlitten der sieben anderen Hausbewohner oder einfach an der eisigen Kälte im Wagen, dass ich weder an Olli noch an Primzahlen denken muss, um mich im Zaum zu halten. Nein, es liegt daran, dass ich auf der Beifahrerseite sitze. Und wir jetzt nicht erst an den Strand fahren, ins Meer springen und danach übereinander herfallen. Es ist nicht so, dass ich immer ein so extravagantes Vorspiel benötige, aber im Augenblick würde mir eine andere Aussicht doch helfen. Britta klappert mit den Zähnen, aber die Heizung können wir wohl nicht anstellen. Wenigstens haben wir Schlafsäcke im Wagen, fällt mir ein. Die befinden sich auf den allzeit zur Liegefläche umgeklappten Rücksitzen hinter uns. Zusammen mit unseren Isomatten, Neoprenanzügen, Sonnencreme, Handtüchern, Badezeug, dem Sprachführer, dem Fernglas und zwei Dosen Ravioli. Jawohl, wir sind allzeit so gut wie bereit, unser sicheres, bürgerliches Leben hinter uns zu lassen. Alles, was uns dafür noch an Ausrüstung fehlt, sind ein paar Strumpfmasken und eine abgesägte Schrotflinte. Denn obwohl es nur ein ganz kleines, bescheidenes Haus ist, das wir uns schon vor Jahren an einer Bucht ganz im Süden von Portugal ausgesucht haben: Ganz ohne Banküberfall können wir uns das auch nicht leisten. Haben ja heute erst wieder gesehen, wie man sich bei so einer Immobilienfinanzierung ins Unglück stürzen kann.

Britta übernimmt das abschließende Seufzen für mich: »Ich bin todmüde«, erklärt sie und steigt aus dem Auto. Für einen Augenblick befürchte ich, sie will sich geschlagen geben und in die Wohnung hinauf, aber dann höre ich, wie sie die Kofferraumtür öffnet, in unserem Notgepäck herumwühlt und den Reißverschluss des Schlafsacks aufzieht. Britta wälzt sich hinter mir herum, es knistert und raschelt. »Was zum ... Stan, mach mal Licht an!« Sie klingt ganz aufgeregt. Bitte nicht auch noch Mäuse im Auto, durchfährt es mich.

»Licht an!«, drängt Britta, und das Rascheln ist jetzt ganz nah an meinem Kopf, ich drücke den Schalter am Spiegel, aber bevor ich was sehen kann, spüre ich etwas im Gesicht und schreie laut auf. Britta schreit ebenfalls, nur schriller. »Ahh! Das sind mindestens dreihundert Euro! Wir sind reich!«

Ich schnappatme noch, aber mein Herz schlägt wieder. Britta hat auch schon damit aufgehört, mir mit den Scheinen im Gesicht herumzuwedeln, weil sie das Geld ja zählen muss. »Es sind dreihundertvierzig Tacken. Wo kommen die denn her?«, will Britta wissen. Ich habe nicht den geringsten Schimmer. Niemand würde noch Geld in unser Auto stecken, geschweige denn in die dort befindlichen Schlafsäcke, oder? Oh. Eine Person fällt mir da tatsächlich ein.

»In welchem Schlafsack hast du's gefunden?«

»In deinem, wieso? Hat dir das jemand nach einer heißen Liebesnacht zugesteckt, oder was?«

»Nein.« Ich knipse das Licht aus und klettere zu Britta nach hinten.

»Ach Mist, das hat nur irgendein Mafiaboss hier zwischengelagert, und wir müssen es zurückgeben, oder?« Britta freut sich so über den unverhofften Geldsegen, dass ich sie erst mal küssen muss. Dank der vollkommenen Düsternis erwische ich ihre Nase.

»Nein.«

Sie rät weiter: »Ist es Falschgeld?«

»Nein.«

»Eine edle Spende der Nachbarn, damit wir endlich ausziehen?«

»Nein.«

»Sagst du's mir?«

»Später.«

Britta legt ihren Arm um mich und breitet den Schlafsack über uns beide aus. »Sag's mir!«, befiehlt sie, ihre Hand fummelt an meiner Hose herum. »Nein.«

Britta ändert ihre Verhörtaktik: »Okay. Auch egal. Was machen wir mit der Kohle?«, fragt sie.

»Auf den Kopf hauen, alles auf einmal«, sage ich. Britta lacht und wirft das Geldbündel hoch, damit die Scheine auf uns herabregnen können. Aber das Dach ist niedrig. Die Scheine segeln nicht in Zeitlupe nieder, wie im Film. Kein warmer Regen. Nicht mal ein Schauer. Eher so, als würde einem ein wenig Papier aufs Gesicht fallen.

Britta lächelt trotzdem, als sie »Auftrag erledigt. Gute Nacht. Schlaf schön« sagt. Ich kann hören, wenn sie wirklich glücklich ist. Immer.

Verbraucht man eigentlich mehr Sauerstoff, wenn man schnarcht? Dann sollte ich Stan den Mund zuhalten, er nimmt uns die letzte Luft zum Atmen. »Mach doch das Fenster auf«, nuschelt er.

Eins muss man ihm lassen: Für jemanden, der im Schlaf redet, hat er halbwegs vernünftige Ideen. Allerdings sind wir ja in der Tiefgarage, und die Luft, die hier reinströmen würde, ist wahrscheinlich noch weniger zum Atmen geeignet. Könnten diese Benzingase uns vergiften, ganz langsam? Wäre ja eine Möglichkeit, für alle, die sich umbringen wollen, denen die Kohlenmonoxid-durch-Schlauch-am-Auspuff-Variante aber zu hardcore ist. Genau diese Art von Gedankengang beweist doch, dass mein Gehirn schon ziemlich vernebelt ist. Ich muss Stan jetzt ganz dringend wachrütteln und mit ihm hier raus. Obwohl wir auch noch einen Moment abwarten können, in dem ich mir ausmale, was für einen guten Thriller man aus diesem Anfangsszenario machen könnte: Ein Paar liegt tot in seinem Auto, in einer Tiefgarage, der Boden des Wagens ist mit Geldscheinen übersät. Also kein Raubmord. Steckt die Mafia dahinter oder ein Ritualmörder? Hatte das Paar Feinde? Hatte es Freunde?

Nun, irgendwas dazwischen, nämlich Olli. Und den würden die Bullen garantiert festnehmen, schon weil er völlig ohne Alibi oben in der Wohnung des Paares bereitsäße. Olli würde sich allerdings auch ohne Fremdanklage eine Mitschuld geben, zumindest wenn wir tot wären. Schon damit er sich endgültig um den Verstand saufen könnte. Aber bleiben wir beim Drehbuch. Auch Stans Vater würde befragt werden, klar, und auch er würde sich sehr grämen, weil er seinem einzigen Sohn diesen Tiefgaragenplatz aufgedrängt hat. Stans Vater ginge dann nach Indien, um dort Straßenkindern zu helfen, denn er könnte nie wieder im

Leben eine Tiefgarage betreten. Oder Golf spielen und Vorträge über Lebensführung und Immobilienanlagen halten oder sich am Ohr zupfen. Ja, ein ganz erstaunlich komplexes, posttraumatisches Stresssyndrom würde ihn ereilen, aber das hilft der Story gerade nicht weiter. Meine Mutter hingegen würde unser Auto erben und es dann zu Schrott fahren, also vollenden, was ich zu Lebzeiten nicht mehr geschafft habe. Stans Mutter hingegen ... Ach, das wird alles zu kompliziert. Soll ja keine Miniserie werden. Aber am Ende, wenn der furchtbare Arndt des illegalen Echsenhandels überführt und alle Überlebenden gründlich geläutert wären, erstünde das Paar wieder auf, und zwar heimlich. Die wären nämlich nur betäubt gewesen, und in der letzten Szene schlichen sich die beiden aus der Gerichtsmedizin heraus, Hand in Hand, und versteckten sich in einem Haus am Meer, wo sie glücklich und zufrieden lebten, bis es dann in fünfzig Jahren wirklich vorbei wäre. – Klingt zu unglaubwürdig, das kauft mir keiner ab. Das Tolle ist: Niemand muss mir diese Geschichte mehr abkaufen. Ich habe da gestern Abend eine ganz andere Sache ins Rollen gebracht. Und das Projekt ist sozusagen vorfinanziert, da gilt es nur zu schauen, ob sich alle an das Drehbuch halten – sofern sie ihre Rolle verstehen.

Aber ganz akut hätte ich eine wesentlich handfestere Variante für die nächste Szene im Angebot: Statt Stan zu wecken, kann ich das Auto ja auch einfach auf die Straße fahren. Genial. Ich klettere auf den Fahrersitz, finde die Karte zum Entsperren der Schranke im Handschuhfach und lasse den Motor an. »Hrrrrmmmm«, macht Stan, der Motor auch. Das Garagentor öffnet sich, und ich fahre ganz langsam in die aufgehende Sonne hinaus. Nein, es regnet. In feinen Fäden vor hellem Grau. Dazu passend ist wieder mal kein einziger Parkplatz auf der Straße frei. Ich muss wohl ein Stückchen fahren, um einen zu finden. Ich biege nach links ab, wieder nach links, dann nach links. Als ich wieder vor der Garageneinfahrt stehe, ist immer noch kein Parkplatz frei. Gleich müssten ja die ersten Leute aufstehen und zur Arbeit fahren, oder? Da, da fährt einer raus. Wenn er an mir vorbeikommt. Ja, ich weiß, dass ich bescheuert stehe, aber warte ab, du Vogel, wenn ich gleich einparke, sieht das noch viel bescheuerter aus. Vom beständigen Kopfschütteln des Ausparkers begleitet, setze ich die paar Meter zurück, die es braucht, damit er aus der Lücke kommt. »Was machst du da?«, fragt Stan. Nicht schlaftrunken, nein, er ist so was von wach, er sitzt aufrecht in seinem Schlafsack.

»Ich parke um.«

»Wieso?«

»Weil ...« Anders als andere Leute liebe ich Autobahnfahrten, besonders an Sommerabenden. Die Großstadt am Morgen ist mir hingegen unheimlich, auch wenn nur ein weiterer Verkehrsteilnehmer unterwegs ist. Und beim Einparken benötige ich absolute Ruhe, keinerlei Ablenkung. Und schon gar nicht einen Stan, der »Stopp, stopp, stopp!« ruft. Das Auto gehorcht ihm brav, der Motor geht aus, ich beiße mir auf die Lippe.

»Warte mal, ich mach das eben«, sagt Stan und will schon über den Sitz klettern. »Bleib hinten«, blaffe ich. Stan bleibt hinten, der Ausparker hupt, ich drehe den Zündschlüssel und gebe Vollgas. Fahre ich halt noch einmal um den Block. Oder wenigstens bis zur roten Ampel, an der ich voll in die Eisen steige. Stan nutzt die Gelegenheit und springt sofort aus dem Wagen. Als er an die Scheibe klopft, steht die Ampel schon wieder auf Grün. Aber ich fahre nicht los, sondern kurble das Fenster weit auf: »Du stehst gut, Baby. Steig aus«, sagt er.

Ich lächle, steige aus und nicht wieder ein. Stan fährt rückwärts, parkt den Wagen wie aus dem Lehrbuch perfekt in der Lücke, die sich plötzlich für ihn aufgetan hat, direkt hinter uns. Noch im Überqueren der Straße wirft er mir den Schlüssel lässig zu.

Wir reden nicht mehr über meine Fahrkünste, es gibt Wichtigeres zu besprechen. »Lass mal nach Hause gehen. Ich muss dringend aufs Klo. Und 'nen Kaffee kann ich auch vertragen«, sagt Stan. Er könnte kurz in die Büsche springen. Und Kaffee gibt es auch außerhalb unserer Wohnung, fast überall, so eine Großstadt verfügt auch über Vorteile.

Stan hat meine Gedanken fast erraten: »Okay, du wartest, ich geh schnell hoch, zieh mir eine andere Hose an, und dann gehen wir Kaffee trinken, okay?« Prima. Ich winke Stan, und als er um die Ecke verschwindet, grüble ich, wo man denn so um halb sieben nett hingehen könnte, um einen Kaffee zu trinken. An den Kiosk oder doch in die Selbstbedienungsbäckerei? Egal, Hauptsache, nicht zusammen mit Olli frühstücken. Solange Stan weg ist, kann ich ja mal im Internet wichtige Dinge für mein Krimidrehbuch recherchieren, zum Beispiel wie man wohl am besten lebendig in die Gerichtsmedizin hineinkommt und, viel wichtiger, auch wieder raus. Wow. Das schlaue Telefon zeigt mir bei meiner Suchanfrage gleich vierzehntausend Einträge an, die sich damit beschäftigen, wie man seinen eigenen Tod vortäuscht. Scheint gar nicht so einfach zu sein, vor allem nicht, wenn man dämlich ist. Oder eitel. Wenn ich untertauchte, würde ich wohl kaum vier Wochen später in irgendeinem Forum posten: »Juhu, ich hab's geschafft, ganz ohne Zeugenschutzprogramm! Tipps zum Nachmachen gibt's zum Download auf meiner Homepage.« Okay, das ist vielleicht ein Fake. Oder ein Scherz, den ich ohne Kaffee noch nicht verstehen konnte. Ich verstehe aber immerhin, dass man solche Sachen nicht im Internet suchen sollte, egal ob man nur ein Drehbuch schreiben möchte oder es tatsächlich durchziehen will. Und falls man den Fehler schon begangen hat: Schnell das Handy wegschmeißen, die SIM-Karte am besten verbrennen. Oder aufessen? Dann an einen Ort flüchten, an dem niemand einen vermuten würde.

Stan und ich dürften also gar nicht ans Meer, sondern müssten in die Berge. Zu Wiedergeborenen Christen werden, und natürlich müssten wir die Zigarettenmarke wechseln. Zu Letzterem wäre ich eventuell bereit, und Stan hat ja schon mit dem Rauchen aufgehört. Jetzt guck ich doch mal, was ein Jahresvorrat an Nikotinpflastern kostet. »Akku schwach«, informiert mich das Display, war ja klar. Mein Ladekabel liegt oben in der Wohnung, vielleicht reicht der Saft noch, um Stan eine SMS zu schreiben, er möge das Kabel mitbringen. Aber nein, das Handy stirbt in meinen Händen. Stan ist wahrscheinlich eh schon auf dem Rückweg. Wenn er nicht zwischendurch ein ernstes Gespräch mit Olli geführt hat, derart: »Alter, Folgendes: Britta und ich gehen jetzt schön frühstücken, und wenn wir in zwei Stunden wieder da sind, bist du hier verschwunden. Leb dich in deinem neuen Zuhause ein, und melde dich erst wieder, wenn du nüchtern bist, einen neuen Job hast und uns nicht mehr für alles verantwortlich machst, was in deinem Leben schiefgelaufen ist. Ich mach schon mal alle Fenster auf, damit frische Luft reinkommt. Bis in ein paar Wochen. Monaten. Jahren.« Ja, wahrscheinlich. Das brächte nicht einmal ich fertig heute. Dazu bin ich zu kaputt von einem Glas Weißwein, Rina, Arndt und Ludwig.

Also sollten Stan und ich wohl doch untertauchen, direkt abhauen. Mein Handy ist ja schon ausgegangen, das ist ein Zeichen, das man nur richtig deuten muss. Wenn Stan gleich wieder da ist, fahre ich einfach direkt auf die Autobahn und sage: »Achtung! Dies ist eine Entführung! Vertrau mir, es kann nur besser werden, die Berge sind gar nicht so übel. Und wenn wir uns dort einer dubiosen Glaubensgemeinschaft anschließen, dann nur vorübergehend, zur Tarnung. Es wird ein Spaß!« Vielleicht ist er ja dabei. Mittlerweile finde ich die Idee, uns auf unbestimmte Zeit einer Sekte anzuschließen, gar nicht so verkehrt. Deren Gehirnwäschen gelten doch als recht gründlich, bestimmt schaffen die es sogar, Stans ständige Selbstzweifel wegzuspülen. Oha. Das ist also meine Idee: Ich liebe meinen Freund so sehr, dass ich mir wünschte, er wäre ein seelenloser Zombie ohne Vergangenheit und Erinnerungen. Ein sabbernder Hirntoter, der, in einen Leinensack gewandet, Käse auf einer Alm herumrollt. Wie viel habe ich gestern wirklich getrunken? Ein Quietschen hinter mir, ich zucke zusammen. Stan hat die Heckklappe geöffnet, stopft etwas Kastenförmiges zu unserem übrigen Gerümpel hinein. »Was ist das?«, frage ich nach hinten, aber Stan hat die Heckklappe schon wieder zugeschlagen, sitzt im nächsten Moment auf dem Beifahrersitz und grinst mich an: »Planänderung!«

Ah. Kein Frühstück also, toller Plan. Stan schnallt sich an, klatscht in die Hände und befiehlt: »Baby, fahr einfach los. Auf die A4, immer westwärts.«

Man soll aufpassen, was man sich wünscht. Gerade noch wollte man untertauchen, dann fällt einem ein, dass der Freund das nicht ohne vorherige Hirnwäsche mitmachen wird, und zehn Minuten später ist er voll dabei, als hätte er zwischendurch mal eben sein Leben geregelt.

Hat er etwa gerade Olli umgebracht? Will ich das wirklich wissen? »Was hast du da eben hinten ins Auto gelegt?«, frage ich misstrauisch, aber gleichzeitig drehe ich schon den Zündschlüssel um.

»Überraschung!« Stan grinst. Falsch: Er hat überhaupt noch nicht mit dem Grinsen aufgehört, seit er im Auto sitzt, und es wird auch nur ein wenig schmaler, als ich den Baum neben uns leicht touchiere. Ich sollte mich aufs Fahren konzentrieren, damit wir nicht mehr so viele Spuren hinterlassen. Stan sieht das ähnlich: »Ich navigiere dich, ich muss nur mein Telefon aufladen.« Er zaubert ein Ladegerät aus der Jackentasche. »Ich liebe dich«, entfährt es mir sehr leise, Stan schreit: »Vorsicht, Ampel!« Gelb heißt: Gas geben. Nach ein paar Sekunden, in denen wir beide kein Sirengeräusch gehört haben, fragt Stan: »Was hast du gesagt, gerade?«

»Dass ich vorsichtig fahre. Ich habe gesagt: Ich fahr jetzt vorsichtig.« Der von mir Geliebte nickt und wirkt dabei halbwegs erleichtert. Immerhin grinst er nicht mehr so blöd.

STAN

Es war eine gute Idee, den DVD-Player einzupacken. Britta wird sich heute Abend bestimmt darüber freuen, wenn wir in diesem Hotel, dieser Pension sind. Was man nicht alles schaffen kann, wenn man unter Druck steht: Hose wechseln, ohne Olli zu wecken, den Kühlschrank durchstöbern, ohne Olli zu wecken, die Luft anhalten, ohne Olli zu wecken. Den Anrufbeantworter abhören, dabei feststellen, wie sehr man tatsächlich unter Druck steht, Ollis Grummeln ignorieren, den Brief in die Jackentasche stecken, den du eben aus dem Briefkasten gefischt hast. Und bei dem du dich noch gewundert hast, wie du den gestern übersehen konntest, wo er doch so wichtig aussieht. So wichtig, dass du ihn noch im Hausflur geöffnet und gelesen hast, drei Mal. Um festzustellen, dass er gar nicht wichtig ist, sondern einfach nur ... unglaublich *falsch*. Und böse. Beschließen, dass Britta diesen Brief nie zu Gesicht bekommen darf, deswegen leise fluchen, den Brief wieder aus der Jackentasche herausnehmen und ihn nicht wegwerfen, weil du ihn als Beweis brauchen wirst, sondern ihn dann unter Rechnungen verstecken, bloß nicht Olli wecken. Dann darf man die angerauchte Kippe nicht aus dem Aschenbecher nehmen, sondern muss nur ganz, ganz leise überlegen, was jetzt zu tun ist. Und siehe da: Nichtrauchen hilft doch! Da siehst du plötzlich diese DVD-Hülle auf dem Schreibtisch – ein verdammtes Zeichen! Es muss ein Zeichen sein, denn du hast keinen Schimmer, weshalb ausgerechnet diese DVD da liegt. Dass Britta aufräumen wollte, ist eher unwahrscheinlich, also: Wollte sie dir einen Hinweis damit geben? Da will sie hin. Wollte sie immer schon, oder? Du schmeißt den Rechner an und findest ein schnuckliges, total günstiges Hotel im Internet, das bestimmt noch ein Zimmer frei hat heute Abend. Aber weil im Nebenzimmer der schnaufende Drache sich zu erheben droht, wartest du die E-Mail-Bestätigung auf deine Buchungsanfrage nicht ab, sondern rüstest dich: packst die Zahnbürsten ein, Unterwäsche und T-Shirts, die fast trocken über der Wäscheleine im Bad hängen, und, ganz wichtig: das Ladekabel. Denn irgendwann, im Laufe des Tages oder der Nacht, wirst du deiner Freundin wohl doch von der Nachricht auf dem Anrufbeantworter erzählen müssen. Und dem Brief, natürlich, irgendwann. Und jetzt gibt dir dein bester Kumpel ein weiteres Zeichen, dass es jetzt wirklich an der Zeit ist abzuhauen, indem er röchelt: »Alter, bist du das?« Du schnappst dir den DVD-Player, schlägst ihn zum Schutz in eine Decke ein, schleichst durch die Diele und schließt ganz leise die Wohnungstür hinter dir.

Und auf der letzten Treppenstufe fällt dir noch ein: Du musst lächeln, du Idiot. Du musst jetzt ganz stark sein, für euch beide. Wozu hast du jahrelang mit Britta ihre Texte geübt? Sogar an einem bescheuerten Impro-Workshop hast du mal teilgenommen, bei dem dir alle Talent bescheinigt haben. Du kannst wahnsinnig gut schauspielern, das sagst du dir, als du mit einem karierten Päckchen in der Hand, den Wechselklamotten unter dem Arm und zwei Zahnbürsten in der Brusttasche zu deinem Auto stapfst. Eurem Auto. Es könnte die letzte Fahrt damit werden, und falls es so sein sollte, willst du, dass es ein wunderschöner, unvergesslicher Ausflug wird. Okay, das Unvergessliche wird ziemlich sicher nicht das Problem. Auf jeden Fall musst du so lange lächeln, bis ihr mindestens fünfhundert Kilometer zwischen euch und dieser Stadt gelassen habt. Die kann Britta nicht zurückrennen, um ein bis drei Köpfe abzuschlagen.

»Kannst du vielleicht mein Handy zuerst laden, das ist komplett leer«, fragt Britta. Ich sollte das einfach tun, schon damit wir darüber nicht weiter diskutieren und meine Freundin ihre ungeteilte Aufmerksamkeit dem Straßenverkehr widmen kann. »Aber ich muss dich doch zur Autobahn dirigieren«, werfe ich ein, während ich mein Handy schon mal einstöpsle. Ein Wagen, der von rechts aus der Straße schießt und uns um Millimeter verfehlt, rettet mich: »Arschloch!«, schreit Britta und hupt mehrfach. Ich versuche, mir das Kennzeichen des Audis zu merken, damit ich dem Fahrer eine Dankeskarte schicken kann. »Das war jetzt aber nicht deine Schuld«, sage ich Esel, Britta sagt: »Ich weiß. *Ich* habe ja einen Führerschein.«

Ich weiß, dass ich das nicht denken darf, tue es aber trotzdem: Vielleicht ist sie einfach nur so fies und gereizt, weil sie ihre Tage bekommen hat. Am besten nur noch »rechts« und »links« sagen, bis wir auf der Autobahn sind. Autobahnen stellen für Britta aus unerfindlichen Gründen kein Problem dar. Da fährt sie ganz gelöst, um nicht zu sagen furchtlos. Sie spornt unser armes Auto zu Höchstleistungen an, ihre Spurwechsel sind nicht illegal, bloß gewagt. Ich bin mir sicher, dass alle Fahrer, die wir überholen, sie laut als Arschloch beschimpfen. Hätte ich doch meinen Führerschein nicht in diesem Monat abgegeben.

»Hättest auch an meinem Telefon das Navi anstellen können«, bemerkt Britta etwas spitz und fährt gerade noch im richtigen Moment auf die andere Auffahrt zu. »Aber dann ist es ja keine Überraschung mehr, wo wir hinfahren«, bemerke ich noch viel spitzer zurück. Britta schaut mich irritiert an, das tut sie gern in Kurven: »Äh, wenn ich nicht wissen soll, wo wir hinfahren, müsstest du mir vielleicht die Augen verbinden.« Würde ihre

Fahrkünste nicht unbedingt einschränken. »Gute Idee, mache ich gleich.«

Britta lacht auf, endlich, aber das kann auch daran liegen, dass wir jetzt freie Fahrt auf der A4 haben, und nicht daran, dass ich Schwachsinn daherrede. »Jetzt erst mal immer geradeaus.« Ich atme durch, bis ich bemerke, dass ich ja gar kein Navigationsgerät bin, das jetzt dreihundert Kilometer Sendepause hat.

»War Olli wach?«, fragt Britta. Ganz normale Frage, ganz normale Antwort: »Weiß nicht.«

Britta umklammert das Lenkrad fester. Unnötig, ich weiß auch so, dass ich mich gerade etwas rätselhaft benehme und wohl keine Schonfrist bekomme, bis wir an meinem geheimen Überraschungsziel angekommen sind. »Stannie, was ist los mit dir? Wollen wir mal kurz rausfahren und einen Kaffee trinken?« Nichts lieber als das.

»Ach, die Autobahn ist grad noch so schön frei. Lass doch noch ein paar Kilometer machen.«

»Okay. Übernächste Tankstelle?«

»Überübernächste?« Ich bin ein Verhandlungsgenie. Britta zuckt mit den Schultern und schiebt unseren Wagen vor die Nase eines Mercedes, dessen Fahrer wohl kurz vergessen hatte, schneller als nötig zu fahren. Sein Hupen scheint Brittas Abenteuerstimmung anzukurbeln: »Als wären wir auf der Flucht«, sagt sie etwas verträumt.

Genau. Wir flüchten für eine Nacht. Und danach wird alles anders sein. Ich will Britta das mit einem Kuss bestätigen, aber der Mercedes hat wieder aufgeholt. Wenn man dem Rückspiegel glauben mag, sitzt der Fahrer schon auf unserer Rückbank.

Britta tritt aufs Gas, unser Auto röhrt beängstigend, es quietscht in seinen Eingeweiden und gibt sogar ein Geräusch von sich, das ich noch gar nicht kannte: ein Pfeifen, vermischt mit Vogelgezwitscher, mein Handy klingelt. Ich reiße es vom

Ladekabel und schalte es aus. Aber anstatt mir eine Hand auf die Stirn zu legen, um zu prüfen, ob ich fiebere, sagt Britta nur: »Gute Idee, lassen wir die blöden Handys einfach mal ganz aus. Muss ja nicht, auf der Autobahn, oder?«

Da stimme ich ihr vollkommen zu, aber dann fällt Britta ein: »Obwohl, ich warte noch auf eine Nachricht von der Agentur. Wegen des Termins nächste Woche.«

Mist, ich wollte doch nicht lügen. Ich wollte nur eine Weile warten, bis ich ihr etwas von der Wahrheit sage: »Oh, der war auf dem Anrufbeantworter. Ist verschoben, der Termin. Also, die melden sich die Tage.« Das war jetzt nicht der genaue Wortlaut der Nachricht. Aber Britta scheint zufrieden: »War ja klar. Vollidioten«, grummelt sie. »Würde mich auch nicht überraschen, wenn die mir den Job noch ganz absagen.«

Das war schon näher an der Wahrheit. Also nimmt es Britta vielleicht gar nicht so schlecht auf, wenn ich sage, was wirklich auf dem Anrufbeantworter zu hören war. Von dem Brief, der in der Post war, ganz zu schweigen. Aber dazu bin ich doch zu feige. Ja, ich habe Angst, meiner Freundin schlechte Nachrichten zu überbringen, während sie sich ein Rennen mit einem lichthupenden Benz-Fahrer liefert. Der mittlerweile aussieht, als wolle er unseren Volvo zermalmen.

»Fahr rechts rüber, Baby«, kann ich noch murmeln, aber da ist Britta schon zur Seite gezogen, in die Eisen gestiegen und grinst dem Mercedes noch hinterher, was der Fahrer nicht mehr gesehen haben dürfte. Anders als den Blitzer, der ihn voll erwischt hat, mit sagen wir mal 180 Sachen kurz hinter dem Tempo-100-Schild. Unterschätze niemals eine Britta Werner. Sie mag klein sein und ihr Lächeln süß, aber in ihr schlägt das Herz eines klingonischen Kriegers.

»War sonst noch wer auf dem Anrufbeantworter?«, fragt sie, als sie dem Mann zuwinkt, der jetzt neben seiner Angeberkarre auf dem Standstreifen telefoniert, wahrscheinlich mit seinem Anwalt. Wenn sie in dieser Stimmung weiterfährt, macht der nächste Blitzer ein Foto von uns: »Lass uns doch mal an der nächsten Raststätte rausfahren, ich brauche Kaffee.«

»Oh, ich auch. Und was zu essen. Ich hab richtig Hunger.« Britta schaut erst mich, dann einen Zehneuroschein an, der auf der Fußmatte klebt. Was kann ich sagen? Entschleunigungsmanöver gelungen. Aber nach fast neun Jahren kennt man schließlich die Achillesferse seiner Partnerin – Britta liebt Raststättenfraß. Innerstädtisches Junkfood ignoriert sie mittlerweile, aber sobald das Zeug drei Mal so teuer ist und leicht nach Benzol schmeckt, ist es um sie geschehen. Gott sei Dank sind wir nicht so oft auf Autobahnen unterwegs. Ich klaube drei Zehner vom Boden auf. Wird das ausreichen, um Britta so weit zu sedieren, dass ich ihr von der Nachricht ihrer Agentur erzählen kann? Und irgendwann, heute Nacht, von dem Brief? Ich muss es wohl ausprobieren.

BRITTA

Nicht viel los an der Raststätte an einem frühen Samstagmorgen im November. Ich kann mir also einen Parkplatz aussuchen, und Stan seufzt nicht mal auf, als ich zwei davon belege. Irgendwas ist da gestern mit ihm passiert in Rinas Salzteighaus des Schreckens. Was kann diese unsägliche Frau ihm angetan haben in den zehn Minuten, in denen ich dem Drachen Ludwig entgegentrat? Ich werde Stan fragen, sobald wir etwas gegessen haben. Essen ist immer gut, Tankstellenessen noch besser. Ich weiß nicht, warum ich so drauf stehe. Eine Freundin meiner Mutter hat mal vermutet, dass es an der frühkindlichen Prägung läge – wir sind viel durch die Lande getourt, als ich klein war. Irgendwo

69

unterwegs hat meine Mutter auch meinen Vater getroffen, aber das ist eine ganz andere Geschichte, die meine Mutter je nach Wetterlage unterschiedlich erzählt.

Wir steigen aus, ich schließe ab. Nieselregen und Magenknurren begleiten uns bis zu der Drehtür, die uns in die verheißungsvolle Welt der Autobahngastronomie einführt. Es ist noch nicht mal neun, aber es riecht schon nach tranigem Fett, aufgebackenen Brötchen, verschmurgeltem Kohl und Kaffeebohnen. In der Mischung einfach umwerfend. Stan glotzt entmutigt auf die Salattheke. »Soll ich dir was mitbringen?«, frage ich, weil ich weiß, wie lange er braucht, um sich was auszusuchen. Zu lange.

»Ja, überrasch mich einfach«, murmelt er zerstreut, gibt mir einen Kuss und steuert auf einen Tisch am Fenster zu. Er ist wirklich durch den Wind, aber ich bin auf einer Mission. Also, einer Zwischenmission, die abgespalten von dem Hauptauftrag stattfindet. Der lautet immer noch: »Herausfinden, was mein Freund jetzt als Nächstes vorhat, und hoffen, dass wir untertauchen müssen. Dann einfach weiterfahren, bis es nicht mehr weitergeht. Und dann weiterfliegen, vielleicht ...« Aber erst mal etwas essen, am besten auf Vorrat. Also, zwei Tabletts geschnappt, dem verschlafenen Jungen hinter der Theke so zugelächelt, dass er die doppelte Portion Bratkartoffeln auf die Teller schaufelt, weitergehen. Stans Salat türme ich mit der Übung einer versierten Statikerin: Auf ein solides Fundament aus Krautsalat kann man bis zu fünfzehn Zentimeter hoch bauen. Mit Joghurtdressing fixieren, und schon hat man drei Mahlzeiten zum Preis von einer. Das so gesparte Geld wird in Kuchen investiert, der passt zum Kaffee. Die Frau an der Kasse guckt so säuerlich auf meine Salatskulptur, dass ihr der halb unter die Untertassen gerutschte Schokoriegel gar nicht auffällt. Ich hatte gar nicht vor, den zu klauen.

Als ich so auf die überfüllten Teller schaue, kapiere ich plötzlich etwas: Hier geht es gar nicht darum, dass ich Stan Zeit gebe, um seine Gedanken zu ordnen. Stan wollte mich ruhigstellen mit diesem Ausflug ins Schlaraffenland. Und wenn er will, dass ich mich beruhige, bedeutet das, dass etwas ganz Furchtbares passiert sein muss. Etwas, was ich gar nicht voraussehen konnte, was gar nicht mit mir zu tun hat, sondern nur mit ihm. Er will gar nicht meine Meinung oder gar meine Hilfe. Ich soll nur zuhören, sobald er darüber reden kann. Vielleicht kam es zu einem Unfall, als Stan vor unserer Abfahrt in unserer Wohnung war. Er hat Olli doch umgebracht. Natürlich nicht absichtlich. Ich meine, das passiert doch den Besten von uns: Du setzt dich auf die Couch, schließt für einen Moment die Augen, und erst, als es unter dir so komisch zuckt, merkst du, dass du dich auf irgendeine lebenswichtige Arterie deines besten Kumpels gesetzt hast. Oder Olli lag einfach schon leblos in der Wohnung, klassischer Rock'n'Roll-Tod, an seinem eigenen Erbrochenen erstickt. Deswegen hat Stan natürlich überreagiert, klar, er wollte nur weg. Nein. Nicht Stan, nicht noch einmal. Der hätte sich an sein Studium erinnert, Olli irgendwie reanimiert, den Krankenwagen gerufen, großes Tatü-tata. Aber dann säßen wir jetzt in der Notaufnahme, nicht in der Raststätte Dümpelhoven West. Vielleicht hat das Wiederbeleben aber auch nicht geklappt, und dann ist Stan richtig durchgedreht. Völlig überfordert mit dem Problem hat er nur eine Tatortreinigungsfirma angerufen. Oder Leute, die so etwas regeln, ohne Fragen zu stellen. Die haben ihm dann am Telefon gesagt: »Wir kümmern uns darum. Fahren Sie doch ein paar Tage weg, mal ausspannen.« In dieser Variante müsste Olli nicht mal tot sein. Es gibt bestimmt auch Leute, die lebendige Personen aus der Wohnung abtransportieren, wenn sie dort nicht erwünscht sind. Ich glaube, sie heißen Polizisten. Tja, Olli, tut mir leid, das war's für dich. Aber Stan würde dich niemals lebendig von der Polizei abtransportieren lassen. Und nur im äußersten Notfall wieder von Sanitätern. Also liegst du doch tot im Wohnzimmer. Vielleicht bist du mit einer Kippe in der Hand eingeschlafen. Dann würde auch noch die ganze Wohnung abbrennen. Der Gedanke stimmt mich fröhlich und noch hungriger; schade, dass es morgens um sieben noch nichts Gegrilltes gibt. Ich beschließe, Stan erst nach dem Hauptgang zu fragen, was wirklich passiert ist.

Als Stan meine Beute sieht, stöhnt er und sagt: »Ich hatte gesagt, du sollst mich überraschen.« Ich setze mich und greife nach meinem persönlichen Kryptonit. Als ich die Ketchupflasche über meinen Kartoffeln leere und dieser ein täuschend echtes Furzgeräusch entfährt, rührt Stan nur ausdruckslos weiter in seinem Kaffee herum. Obwohl er weder Zucker noch Milch nimmt. Er wäre nicht dermaßen zerstreut, wenn Olli nur unser Wohnzimmer vollgekotzt hätte. Das sind wir gewohnt. Und wenn er von unserer Wohnung aus mit seinem Vater telefoniert hat? Nein, dann wären wir auf dem Weg zu dem und nicht raus aus der Stadt. Verdammt. Ich wusste, dass ich meinen Freund mit dem, was ich getan habe, in Angst und Schrecken versetzen würde, vielleicht sogar in Panik. Jetzt frage ich mich allerdings: Hat er den Hinweis übersehen? Denn er scheint über etwas ganz anderes nachzubrüten – oder eine andere? Es hat also doch was mit Rina zu tun, jede Wette.

»Was war da gestern los mit deiner alten Kumpelfreundin und dir?«, frage ich. Ich erwarte ein Zögern, ein Herumdrucksen. Sogar ein Ablenkungsmanöver wie »Oh, guck mal da draußen, ein Dinosaurier zertrampelt unser Auto« halte ich für möglich. Aber Stan antwortet ganz gefasst: »Sie wollte, dass ich mit meinem Vater rede, damit sie einen Job an der Klinik bekommt. Ich habe gesagt, dass das nichts bringt, dann war's gut.«

Aha. Er sah aber nicht gut aus, als er da in der Küche stand. Und jetzt sieht er gar nicht gut aus. Wenn ich hier drin rauchen dürfte, würden mir bestimmt die richtigen Worte des Trostes einfallen, aber so schwanke ich zwischen »Ich wusste, dass Rina eine blöde Kuh ist« und »Du musst aber mal mit deinem Vater reden«. Auch ohne Kippe in der Hand weiß ich, dass beide Alternativen mehr als unbrauchbar sind, um Stan aus seinen düsteren Gedanken zu holen. Vielleicht sollte *ich* jetzt einfach behaupten, draußen auf dem Parkplatz sei ein Dinosaurier unterwegs, aber aus meinem Mund flutscht nur: »Stan, vergiss den Scheiß einfach. Wenigstens bis Montag, okay? Ich meine, du kannst dich darüber aufregen, aber es bringt doch nichts. Das sagst du mir auch immer. Und hey, wenn nicht mal ich mich aufrege, dann ist es das wirklich nicht wert, oder?«

Erstklassige logische Schlussfolgerung, das sieht Stan genauso. Er setzt sich aufrecht hin, fast so, als wäre er jetzt erst richtig wach geworden, und sieht mich prüfend an. »Okay, nicht aufregen bis Montag. Ist das ein Deal?«

»Klar«, gebe ich ihm die Hand drauf. Jetzt muss man schon seine Wochenenden als solche besiegeln, aber vielleicht tut uns das ganz gut, so ein bisschen Struktur in unserem Leben. Stan wirft den Plastiklöffel aus seinem Kaffee, will noch etwas loswerden: »Okay, ich muss dir noch was sagen: Gerry von der Agentur war auf dem Anrufbeantworter. Der ganze Job ist abgeblasen. Also, die drehen den Spot gar nicht. Nicht mit dir und nicht ohne dich. «

Okay. Das war also das Furchtbare, mit dem Stan nicht rausrücken wollte. So schlimm ist es nicht. Wäre halt mal was anderes gewesen, eine Zeichentrickfigur zu synchronisieren, auch wenn es nur für einen dreißig Sekunden langen Werbespot gewesen wäre. Was dachte Stan, wie ich reagieren würde? Dass ich vollkommen ausraste deswegen? Nur weil ich keine zum Scheitern verurteilte Cartoonfigur sprechen darf, die ich wahrscheinlich noch nicht mal als Referenz irgendwo erwähnt hätte? Dachte er, ich fände Fischotter so großartig, dass ich unbedingt mal einer sein wollte? Das ist ja fast niedlich. Ich ramme die Gabel in meine Kartoffeln und hake nach: »Süßer, ganz kurz: Du hattest solche Angst, mir zu erzählen, dass ich kein Fischotter sein darf, dass du mich in aller Herrgottsfrühe auf die Autobahn jagst?«

Stan nickt, ein wenig zu zögerlich: »Im Prinzip, ja.«

Ah, mein Freund, von dem ich dachte, ich würde ihn kennen, hat ein Prinzip für solche Fälle. Das bedeutet, dass er mich nicht kennt: »Was dachtest du, was ich tue? Amok laufen im Tonstudio?« Stan nickt entschlossener.

»Du hältst mich also für eine Irre, die vollkommen abdreht, weil ich einen Job nicht bekomme, der mir eh nur dreihundert Euro gebracht hätte?« Jetzt klinge ich leicht hysterisch, okay, aber bevor ich richtig loslegen kann, würgt Stan mich ab: »Baby, das mit dem Otter, das wird jetzt kein Werbespot, sondern ... ein Kinofilm. Und da wird das Vieh von Milena Belgoe gesprochen. Tut mir echt leid. Echt.«

Ich umkralle die Gabel. Stan streichelt meine Hand. Milena Belgoe. War ja klar. Diese dumme Schlampe wird mir noch den Rest meines Lebens versauen. Mir ist nach Amoklaufen.

STAN

Abgesehen von den vierhundert anderen Dingen, die ich in den letzten Stunden verbockt habe, war die Erwähnung des Namens »Milena Belgoe« wohl das Dämlichste. Die Frau ist Brittas persönlicher Lord Voldemort, ihre Erzfeindin, der Wahrhaftige in Gestalt eines Supermodels, das auch ein wenig schauspielert, eher aus Versehen, wie einige behaupten (oder zumindest eine, deren Meinung ich aber sehr hoch schätze). Andere behaupten, dass Milena Belgoe ein Naturtalent sei, das sich bald aus dem viel zu engen Korsett der Vorabendunterhaltung schälen werde, um zu einem Karrieresprung anzusetzen, wie er bisher nur wenigen gelungen sei. So etwa steht es in der Art von Presseerzeugnissen, die normale Menschen höchstens beim Friseur lesen, von denen aber vereinzelte Ausgaben gelegentlich in unserer Wohnung auftauchen. Also immer dann, wenn etwas über Milena Belgoe drinsteht.

Britta ist besessen von dieser Frau, sie sammelt die Artikel und Fotos, wahrscheinlich richtet sie irgendwo einen Voodooschrein damit ein. Ich möchte es nicht wissen. Es reicht mir, dass Britta mir alle paar Monate die Lebensgeschichte der Belgoe erzählt, die übrigens »in echt Göbel heißt, und mit Vornamen Marita, die peinliche Schlampe«. Und auch sonst ist nichts an ihr echt, wenn man der Expertin glauben darf. Ein wahres Monster Frankensteins ist Milena Belgoe, welchem es dank offensichtlich gemachter Titten, farbiger Kontaktlinsen und antrainiertem französischem Akzent gelang, sich hochzuschlafen. In Brittas Rolle hinein.

Falls irgendwer die Serie *Blüten der Leidenschaft* verfolgt – und aus mir unerfindlichen Gründen müssen es Hunderttausende sein, Tendenz steigend –, hier ein paar Infos aus den Anfangszeiten: Vor dem Auftauchen der Serienfigur Alina Richard (gesprochen: »Rischaaaarr«, dargestellt von Marita Göbel), die das Blumengeschäft in der Nähe der gräflichen Ländereien von ihrer Tante erbte, gab es ein ganz anderes, ganz bezauberndes Mädchen mit dem Namen Liane Andersson (Britta Werner), die in ebenjenem Blumenladen arbeitete. Und sie arbeitete hart, oh ja, ganze acht Folgen lang. In Echtzeit bedeutete das, dass meine Freundin sich im wahrsten Sinne des Wortes zwei Monate lang die Finger blutig geschunden hat, weil sie eben Method Acting betreibt. Britta hat unentgeltlich bei einer Floristin ausgeholfen, und zwar so gut, dass sie am Ende binnen Minuten Blumengebinde zaubern konnte, die sogar mein Vater als geschmackvoll bezeichnete. Britta hat sämtliche Pflanzennamen nebst lateinischer Bezeichnung und Blütezeit auswendig gelernt und damit die Castingchefs beeindruckt. Für eine Weile zumindest, solange ihr Eifer ins Konzept passte. Also zwanzig Drehtage lang, in denen Britta so realistisch in der Blumenladenkulisse vor sich hin ackerte, dass es eine reine Freude war. Nur nicht für die Marktforschung. Britta wurde zu einem Gespräch mit den Produzenten gebeten, die ihr vorsichtig erklären wollten, dass sie etwas mehr von dem angestrebten, ich zitiere aus Brittas Gedächtnisprotokoll, »Aschenbrödel-Charme« durchblicken lassen sollte, als sich von »ihrer burschikosen, zupackenden Seite« zu zeigen. Schließlich sollte sie ja in verzückender Anmut und über Hunderte Folgen hinweg den Juniorgrafen für sich gewinnen. Britta kann so einen Mist relativ schnell übersetzen, fragte also die Produzenten: »Soll ich abnehmen oder was?«

Daraufhin haben die elenden Geier genickt, um Zeit zu gewinnen, und Britta hat sich in eine Crashdiät der schlimmsten Sorte gestürzt. Sie hat gar nichts mehr gegessen, und es geschah, was geschehen musste: Sie brach im Studio zusammen, während der Aufnahmen. Und an ebendiesem rabenschwarzen Tage stolzierte Madame Belgoe durch die Kulissen, »rettete« Britta, indem sie mit einem Glas Wasser auf sie zustürzte und ihr zuhauchte: »Ist alles in Ordnung mit Ihnen? Kann isch elfen? Soll isch den Laden übernehmen, während Sie sisch ausruhen?« Man ahnt es bereits, für die Hardcorefans von *BDL* ist es Geschichte, für die Produzenten war es ein einmaliger Glücksfall, für Britta der Untergang.

Besonders demütigend war, dass Britta an ihrem letzten Drehtag die Szene genauso nachspielen musste, wie Frau Belgoe sie improvisiert hatte. Britta wurde einfach aus der Serie rausgeschrieben, indem sie nach einem Schwächeanfall ins Krankenhaus gefahren wurde, aus dem sie nicht mehr zurückkehrte. Die

Drehbuchautoren erklärten kurzerhand, dass Alina Richard den Laden sowieso rechtmäßig von einer eiligst erfundenen Tante geerbt hätte, wie praktisch, und dieser Umstand erklärte auch, weshalb Fräulein Richard nicht mal einen Kaktus in Papier wickeln konnte, aber dafür umso besser den Juniorgrafen um den Finger. Die Hochzeitsfolge habe selbst ich gesehen. Heimlich.

Das Vorabendserienblumenladenfiasko ist jetzt drei Jahre her. Anfangs war es schwer für Britta, aber sie ging mit der Sache gut um. Sie tobte und trank und musste Wochen später tatsächlich ins Krankenhaus, weil sie sich fast zu Tode gehungert hatte. Ich konnte sie kaum damit trösten, dass sie sich zumindest in der echten Welt den Juniorgrafen geangelt hatte, auch wenn dieser akut verarmt war. Sprich, ich war zu diesem Zeitpunkt gerade mit meiner blendenden Geschäftsidee baden gegangen. Es wurde besser, als Britta langsam klar wurde, dass Soap-Sternchen für immer Soap-Sternchen bleiben, sie diesen Stempel wohl nie wieder losgeworden, geschweige denn als ernsthafte Schauspielerin engagiert worden wäre.

Britta spielte eine Weile lang ernsthaft Theater, für ernsthaft wenig Geld, während Fräulein Belgoe das Werbegesicht einer Schuhmarke wurde. Eine Leiche in einem Krimi spielte. Am Boulevardtheater brillierte. Sich mit dem Schlagzeuger einer amerikanischen Rockband verlobte. Einen bezaubernden Sohn gebar. Und während dieser ganzen Zeit immer noch im Blumenladen mit dem Grafen schäkerte, wobei sie zur Zeit ihrer Schwangerschaft nur bis zur Brust zu sehen war. Und ich musste immer wieder zugeben: Ja, diese Frau spielt unfassbar schlecht, selbst im Sitzen. Ja, Britta, man hört, dass der Akzent aufgesetzt ist. Und als ich irgendwann gesagt habe, dass die Zuschauer Milena Belgoe vielleicht gerade deswegen abfeiern, weil sie diesen Trashfaktor hat, ist Britta nicht ausgeflippt. Sondern ganz still geworden.

Vorletztes Jahr habe ich mich geweigert, mir noch eine Minute von dem Mist, geschweige denn Brittas Reaktionen darauf anzutun. Wir hätten uns damals fast getrennt, aber ich habe die Notbremse gezogen. Ich habe Britta ein Angebot gemacht, das sie nicht ablehnen konnte. Ich sagte: »Jetzt vergiss den Scheißdreck endlich. Ich plündere den Sparstrumpf, und wir fahren nach Portugal.«

Haben wir gemacht, fast drei Monate sind wir dort geblieben. Und das tat nicht nur Britta gut. Am Meer habe ich eingesehen, dass der Untergang einer lahmen Geschäftsidee nicht das Ende der Welt bedeuten muss und dass es vielleicht gar nicht so dumm wäre, mein Medizinstudium wieder aufzunehmen. Britta gewann ihr Selbstvertrauen und ihren Prachthintern zurück, und Ende Oktober konnte sie nicht nur fast so gut surfen wie ich, sondern schwamm tatsächlich wie ein Fischotter. Und ich weiß, dass sie sogar die passenden Geräusche machen kann. Sie wäre der perfekte Otter gewesen. Scheiße, wer will denn schon einen Fischotter mit einem französischen Akzent sprechen hören? – Offenbar die gesamte Zielgruppe, wie die großen Filmbosse glauben. Die ganze Geschichte ist völlig abstrus, ich weiß, aber keine Seifenoper ist so bescheuert wie das Leben, sagt Britta immer. Das sollte ich jetzt auf keinen Fall sagen. Im Moment muss ich einfach nur hier sitzen und Brittas Hand halten.

»Baby, du zerquetschst meine Finger«, sagt Britta. Erschrocken lasse ich ihre Hand los, und die Gabel, die Britta noch umklammert hielt, kippt wie ein angeschossener Cowboy in den Präriestaub. Beziehungsweise in die kalten Bratkartoffeln. Britta kichert. Aber nicht so, als würde sie damit für einen Amoklauf vorglühen, sondern einfach ... amüsiert. »Also«, fragt sie ganz beherrscht. »Heißt das, wir fahren wieder nach Portugal?«

Wie gerne würde ich jetzt »Aber sicher, Baby!« rufen, sie über meine Schulter werfen, ins Auto setzen und vierzig Stunden durchfahren bis nach Porto. Aber das Problem ist Folgendes: Ich habe Britta immer noch nichts von dem Brief erzählt. Deshalb sage ich: »Nein, das wird nicht klappen, nicht mit 340 Euro, oder?«

»Es sind nur noch 320 und ein paar Zerquetschte. Also, wieder ab nach Hause? Ich verspreche, niemanden umzubringen. Obwohl ... – kommt drauf an, wenn Olli noch bei uns ist, kann ich für nichts garantieren.«

Gutes Stichwort. Ich verfolge ja einen Plan seit heute Morgen: »Nein, wir fahren nach Belgien.« Britta schaut ratlos, also spezifiziere ich: »Brügge! Da wolltest du doch immer mal hin, oder?« Nein? Offenbar nicht.

»Äh, meinst du das jetzt, weil ich den Film so toll fand, damals?« Sie wirkt irritiert, ich gebe kleinlaut zu: »Ja. Genau. War mal unser Lieblingsfilm, oder?«

Britta wirft einen Blick auf ihre ranzigen Bratkartoffeln und steht auf: »Dann mal los, damit wir uns das bezaubernde Brügge noch bei Tageslicht ansehen können.« Ich lasse meinen kalten Kaffee stehen und folge Britta. Während ich über den Parkplatz schlurfe, überlege ich krampfhaft, ob es in dem Film *Brügge sehen ... und sterben?* auch nur eine Szene gab, in der nicht stockfinstere Nacht herrschte. Ich kann mich nicht erinnern. Ist ja nicht schlimm, ich habe ja den DVD-Player dabei, das können wir später nachgucken. Kurz bevor wir zu noch heikleren Punkten meiner Tagesordnung kommen. Aber bisher lief es doch ganz gut.

BRITTA

Ich wollte also immer mal nach Brügge. Könnte sein. Ich weiß gar nicht mehr, was ich glauben soll. Wenn etwas mich noch effektiver außer Gefecht setzen kann als Raststättenfutter, dann die Erwähnung des Namens jener Frau, deren Name nicht genannt werden darf. Wieso muss sie jetzt auch noch Zeichentrickfilme synchronisieren? Und dann noch einen, der nicht einmal in Hollywood produziert wird, sondern einen, der aus einem Werbespot notgeboren wurde? Weil sie mir damit den Job wegschnappen konnte, klar. Das Biest jagt mich immer noch, sie ist wie Kapitän Ahab. Aber ich bin ein sehr böser weißer Wal, jawohl! Der Wal gewinnt am Ende, oder? Normalerweise kenne ich die Klassiker, zumindest grob, aber »Moby Dick« wird eben selten als Theaterstück aufgeführt, aus gewissen Gründen.

»Tu mir einen Gefallen, und sprich mit mir, statt zu grübeln, ja?«, bittet mich Stan. Aber gerne doch: »Warum war Kapitän Ahab so hinter Moby Dick her?«, frage ich, und obwohl Stan mit dem Thema wahrscheinlich nicht gerechnet hat, gibt er brav Auskunft: »Weil der ihm sein Bein abgebissen hat. Ist aber alles eher so metaphorisch gemeint.«

Ach, echt? Oder hat mein Freund Angst, ich könnte jetzt auf der Autobahn wenden und mit hundertachtzig Sachen zurück in die Stadt donnern, um Milena Belgoe ein Bein abzuknabbern? Vielleicht auch nur den Fuß, das kann ja ausreichen. Ich denke Unfug. Stan redet welchen: »Ich glaube, mit ›Moby Dick‹ ist das wie mit Konzerten von den *Beatles*.« Aha. Wurden da auch Gliedmaßen verspeist? Ich schaffe es, meinen Freund nicht zu unterbrechen, und werde belohnt. Wenn ich denke, meine Theorien und Gedankensprünge wären manchmal wild, muss ich nur in ausgewählten Momenten Stan labern lassen, dann wird mir klar: Ich bin höchstens durchschnittlich bescheuert. »Du weißt schon, wir haben doch diese Doku gesehen, im Bildungsfernsehen. *Die Anfänge der Soundtechnik* oder so? Und da hat der ehemalige Tourneebegleiter der *Beatles* gesagt, dass seit 1963 niemand mehr ein *Beatles*-Konzert gehört hat. Weil alle von der ersten bis zur letzten Sekunde nur gekreischt haben. Erinnerst du dich?« Ich nicke und bin gespannt, wie Stan jetzt eine Brücke von den Fab Four bis zum Riesenwal schlägt: »Und ich bin überzeugt davon, dass seit, na, sagen wir mal 1963 keiner mehr ›Moby Dick‹ gelesen hat. Als Schullektüre wird es nicht durchgenommen, weil ...«

»... man sich nicht die dazugehörige Theatervorstellung ansehen kann«, ergänze ich. Stan nickt und fügt hinzu: »... und es auch einfach zu umfangreich ist. Und stinklangweilig! Hundert Seiten über Takelage allein. Sagt man. Ich hab's nie zu Ende gelesen. Ehrlich gesagt bin ich nie über den Satz: ›Nennt mich Ismael‹ hinausgekommen.« Stan grinst mich an, in der Art, die ich ihm vor neun Jahren wohl als spitzbübisch hätte durchgehen lassen. Existiert das Wort »spitzmännlich«?

»Also, nur weil du das Buch nicht zu Ende gelesen hast, glaubst du, dass es seit fünfzig Jahren auch niemand anderes geschafft hat?«, höre ich mich fragen. Stan zögert, dann gibt er zu:

»Also, weil ich ja damals beim Medizinertest nicht so gut abgeschnitten habe, musste ich ja noch zu diesem persönlichen Auswahlgespräch an die Uni. Und mir wurde erzählt, dass die da gerne mal nach deinem Lieblingsbuch fragen, um irgendwelche Rückschlüsse auf deine Sozialkompetenz zu ziehen oder so. Und dass da ein Klassiker schon gut wäre. Ich habe ›Moby Dick‹ angegeben, weil ich kurz vorher den Film gesehen hatte. Da hätte ich dann was zu sagen können, wäre da noch weiter nachgefragt worden.« Aha. »Aber es hat dich niemand gefragt, oder? Ich meine, diese Leute von dieser Kommission haben sich einfach gedacht: Okay, der Typ weiß, wie der Hase läuft, dem hat sein Papa gesagt, er soll da einen Klassiker nennen, der nicht ganz so abgeschmackt ist wie ›Der Fänger im Roggen‹, also winken wir den durch.«

Stan macht ein beleidigtes Gesicht und murmelt: »Also, den Film habe ich wirklich gesehen, falls das ...«

Aber das macht es gerade nicht besser, jetzt kommt mir doch wieder eine meiner unschlagbaren, weil bewiesenen Theorien hoch: »Ach, nein, das war noch anders: Die haben nur auf diesem Fragebogen deinen Nachnamen gelesen und dir direkt den Studienplatz angeboten. In der Stadt deiner Wahl, und ...«

Ich bremse gerade noch rechtzeitig, also bevor ich auf den Opel vor uns auffahre, und gebe Stan damit die Zeit zu einem berechtigten Gegenschlag. Ich biete da mehr als genug Angriffsfläche, also warte ich. Darauf, dass mein Freund etwas sagt wie: »Tja, leider konnte ich meinen Studienplatz nicht dadurch erhalten, dass ich ein so schlimmer Härtefall war und die ›Seeräuber-Jenny‹ vorgejault habe.«

Vorstellbar wäre auch ein Tiefschlag wie: »Dafür schaffst du es nicht einmal, ein Fischotter zu werden.« Aber da kommt nichts. Stan wechselt einfach das Thema: »Och nö, kein Stau jetzt, oder?«

Ich schweige, weil mir schon leidtut, was ich eben gesagt habe. Warum stochere ich in den Wunden meines Freundes herum? Nur weil ich es kann? Ich meine, wenn man sich auf so einen bekloppten Medizinertest vorbereitet, hat man Besseres zu tun, als sich irgendein Buch, geschweige denn so einen Klopper wie »Moby Dick« reinzuziehen. Da muss man sich Zahlenreihen merken und wissen, wie ein aufgeklapptes Tetraeder aussieht, wenn man das umdreht, oder so. Irgendwelchen Unfug pauken, durch den sie angeblich feststellen wollen, wie es um dein räumliches Denken bestimmt ist. Das benötigt man unbedingt als Arzt, falls man den Erste-Hilfe-Kasten mal neu bepacken muss, nehme ich an.

»Fragen die beim Medizinertest eigentlich ab, ob man überhaupt Blut sehen kann?«, frage ich, aber Stan winkt genervt ab: »Es geht weiter, fahr los!« Ich krieche hinter dem Opel her, halte nach zehn Sekunden wieder an. »'tschuldigung«, murmle ich,

Stan sagt: »Schon gut. Ich wollte nur aus der Kurve raus, ist immer schlecht, im Stauende zu stehen.«

Wir sind einfach komplett unfähig, uns zu streiten. Und das liegt garantiert nicht an mir. Denn Stan kann auch mit anderen Menschen nicht kontrovers diskutieren, völlig egal worum es geht. Er kann amüsant daherreden, über fast alles. Er kann Frauen auch einfach mit seinem Grübchen betören, und wenn er gut drauf ist, auch Männer. Aber manchmal kippt er einfach innerlich um, wie gestern Abend. Dann macht er sich so klein, dass ich ihn schütteln möchte. Dabei ist Stan schlau. Nein, nicht bauernschlau, nicht hochintelligent, sondern das andere: Er ist gebildet, hat ein unglaubliches Allgemeinwissen. Wenn er sich für etwas interessiert, bleibt das für immer in seinem Kopf drin, und zu allem, was er sich angelesen hat, hat er auch eine ganz klare Meinung. Nur kann er die unter Umständen ganz gut für sich behalten. Er wechselt lieber das Thema, bevor es ungemütlich wird. Darin ist er sehr geschickt, will heißen: Leuten, die nicht seit Jahren mit ihm zusammenleben, mag es gar nicht auffallen, dass er sich permanent aus der Affäre zieht. Das sind übrigens dieselben Leute, die Stan als erstklassigen Gesprächspartner und guten Zuhörer beschreiben würden, als angenehme Gesellschaft. Und genau da liegt mein Problem: Stan ist die angenehmste Gesellschaft, die ich mir vorstellen kann – die einzige, die ich überhaupt länger als einen halben Tag am Stück ertrage.

Ich bin gar nicht böse auf ihn, weil er auf Partys keine leidenschaftlichen Reden gegen die Todesstrafe oder bloß zur Verteidigung seines momentanen Arbeitsverhältnisses schwingt, sondern weil ich ihn exklusiv für mich haben will. Er soll immer nur mein Personal Coach sein, der mich in allem bestärkt, mir jeden Morgen gut zuredet, der immer sagt: »Das schaffst du schon!«, oder: »Nächstes Mal bekommst du die Rolle.« Nur Stan ist in der Lage, 340 Euro, die auf magische Weise in seinen Schlafsack gelangt sind, dafür zu verwenden, uns nach Brügge zu lotsen, um mich von allem, was jetzt wirklich wichtig wäre, abzulenken. Zum Beispiel davon, dass die böse Hexe Milena mir mal wieder den Job geklaut hat. Das funktioniert sogar fantastisch! Ich habe schon über zehn Minuten nicht mehr an das Weib gedacht, weil ich in dieser Zeit lieber auf Stan herumgehackt habe. Ich bin ein furchtbarer Mensch.

»Baby, ich glaube, du hast recht. Mit ›Moby Dick‹ und den *Beatles*«, sage ich schließlich, aber bevor ich diesem Eingeständnis anschließen kann, dass ich ihn für den besten Menschen der Welt halte, den einzigen, mit dem ich es so lange ausgehalten habe und mit dem ich es gern noch viel länger aushalten würde, ganz egal wohin wir fahren oder nicht, brummt Stan nur: »Es geht weiter.«

Und ich ignoriere, dass er sich nervös am Ohrring zupft, während ich den Gang reinprügele. Immerhin den richtigen. Relativ sanft ziehen wir nun an den orange-weißen Hütchen vorbei, hinter denen sich nichts, aber auch gar nichts befindet, was den Stau gerechtfertigt hätte. Keine Straßenschäden, keine Bauarbeiter, kein verunfallter Wagen, nicht mal eine Couchgarnitur, spielende Kinder oder sonstige schräge Sachen, die Menschen gerne mal auf der Autobahn verlieren. »Vielleicht wollen sie da eine Strecke für Krötenwanderungen anlegen«, mutmaße ich, Stan sagt: »Dann müssen sie die Kröten aber wirklich hassen.«

»Soll es geben. Amphibiphobe Menschen«, verteidige ich meine Idee, aber Stan hat eine andere: »Ich vermute, es war Kunst. Die Autobahn als Freiluftgalerie.« Das hat er nicht zu Ende gedacht: »Könnte sein. Aber dann hätten da doch Tabletts mit Sektgläsern und Häppchen gestanden, oder?«

Wir diskutieren noch eine ganze Weile über weitere fantastische Möglichkeiten, weshalb man das Flatterband und die Hütchen dort aufgestellt haben könnte. Irgendwann haben selbst wir zwei alles zu dem Nichts gesagt, und an den Strommasten vor mir erkenne ich, dass wir darüber irgendwie in Belgien gelandet sein müssen.

STAN

Jetzt nur noch einmal quer durch Belgien bis fast ans Meer. Das werden wir nie schaffen. Langsam dämmert mir, wie dämlich meine ursprüngliche Idee war, und die leichten Planabweichungen haben sie nur noch dämlicher werden lassen. Britta denkt jetzt, sie hätte das Schlimmste schon hinter sich. Das kann ich ihr nicht mal übel nehmen, das geht auf meine Kappe, wie so oft, wenn ich Himmel und Hölle in Bewegung setze, um das Böse von ihr fernzuhalten. Im Rahmen meiner Möglichkeiten, versteht sich. Und in diesem Fall waren die mal wieder sehr begrenzt, und ich war in Panik, ergibt zusammen: Brügge.

Was habe ich mir dabei gedacht? Weil die DVD auf dem Schreibtisch obenauf lag? Und das wahrscheinlich nur, weil Britta sie hochgewühlt hat, als sie was in ihrem Chaos suchte? Den Film haben wir vor einer Ewigkeit gesehen, und es war definitiv nicht Brittas erklärter Lieblingsfilm. Sie fand ihn ganz gut. Kein Wunder, dass sie ahnt, was wirklich los ist, oder warum hätte sie eben sonst meinen Vater erwähnt? Sonst hätte sie doch nicht diesen biestigen Kommentar zu meinem Medizinertest abgelassen. Aber das prallt an mir ab, muss es auch, denn mit Britta kann man sich nicht streiten. Nein, falsch, mit Britta kann man sich hervorragend streiten, über nahezu alles, und sei es auch noch so nebensächlich oder ihr im Grunde vollkommen egal, Hauptsache ist, sie macht ihre Position klar. Das ist wie Sport für Britta, und zwar der einzige, bei dem ich nicht mitmache. Denn wenn ich das täte, würde ich sehr bald all die liebenswerten Seiten an meiner Freundin übersehen, die sie mitunter sehr geschickt unter der geladenen Furie zu verstecken weiß, zu der sie mutieren kann. Und letztendlich liebe ich ja auch die Furie, ehrlich gesagt: ganz besonders sogar. Wer weiß, wo wir jetzt wären, wenn Britta nicht gegen Ämter und Behörden in den Krieg zöge, wenn sie nicht damals dem unfähigen Personal in der Klinik klargemacht hätte, dass es sich bei Olli um den Notfall handelt, der jetzt als erster in den OP muss, Krankenversicherung hin oder her? Olli wäre tot. Und wir gar nicht zusammen. Andererseits hätte ich jetzt vielleicht noch meinen Führerschein. Hätte, hätte, Fahrradkette.

»Hey, nicht angrabbeln, während ich fahre«, schimpft Britta. »Dann halt doch an«, will ich ihr sagen. »Halt an, und ich sage es dir jetzt und hier. Fuck Brügge, war eh 'ne Scheißidee.« Aber ich nehme meine Hand von ihrem Knie, und weil die jetzt eine alternative Beschäftigung braucht, trommle ich ein bisschen auf dem Handschuhfach herum. Das ist nicht im Entferntesten zu vergleichen mit dem beruhigenden Gefühl, das sich sofort bei mir einstellt, wenn ich aufs Lenkrad trommele. Der Sound ist auch ganz anders, so hohl. Also höre ich auf zu trommeln. Britta sagt: »Es ist noch ein ganzes Stück Autobahn. Du könntest mich also unterhalten mit einem Schwank aus deinem Leben. Zum Beispiel könntest du mir endlich mal erzählen, wo das Geld herkommt.«

Das kann ich tatsächlich, leider ist die Auflösung ziemlich unspektakulär: »Als ich das letzte Mal mit dem Rauchen aufgehört habe, habe ich mir alle zwei Tage einen Zehner weggelegt. Also die Kohle, die ich nicht für Kippen ausgegeben habe. Und damit ich das Geld nicht doch ausgebe, habe ich es an einem Ort gebunkert, der mich an etwas Schönes erinnert. War ein Tipp von meiner Mutter.« Ja, ich bin eben ein Gewinnertyp. Ich war zu faul, jeden Tag einen Fünfer ins Auto zu legen, und mein Schlaf-sack ist für mich der Ort der schönsten Erinnerungen.

Britta macht ein Gesicht, als würde sie nachrechnen, wann die Zigaretten zuletzt fünf Euro gekostet haben und wie viele Tage ich es beim letzten Versuch geschafft habe, rauchfrei zu bleiben, was mich doch wieder auf das Handschuhfach trom-meln lässt. Schließlich sagt sie aber nur: »Ah, so lange waren wir nicht mehr campen? Fast anderthalb Jahre?«

Klingt schockierend, ist aber so. Britta schüttelt den Kopf: »Ist aber typisch deine Mutter, der Tipp mit dem ›Ort der schönen Erinnerungen‹. Hätte von meiner Mutter kommen können. Nur dass die nie mit dem Rauchen aufgehört hätte.«

Ja, das stimmt. Vom Prinzip her sind sich unsere Mütter er-schreckend ähnlich, abgesehen von dem entscheidenden Un-terschied, dass meine Ma eher spätberufen war in ihrem eso-terischen Hippietum. Während Brittas Mutter sich sehr schnell von dem Erzeuger ihrer Tochter und sämtlichen Konventionen verabschiedet hat, wartete meine Mutter bis zu meinem zwölf-ten Lebensjahr in ihrem Schneckenhaus ab, um dann mit einem mittellosen Musiker nach Kalifornien durchzubrennen. Wobei sie mir natürlich angeboten hat mitzukommen. Sie ist keine Ra-benmutter, sondern ein ganz spezieller Vogel.

»Deine Ma ist echt süß. Wie geht's eigentlich William?«, plap-pert Britta. Ich weiß nicht, warum ich klarstellen muss: »Harold. Ihr neuer Typ heißt Harold. Hat sie jedenfalls in ihrer letzten Mail geschrieben: ›Harold und ich fahren nach Oregon, Geister jagen.‹« Britta beißt sich auf die Lippe.

Meine Mutter ist das eine Thema, bei dem sie nicht das letzte Wort haben muss. Aus Respekt. Ob vor mir oder meiner Mut-ter, sei mal dahingestellt. Britta muss die Lage nicht mal durch einen Witz entspannen, also fällt diese Aufgabe mir zu: »Aber vielleicht ist Harold ja auch ein Hund«, versuche ich es. Britta lacht nicht. Wieso betrachtet man Personen, die man nur nur namentlich kennt, nicht per se immer erst als Hund? Wäre doch cool. Dann müsste man sich nicht weiter mit ihnen befassen, als dass man ihnen in Gedanken über den Kopf streichelt, ein Bällchen hinwirft und ihnen hinterherschaut, wie sie wegwetzen, dann dasselbe noch mal, immer wieder.

Britta setzt weiter ihren konzentrierten Blick auf, obwohl da weder eine Kurve noch ein anderes Fahrzeug auf der Straße ist, aber sie will mir damit nur die Chance geben, meinen Hundespruch wettzumachen. »Ich wollte dir gestern Nacht nicht sagen, wo das Geld herkommt, weil ich die Stimmung nicht versauen wollte«, gebe ich total selbstreflektiert zu.

Darüber kann Britta komischerweise lachen: »Ja, die Wahnsinnsstimmung!«, gackert sie und trommelt auf meinem Lenkrad herum. Manchmal wäre ich gerne der Hund. Rumrennen, Bällchen oder vielleicht Geister jagen. Wenn ich hechelte, streichelte man mir bloß den Kopf, und alle wären glücklich.

»Warum machen wir eigentlich das Radio nicht an?«

Ja, warum eigentlich nicht? Wir Deppen. Ich drücke auf den Sendersuchlauf, kurz darauf überschlägt sich die Stimme des Moderators fast, als er die Chartstürmer der hiesigen Hitparade verkündet. Sie scheinen es leicht überdreht zu lieben, die Belgier. Eine zusammengeklaute Dance-Nummer, deren Textversatzstücke so gehaltvoll wie Reiswaffeln sind, jagt die nächste, der Beat bleibt immer derselbe. Dazwischen irgendein Schmachtfetzen von einem amerikanischen Retorten-Teenie-Star, der noch unerträglicher ist, weil ich den Text leider verstehen kann. Ein Siebzehnjähriger, der sich fragt, warum die Liebe seines Lebens ihn nach all der Zeit verlassen hat, obwohl sein Herz doch zerspringt und er alles wiedergutmachen will, wenn sie nur wieder mit ihm tanzen würde. Ich dachte, nur die Jugendlichen aus meiner Nachhilfegruppe hätten schräge Ideen für ihre Lebensentwürfe. Endlich hat der Junge sich ausgewimmert, man spielt einen Klassiker: Lady Gaga versichert uns, dass wenigstens sie diskreter mit ihrem Privatleben umgeht, niemand hinter ihr Pokerface schauen wird. Genau das Richtige. Britta hält dazu den Wagen konstant bei 120 km/h, ich höre auf zu denken. Wenn ich jetzt noch meinen Kopf aus dem Fenster halten und meine Zunge im Fahrtwind flattern lassen könnte, wäre das Leben perfekt für die nächsten zwei Stunden.

BRITTA

Ist es in Belgien eigentlich überall so hässlich oder nur auf seinen Autobahnen? Gibt es hier überhaupt sonst noch etwas anderes außer Autobahnen, auf denen man in richtige Länder gelangt? Ach ja, man kann hier Kirschbier trinken und der deutschen Einkommenssteuer entfliehen. Da würde ich ja persönlich lieber in den Knast gehen. Wahrscheinlich müssen die hier den ganzen Tag Pommes futtern, damit sie das Elend ertragen. Da fällt mir auf, dass ich überhaupt keine echten Belgier kenne. Wie ist er so, der Belgier an sich? Klöppelt er den ganzen Tag Brüsseler Spitze, oder streitet er sich mit seinen Nachbarn, ob jetzt Französisch oder Flämisch gesprochen wird? Was ist das Hauptexportgut des Landes, gibt es hier *Belgien sucht den Superstar* oder *Belgier sucht Frau*? Aus irgendeinem Grund kann ich mir keinen Belgier vorstellen, der nicht unter fünfzig ist, keinen albernen Schnurrbart trägt und nicht mindestens zwei Zentner wiegt. Woran liegt das? Nur weil Hercule Poirot Belgier war, sind doch nicht alle Belgier Hercule Poirot. Obwohl ich tatsächlich gerne mal in ein Land reisen würde, in dem es ausschließlich Peter-Ustinov-Doppelgänger in dreiteiligen Anzügen gibt, die mit dem Monokelauge auf die Taschenuhr blicken und sagen:

89

»Madame, erlauben Sie mir, Ihre Aussage zu korrigieren.« Wäre das nicht lustig, Stan? Fast so lustig, wie sich irgendwelchen Quatsch auszudenken, nur damit man nicht mit seinem Freund sprechen muss, während man fährt. Zu meiner Überraschung stelle ich fest, dass ich jetzt wirklich nach Brügge will. Es ist mein sehnlichster Wunsch, da hatte Stan vollkommen recht. Ich will dahin und vor allem runter von dieser Straße, weit weg von all den Strommasten neben der Autobahn, die mich wie riesige, skelettierte Katzenköpfe ansehen. Brügge ist bestimmt genau das Gegenteil von dieser Autobahn: alles ganz klein, gemütlich und denkmalgeschützt. Bestimmt regnet es auch nicht in Brügge, der Märchenstadt, nein, es wird dort ganz warm sein, sodass man draußen in einem Straßencafé sitzen kann bis spät in die Nacht. Und ein kleiner Junge mit einer Schlägermütze und einer Glocke in der Hand verkündet auf dem Marktplatz: »Extrablatt, Extrablatt, Sondermeldung: Milena Belgoe bei Fotoshooting von Fischottern zerfleischt! Die Trauerfeier wird mit einer Polonaise durch ganz Europa begangen!« Ja, das alles könnte geschehen, vorausgesetzt, wir schaffen es, für den Rest der Fahrt nicht zu reden. Stan weiß das auch, sonst würde er ja was sagen. Topp, die Wette gilt: Wenn wir das Schweigen brechen, bevor wir in Brügge sind, wird die Welt für immer in diesem Nebelgrau verschwinden, riesige Stahlkatzen werden sich aus den Strommasten transformieren, um die Weltherrschaft an sich zu reißen. Wir werden versklavt und in einem ewigen November leben, Milena Belgoe erhält den Oscar als beste Otterdarstellerin. Aber falls wir bis zum Ortseingangsschild schweigen, wird der Himmel aufbrechen, und alles, was wir uns je gewünscht haben, geht in Erfüllung. Auch rückwirkend. Noch besser, alle Menschen verzeihen sich alles, was sie sich je angetan oder auch nur an den Kopf geworfen haben. Na ja, also das würde für Stan und mich gelten, wenn die anderen lieber einen Sack voll Gold oder ein Einhornfohlen haben wollten, wäre das ihr Ding. Aber wie gesagt: Die ganze Sache funktioniert nur, wenn wir keinen Ton mehr von uns geben, bis wir da sind. Ich mache mir Sorgen um meine Gedanken. Sage aber trotzdem nichts.

»Fahr rechts raus, da geht's ab.« Mist. Stan hat unsere großartige Zukunft verbockt. Ich fahre trotzdem rechts rüber, Stan empfiehlt: »Blinken!«, also tue ich das, nachträglich. Trotzdem hupt einer hinter mir, als hätte auch er gemerkt, dass Stan den Fluch ausgelöst hat. Oder lassen wir ein Abfahrtsschild, auf dem »Brügge« steht, als Ortseingangsschild gelten? Da, hinter der Ampel, liegt die geheimnisvolle Traumstadt ja schon. Ich kann sie erkennen, und wenn ich mich nicht irre, ist da ein Regenbogen, der uns den Weg leitet. Probehalber beuge ich mich über das Lenkrad und schaue nach, ob der Himmel blauer geworden ist. »Fuck, willst du uns umbringen, oder was? Guck auf die Straße, Scheiße noch mal!«, brüllt Stan, und ich erschrecke mich so sehr, dass ich eine Vollbremsung hinlege. Irgendetwas hinter uns knallt, sehr laut, und ich schließe instinktiv die Augen, weil ich gar nicht sehen will, was für ein Auto in uns hineingefahren ist. Wahrscheinlich ein Bentley. »Fuck! Scheiße! Der ist hin«, schreit Stan. Der ist hin? Der Auto? Der Fahrer?

»Jetzt fahr weiter, wir stehen hier nicht so gut.« Stan hat sich wieder halbwegs beruhigt, er rät mir, Fahrerflucht zu begehen, mich vom Unfallort zu entfernen, an dem ich gerade durch ein Bremsen irgendwen »hingekriegt« habe. Und was tue ich? Ich trete aufs Gas und fahre weiter. Wenn wir verhaftet werden, kann ich zu meiner Verteidigung immerhin sagen, dass dabei die ganze Zeit mein Mund offen stand und mein Deo versagte. Und Stan? Nimmt sich die Zigarettenschachtel, schaut sie an wie den Beipackzettel für Zyankali und schleudert sie auf die Rückbank. Dann schlägt er die Hände vor dem Gesicht zusammen: »Alles, alles, alles, alles geht schief. Alles ...«

Da sind wir doch mal endlich wieder einer Meinung, aber bevor ich ihm vorschlagen kann, jetzt die Polizei anzurufen, solange er noch dieses verzweifelte und vor allem reumütige Gesicht drauf hat, wartet Stan mit einer neuen Information auf: »Das war der DVD-Player. Der ist jetzt hinüber.« Ich verstehe nicht ganz. Stan jault: »Ich habe den DVD-Player eingepackt, damit wir uns heute noch mal zusammen in Brügge den Film ansehen können. Weißt schon, *Brügge sehen ... und sterben?*«. Ach so. »Wolltest du Brügge sehen und dann mit mir ... sterben?«, frage ich zur Sicherheit nach.

Stan lacht, nein, er gackert. Wie ein manischer Filmbösewicht, dem in der siebenundachtzigsten Minute seine Weltherrschaftsfantasien um die Ohren fliegen. Dabei dirigiert er noch wild mit beiden Händen herum, was wohl bedeuten soll: »Fahr auf den Parkplatz da vorne, damit ich mich dort totlachen kann.« Ich erfülle ihm diesen Wunsch, hoffe aber trotzdem, dass Stan nicht stirbt. Zumindest nicht, ohne mir vorher zu sagen, wann und warum er genau verrückt geworden ist.

Sobald ich mit der Karre gegen den Bordstein titsche, hört Stan auf zu lachen. Aha, der Reflex funktioniert also noch immer, nicht alle Systeme zerstört. Ich ziehe den Zündschlüssel, das Radio geht aus, es ist sehr still im Wagen, weil Stan die Luft anhält. Wenn er einen Lachanfall der Kategorie 3 erleidet, schließt sich dem nämlich mit hundertprozentiger Sicherheit ein Schluckauf an. Da darf man ihn nicht bei seinen Übungen unterbrechen, sondern muss abwarten und rauchen. Ich löse den Sicherheitsgurt, um die Kippen von der Rückbank fischen zu können, Stan hält meinen Arm fest. »Bitte, kannst du mal kurz nicht rauchen? Ich muss dich was fragen.« So schnell wird er seinen Schluckauf sonst nicht los, und er klingt so ernst.

»Natürlich spende ich dir meine Niere; ist die einfachste Möglichkeit, in zehn Minuten ein Pfund abzunehmen«, sage ich vorsorglich, Stan zeigt mir sein Ladykillergrübchen, zu lange, so als hätte er gekifft oder Gott gesehen. Er macht mir Angst.

»Baby, ich habe mir das alles völlig anders vorgestellt«, hebt er zu einer längeren Rede an. Das erkenne ich daran, dass er meinen Arm immer noch nicht losgelassen hat. »Und bei all dem Scheiß, den wir in der letzten Zeit mitgemacht haben, mit Olli, der Wohnung und so weiter ...« Eine künstlerische Pause, die mir Raum gibt, mir sämtlichen übrigen Scheiß ins Gedächtnis zu rufen, der in den letzten Monaten, Wochen und besonders geballt in den letzten Tagen passiert ist. Und jetzt geschieht etwas Irres: Ich stelle mir tatsächlich all die Probleme vor, aber sie erscheinen nur als Wörter – schwarz auf weiß, in altmodischer Typo –, eins nach dem anderen: »kein Job«, »Geldnot«, »Wasserschaden«, »Olli«, »Stans Vater«, »meine Mutter«, »Kopfschmerzen«, »Cellulitis«, » weitaus ernstere Probleme als Cellulitis«, »Milena Belgoe«, »Diagnose«, »Rina«, »noch schlimmere Kopfschmerzen« ... all diese Begriffe fahren auf mein geistiges Auge zu, aber dann zerplatzen sie wie Seifenblasen in einem ganz, ganz schlechtem Werbespot. Ich höre Stan fortfahren: »... das ist alles egal. Ich meine, wir kriegen das alles wieder in den Griff, vorausgesetzt, wir wollen es beide hinkriegen. Zusammen. Und ich wollte dich fragen, ob du ...«

Ich halte ihm meine Hand vor den Mund: »Nicht hier.« Ich glaube immer noch an den Fluch, oder sagen wir mal: Ich will raus aus dem Auto. Egal was Stan mich fragen will, es wird etwas Weltbewegendes sein. Und ich habe Angst, dass meine Antwort einfach daraus bestehen wird, aufs Gas zu treten. Dann landen wir vor dem Baum. Das ist ein Ahorn, oder? Und das daneben ist ... »Baby, guck mal, neben uns, das ist die Stadtmauer, oder? Du kannst mich hinter der Stadtmauer fragen, okay? Du kannst mich alles fragen. Aber bis dahin – keinen Ton mehr.«

Stan nickt, ich nehme meine Hand wieder von seinem Mund

weg. Wir müssen raus aus dem Auto, rein nach Brügge. Da ich das Redeverbot erteilt habe, deute ich nur auf die Rückbank. Stan schüttelt den Kopf. Nein, wozu das Gepäck jetzt mitschleppen? Wir verlieren kostbare Zeit. Als wir ausgestiegen sind, hält mir Stan seine Lederjacke entgegen, ganz Gentleman. Ich schlüpfe hinein, dann laufen wir los, Hand in Hand, natürlich regnet es immer noch, aber ich glaube, es ist wärmer geworden. Mag daran liegen, dass wir rennen, an der Mauer entlang. Es ist eine schöne, mittelalterliche Mauer, richtig verwunschen sieht sie aus; als würden sie extra einen Trupp Dekorateure beschäftigen, der das Moos an den richtigen Stellen ausbessert. Sehr hübsch, die Mauer, aber eben auch verdammt lang, sie scheint gar kein Ende zu nehmen. Wir kommen nicht nach Brügge rein, es ist eine endlose Mauer, kein Tor, keine Lücke, die Mauer wird auch nicht niedriger, sodass wir irgendwie drüberklettern könnten. Die wollen uns nicht reinlassen. Vielleicht sollten wir langsamer gehen, genauer gucken, ob es vielleicht einen Geheimgang gibt, hinter ein paar Steinen aus Pappmaschee, oder man benötigt eine Parole, die die Mauer auf magische Weise öffnet. Was mag »Sesam, öffne dich!« auf Französisch heißen? Oder auf Flämisch? Aber es kommen doch dauernd Leute aus der Gegenrichtung, und sie strahlen ganz verklärt, als hätten sie das Paradies geschaut. Aber das bleibt uns verwehrt, weil wir eben doch noch vor Eintritt ins Wunderland gesprochen haben, weil wir sowieso immer außen vor bleiben, wenn es mal was Schönes gibt. Wir können aufhören zu rennen, es bringt nichts. Aber Stan zieht mich weiter, er ruft triumphierend: »Da!«

Und tatsächlich: Die Mauer hört einfach auf. Als hätten die Arbeiter vor fünfhundert Jahren plötzlich keinen Bock mehr gehabt, vielleicht hatten sie auch Mittagspause, oder die Pest hat sie alle auf einmal dahingerafft. Ein noch sinnloseres Nichts als das, welches den Stau auf der Autobahn ausgelöst hat. Japsend gehen wir die letzten Meter in einem dämlichen Mini-U-Turn um das Ende der Mauer herum. Vor uns liegt das schnuckelige, mittelalterliche, verregnete, verkackte Brügge. Hunderte von Menschen in bunten Regencapes, die wie riesige Kegel aussehen, schieben sich, paarweise oder mit Kinderwagen, durch die engen Gassen, spannen Schirme auf, deren Spitzen nur knapp die Augen der anderen Passanten verfehlen, rempeln die um, die vor den Schaufenstern plötzlich stehen geblieben sind. Missmutige Kutscher lümmeln sich auf den Böcken antik aufgemachter Droschken. Alle Menschen hier sehen aus, als würden sie nur auf ein Zeichen warten, um in der nächsten Sekunde komplett durchzudrehen.

Und genau das geschieht. Die Glocken, das blödsinnige Carillon im Belfried erklingt. Nein, es ist kein liebliches Bimmeln, es schrillt und dröhnt gleichzeitig. Und wie von einem Magneten angezogen, stapft die Masse der Regencapes in Richtung Turm. Offensichtlich reicht das akustische Zeichen nicht aus, um anzuzeigen, dass es jetzt 14:15 Uhr ist, man muss nachschauen, ob es auch wirklich dieses dämliche Glockenspiel ist und keine Tonaufnahme, sonst ist es ja nicht amtlich, und man kann sein Geld zurückverlangen. Stehen bleiben gilt nicht, und falls man es doch macht, wird man einfach mitgespült, durch die Gasse getrieben, an Schaufenstern vorbei, die den schlimmsten Kitsch aus ganz Europa zur Schau stellen, all die Eierwärmer, Goldlöffel, Spitzendeckchen und Großdrucke von Bulldoggen in karierten Jacketts, die Billard spielen, ziehen an mir vorbei wie Wandgemälde der Hölle.

Brügge sehen ... und sterben? hätte auch ein sehr günstiger Dokumentarfilm werden können: Sie hätten einfach einen Selbstmordkandidaten finden müssen, der sich um Viertel nach zwei eine Kamera umschnallt und versucht, gegen den Strom zu gehen. Und jetzt ist Stan auch noch weg, versunken im Trubel.

Ich kann zwischen den ganzen Schirmen und Regenjacken kein einziges weißes T-Shirt ausmachen, keinen blonden Schopf, der über die anderen Köpfe ragt, niemanden, der an einer Straßenlaterne hochgerobbt ist und nach mir Ausschau hält. Ich könnte heulen, zusammen mit den kleinen Kindern, die ebenfalls mitgeschleift werden, bis ich eine Hand auf der Schulter spüre. Die reißt mich nach hinten, in eine Lücke zwischen zwei Schaufenstern. Jetzt heule ich. Und als Stan mich daraufhin in die Arme nimmt und sehr fest drückt, wird mir klar, dass plötzliches Flennen in der Öffentlichkeit wohl international als »Ja, ich will« gilt. Sobald Stan aufhört zu drücken, werde ich dann wohl noch einmal klären müssen, was ich will. Und was bestimmt nicht.

STAN

Timing war nie mein Ding. Ich bin entweder zu früh dran oder zu spät, das war schon immer so. Außer beim Surfen, wenn es darum geht, die Welle im exakt richtigen Moment zu nehmen. Da bin ich so gut drin, dass ich mir manchmal schon gedacht habe, ich sei ein Autist, einer von den Inselbegabten, wie man sie aus pseudowissenschaftlichen Reportagen kennt: »Kenny spricht kein Wort und rastet aus, wenn er nicht um Punkt 8:50 Uhr seinen Kakao bekommt. Aber wenn er sich nur eine Minute lang das Empire State Building anschaut, kann er es aus dem Kopf perfekt nachmalen, inklusive aller Details.«

Okay, so unglaublich gut bin ich jetzt nicht beim Surfen, und Kakao ist mir auch völlig wurscht. Aber dafür versage ich sehr zuverlässig in sämtlichen anderen Teilbereichen meines sogenannten Lebens: Das ging mit meiner Geburt am 1. September los. Damals Stichtag dafür, dass man noch ein Jahr länger in den Kindergarten gehen musste, statt eingeschult zu werden. So habe ich schon ganz früh alle meine Freunde auf einen Schlag verloren. Sie haben mich einfach überholt. Wenn ich krank wurde, dann kurz vor den Sommerferien. Ich habe mindestens zehn Flüge knapp verpasst, weil ich immer in dem Bus oder Zug saß, der eine Stunde Verspätung hatte. Ich hatte die geniale Geschäftsidee mit den wasserdichten Handrucksäcken, nur zwei Wochen nachdem jemand anderes das Patent angemeldet hat. Und hätte ich damals nicht zu Olli gesagt: »Ja, Alter, wir sollten unbedingt da schwimmen gehen ...«, dann ... Ach, egal.

Jetzt habe ich es einmal richtig gemacht. Dank des bescheuerten DVD-Players. Nein, dank Britta natürlich. Hätte sie nicht gebremst und damit den DVD-Player geschrottet, hätte ich den ganzen hirnrissigen Plan von heute Morgen wohl durchgezogen. Ich wollte meiner Liebsten in einem trostlosen Hotelzimmer von der anderen Nachricht erzählen, von dem Brief. Und ja, ich habe damit gerechnet, dass sie sich darüber aufregt, dass sie komplett ausrastet. Dass sie zu meinem Vater fährt, um ihn zu beschimpfen, seine Einrichtung demoliert, immer wieder mit unserem Auto in seinen BMW reinfährt oder das verdammte Haus anzündet. Aber dank meines genialen Plans, sie nach Brügge zu lotsen, hätte sie all das nicht tun können, und zwar aus einem einzigen Grund: Britta ist nachtblind. Nach Einbruch der Dämmerung kann sie gar nicht mehr fahren. Das hat sie mir vor ein paar Monaten gestanden. Sie hätte also höchstens den Fernseher aus dem Hotelfenster geworfen, ihre Wut an mir ausgelassen und sich irgendwann beruhigt. Unter Zuhilfenahme der Minibar. Und morgen hätte die Welt schon anders ausgesehen. So sah mein genialer Plan aus. Er war nicht nur für die Tonne, sondern implizierte ebenfalls, dass ich meine Freundin für eine gemeingefährliche Psychopathin halte. Nein, das nicht. Ich weiß nur, dass sie sehr impulsiv sein kann. Ist.

Aber einer waschechten Psychopathin wäre es völlig egal, ob

sie im Blindflug über die Autobahn jagt, oder nicht? Die Wahrheit ist die: Ich bin der Gestörte, und meine Beweggründe für diesen erstklassigen Ausflug waren nicht nur edler Natur. Klar wollte ich Britta vor sich selbst schützen, aber vor allem wollte ich derjenige sein, der mit meinem Vater über die ganze Sache redet. Ganz ruhig und besonnen, übermorgen, wenn ich mich mit der Rechtslage vertraut gemacht hätte. Und nach diesem sehr sachlichen Gespräch wäre ich heimgekehrt zu Britta, um ihr zu berichten: »Baby, ich habe alles geregelt. Und wenn wir für die nächsten paar Jahre die Füße still halten, erben wir sogar irgendwann einen Haufen Geld. Mein rechtmäßiges Erbe nämlich.«

Und erst als der DVD-Player gegen die Rückbank gekracht ist, wurde mir klar, wo der Denkfehler lag: beim lieben Geld, wie so oft. Ich brauche es gar nicht, genauso wenig, wie ich einen DVD-Player brauche. Ich brauche nur Britta. Auch wenn sie katastrophal Auto fährt, unter einem Milena-Belgoe-Komplex leidet und ihre Toleranzgrenze allem und jedem gegenüber langsam gen null sinkt.

Deswegen muss ich meinem Vater sagen, dass ich auf sein Geld scheiße. Und dass Britta das ebenfalls tut. Ganz neue Möglichkeiten werden sich ergeben: Wir ziehen aus der Wohnung aus, wir müssen ja gar nicht in der Stadt bleiben, woanders lebt es sich viel günstiger. Ich kann auch für den Rest meines Lebens irgendeinen Deppenjob machen, ist mir egal. Alles wird gut, nein, alles wird besser. Ich habe endlich mal die Zeichen erkannt, und Britta hat vollkommen zu Recht darauf bestanden, dass sie keinen Heiratsantrag auf einem schäbigen Parkplatz entgegennehmen wollte, sondern erst in der Stadt.

Wunderschön hier, die Straßen, wenn keine anderen Menschen mehr da sind, die sie verstopfen. Genau nach Brittas Geschmack. Herrlich düster. Und während ich sie so im Arm halte und sie ihre Nase an meiner Schulter abwischt, blicke ich in das Schaufenster, in dem wirklich Haarsträubendes präsentiert wird. Ein Wust von unsäglichem Plunder, für den Leute Geld ausgeben. Aber da, ganz in der Ecke, da liegt ein Ring: silbern, nicht zu fein geschliffen, mit nur einem Stein. Nicht auf Samt gebettet, kein Preisschild dran, als wäre er einfach dort hingerollt, damit ich ihn jetzt sehe. Ganz vorsichtig löse ich mich aus der Umarmung, halte Britta an den Schultern fest, schon damit sie nicht umkippt. Ganz ehrlich: Wie die allermeisten Menschen sieht Britta nicht allzu bezaubernd aus, wenn sie gerade geheult hat, sondern großporig, verrotzt und verquollen, aber wie sie jetzt dasteht, mit meiner Lederjacke, den verstrubbelten Haaren und der verwischten Wimperntusche, hat sie was unvergleichlich Verwegenes. Sie sieht eine Millionen Mal besser aus als Rina gestern in ihrem blöden Kostümchen.

»Ich will ein Bier«, sagt Britta und schnieft nachdrücklich. Das ist meine Frau. »Ich glaube, wir sind eben an einer Kneipe vorbeigekommen«, erinnere ich mich, »war aber so eine fiese Tourifalle.« Britta meint: »Völlig egal.«

Stimmt, völlig und total egal. Wir drehen um und gehen ganz langsam, geradezu feierlich in die Richtung zurück, aus der wir angeströmt wurden. »Das war furchtbar gerade«, murmelt Britta. »Ich dachte, ich finde dich nie mehr wieder.« Es liegt eine ganz besondere Luft über dieser Stadt, ein Zauber, der macht, dass Britta schwülstiges Zeug redet und ich mir das gerne anhöre.

Da ist die Kneipe schon. Man muss jetzt kein Sprachwissenschaftler sein, um den flämischen Namen zu übersetzen, ein golden angemalter Löwe über der schweren Holztür verkündet international verständlich: »Auf gutbürgerlich gemachtes Fertigfutter, dafür sauteuer.« Ich halte meiner Liebsten die albern bimmelnde Tür auf, der Geruch von Wachs, Moder und feuchten Bierdeckeln strömt uns entgegen.

Drinnen sieht es aus wie in einem Asterix-Heft: Von dunklem Gebälk hängen getrocknete Kräuter und Kupferkesselchen herab, rot karierte Tischdecken schimmern unter Petroleumlampen hervor, es würde mich nicht wundern, wenn gleich ein apfelbäckiges Mütterchen erschiene und uns ein gebratenes Wildschwein vor die Füße wirft.

Aber statt Gutemine tritt ein Mann aus der Tür neben der Bar, dem ich am liebsten direkt eine Kochsalzinfusion verpassen würde. Er ist mindestens einen Kopf größer als ich, aber dabei so unglaublich dürr, dass ich fürchte, er fällt um, wenn ich ihn nur anspreche. Es bedient Sie: der Tod auf Latschen. Nein, in Cowboystiefeln. Der Typ selbst scheint weniger Berührungsängste zu haben, stakst auf uns zu und ruft: »Ah, deutsch, ja, Deutsche. Guten Tag, bitte hinsetzen, an Tisch, schön. Schön essen, lecker Spezialitäten.«

Wie konnte der Typ erkennen, dass wir Deutsche sind? Wir tragen doch gar keine Regencapes. Erstaunlich beherzt greift er jetzt meinen Oberarm und drückt mich auf den nächsten Stuhl nieder. Ich bin so perplex, dass ich nicht schreiend rausrenne. Wir sind bei einer Sonderaufführung von »Dinner des Grauens« gelandet, und überall im Raum sind Kameras versteckt. Hoffe ich zumindest. Denn diese Stabheuschrecke im verschlissenen Anzug hat die furchtbarsten Zähne, die ich jemals gesehen habe. Nicht ruinös wie die von Olli, sondern riesig, gleichmäßig mattgelb und alle viel zu quadratisch. Und er zeigt sie gerne. Nun grinst er Britta an wie ein untotes Comicpferd und befindet noch einmal, dieses Mal fast nachdenklich: »Schön.«

Seine Speicheltropfen landen auf ihren Schultern, gut, dass sie noch meine Jacke trägt. Britta setzt sich wie unter Hypnose, der Kellner trabt davon, immerhin wiehert er nicht. Sollten wir abhauen, bevor er mit den Speisekarten zurückkehrt? Gibt es nicht einen Eintrag im Knigge, der besagt: »Stellt man fest, dass der Kellner aussieht wie Nosferatus Reittier, so ist es gestattet, das Lokal grußlos zu verlassen«? »Was hat der denn?«, fragt Britta leise, ich zucke mit den Schultern. Was hat der nicht? Nun, andere Gäste, wenn ich mich so umschaue.

»Wahrscheinlich sind wir seit Jahren die ersten, die nicht sofort wieder rückwärts hier rausgegangen sind«, mutmaße ich. Britta wirft mir einen befremdeten Blick zu: »Nee, ist klar. So ein Laden in dieser Lage, der finanziert sich einfach selbst. Witzbold.«

Ich wollte gar nicht witzig sein. Ich wollte aus dem Regen raus, ein oder zwei überteuerte Biere trinken und damit unsere Verlobung feiern. Ich hätte sogar Champagner bestellt, wenn Britta wider Erwarten danach gewesen wäre. Dann hätte ich ihr den Ring an den Finger gesteckt. Den Ring, der fünfzig Meter weit weg von hier im Schaufenster liegt, der so perfekt passen würde zu Britta. Der Kellner ist wieder da, um zu stören. Ohne Speisekarte, aber mit seinen Zähnen: »Heute ist die Küche geschlossen, leider. Ich kann aber kleine Gerichte anbieten. Brot mit Schmalz. Und Bier.« Jetzt weiß ich, an wen er mich erinnert: an diesen durchgeknallten Breitmaulfrosch mit den gebügelten Haaren. Der aus dem Fernsehen, der Nachwuchsmodels das Laufen beibringt.

»Oh, danke, dann gehen wir vielleicht doch woanders etwas essen«, wittere ich unsere Chance, aber Britta strahlt den Typen an: »Wir wollten eh nur Bier trinken. Zwei große, bitte.« Jetzt wiehert das Pferd doch. Wirft seinen Kopf zurück und schüttelt die Mähne. Komm schon, liebes Fernsehteam, genug davon, zeigt uns die Linse, in die wir winken müssen, wir haben den Spaß verstanden. »Ah, super, nur Bier, das gefällt mir, ja.«

Er beugt sich vertrauensvoll zu Britta herunter, flüstert, aber so laut, dass ich jedes Wort verstehe: »Ich mache heute nur den Aushilfskellner, weißt du? Selbst meine Schmalzbrote sind ... zum Kotzen.« Britta lacht, der Pferdekellner lacht lauter, patscht meiner Freundin dabei auf die Hand. Ich habe nichts Besseres zu tun, als mich laut zu räuspern. Der Kellner wendet sich mir zu, mit einem Blick, als hätte ich gerade seine Freundin angetatscht: »Und der Herr? Auch zwei große Biere?«

Britta kichert wieder oder immer noch, nein, war das lustig, aber bevor ich noch etwas Bescheuertes sagen kann, dreht der Kerl sich wieder um. »Bin gleich wieder da, ihr Süßen«, flötet er und tänzelt hinter den Zapfhahn. Das *ist* dieser Laufstegtrainer, oder? Aber warum ist der hier? Um mir den Tag zu versauen natürlich. Was habe ich über mein mieses Timing gesagt? Ich hab's immer noch voll drauf.

»Stan, wieso guckst du so böse?«, will Britta wissen. Sie wirkt ein wenig beschwipst, obwohl wir noch gar nichts getrunken haben, und ich verstehe ihr mildes Mona-Lisa-Lächeln nicht. »Der Kerl macht mich fertig«, gestehe ich, und Britta lacht, wenn auch nicht so laut wie eben, als der Typ verkündet hat, dass er nicht mal Brote schmieren kann. »Oh Mann, Stan. Das war doch klar, dass wir an diesem Tag nichts Normales mehr erleben oder? Ich meine, hallo, wir sind's! Wäre doch fast eine Enttäuschung gewesen, wenn hier ein stinknormaler Kellner gekommen wäre statt ... *dem da*.«

So kann man es auch sehen. Vergiss den gut gemeinten Rat aller Eltern, den sie immer parat haben, wenn etwas Dämliches oder wirklich Peinliches passiert: »In zwanzig Jahren lachen wir darüber.« Das ist Unfug. Du musst in zwanzig Sekunden drüber lachen, wenn es noch frisch ist, sonst kommst du nicht voran. Britta stupst meinen Fuß unter dem Tisch an, und ich riskiere einen Blick zur Theke, wo unser Kellnerpferd verzweifelt versucht, dem Fass Flüssigkeit zu entlocken. Er dreht am Hahn, horcht am Fass, klopft darauf herum, und als er bemerkt, dass wir ihn beobachten, reckt er uns optimistisch einen Daumen entgegen.

»Vielleicht sollten wir ihn erlösen und ihm stecken, dass das

Fass nur Dekoration ist«, murmelt Britta, und obwohl ich gar nicht scharf darauf bin, den Kerl nicht mehr so dämlich aussehen zu lassen, rufe ich: »Flaschenbier wär' auch vollkommen okay!« Und da wiehert unser Pferdchen wieder ganz befreit, ruft: »Perfekt!«

Britta ist so schön, und das Pferd hat recht. Alles ist perfekt, obwohl alles schräg und schief und die Zeit durcheinandergewirbelt worden ist. So wie es sonst nur ist, wenn du eine Welle nicht erwischst, vom Weißwasser gepackt und untergepflügt wirst, du nicht mehr weißt, wo oben und unten ist und eine Sekunde später doch am Strand angespült wirst. Und dann feststellst: »Wow. Ich lebe noch. Perfekt.«

Britta hat meine Hand genommen, ich weiß, dass sie jetzt genau dasselbe denkt wie ich, also kann ich es ihr jetzt sagen.

»Hach, ihr seid toll, ich liebe euch«, schnauft das Pferd und knallt die Bierflaschen vor uns auf den Tisch. Ja, es war etwas in dieser Richtung, was ich gerade verkünden wollte. Britta lässt meine Hand los, nimmt ihr Bier und stößt damit an meine Flasche an. »Prost«, sagt sie. »Cheers!«, sagt das Pferd, das seinen langen, harten Arbeitstag jetzt offenbar beendet hat und sich nun für ein Feierabendbierchen neben mich setzt. Drei Gestrandete, um halb drei an einem Samstagnachmittag, vierzig Kilometer von der nächsten Küste entfernt. Immerhin ist das Bier kalt. Perfekt.

BRITTA

»Ed ist der Name«, stellt sich unser Gastgeber vor. Stan fragt nach: »Oh, so wie Mister Ed?« Der Kellner schaut verwirrt: »Nein, nur Ed. Oder Eddie. Wir sagen ›du‹, oder?«

»Ja, ja. Ich dachte nur, wegen ... Egal. Ich bin Stan.« Gut erzogen, wie er ist, streckt mein Freund dem Typen die Hand hin.

Der ergreift sie zögerlich, etwa so, als würde ihm in der Fußgängerzone ein Scientology-Flyer gereicht. Ich finde, der Kerl ist zum Schießen. Wer kann schon einen verschlissenen Frack mit Cowboystiefeln und Eyeliner kombinieren? Von diesem Horrorgebiss mal ganz zu schweigen. Wahrscheinlich ist er Schauspieler. Nein, doch eher ehemaliger Tänzer. Wie alt mag er sein? Zwischen vierzig und sechzig halte ich bei Eddie alles für möglich.

»Und wie heißt die bezaubernde Dame?«, wendet sich Eddie nun an mich. Er zwinkert mir so übertrieben forsch zu, dass jedem klar werden muss, dass er vom anderen Ufer kommt, und zwar ganz tief aus dem Landesinneren.

»Britta. Freut mich.« Ich muss ihn einfach fragen: »Bist du Tänzer?«

Eddie wirft lachend seinen Kopf nach hinten, schlägt gleichzeitig seine Beine übereinander und platziert sie auf dem freien Stuhl neben sich. Auch eine Antwort, zumindest reicht sie Stan vollkommen aus: »Du sprichst sehr gut Deutsch, Ed«, stellt er fest, und ich muss kichern, weil mein Freund klingt wie eine beschränkte Sozialarbeiterin. Aber Eddie deutet nur eine winzige Verbeugung an: »Danke, Stan. Vielleicht liegt es daran, dass es meine Muttersprache ist.«

Ich muss Stan zugutehalten, dass er mitlacht. Nicht so laut wie ich oder gar so anhaltend wie Eddie, aber er entspannt sich langsam. Die deeskalierende Wirkung von Bier, immer wieder ein Wunder. Stan nimmt noch einen Schluck und gibt zu: »Hätte ich drauf kommen können. Gibt ja eine deutsche Minderheit hier. Gehört zur wallonischen Region, oder?«

Wie gesagt, wenn Stan sich für ein Thema interessiert, kann er darüber alles wiedergeben. Ich hatte nur nicht die geringste Ahnung, dass er sich für die Demografie Belgiens interessiert. Aber jetzt schwappt der kleine Geschichtsprofessor aus ihm heraus. Mit erhobenem Zeigefinger doziert er: »Das ist sehr inte ressant: Das beruht auf einer Besiedlung nach dem 1. Weltkrieg und ist so ein Staat im Staat, richtig? Ein Gliedstaat, genau. Denn die Wallonen, das sind ja eigentlich die französisch sprechenden Belgier, und ...« Jetzt merkt mein Freund, dass Eddie und ich ihn anstarren. Ich will gerade sagen: »Baby, hör auf damit, du bist gruselig«, aber Eddie ist schneller: »Ja, das stimmt alles, aber bei mir war das so: Meine Mutter hat einen Ausflug gemacht, von Düsseldorf aus. Und abends hat sie dann den Zug zurück nach Hause verpasst. Mein Vater war ein belgischer Bahnhofs...«

Eddie kneift konzentriert die Augen zusammen, fahndet in seinem Kopf nach dem richtigen Ausdruck, Stan versucht zu helfen: »Bahnhofsvorsteher? Bahnhofswärter?«

Eddie schüttelt den Kopf, seine Augen sind nur noch Schlitze, aber dann erhellt sich sein Gesicht: »Bahnhofsmissionar!«

Stan und ich verschlucken uns gleichzeitig, Ed schaut uns belustigt an: »Sagt man das nicht? Da, wo die Leute hingehen, wenn die Züge weg sind. So ein ... Helfer, ein Christ! Aber er hat aufhören müssen in der Mission, als meine Mutter immer dicker wurde, ihr versteht?« Eddie deutet mit der Hand einen Kugelbauch über seinem hageren Oberkörper an. Ich pruste los, auch Stan klatscht begeistert in die Hände, Ed lächelt gespielt verstört, genießt es sichtlich, wie seine Vorstellung beim Publikum ankommt: »Na, es war eben ein kalter Abend, als meiner Mutter der Zug weggefahren ist, da hat mein Vater sich, wie sagt man? *Gekümmert.*« Ich kann nicht mehr, Stan läuft ganz rot an, greift in seiner Not nach seiner Flasche, die aber leer ist, Ed gibt den Erschrockenen: »Oh, da habe ich mich aber nicht gut um euch ... gekümmert! Noch ein Bier?« Stan nickt dankbar, ich wische mir eine Lachträne aus dem Auge. Ed steht auf, von hinten sieht er noch tragischer aus, überhaupt kein Hintern vorhanden. Die verschossene Anzughose hat er bestimmt aus der Altkleiderspende. Oder von der Bahnhofsmission.

»Beruhig dich, Baby«, rät mir Stan und drückt meine Schulter. Ich schaffe es einigermaßen. Eddie stellt drei neue Biere auf den Tresen, will etwas sagen, aber in dem Moment klingelt ein Glöckchen, die Tür wird aufgeschoben. Zwei Gestalten, gehüllt in die unvermeidlichen Regencapes, daher unbestimmbaren Geschlechts, stehen wie hingebeamt im Raum und glotzen uns an. Eddie erklärt im geschäftlichen Ton: »We are closed. Gesloten. Fermé.« Das größere Regencape nimmt die Brille ab, dreht sich herum und stellt fest: »Das Schild sagt aber etwas anderes.«

Es war das Männchen, wie ich nun an der Stimmlage erkenne, sein Weibchen nickt bekräftigend. Eddie zuckt mit den Schultern und lässt seine Riesenhauer noch einmal besonders wirkungsvoll aufblitzen: »Geschlossen.« Die beiden wurschteln ihre Arme unter den Capes hervor, nur um sie vor der Brust zu verschränken. Sie geben die wohl bekannteste Nummer aus dem deutschen Klassikerkanon zum Besten: »Die Rechthaber«, Auftritt König Kunde nebst Gattin. »Aber, aber die da ...«, die Frau zeigt denunzierend auf uns, und das Männchen nickt beifällig. Was für eine ausgeglichene Partnerschaft. Stan steht auf, geht mit ausgebreiteten Armen auf sie zu wie ein Showmaster. Nein, eher als wolle er ein paar Schweine dran hindern, aus ihrem Stall auszubüchsen.

»Geschlossene Gesellschaft, tut mir leid«, informiert er die Nichteingeladenen, die Frau sagt: »Ach.« Eine Silbe, die gleichzeitig resigniert und doch angriffslustig im Unterton klingt. Dagegen muss man wirklich schwere Geschütze auffahren. Menschen, die so »Ach« sagen, bleiben immer gerne ewig da, wo sie nicht sein wollen und sie niemand haben will, nur weil keiner ein Gesetz dagegen gemacht hat. Aber Stan findet die richtige Munition auf Anhieb: »Ja, tut mir leid. Wir feiern Hochzeit. Im ganz kleinen Kreis.«

»Ach«, sagt der Regencape-Mann. Aber sehr wehmütig, so als

hätte er sich damals auch eine Hochzeit im ganz kleinen Kreis gewünscht. Ohne seine Braut vielleicht. Schon macht er einen Schritt rückwärts, seine Frau schaut mich abschätzend an, blickt dann wieder zu Eddie, der nur noch aus Riesengebiss besteht: »Ja. Dann herzlichen Glückwunsch. Aber das Schild hängt trotzdem falsch herum.« Spricht's, dreht sich auf dem Absatz um und marschiert durch die Tür, die ihr Gatte schon für sie geöffnet hält. Nahezu routiniert, als wäre ihnen dergleichen heute nicht zum ersten Mal passiert. Die Tür fällt wieder ins Schloss, das Glöckchen bimmelt erneut.

»Gut gemacht«, lobt Eddie. »Fang!« Er wirft Stan einen Schlüsselbund zu: »Der blaue ist für die Tür.« Stan schließt zweimal ab. »Hätte ich schon früher drauf kommen sollen«, seufzt Eddie, nickt mir anerkennend zu, als wolle er sagen: »Mit dem Burschen hast du aber einen Mordsfang gemacht, Darling!«, und ruft Stan zu: »Wir feiern also Hochzeit, ja?«

Ich kann nicht viele Menschen auf Anhieb gut leiden, aber Eddie schon. Bis vor einer Sekunde. So konsequent und amüsant hat mich noch nie jemand davon abgehalten, über wirklich Wichtiges nachzudenken. Und Stan schaut mich an, als wäre meine Bedenkzeit genau jetzt vorbei.

STAN

Warte ich gerade darauf, dass Britta endlich laut und deutlich »Ja, ich will!« schreit, aufspringt und mir um den Hals fällt? Oder weiß ich, dass sie im nächsten Augenblick in ihrer schlimmsten nasalen Tonlage »Nä, nicht wirklich, war nur so 'n Joke« sagt, um sich dann mit ihrem neuen Lieblingsfreund zu betrinken. Weil Eddie so total crazy und abgefahren und out of this world ist? Keine Ahnung. Also schaue ich sie lieber nicht an, sondern aus dem Fenster. Dem Paar hinterher, das ich gerade aus dem Laden gescheucht habe. Sie watscheln die Gasse hinab, er versucht, ihr trotz hinderlichem Cape den Arm um die Schulter zu legen, sie wehrt ihn ab. Kein Tag für Romantiker.

»Kann ich einen Kaffee haben?«, wende ich mich also unserem Mister Ed zu, um Britta von ihrer Antwort zu erlösen. Schwer zu sagen, wer jetzt blöder guckt, meine Freundin oder der Kellner.

»Na klar, na sicher«, beteuert Ed, während er sich vom Stuhl schwingt, »ich muss nur welchen aus dem Lager holen, einen Moment.« Er stakst auf die Tür hinter der Theke zu und schließt sie hinter sich. Keine Ahnung, ob da wirklich eine Treppe hinter der Tür ist oder ob Eddie nur absichtlich laut auf der Stelle steppt, um uns zu signalisieren, dass er Britta und mich anständigerweise eine Minute allein lässt. In der wir klären können, ob ein Missverständnis vorlag, was unsere nähere oder fernere Zukunftsplanung angeht.

Britta winkt mich heran. »Komm mal her. Setz dich.« Lieber würde ich an der Tür stehen bleiben. Dann bin ich schneller weg, wenn Britta mir jetzt sagt, dass sie eben auf der Straße nur mal geheult hat, weil sie vor all den Regencape-Touristen Angst hatte, und nicht aus Ergriffenheit oder gar vor Glück. Oder weil ihr auf unserer Fahrt endgültig klar geworden ist, dass sie mich doch nicht will. Weil ich ein Loser bin. Dass sie lieber in Brügge bleiben würde, in dieser Kneipe, für immer. Trotzdem gehe ich zu ihr und setze mich, weil es mich umhauen wird, wenn ich es aus ihrem Mund höre. Außerdem will ich meine Jacke zurückhaben. Mir ist kalt. Britta schaut mich an, keine Bierseligkeit mehr in ihren Augen: »Stan, ich werde dich nicht wegen des Geldes heiraten. Niemals.«

Was? Hat sie gedacht, dass ich gedacht habe, dass ...? Ich muss es ihr jetzt sagen: »Baby, ich habe gar kein Geld. Ich meine, ich bekomme auch nie welches. Ich habe mich enterbt. Für dich.«

Gut, das klang nicht nur hochgradig dramatisch, sondern vollkommen bescheuert. Kein Wunder, dass mich Britta so fassungslos anstarrt, ihr Mundwinkel zuckt, als würde es dort einen Stau von zu vielen Fragen geben, ganz vorne die nicht so unwichtige, wann und wie ich mich denn genau um ein kleines Vermögen gebracht habe.

Also will ich noch mal ansetzen, Britta alles richtig erklären, nämlich dass noch ein Gespräch mit meinem Vater und unter Umständen zwei bis drei Rechtsanwälte zwischen der geplanten und tatsächlichen Enterbung stehen, aber jetzt sagt sie: »Wow. Okay. Cool. Dann ... ja. Ja, dann will ich!« Das war es also. Britta hatte nur Angst vor einem sorgenfreien Leben. Genau wie ich.

Oh Mann. Schwere Geburt. Aber endlich ist es raus, erschöpft und glücklich liegen wir uns in den Armen, und Britta flüstert: »Wir werden aus der Wohnung ausziehen, oder? Bitte! Ich hasse die Wohnung«

»Ja. Ja, unbedingt, ganz bald. Und das Auto müssen wir vielleicht auch loswerden.«

»Oh nein, nicht das Auto! Können wir nicht im Auto wohnen?«

»Mhhh, ja, das ginge. Aber dann müssen wir woanders sparen. Kein Kino mehr.«

»Ist okay, wir können ja DVDs gucken.«

»Nein, geht nicht. Der DVD-Player ist hin.«

»Ach ja, stimmt. Ginge ja eh nicht im Auto.«

Ich erinnere mich. So fühlt sich das an, wenn man glücklich ist. Vor Glück ganz besoffen. Ich glaube, ich war noch nie so glücklich, dass ich währenddessen schon gemerkt habe, dass ich glücklich bin. Darüber darf man auch nicht nachdenken, sonst ist es vorbei. Dann denkst du an die Zukunft und wünschst dir, du könntest deiner Liebe noch mehr geben als nur – Liebe. Und Obdachlosigkeit. Und nie wieder Kino.

Aber da gibt es ja etwas. »Baby, ich bin sofort wieder da, okay?« Britta blinzelt, als hätte ich sie aus einem Tagtraum geweckt, droht aber dann sofort: »Wage es nicht, jetzt eine von diesen Droschken zu mieten, wehe! Dann sind wir geschiedene Leute!« Ich küsse sie im Aufstehen, will tatsächlich wissen: »Hältst du mich für so kitschig veranlagt?«

»Unbedingt.«

Da ist was dran. Ich bin so ein romantisches Seelchen, dass ich meine Angebetete an einem ekligen Novembertag in eine schäbige Kneipe nach Brügge entführe, um ihr einen Antrag zu machen. Nein, besser noch: Ich überlasse die Frage diesem Witz von einem Kellner. Wo steckt der eigentlich? Muss der den Kaffee erst von der Plantage pflücken, oder ist er hinter der Tür eingeschlafen? Nicht dass ich ihn vermisse, aber wenn ich von meiner Mission wiederkomme, will ich bestimmt noch ein Bier trinken.

»Bis gleich«, rufe ich Britta zu, als ich die Tür aufschließe. Sie wirft sich in Pose, die eine Hand an die Stirn, die andere zur Decke erhoben, und klagt in ihrer glasklaren Bühnenstimme: »*Eines ist sicher, bei deinem Abschied war ich blutjung noch, kehrst du sogleich auch zurück, komm ich als Greisin dir vor.*« Sie kann es noch, aus welchem Stück das auch immer war. Sie ist gut, sehr überzeugend als schmachtende Braut. Ich werfe ihr eine Kusshand zu, Brittas letzter Gruß lautet: »Mach hinne, du Spinner!«

In zeitgenössischen Stücken ist sie noch überzeugender.

BRITTA

Ich liebe Stan aus vielerlei Gründen. Im Augenblick besonders deswegen, weil er mich allein lässt. Ich muss da mal einiges verdauen. Dieser Heiratsantrag ist eine Sache. Damit hätte ich früher oder später gerechnet. Und dass er tatsächlich bereit ist, mit mir für immer und ewig im Volvo zu leben, ist ein wahrlich großartiges Geschenk. Aber das Wundervollste daran ist, weshalb er das alles tun will: Stan hat seinem Vater tatsächlich endlich die Meinung gegeigt. Es brauchte nur einen ganz kleinen Anstupser meinerseits. Aber jetzt, wo es passiert ist, freue ich mich gar nicht so darüber, wie ich es mir immer vorgestellt habe. Ich weiß, wie die beiden aneinander hängen. Zu sehr. Dabei ist Stans alter Herr, der gute Fritz, im Grunde gar nicht so verkehrt. Er ist eben nur überfürsorglich, rechthaberisch und besserwisserisch. Er hat sein einziges Kind erst ignoriert, dann maßlos verwöhnt, zur falschen Zeit gegängelt und zuletzt nur noch unter Druck gesetzt. Dieser alte Mann hofft wahrscheinlich immer noch, dass sein Sohn mit sechsunddreißig Jahren zum dritten Mal das Medizinstudium aufnehmen wird, um ... ja, um was eigentlich? Damit er Stan zum fünfzigsten Geburtstag ein goldenes Namensschild schenken kann, auf dem »Dr. med. Konstantin von Eltzberg« eingraviert ist? Das allein wäre schon traurig genug, aber viel bedenklicher war, dass Stan ihm nie klipp und klar gesagt hat, dass daraus nichts wird. Bis jetzt.

Jetzt sind wir frei, und sämtliche Ausflüchte, nervenaufreibenden Telefonate, langwierigen Besuche nebst stundenlangen Belehrungen über das Leben an sich und unseres im Besonderen fallen von nun an flach. Die werde ich bestimmt nicht vermissen. Aber vielleicht wird es mir fehlen, wie Stans Papa strahlt, wenn er uns Konzertkarten schenkt und über deren Erwerb im coolsten Plattenladen der Stadt erzählt, inklusive der Kurzdiagnose, die er dem Verkäufer hat zukommen lassen: »Kinder, ich sage euch: Plattfüße, die man schon von Weitem sehen konnte. Ich habe dem Mann dann ein paar Übungen gezeigt, und dann hat er mir noch diese Klebebildchen dazugegeben.« Für Friedrich von Eltzberg gibt es keine »Sticker« oder »Aufkleber«. Er bekommt »im Schallplattengeschäft Klebebildchen geschenkt«.

Man muss ihn einfach lieb haben, wenn man ihm nicht gerade in den arroganten Hintern treten will. Was wird Stan wohl tun, wenn ihm niemand mehr sagt, was er aus seinem Leben machen soll? Bisher sieht es so aus, als würde er glücklich werden. Glücklich werden wollen, mit mir.

»Oh, ich dachte ja, wenn jemand von euch kalte Füße bekommt, dann du.«

Ich zucke zusammen, was völlig bescheuert ist. Hat Eddie nicht alles getan, um mich *nicht* zu erschrecken? Er hat die Kellertür beim Öffnen umsichtig quietschen lassen, und er hat sich mindestens drei Mal geräuspert, bevor er das Wort an mich gerichtet hat.

»Äh, ja, haha, witzig. Nein. Leider nicht. Ich meine, Stan wollte nur noch irgendwas holen. Eine Überraschung oder so.«

Normalerweise bringen mich blöde Bemerkungen anderer Leute nicht so leicht aus dem Konzept. Im Gegenteil, ich sehe das als Aufforderung zur Interaktion, zum Spielen. Berufskrankheit. Werde ich angestarrt, starre ich zurück, werde ich angemacht, mache ich den anderen – aus. Ich kann verdammt gut mit Worten um mich schlagen, schnell die Schwachstelle des anderen finden und das alles wie das Spiel aussehen lassen, das es in Wahrheit auch ist. Bis der Vorhang fällt und Applaus erklingt. Letzteren muss man sich dazu denken, wenn man nicht auf einer Bühne steht. Aber das gelingt mir gerade nicht. Eddie schon: »Etwas holen? Ein Hochzeitsgeschenk?« Er strahlt, als wäre er die Braut.

»Ja, was in der Art, nehme ich an.« Eddie eilt mit drei großen Schritten zu unserem Tisch, schon fühle ich seine Hand auf meiner Schulter. Ich bin einfach nur völlig übermüdet, deswegen muss ich mir die Hände vors Gesicht halten. Nicht weil ich es verstecken will. Oder weine.

Eddie spielt weiter mit: »Hey, was ist denn mit dir? Willst du deinen Stan denn gar nicht haben?« Ich lasse es zu, dass Eddie mir die Schulter tätschelt. Und dass ich weiter weine und zugebe: »Doch, aber ... aber ... nicht so!«

Ich will jetzt nicht heulen, also fange ich an zu lachen. Ich war überzeugt davon, dass gestern der abstruseste Abend meines Lebens war. Aber jetzt sitze ich in einer Kupferkesselkneipe in Brügge und heule mich bei einem Indianer im Kommunionsanzug aus. Auf der anderen Seite: Bei wem könnte ich besser mein Herz ausschütten als bei jemandem, den ich nie im Leben wiedersehen werde? Kommt je eine bessere Gelegenheit als genau jetzt?

»Aber ich will nicht, dass Stan deswegen nie wieder mit seinem Vater spricht. Nicht wegen mir. Nicht so.« Eddie starrt ins Nichts oder fixiert eine der unzähligen Spinnenweben an der Decke. Aus irgendeinem Grund will ich ihm alles erklären, aber ich kann jetzt nicht die Konflikte der letzten acht Jahre nacherzählen und nicht, was ich gestern Abend getan habe, um genau das zu erreichen, was jetzt eingetreten ist, sondern nur das bisherige Endergebnis zusammenfassen: »Entweder haben wir Geld, und ich bin wütend, oder wir sind arm, und Stan ist traurig.«

Eddie klopft mir beruhigend auf den Rücken, so als wäre das alles gar nicht ausweglos, als hätte ich mir nicht die letzten Jahre genau das gewünscht, was jetzt plötzlich eingetreten ist. Was ich losgetreten habe. Nur um zu merken, dass ich das Kleingedruckte nicht gelesen habe.

Irgendwann entspanne ich mich tatsächlich so sehr, dass ich die Tischdecke loslasse. Zu Abwechslung starre ich mal Eddie an. So ein Indianer muss doch einen weisen Ratschlag parat haben, oder? Hat er tatsächlich: »Tja, Stan hat sich offenbar entschieden. Und was ist mit dir? Reich und wütend oder arm und traurig?« Das ist eine Fangfrage, ganz klar. Da muss man aufpassen, dass man sich nicht vom Wesentlichen ablenken lässt, nämlich: »Stan hat sich entschieden.«

Genau, halleluja! Mein Freund hat endlich mal eine Entscheidung getroffen. Und die bin ich. »Arm und *glücklich*, natürlich!« Ich knalle bekräftigend die Bierflasche auf den Tisch. Eddie stützt sich beim Aufstehen auf meine Schulter: »Siehst du, geht doch.« Er latscht zur Theke, gießt sich irgendeinen Schnaps ein und hebt das Glas: »Perfekt. Dann können wir ja Hochzeit feiern.«

Oh ja. Ich will jetzt so was von heiraten, da könnt ihr euch aber auf etwas gefasst machen. Stimmung, Getränke, Musik, Tanz. Und es muss schnell gehen.

»Eddie, können wir das hier irgendwie – umdekorieren?« Am besten würde es mir gefallen, wenn wir den ganzen schaurigen Nippes von den Wänden und Regalen reißen und verbrennen würden. Aber Eddie schaut unter die Theke, nickt zufrieden, als hätte er dort ein kaltes Büfett und ein paar weiße Tauben entdeckt, die er für derartige Fälle dort gebunkert hat. »Ja, ich kann ein wenig schmücken, bevor der Bräutigam kommt. Das wird schön.«

»Hauptsache, es geht schnell«, wende ich ein, Eddie wirft mir einen leicht gereizten Blick zu: »Wann wollte dein lieber Mann denn wieder hier sein?«

Ich habe nicht einmal eine Ahnung, wie lange er schon weg ist. Wahrscheinlich holt er die Überraschung aus dem Auto. Es ist ein Ring, wird mir plötzlich klar. Stan ist da sehr konservativ, aber eben auch verpeilt. Deswegen ist es auch vollkommen logisch, dass er den zunächst im Auto vergessen hat. »Stan hat es nicht so mit dem Timing.« Eine Information, die jedem Partyplaner unbedingt weiterhilft.

Eddie kramt in den Schubladen unter der Bar und seufzt: »Ja, wer hat das schon?« Seine Stimme klingt plötzlich anders. Als er sich zu mir umdreht, wird mir klar, weshalb: Er hat seine Zähne aus dem Mund genommen. Ich wundere mich noch, dass ich mich nicht darüber wundere. Eddie zuckt mit den Achseln: »Die sind nur für die Gäste.«

Was willst du da sagen, wenn sich jemand ein Horrorplastik-
gebiss aus dem Mund nimmt und dir dann mit völlig normalen,
halbwegs geraden Zähnen entgegengrinst? »Also, gegen Gäste,
um genau zu sein. Manchmal hilft ein wenig Tarnung, um seine
Privatsphäre zu wahren, oder?«, erklärt Eddie.

Ich grinse zurück, genauso lange, genauso breit. Wie im ersten Semester an der Schauspielschule, bei der allerersten Auf-
wärmübung mit Partner: »Ihr seid das Spiegelbild des anderen,
ahmt euren Partner nach, egal was er tut.«

Natürlich kennt Eddie die Übung auch. Aus seinem Grinsen
wird ein Lächeln, halb verschwörerisch, halb schuldbewusst. So
wie man jemanden anlächelt, mit dem man eine Nacht durchge-
tanzt hat und der am frühen Morgen noch auf einen Kaffee mit
nach oben gekommen ist. So wie man dann lächelt, wenn man
bemerkt, dass man gar nicht mehr betrunken und es draußen
schon wieder hell ist. Und man die Sache natürlich trotzdem
durchzieht. Vielleicht. Ich kann mich gar nicht mehr daran erinnern, wie das so war vor Stan. Eddie hört auf zu lächeln: »Hast
du jetzt doch kalte Füße, Britta?«

Eddie wartet meine Antwort nicht ab, sondern löscht das Licht.

STAN

Der Ring, ich brauche den Ring. Der Ring ist sehr wichtig.
Ich meine, wenn man schon von einem Pferdekellner in einer
Kneipe getraut wird, keine Gäste, keine Torte und keine Band
hat, braucht man doch irgendetwas als offiziellen Liebesbeweis.
Kann ja sein, dass irgendwer später stänkert: »Alter, ich glau-
be nicht, dass du und deine Süße in einer Spelunke in Brügge
geheiratet habt. Und wenn: Das war doch gar nicht amtlich.«
Dem kann ich dann den Ring zeigen. Also, den an Brittas Hand.

Worüber mache ich mir eigentlich Gedanken? Wer in aller Welt sollte bezweifeln, dass man verheiratet ist, wenn man erzählt: »Wir haben geheiratet«?

Mein Vater, natürlich. Er wird daraufhin gute zehn Sekunden schweigen und mir dann die Hand reichen. »Ich gratuliere«, wird er sagen, nicht »Herzlichen Glückwunsch«, da ist er pingelig, wie er in allem pingelig ist. Glück wünscht man, wenn ein Wagnis bevorsteht, nicht wenn man vor vollendete Tatsachen gestellt wird. Das Gespräch wird in seiner Bibliothek stattfinden, in der die ganzen alten Regale mit den noch älteren Erstausgaben stehen, die überhaupt nicht zu dem ergonomisch optimierten Schreibtisch passen. Und er wird sich dabei denken: »Da hat er mich aber drangekriegt, mein Herr Sohnemann. Clever gespielt, das muss ich ihm lassen. Allein dazu muss ich ihm jetzt gratulieren.« Und nachdem er das getan hat, können Britta und ich unserer Wege gehen – theoretisch sogar mit seinem Geld. Denn mein Vater steht zu seinem Wort, dem gesprochenen und dem schriftlich niedergelegten erst recht. Und dann, dann werde ich ihn so richtig überraschen. Ich werde sagen: »Ach, Papa, dein ursprüngliches Testament kannst du dir übrigens zusammen mit diesem lächerlichen Brief in den Hintern schieben. Ich hab's wirklich nicht auf die Kohle abgesehen. Ich habe nur die Frau geheiratet, die ich liebe.« Das wird ihn beeindrucken. Und völlig fertigmachen. Aber vielleicht kommt er drüber weg, immerhin kann er ja sein Geld behalten, oder es seiner blödsinnigen Stiftung vermachen. Damit kann er sich trösten.

Da ist der Laden, und der Ring liegt auch noch im Schaufenster. Er ist gar nicht so schön, geschweige denn perfekt. Etwas verschwommen sieht er aus, weil ich Tränen in den Augen habe. Das Geschäft ist geschlossen. Ich sollte mich beruhigen, dringend, denn es ist ja gar nicht schlimm, dass ich Britta nicht den hässlichen Ring an den Finger stecken kann. Das ist ja auch gar nicht der Grund, aus dem ich hier stehe und flenne.

Ich rege mich darüber auf, dass ich meinem Vater diesen Schreibtisch ausgesucht habe. Ich meinte, dass er sich noch einen Rückenschaden holt, wenn er weiter an seinem antiken Monstrum arbeitet. Er hat sich gesträubt, mich darauf hingewiesen, dass ein anderer Tisch den ganzen Raum verschandeln würde, dann kam ich mit dem Totschlagargument: »Du als Arzt solltest es echt besser wissen.« Und drei Wochen später stand der neue Schreibtisch in seiner Bibliothek, weil mein Vater nur dort, in diesem Ambiente, in diesem Raum, seinen Bürokram erledigen kann. Da ist er eigen. Und die Bibliothek sieht jetzt aus, als wäre ihr das Herz entfernt und durch eine Maschine ersetzt worden. Ich zucke jedes Mal zusammen, wenn ich da reingehe. Aber mein Papa ignoriert das, tagtäglich sitzt er da und ringt seinen Sinn für Perfektionismus nieder, weil er keinen Bandscheibenvorfall riskieren will. Oder weil er eingesehen hat, dass sein Sohn einmal recht hatte. Sein offizieller Liebesbeweis an mich, der genauso schäbig und deplatziert wirkt wie dieser Ring hier im Schaufenster. Ich sollte meinen Papa anrufen und ihm Bescheid sagen, jetzt. Aber ich bringe es nicht fertig, ihm zu sagen: »Britta und ich werden heiraten, aber nicht um dich zu ärgern, sondern weil wir uns sehr lieben.«

So weit käme ich gar nicht, ohne dass mein Vater mich unterbrechen würde. Aber anders als andere Menschen in seinem Alter kann mein Vater ja Textnachrichten lesen. Und sogar welche schreiben und verschicken. Er lebt überhaupt nicht so sehr im vorletzten Jahrhundert, wie Britta oft behauptet. Kann er sich ja auch gar nicht leisten in seinem Beruf. Aber er trennt den technischen Kram halt gerne vom Privaten. Opernarien auf Schallplatten hören, dabei inmitten seiner Kunstsammlung Rotwein trinken, das ist für ihn Entspannung, Zuhause, Familienersatz. Hightech, lasergestützte Operationen, Kommunikation per Handy fällt für ihn unter Beruf. Mein Vater hat halt alles gerne an seinem Platz, zu seiner Zeit. Möbel, Dinge, Menschen.

Ja, das nennt man wohl despotisch, aber verdammt, er hat sich den neuen Schreibtisch in die Bibliothek gestellt. Ich muss ihm auch entgegenkommen, mit einer SMS. Ich will mein Handy aus der Hosentasche fummeln, aber da ist es nicht, weil es immer in der Lederjacke steckt. Die hat Britta an. Ich schnaufe durch, weil ich sicher bin, dass ich es ausgeschaltet habe. Mein Vater kann mich also nicht anrufen. Keine Frage, dass er es bestimmt schon versucht hat, so an die fünfzehn Mal. Schließlich habe ich ihm ja schon heute Morgen eine SMS geschickt, die nicht besonders nett war.

Ich gucke immer noch auf den Ring, und erst jetzt fällt mir auf, dass er nicht nur hässlich, verstaubt und angelaufen, sondern auch zu groß ist. Viel zu groß. Es ist ein Serviettenring. Er gehört zu einem Set, das etwas weiter hinten steht, genau, da fehlt der zwölfte in der Schachtel. Der Ring ist da wohl rausgekullert. Ach du Scheiße. Auf dem Ring ist etwas eingraviert, das astrologische Symbol für ... Widder? Zwillinge? Ich bin erleichtert, dass ich das nicht weiß, aber das sind allen Ernstes Sternzeichenserviettenringe. Ich muss auflachen. Kein Wunder, dass niemand so etwas kauft. Wer würde ein Essen geben, bei dem er die Auswahl der Gäste nur unter der Prämisse trifft, dass gefälligst alle unter einem anderen Sternzeichen geboren wurden?

»Deine Mutter wahrscheinlich, Konstantin«, würde mein Vater antworten, ganz leise, ohne Groll in der Stimme. Er hat sie ja schließlich mal geliebt, und mittlerweile hat er ihr auch verziehen. Weil sie nicht darauf bestanden hat, mich mitzunehmen, als sie gegangen ist, sondern mich nur nett gefragt hat. Und das habe ich ihr nie verziehen. Wow, Konstantin von Eltzberg, zu was für einer Einsicht du da gerade gekommen bist, während du mit deiner Stirn einen Fettfilm an einem Schaufenster hinterlässt. Das schreit nach einer Feier, nach einem Bier. Einem ganzen Fass Bier. Du solltest jetzt zurückgehen, zu deiner Frau, und ihr ein viel besseres Geschenk geben als diesen Serviettenring. Du schenkst ihr den besten Liebesbeweis, den du ihr je wirst machen können. Ich weiche einen Schritt zurück, mein Spiegelbild zeigt einen mittelgroßen Mann mit hängenden Schultern, nassem Haar und dunklen Augenringen. Aber die Jeans sitzt gut, wenn ich den Bauch einziehe. Und das macht doch jeder Bräutigam, oder?

Wo ist die Kneipe? Wo ist sie hin? Es war doch nur geradeaus, ein paar Meter. Moment, da ist der goldene Löwe über der Tür. Ich habe ihn nur nicht gesehen, weil die Bierreklame nicht mehr leuchtet, und die Petroleumlampen im Inneren auch nicht. Der Pferdekellner wird sie alle ausgeschaltet haben. Auch eine Möglichkeit, um ungebetene Gäste fernzuhalten. Hätte man auch früher drauf kommen können. Ich drücke gegen die Tür und bin unglaublich erleichtert, als sie sich bimmelnd öffnet. Hätte ja sein können, dass Eddie sie wieder abgeschlossen hat von innen. Um durch den Hintereingang meine Braut zu entführen.

Aber da steht sie: an der Theke, ihr Gesicht erleuchtet von einer einzelnen Kerze, die sie in der Hand hält. Wie bei einer Kommunion. Oder einer Taufe. Irgendeiner bizarren, katholischen Feierlichkeit, einem Exorzismus vielleicht. Aber Britta lächelt mich an im Schein ihrer Kerze. »Warte, warte da, Stan, schön warten«, höre ich die Stimme des Kellners aus der Dunkelheit, sie klingt etwas anders als zuvor. Also warte ich an der Tür. Bis Musik erklingt. Klaviermusik. Aber es ist nicht »Here Comes the Bride«. Es ist ein Lied von Nick Cave. Es ist das Lied.

»Jetzt, Stan.« Ich füge mich unserem unsichtbaren Regisseur. Langsam gehe ich zum Altar, Quatsch, zur Theke hin. Ganz langsam, im Dunkeln, und Britta flüstert: »Einfach geradeaus, wir haben die Tische zur Seite gestellt.«

Wann haben die das gemacht, wie lange habe ich auf den Serviettenring gestarrt, und warum bin ich die Braut? Britta streckt mir die Hand entgegen, und wir stehen nebeneinander, ihr Kopf an meiner Schulter, während die letzte Strophe des Liedes erklingt. Ich hätte gar nicht mit dem Heulen aufhören müssen. Es folgt ein Sirren, dann ein Klacken, das Lied ist aus. Eine Lichterkette aus kleinen Bierbembeln erleuchtet nun die Theke. Ein Voodoopriester taucht dahinter auf, nein, es ist natürlich Eddie, der Kellner, der sich nur einen purpurfarbenen Plastikzylinder aufgesetzt hat. Ein Werbegeschenk der Getränkeindustrie, nehme ich an. Er lächelt uns milde an: »Das Lied war schön, oder?« Wir nicken, und er spuckt gar nicht mehr, als er sein Lieblingswort sagt. Schön. Es liegt daran, dass er jetzt andere Zähne trägt. Ganz normale, echte. Und die glotze ich an, während er spricht: »Ja, das habe ich ausgesucht, weil es immer passt. Zu Hochzeiten, aber auch zu Beerdigungen.«

Jetzt ist die Stimmung hinüber. Unser Kellnerpriester wird uns nun etwas über einen gefürchteten Serienkiller erzählen, der sich zur Tarnung als Kellner verdingt, jedes Mal bevor er wieder zuschlägt. Aber nein, er kramt ein Buch unter der Theke hervor: die Bibel. Ach komm. Jetzt wird Britta die Veranstaltung abbrechen, garantiert. Aber sie drückt nur meine Hand, während Kellner Eddie spricht: »Keine Sorge, ich werde nicht aus diesem Buch vorlesen.« Britta und ich seufzen gleichzeitig auf. Eddie ignoriert das, geht voll in seiner Rolle auf: »Denn ich denke, jeder kann in jeder Religion etwas finden, was ihm gefällt – und viel, das ihm gar nicht gefällt. Aber da wir diese Feier ganz kurzfristig ... geplant haben, hattet ihr ja gar keine Zeit, etwas auszusuchen, nicht? Daher ist diese Bibel nur ein Symbol dafür, dass ...« Oh, den Satz hat er nicht zu Ende gedacht. Schade, er

war gerade voll drin, wie gut, dass meine Braut übernimmt: »...
ein Symbol dafür, dass jeder das Richtige finden kann. Oder den
Richtigen. Vielleicht.«

Ach, meine Besserwisser-Britta. Eddie nickt, ganz gutmütiger
Dorfschullehrer, und bevor ich noch etwas beitragen kann, wie:
»Ich habe die Richtige gefunden«, spricht er zackig: »Genau.
Also, kraft des mir verliehenen Amtes erkläre ich euch hiermit
zu Mann und Frau.«

Na, da fehlte doch was, ein gutes Stück im Mittelteil. Britta
soufliert: »Äh, Eddie, du musst noch fragen, ob wir wollen.«
Eddie schaut verdutzt: »Habt ihr doch schon gesagt. Vor zwanzig
Minuten. Ich hab's genau gehört.«

Dies ist nicht der Zeitpunkt, um über Details zu diskutieren.
Also treten wir beide nur einen Schritt zurück, Britta leider so
ungeschickt, dass ihr die Kerze herunterfällt. Zum Glück in eine
Bierpfütze, nichts geht in Flammen auf, nur ein leises Britzeln
ist zu hören. »Wartet, ich hab ein Feuerzeug«, sagt Eddie, und es
wird stockduster. Irgendwer ist auf das Kabel der Lichterkette getreten, vielleicht absichtlich. »Scheiß drauf«, flüstert Britta. Und
wir küssen uns. Amtlich genug.

BRITTA

Als ich die Augen wieder öffne, schaut Stan mich sehr verheiratet
an. Wir sind jetzt Mann und Frau, und es ist sehr hell. Statt Reis
oder Konfetti in die Luft zu werfen, hat unser Zeremonienmeis-
ter sich dazu entschlossen, nun die gesamte Beleuchtung anzu-
schmeißen. Zwischen den ganzen Kesselchen und Trockenblu-
men sind nämlich durchaus Leuchtstoffröhren angebracht. Klar,
man muss ja was sehen, wenn man den Laden mal durchwischt.
Das hat offenbar längere Zeit niemand mehr getan. Über Stans

Schulter hinweg erkenne ich, dass in der hinteren Ecke eine Ansammlung zerborstener Stühle liegt, mehr schlecht als recht unter einer Plastikplane verdeckt. »Alles klar?« fragt mich mein Mann, und ich sage: »Glaub schon.« Das Beste wäre, wir küssen uns einfach wieder und schauen, was passiert. Vielleicht wird's ja wieder dunkel, das wäre ...

»Schön!«, höre ich Eddie neben mir. »Ich wünsche Glück und serviere den Kuchen!« Er pfeffert eine angebrochene Packung Kekse auf die Theke, die genauso verstaubt ist wie die Stühle in der Rumpelecke. Stan schielt nach dem Verfallsdatum. »Es ist alles, was ich finden konnte«, beteuert Eddie und hält Stan die Schachtel auffordernd hin. Habe ich mal erwähnt, wie ekelhaft gut erzogen mein Mann ist? Ihm ist von Kindesbeinen an eingebläut worden, dass ein möglicher Brechdurchfall immer in Kauf zu nehmen ist, bevor man den Gastgeber vor den Kopf stößt. Wenn's ganz übel kommt, kann man ja ins Krankenhaus gehen, das gehört ja der Familie.

Eddie schaut, als wüsste er um Stans traumatische Kindheitserlebnisse. Oder als hätte ich ihm davon erzählt, in der kurzen Zeit, in der wir hier auf Stan gewartet und den Hochzeitssaal dekoriert haben. Soll ja passieren, dass gestresste Bräute aus dem Nähkästchen plaudern, alle Bedenken dem Nächstbesten anvertrauen, der gerade zugegen ist und ihr zur Beruhigung einen Schnaps anbietet. Oder vier. Ich habe Eddie eine Menge erzählt, während Stan fort war.

Während Stan mit spitzen Fingern nach der Keksschachtel langt, will ich die Feier für beendet erklären: »Danke, Eddie, für den schönen Nachmittag. Aber ich glaube, wir sollten uns mal aufmachen zum Hotel. Die sollen da ja nicht ewig auf uns warten.«

Stan zieht seine Hand zurück. Kein Wunder, dass er große Augen macht, denn das war eindeutig Stannisch, was ich da geredet habe. Ausgesucht höflich, immer darauf bedacht, niemanden zu verletzen. Jahrelang habe ich mich geweigert, diese Sprache zu erlernen, obwohl sie bestimmt ab und zu recht nützlich gewesen wäre.

»Entspann dich, Britta, es ist ein Hochzeitsgeschenk«, sagt Eddie verschwörerisch. Er öffnet die Schachtel, und im hinteren Teil der Packung sind gar keine Kekse drin, sondern eine ziemlich imposante Menge Gras. Na, großartig. Jetzt kann Stan unsere Verabschiedung angemessen zu Ende bringen: »Hey, Ed, das ist total nett von dir, aber ich habe aufgehört mit dem Kiffen. Und wenn ich mir jetzt einen durchziehe ... Andererseits ... – Ach komm, warum nicht?« Eddie haut Stan auf den Rücken, ruft begeistert: »Ah, ein Mann, ein Wort, Stan. Willst du bauen, mein Freund?« Nein, sein Freund will nicht. »Nein, da ist Britta die Spezialistin. Magst du, Baby?«

Es muss an dem Schnaps liegen. Ich kann wirklich nicht beurteilen, ob Kiffen gerade eine gute Idee ist, aber gerade geht mir das Herz über, oder der Kopf.

Denn wie Stan mir so freudig die Kekspackung entgegenstreckt, da sehe ich gar nicht Eddie neben ihm, sondern Olli. Die beiden sehen sich nun wirklich nicht ähnlich, abgesehen von den langen dunklen Haaren. Aber vor etwa hundert Jahren saßen wir drei am Strand, Stan hielt mir mit exakt demselben Blick die Blättchen vor die Nase und sagte: »Hier, du kannst das am besten, Britta.« Nicht »Baby«, denn zu der Zeit waren wir ja noch gar nicht zusammen. Ich saß nur mit den beiden dort, weil Olli mir das Surfen beibringen sollte. Es lief nicht gut. Mit einem höllischen Sonnenbrand, verschrammt und demotiviert vom Tage hockte ich da, weil ich einfach zu erschöpft gewesen war, um auch nur drei Meter weiter von meinem Surflehrer wegzukriechen. Ich hasste Olli, weil er mich seit Tagen durch den Sand robben ließ, wobei er den Kopf schüttelte und seinem besten Freund zumurmelte: »Die lernt es nie.«

Ich hatte damals keine Ahnung, wieso Stan meinen Namen kannte und wusste, dass ich eine ziemlich versierte Jointbastlerin war. Aber ich nahm die Blättchen und zauberte eine Wundertüte, die Olli mit den Worten kommentierte: »Na, guck mal, da hat sie doch endlich etwas gefunden, das ihr liegt.«

Ich glaube, das war das letzte Mal in meinem Leben, dass ich so rot geworden bin, dass man es noch durch den Sonnenbrand sehen konnte. Und das letzte Mal, dass ich mich zu schwach für eine Retourkutsche gefühlt habe, eben wie ein dummes, kleines Häschen, das gar nichts konnte. Da hat Stan mich gerettet: »Alter, *die* heißt Britta und sollte vielleicht ihr Geld für den Kurs zurückverlangen, weil du gar keinen Surflehrerschein mehr hast, oder?« Olli verpisste sich und kam nicht wieder. Wenige Stunden danach reiste auch Stan ab, um nach Olli zu suchen. Mein Geld für den Kurs habe ich nie wieder gesehen. Stan dafür schon, ziemlich genau drei Wochen später, als er bei mir zu Hause vor der Tür stand.

Ich will das mit dem gemeinsamen Kiffen jetzt nicht romantisieren, gar nicht. Ich meine, wie viel wertvolle Lebenszeit haben Stan und ich damit verbracht, uns gemütlich einzunebeln, und wie viel mehr noch, um darüber zu streiten, wen von uns es jetzt eigentlich antriebsloser und vergesslicher machte? Deswegen haben wir ja vor drei Jahren komplett damit aufgehört. Gemeinsam. Eigentlich.

»Gib her«, sage ich. Und tatsächlich, Eddie verkrümelt sich noch schneller als Olli damals, allerdings nur bis hinter die Theke: »Noch ein Getränk, Freunde?«, fragt er, während er die Flaschen öffnet. Stan stützt sein Kinn auf meine Schulter, um meine Arbeit zu bewundern. Ich bin nicht nur immer noch gut, sondern auch schnell. »Ich habe noch eine Überraschung für dich. Aber erst später, wenn wir allein sind ...« Stan gerät ins Schnurren, obwohl er noch gar nicht am Joint gezogen hat. Ich lecke das Blättchen an und frage mich dabei, ob wir wirklich noch kiffen sollten.

»Noch eine Überraschung, ja? Was ist denn mit der, die du eben holen wolltest?«, frage ich, während ich die Tüte anzünde und einen tiefen Zug nehme. Mein Husten rettet Stan vor einer Antwort, die ich mir aber auch so denken kann: Er war so beschäftigt damit, den DVD-Player einzupacken, dass er den Ring schon zu Hause vergessen hat. So ist er. Zerstreut, aber süß dabei. Ich weiß, dass Männer nicht süß sein wollen, aber Stan wird tatsächlich mit jedem Jahr weicher und flauschiger. Andere würden sagen, er geht langsam aus dem Leim, aber ich finde, seine Konturen werden nur etwas unschärfer, er wird mehr eins mit der Umgebung, zumindest in diesem Moment ...

Ich reiche Stan den Joint. »Gutes Zeug?«, erkundigt sich Ed die, als er sich wieder neben mich setzt. Stan hustet, nickt aber zustimmend, hebt den Daumen. »Ist das hier überhaupt legal?«, fragt mein Mann, Eddie nimmt ihm den Joint ab, denkt kurz nach und meint: »Teilweise.«

Das ist genau Stans Humor, wenn er kifft. »Teilweise«, wiederholt er kichernd und trommelt auf meinen Oberschenkel. Jetzt gibt es zwei Möglichkeiten: Entweder Stan schläft innerhalb der nächsten zehn Minuten einfach ein, oder es ereilt ihn ein nahezu manischer Aktivitätsschub. Er trommelt schneller, das spricht für Letzteres, und tatsächlich: »Ich will tanzen!«, verkündet mein Mann. Eddie zeigt uns all seine echten Zähne: »Natürlich. Brauchst du Musik dazu?«

Schon latscht unser Hochzeitsplaner wieder hinter die Theke, um eine CD für den nächsten Programmpunkt auszuwählen. Ich sage nichts. Es wird Eddie überraschen, dass das, was Stan in so einem Zustand aufs Parkett legt, auch nur teilweise legal ist.

»Darf ich bitten?« Mein Gemahl verbeugt sich vor mir, zum Schlag der Glocken. Das ist definitiv nicht der Belfried, sondern

AC/DC. Ahnt Eddie, was das in Kombination mit einem ange-
trunkenen Konstantin von Eltzberg ergibt? Oder weiß er es sogar? Immerhin schaltet er das Licht wieder aus, nur die Lichterkette blinkt im Takt. Und wir tanzen.

STAN

Ich hatte bis zur vierten Klasse Ballettunterricht, wegen meiner
Skoliose. Ersteres würde niemand vermuten, Letzteres schon.
Spätestens jetzt. Ich stampfe rhythmisch, mit Betonung auf
»stampfen«, und das raumgreifend. Brittas Haare peitschen mir
ins Gesicht, sie feuert mich auch noch an. Ich gebe alles. Eddie
tanzt nicht. Er ist noch damit beschäftigt, seine Luftgitarre zu
stimmen. Mist, das habe ich vergessen. Also Haare schütteln,
als wären sie noch so lang wie früher. In meiner Drehung sehe
ich, wie Ed die Theke erklimmt, die Bühne erobert und von da
aus den Angus Young gibt. Meine Hände klatschen dazu, aber
nur bis ich eine Sekunde später Brittas zu fassen kriege und sie
durch den Saal wirble. Kurz bevor sie gegen den Tisch donnert,
reiße ich sie zurück, und mir kommt die unglaublich fantastische Idee, ihre Hand nicht mehr loszulassen, sondern Britta
mitzunehmen, als ich auf den Tisch springe. Natürlich gröle ich
dabei die ganze Zeit über den Text mit, weil Eddie das ja auch
macht. Jetzt hat er die Musik noch lauter gestellt, guter Mann.
Ich singe nicht besonders schön, das weiß ich, aber es gibt
Schlimmeres: zum Beispiel eine trockene Kehle. Da trifft es sich
hervorragend, dass ich ein neues Bier und den Joint gereicht
bekomme. Ich bleibe im Takt beim Trinken und Rauchen, links,
rechts, geht doch. Die Gitarren ebben ab, Britta schenkt mir einen sorgenvollen Blick, ja, Baby, auch ich habe Angst vor frem-
der Leute Mix-CDs, aber, im Ernst, wie schlimm kann es werden?

Ich könnte jetzt zu allem tanzen, aber am liebsten zu ... Das ist es: *Iron Maiden*! Ich will einerseits vom Tisch springen, um den DJ zu küssen, andererseits muss ich aber Britta stützen, die zu mir hochgesprungen ist. In der nächsten Sekunde schmettern wir unseren imaginären Gästen entgegen: »Run to the Hills!«, denn wenn sie will, kann Britta auch toll und vor allem laut grölen, allerdings nicht so fatalistisch wie Olli.

Es ist mir so peinlich, dass ich ihn jetzt vermisse. Und dass ich neben die Tischplatte trete. Den Sturz kriege ich gar nicht mit, dafür den Aufprall. Der ist laut. Sehr, sehr laut, so als wären nicht drei, sondern mindestens hundert Flaschen zerborsten, mein ganzer Körper wird genäht werden müssen, wenn ich nicht verblute wegen der tausend kleinen Einschnitte. Dabei spüre ich gar keinen Schmerz. Fuck, ich bin schon tot. »Scheiße!«, höre ich Britta rufen, erwarte, jetzt ihr Gesicht über meinem zu sehen. Wie schön, dass dies das Letzte ist, was meine Augen erblicken werden. Aber ihr Gesicht erscheint einfach nicht, sondern ich höre nur ihre Schritte, sie führen weg von mir. Warum funktioniert mein Gehör noch so erstklassig, obwohl ich sterbe? Die Musik bricht ab, und Britta fragt, ganz am anderen Ende des Raumes: »Alles in Ordnung, Eddie?«

Ich kann meinen Arm bewegen, also wahrscheinlich auch meinen restlichen Oberkörper. Ich richte mich auf. Das tun nur wenige Tote. Meine Schulter tut höllisch weh, aber nicht so sehr wie der Anblick, der sich mir bietet: Ich lag richtig, was die hundert Flaschen betrifft. Das ganze Regal hinter der Theke ist zusammengebrochen, und Eddie ... liegt wahrscheinlich darunter. Mir selbst ist gar nicht viel passiert. Ich kann aufspringen und zu Britta rennen, die sich über die Theke beugt, ihr Gesicht ist kreidebleich.

»Ruf den Notarzt, Handy ist in der Jackentasche«, schreie ich sie an, obwohl sie direkt vor mir steht und weiß, wo das blöde

Handy steckt. Aber sie bewegt sich nicht, kein Stück. Vielleicht weiß sie nicht, wie die Notrufnummer in Belgien lautet. Ich auch nicht. Also beuge ich mich auch über die Theke, um zu sehen, was sie sieht. Ich erwarte Blut, viel Blut. Oder zwei Füße, die unter den Brettern hervorragen wie in einem Cartoon. Man kennt das: Kojote unter Felsbrocken, Katze unterm Konzertflügel. Aber in der nächsten Szene sind die alle wieder wohlauf und jagen weiter Roadrunner oder Mäuse. Unfassbar, was für einen Scheiß man denken kann, während man wohin guckt, wo es nichts zu sehen gibt. Außer einem Scherbenhaufen. Keine Füße, kein Blut, kein Eddie. Nur ein Quietschen wie von einer aufgescheuchten Ratte. Oder einer Tür.

»Oh. Verdammt. Na, das musste ja irgendwann passieren.« Eddie steht im Türrahmen, mit einer Flasche in der Hand. Also führt die Tür wohl tatsächlich zu einem Keller. Ich kann gut kombinieren, sobald es zu spät dafür ist.

»Scheiße, Eddie. Ich dachte, du wärst tot.« Britta kann wieder sprechen, sich sogar bewegen. Mit einem Satz ist sie bei Eddie, der gerade in dem Moment, als die Dübel des Regals nachgaben, beschlossen hatte, mehr Schnaps aus dem Keller zu holen. Britta fällt ihm um den Hals, er zwinkert mir belustigt über ihre Schulter hinweg zu, nach dem Motto: »Hat sie so was öfter?«

Er steht noch unter Schock, klar. Genau wie Britta und ich. Ich schaue wieder hinter die Theke. Sieht nicht so aus, als hätte auch nur eine Flasche überlebt. Es wird Stunden dauern, das aufzuräumen, ich wüsste gar nicht, wo ich anfangen sollte. »Wie konnte das denn passieren?«, höre ich Britta fragen. »Das kann doch nicht einfach so zusammenbrechen.« Offensichtlich schon. Aber ich kann mir nicht vorstellen, dass ich mit meinem Gewicht von achtzig Kilo, mit dem ich am anderen Ende des Raumes aus einem Meter Höhe auf die Erde geknallt bin, so eine Kettenreaktion ausgelöst habe. Dann doch eher ein Sack Reis in China, oder war es ein Schmetterling in Mexiko? Immerhin scheint das Gras zu wirken. Juhu!

»Eddie, das tut mir sehr leid, ich meine, sollen wir dir den Schaden irgendwie ersetzen? Oder ... bist du ... Also, der Laden hier ist doch versichert, oder?«, frage ich.

Britta und Eddie starren mich entsetzt an, Britta greift nach meinen Schultern, autsch, und presst mich zu Boden. Oder sie wollte mich nur gegen den Tisch lehnen, und meine Beine sind von allein weggesackt. Jedenfalls wirkt ihr Gesicht plötzlich ganz verzerrt, als sie mir mitteilt: »Baby, dein Kopf blutet.« Schon sucht sie nach meinem Handy in der Jackentasche, und ich spüre, wie ich lächle: Britta ist wieder Britta, die für mich Himmel und Hölle in Bewegung setzt.

»Wie ist die Nummer vom Notarzt?«, schreit sie Eddie an, aber der antwortet nicht, sondern hockt sich neben mich und patscht mir mit seinen Spinnenfingern im Gesicht herum. Ich sollte ihm sagen, dass das aus medizinischer Sicht bedenklich ist. Man muss den Kopf eines Verletzten soweit wie möglich in Ruhe lassen.

»Die Nummer!«, schreit Britta lauter, Eddies Gesicht ist ganz dicht vor meinem, meine Güte, hat der tiefe Falten um die Nase. Nasolabialfalten. Wahrscheinlich hat er was am Magen. Aber ich habe eine blutende Kopfwunde und damit eindeutig gewonnen, ha!

»Er blutet aus dem Ohr, Mensch!«, kreischt meine Frau jetzt, gleich wird sie Ed verprügeln. Das will ich nicht sehen, ich schließe die Augen. »Hey Stan, hier bin ich. Sag, hast du mal einen Ohrring getragen?«, fragt Eddie. Wie bescheuert ist der Kerl? Ich *trage* einen Ohrring, an dem zupfe ich doch immer. Ich kann es dem Idioten gerne zeigen, bitte. Aber da ist kein Ohrring mehr, sondern nur etwas Klebriges. »Alles gut, Britta. Er hat sich nur den Ohrring rausgerissen, warte, ich besorge ein Pflaster.«

Eddie verschwindet. Dafür ist Britta wieder da, beugt sich endlich über mich. Sie hat auch Falten, aber nur auf der Stirn. »Ist dir schwindelig?«, fragt sie, ich will sie ein bisschen aufheitern: »Ich bin ein Schlitzohr, haha.« Britta rollt ihre schönen Augen, und davon wird mir schon wieder schwindelig.

»Okay. Wo ist denn das Hotel?« Warum müssen Frauen immer so viele Fragen stellen? Ich zucke mit den Schultern. Autsch. »Wie heißt das Hotel, Stan?« Obwohl ich derjenige bin, der blutet, muss ich jetzt wieder Britta beruhigen: »Keine Sorge, Süße. Ich habe das Zimmer da gar nicht richtig gebucht.«

Zum Glück bin ich schwerverletzt. Sonst würde Britta bestimmt mit mir darüber diskutieren wollen, wie man ein Hotelzimmer nicht richtig bucht. Aber unter diesen Umständen starrt sie nur auf den Boden. »Ich schlafe nicht noch eine Nacht im Auto, echt nicht«, sagt sie schließlich. Sie klingt genervt, aber vielleicht kann ich unsere erste Ehekrise doch noch abwenden: »Meine Schulter tut weh.«

»Hm. Tja, meine nicht.«

Just in diesem Moment fällt mir auf, weshalb wir mit dem Kiffen aufgehört haben. Die Wirkung lässt bei Britta einfach zu schnell nach. Da lohnt sich die Investition gar nicht. Mit welchem Zaubertrick kann ich meine Braut jetzt aufheitern? Ich ziehe das Ass aus dem Ärmel, das mir heute Nachmittag da hineingerutscht ist: »Sobald wir nach Hause kommen, ist Olli weg. Ich schwöre.«

Ich glaube mir das, und Britta ist ganz kurz davor: »Aha. Hast du mit ihm gesprochen?« Das Dümmste, was ich jetzt tun könnte, wäre, lang und breit zu erklären, wie ich den Auszug meines besten Freundes aus unserer Wohnung anzugehen gedenke. Dann müsste ich nämlich beginnen mit: »Ich weiß es nicht.« Also wiederhole ich nur: »Ich schwöre.« Und meine Frau vertraut mir. Sie lehnt sich an meine verletzte Schulter und murmelt: »Okay. Aber ich schaffe es trotzdem nicht bis zum Auto.«

Was Cannabis bei ihr nicht vermag, das macht Britta durch ihren Starrsinn wieder wett. Wenn sie sich vornimmt, keinen Schritt mehr tun zu können, dann wird sie es auch nicht mehr tun, Punkt. Ich schaue mich in der Kneipe um und stelle fest: »Wir können unmöglich hier pennen.« Aber Britta tut so, als würde sie genau das schon tun. Nicht mal die Schachtel mit den Pflastern, die ihr direkt in den Schoß fällt, lässt sie aufschrecken, und auch nicht Eddies Stimme: »Ihr könnt hier schlafen.« Zwei gegen einen. Da werde ich mich wohl der Mehrheit beugen müssen und es versuchen, nachdem ich mein Ohr verarztet habe. »Eddie, hast du eine Schere?« Aber es kommt keine Antwort. Hat sich schon wieder ganz höflich davongeschlichen. Ein netter Kerl. Ich hoffe, dass ich ihn nie wiedersehe.

BRITTA

Ich wache auf, mein Rücken schmerzt. So sehr, dass ich vermute, ich werde sterben. An Rückenschmerzen, im Dreck, auf einem Kneipenboden. Das passiert den Besten. Aber nicht mir, so schnell nicht, denn ich stehe auf.

Tanzt du jetzt gerade vor Freude, Britta, weil du deine Wirbelsäule überlistet hast? Ach nein, das ist gar nicht dein Körper, der sich dreht, sondern nur die Welt drum rum. Du musst einen Punkt fixieren, Britta! Guckst also auf den Boden, was den Würgereflex weckt. Aber du kannst dich zurückhalten, du kotzt nicht auf deinen Freund. Deinen Mann. Oh ja, es war eine rauschende Ballnacht. Ich darf nicht vergessen, mich bei dem Trauredner zu bedanken. Wo steckt der eigentlich?

Gut, ich wäre an Eddies Stelle auch irgendwann nach Hause gegangen, um mich in ein schönes, weiches Bett zu legen. Die

Gefahr, dass Stan und ich hier irgendetwas von Wert klauen oder randalieren könnten, bestand in dem Sinne ja wohl nicht. Aber Eddie hat die Tür abgeschlossen. Ich rüttle an der Tür. Trete dagegen. Rüttle wieder. Mein Mund wird sofort trocken, mir wird noch schwindeliger, und ich stolpere zum Fenster hin. Es kostet mich unendliche Kraft, auch nur die Vorhänge zur Seite zu ziehen. Irgendwo im Hinterkopf ist mir klar, wie dieses Fenster zu öffnen ist: Es funktioniert genau wie Millionen anderer Fenster. Man greift den Hebel, drückt ihn in die Waagerechte und zieht dran. Aber diese Information kommt nicht an meinen Nervenenden an, meine Hände zittern so stark, dass ich den Hebel gar nicht richtig zu fassen kriege, die Angst, dass das Fenster sich nicht wie alle anderen Fenster öffnen lassen könnte, wird immer größer. Beruhige dich, alles ist gut. Das ist ein einfaches Altbaufenster, kein Sicherheitsglas. Das Holz wirkt marode. Notfalls kannst du die Fenster samt Rahmen mit einem Barhocker einschlagen. Du kannst auch Stan wecken, damit er die Scheibe einschlägt. Stan versteht das, wenn du hier rauswillst. Aber er wird erst einmal mit dir reden wollen, damit du runterkommst. Immer reden und reden. Da hast du jetzt keine Zeit für.

»Hey, alles klar, Baby?«

Ich lasse den Barhocker wieder sinken: »Ja, alles in Ordnung.«

Stan rappelt sich auf, sein Haar steht zu allen Seiten ab, um das Ohrläppchen eine Blutkruste, das T-Shirt voller braunroter Flecken. Gut, dafür kleben mir alle Klamotten am Leib, und wir stinken beide wie die Iltisse. Gleichstand.

»Oh Gott«, stöhnt mein Mann, blickt sich um und spricht aus, was ich denke: »Lass uns abhauen.«

»Geht nicht. Die Tür ist zu.« Stan seufzt, erhebt sich etwas umständlicher als ein tiefgefrorenes Kamel. Wie kann man so elend langsam aufstehen, wenn man schnell wegmuss? Woher nimmt er die Zeit, sich am Kopf zu kratzen, zum Fenster hinzugehen und auch noch witzig sein zu wollen: »Ich glaube, wir können den Sprung überleben, Baby. So tief ist es nicht.«

Er will mich küssen, ich fliehe vor seinem Atem: »Mach das Fenster auf. Bitte.«

Stan packt den Hebel, dreht ihn und reißt mit übertriebenem Schwung das Fenster auf: »Tada!« Ja, tada. Jetzt aber raus hier! Ich bin schon mit einem Fuß auf dem Fensterbrett, als Stan mich am Arm festhält: »Ey, das können wir nicht bringen. Echt nicht.«

Hat er nicht gerade gesagt, wir sollten abhauen? Aber jetzt, wo die kalte Luft von draußen meinen Kopf durchströmt, wird mir klar, was Stan meint: Es ist noch stockduster auf der Straße. Ich kann unmöglich Auto fahren. Aber ich kann schon rauchen. Stan wendet sich angeekelt ab, als ich das Feuerzeug zücke. Stimmt ja, er ist Nichtraucher, zum achten Mal, seit wir uns kennen. Normalerweise verleiht ihm dieser Zustand eine nahezu unheimliche Willenskraft: »Okay, dann lass uns aufräumen«, fordere ich ihn heraus. »Auf geht's.« Und tatsächlich schnappt er sich den Barhocker, mit dem ich gerade das Fenster einschlagen wollte, und will ihn auf die Theke stellen. Und lässt ihn wieder sinken: »Hier klebt alles. Die müssen wir erst abwischen.« Nicht vielleicht doch erst den Kühlschrank polieren, Stan? Ich schnippe die Kippe aus dem Fenster und behaupte: »Da ist bestimmt Putzzeug hinter der Theke.« Stan nickt müde, aber er schlurft hinter den Tresen, die Scherben knirschen wie Schnee unter seinen Füßen. Ich schaue Stan ein wenig dabei zu, wie er auf den Boden schaut. Jetzt folgt der Moment, in dem Konstantin Friedrich Timo von Eltzberg die Waffen niederstrecken wird, um den Kampf gegen den Unrat als verloren zu erklären. Doch nicht: »Hier hängt ein Schlauch, mit dem können wir vielleicht den ganzen Scheiß auf die Straße spülen.«

Meine Mutter hatte unrecht, als sie mir einschärfte, niemals einem Mann das Jawort zu geben. Immer hat sie behauptet: »Egal wie sehr ihr euch liebt, egal welches Jahrhundert wir haben: Sobald du ihn heiratest, mutiert jeder Kerl zum Macho, garantiert. Das gilt auch für deinen Stan, da wette ich mit dir.« Wette verloren, Mutter. Stan ist nur völlig verblödet in unserer Hochzeitsnacht. »Stan, wir können nichts rausspülen, die Tür ist zu.«

»Oh.«

Ja, oh. Sonst noch was, Herr von und zu? Erneutes Kratzen bringt den Kopf in Schwung:

»Na ja. Hier warten bringt gar nichts, Britta. Wir gehen jetzt zum Auto, holen die restlichen Scheine und geben das Geld Eddie. Wenn der wiederkommt. Falls der wiederkommt. Es wird zwar nicht reichen, aber der Gedanke zählt, findest du nicht?«

Da ist er wieder, mein alter Stan: Jedem will er helfen. Er ist und bleibt Weltmeister darin, Tropfen auf heiße Steine zu sprenkeln. »Okay. Aber wir müssen ein bisschen Benzingeld für uns behalten.«

»Klingt gut. Aber vorher muss ich noch mal kacken.«

Vielleicht hat meine Mutter doch recht gehabt – kaum eine Bürgerliche gefreit, wird der Edelmann zum Proleten. »Dann mach schnell.«

Stan kraxelt am Sperrmüllberg vorbei zu der Tür hin, an der ein Abbild des Manneken Pis prangt. Genau so etwas fehlte noch in Rinas Gästetoilette, schießt es mir durch den Kopf. Ich kann jetzt zehn Minuten aus dem Fenster starren und schätzen, wie spät es ist. Es ist stockdunkel, aber was heißt das im November schon? Nach Pfadfinderart der Großstadtkinder horche ich, ob noch Partygänger unterwegs sind. Nein. Also ist es schon sehr spät. Oder sehr früh. Andererseits sind weder Zeitungsausträger noch Lieferwagen zu sehen. Wobei ich gar nicht weiß, ob die in diese historische Innenstadt überhaupt reinfahren dürfen. Ich könnte noch tausend andere Dinge auflisten, die ich nicht über Belgien und Brügge im Speziellen weiß.

Aber dann fällt mir ein, dass Sonntag ist. Irgendwann werden also die Kirchenglocken ertönen, und ich kann einfach die Schläge mitzählen. Noch raffinierter wäre es, einfach Stans Handy aus der Jackentasche zu ziehen und da nachzuschauen. Das Handy ist ausgeschaltet, aber es ist ja nicht so, als könnte ich Stans PIN nicht erraten. Mein Geburtsdatum? Ein Versuch, ein Treffer. Wahnsinn, es ist kurz vor halb fünf. Wann sind wir gestern hier reingegangen? Irgendwann am Nachmittag? Wie die Zeit vergeht. Und währenddessen ist die Welt nicht stehen geblieben: Stan hat zwölf Anrufe verpasst, zwei von Olli, zehn von seinem Papa. Verhält sich so ein Vater, dessen einziger Sohn gerade das Erbe ausgeschlagen hat? Kann ich nicht genau beurteilen. Aber zumindest weiß ich, dass Stans Vater nicht der Typ ist, der zehn Mal anruft, ohne eine Nachricht zu hinterlassen. Die Klospülung rauscht. Ich schalte das Handy aus und stecke es zurück in die Lederjacke. Mann, bin ich verheiratet: Erst in Stans Sachen rumwühlen, dann die Spuren verwischen, was für ein Klischee.

Stan wankt zu mir herüber und fasst den Geschäftsbericht zusammen: »Uff. Das war gut.«

Zum ersten Mal seit Jahren frage ich mich: Wenn Stan schon nicht die kleinsten Geheimnisse für sich behalten kann, wäre er dann fähig, mich im großen Stil anzulügen?

»Wollen wir?«, fragt Stan. Ich überlege, ob ich ihn auf die verpassten Anrufe hinweisen soll, werde aber glücklicherweise abgelenkt. Von einem Zettel, der auf der geöffneten Fensterscheibe klebt. Und den wir zuvor irgendwie übersehen haben. Wieso hängt er auch nicht an der Tür? »*Gesloten wegen sterfgeval.*«

Auch ohne den schwarzen Rahmen wäre ich darauf gekommen, was »Sterfgeval« bedeutet. Nun, das erklärt einiges: den Staub, die Gerümpelecke, die geschlossene Küche, das Abwimmeln der anderen Gästen und ...

»Raus hier!« Stan ist schon mit einem Bein aus dem Fenster.

Ich sag's doch, der erste Gedanke ist immer der Richtige. Wir hätten einfach direkt nach Portugal durchbrennen sollen. Ich springe mit einem Satz aus dem Fenster und renne Stan nach, so schnell ich kann.

STAN

Unwissenheit schützt vor Strafe nicht, aber bei Unzurechnungsfähigkeit sieht das schon wieder anders aus, oder? Wie urteilt man über die, die ganz spontan ihren gesunden Menschenverstand verloren haben? Und welcher Vergehen könnten wir überhaupt angeklagt werden: Diebstahl? Drogenkonsum? Vandalismus? Einbruch? Vielleicht sollten wir aufhören zu rennen, wir machen uns noch zusätzlich verdächtig. Um fünf Uhr am Sonntagmorgen durch die Innenstadt von Brügge wetzen, das machen ja nur Kriminelle. Mit einem Mal bin ich mir absolut sicher, dass in dem Film *Brügge sehen ... und sterben?* immer Finsternis herrschte. Auftragskiller arbeiten nicht zu den normalen Bürozeiten. Ich renne schneller.

»Warte!« Das tue ich, bleibe wie angewurzelt stehen, als hätte jemand gerufen: »Halt, oder ich schieße!« Britta kommt im Spazierschritt auf mich zu, aufreizend langsam. Wenn sie nicht mehr rennen kann, ist das in Ordnung. Aber sie scheint gar nicht aus der Puste zu sein, sondern nur bockig:

»Warum rennen wir eigentlich so? Wir haben doch nichts Verbotenes getan, oder?«

Die hat Nerven. Hat sie immer, wenn es wirklich brenzlig wird. Im Alltag muss ich der Vernünftige sein, aber Britta behält den kühlen Kopf in Extremsituationen. Und wenn wir wirklich in der Scheiße stecken, stellt sie sich blöd. Ich muss es ihr wirklich noch einmal erklären: »Hallo? Das war völlig illegal, dass wir in dem Laden waren. Der echte Besitzer ist tot, hast du das verstanden, ja? *Sterfgeval.* Wir sind eingebrochen.«

Britta schaut mich zweifelnd an: »Äh, wir wurden reingelassen?«

Sie rafft es einfach nicht. »Ja, dieser Eddie hat uns reingelassen, toll. Dann ist der halt da vorher eingebrochen. Scheiße, das hätten wir uns alles denken können, schon als der ankam. Der konnte ja nicht mal zapfen und ...«

»Stan, erinnerst du dich? Eddie hatte doch einen Schlüssel.«

Das war so klar: Britta, der sonst alle anderen weitestgehend egal sind, verteidigt einen Verbrecher, der uns mit an Sicherheit grenzender Wahrscheinlichkeit nicht mal seinen richtigen Namen genannt hat. Eddie? Eddie am Arsch.

»Vielleicht hat er auch den Schlüssel geklaut, hast du mal da ran gedacht? Oder er ist da vor Tagen eingebrochen, als er das Schild gesehen hat, und hat dann einfach ein neues Schloss eingebaut, hm?« Noch während ich das sage, merke ich, wie unwahrscheinlich das klingt. Aber doch, unserem Freund Eddie wäre das zuzutrauen. Auch Britta hat dem nichts entgegenzusetzen, also zähle ich weitere Indizien auf: »Warum hatte er dieses lächerliche Gebiss im Mund? Um sich zu tarnen, weil er gesucht wird, natürlich! Warum ist er nicht ausgeflippt, als das Regal von der Wand kam? Weil es ihm scheißegal war, es gehörte ihm ja nicht! Britta, er hat uns Drogen verabreicht!« Alles fügt sich zu einem einzigen Horror.

Britta will das alles nicht einsehen: »Warum hat er uns dann überhaupt reingelassen? Und warum hat er uns ... *verheiratet?*«

»Weil er ein Irrer ist!«, möchte ich schreien, bringe es aber nicht fertig. Nicht bei dem Anblick. Da steht Britta, meine Jacke ist ihr Kostüm, die Straßenlaterne ihr Scheinwerferlicht, aber ich weiß, sie schauspielert gerade nicht. Denn obwohl sie jünger aussieht, als sie ist: Sie hat nie Teenager spielen dürfen. Oder gar ein Kind. Selbst die Freilichtbühnen in Hintertupfingen haben ihr immer abgesagt: »Tut uns leid, nicht der richtige Typ.« Jetzt weiß ich endlich, woran es liegt und dass sie aufgrund dieses Mankos wahrscheinlich auch aus dieser schwachsinnigen Serie rausgeschrieben wurde, wo sie ein baumdummes Blumenmädchen spielen sollte: Britta kann die Naive einfach *nicht spielen*. Wenn sie dieses Babyface zieht, ist das echt und entsteht aus astreiner Verwunderung. Und in diesen seltenen Augenblicken rührt es mich so sehr an, dass ich versuche, ihr die Welt zu erklären, ganz vorsichtig, mit Zucker obendrauf: »Keine Ahnung. Vielleicht hatte er ... Mitleid mit uns? Oder wollte an dem Abend noch irgendetwas Gutes tun. Für sein Karma.« Oder er hielt uns für genauso irre wie wir ihn.

Britta mag meine Erklärung: »Ja. Das kann sein.«

Das reicht mir, um ruhiger zu werden. Im normalen Schritttempo gehen wir in die Richtung, in der wir unser Auto vermuten.

»Was macht deine Schulter?«, fragt Britta. Na, was wohl? Höllisch schmerzen, vor allem jetzt wieder, wo der Adrenalinschub nachlässt. Und mein Ohrläppchen ist ganz heiß und dick, eine schöne Infektion wird das werden. »Ach, geht schon wieder.«

»Willst du deine Jacke wiederhaben? Du frierst doch bestimmt.« Ja, klar friere ich, aber wir müssen ja nur noch bis zur Stadtmauer da vorne, dann wieder auf der anderen Seite zurück, und schon sind wir bei unserem Auto. Ich bleibe wieder stehen: »Das ist doch bekloppt, hier muss es doch irgendwo einen anderen Ausgang geben. Komm, wir gehen in die andere Richtung und suchen da.«

Britta ist dagegen: »Keine Experimente mehr, bitte.« Guter Einwand, gehen wir also den bekannten Weg, wie dämlich der auch immer ist. Wir sind so verdammt vernünftig, es fehlen uns nur noch zwei Regenponchos und ein wenig Tageslicht, um total durchschnittlich und unauffällig zu wirken: Ein bisschen dösig durch die Stadt gewankt, ein wenig mehr getrunken als geplant, tüchtig von den Einheimischen geneppt worden und auf die Weise schließlich festgestellt, dass es zu Hause doch am schönsten ist.

Nur deshalb macht man als Paar doch solche Ausflüge: um danach über die hoffentlich leere Autobahn zu düsen, dann duschen, lange Frühstücken, am frühen Nachmittag erschöpft auf die Couch fallen. Oder direkt ins Bett. Wäre in unserem Fall besser, denn auf der Couch liegt Olli ja schon. Noch. Dabei hatte ich Britta vor nicht allzu langer Zeit versprochen, dass er weg ist, wenn wir nach Hause kommen.

»Wir könnten uns auch jetzt noch nach einem Hotel umsehen. Ist ja eh zu dunkel, um loszufahren. Und wir haben ja gar nichts von der Stadt gesehen.«

Britta schaut mich an, als hätte ich vorgeschlagen, einen Wurf Katzen im Fluss zu ertränken. »Das ist nicht dein Ernst, oder? Also, ich habe genug hier gesehen. Und für fünf Stunden pennen schmeiß ich kein Geld aus dem Fenster.«

Stimmt, da hat Britta ihre Prinzipien. Und auch wenn sie die nicht hätte, sie hat ja auch gar kein Geld. Das ist ja mein gespartes Geld, das im Auto verstreut liegt, von dem ich angekündigt hatte, dass es auf den Kopf gehauen wird. Fünf Stunden pennen klingt geradezu paradiesisch. Britta hofft wahrscheinlich nur darauf, dass ich sage: »Na, das ist schon noch drin.« Das habe ich in den letzten Jahren so um die zweihundert Mal gesagt. Bei den meisten Gelegenheiten war es gelogen. Warum ausgerechnet heute, am ersten Tag unserer Ehe, damit anfangen, nicht mehr über unsere Verhältnisse zu leben?

»Okay. Gehen wir erst mal zum Auto.«

Schweigend biegen wir um die Stadtmauer, um auf deren anderen Seite die ganze Strecke zurückzulaufen. Dabei frage ich mich, ob das Rad als Erfindung nicht überbewertet wird. Das Größte, was der Mensch je ersonnen hat, ist doch das Bett: das frisch bezogene, weiche, das direkt vor einem stehen sollte.

»Also geben wir Eddie das Geld nicht. Für den Schaden in der Kneipe, meine ich.« Britta tut auch nur so, als könne sie klar denken.

»Nein, ich hatte nicht vor, einem Einbrecher meine letzten Kröten zu spendieren«, erinnere ich sie.

Britta erinnert sich dagegen: »Stan, dass wissen wir doch gar nicht. Ich habe mir das noch mal überlegt: Was wäre denn, wenn der Besitzer des Ladens Eddies *Freund* gewesen ist? Also, sein Lebenspartner, sein ...«

»Schon verstanden.« Keine ganz schlechte Theorie, würde passen: Mittelalter, gutbürgerlicher Gastronom ist heimlich schwul, vererbt seinen Laden dem jüngeren, extrovertierten Lover, der sich an einem schönen Samstagmittag einen Überblick über das vorhandene Inventar machen will. Dabei vergisst dieser, die Tür hinter sich abzuschließen. Wir kommen rein, sind völlig verstrahlt, er will nicht herzlos erscheinen. Dazu trägt er ein Plastikpferdegebiss, weil ihm das hilft, über seine Trauer hinwegzukommen.

»Wir werden wohl nie erfahren, wer oder was Eddie war. Oder ob er tatsächlich Eddie heißt. Also entweder warten wir noch ein bisschen im Auto, bis die Sonne aufgeht, oder wir gehen zurück und suchen uns ein Hotel. Und ganz ehrlich, meine Schulter tut schon weh ...«

»Stan, dann sag doch einfach, dass *du* in ein Hotel willst«, faucht Britta.

Ich will in kein Hotel, verdammt! Ich will mich ins Auto setzen und weg, irgendwohin, aber das geht nicht, weil meine Freundin neben der Pflege all ihrer anderen Phobien und Ticks zusätzlich vor ein paar Monaten noch beschlossen hat, nachtblind zu sein.

»Wir könnten aber auch einfach losdüsen, wenn du nicht deinen Lappen verloren hättest«, stänkert sie weiter. Sie kommt in Fahrt, ich spüre das, aber ich kann das jetzt nicht gebrauchen. Nicht jetzt. Also stoppe ich das: »Ich habe meinen Führerschein nicht verloren, okay?! Olli war's!«

Britta starrt mich an, aber sie hat es schon kapiert, obwohl ich mich mal wieder ungeschickt ausgedrückt habe. Nur, was macht sie jetzt daraus? Allein und ohne Geld zurück in die Stadt gehen, sich in die Kneipe setzen und auf Eddie warten? Schließlich ist der ja kein Axtmörder, sondern nur ein trauernder Gastronomenlover, weil sie es so beschlossen hat. Oder legt sie ihre Nachtblindheit kurzzeitig ab, um allein mit meinem Auto abzuhauen? Aber sie sagt nur: »Ist nicht mehr weit zum Auto. Komm.«

Stimmt, man kann den Parkplatz schon von hier aus sehen, da ist der große Ahornbaum, darunter unser Auto. Und schon wieder spielen wir »Sag kein Wort, während du an der Mauer entlanggehst«.

Am Parkplatz angekommen, schließt Britta die Heckklappe auf, holt die Schlafsäcke raus. Gibt mir einen, fragt: »Ist das deiner?« Und statt zu sagen: »Weiß nicht, kann ich nicht sehen, aber ist ja auch wurscht«, sage ich: »Ja. Danke.« Ich lüge meine Freundin einfach ständig an, auch wenn es um Kleinigkeiten geht. Aber das werde ich ab jetzt nicht mehr tun. Als sie die Fahrertür aufschließen will, lege ich meine Hand auf ihre: »Kann ich links sitzen? Ich will nicht fahren, aber ...«

»Du willst auf dem Lenkrad rumpatschen.« Ich patsche nicht, ich trommle.

Britta weicht nicht zurück, als ich sie küsse. Allerdings erwidert sie den Kuss nicht. Vielleicht streiten wir nie, weil wir so unfassbar schlecht im Versöhnen sind.

So einfach geht das also: Du musst nur nach Brügge fahren, dabei den mitgebrachten DVD-Player zerstören, was einen Heiratsantrag auslöst, der anschließend damit besiegelt wird, dass du eine Kneipe kaputtfeierst. Das Ganze garniert mit einer geprellten Schulter, ein wenig Blut und einer Außentemperatur von zwei Grad minus, und – BÄMM! – schon rückt dein Mann endlich mit der Sprache raus. Läuft doch fast wie geplant. Und weil er so schön damit angefangen hat, werde ich Stan jetzt keine Fragen mehr stellen, sondern warten, bis er das Lenkrad weichgeklopft hat und von sich aus erzählt, was genau passiert ist.

Aber Stan hat schon Probleme damit, auf das Lenkrad einzutrommeln. Hätte jeder, der dabei in einen Schlafsack eingemummelt ist, gleichzeitig zittert und schwitzt. Er kann sich ja nicht mal am Ohrring zupfen, der ist weg. Also helfe ich ihm doch mit einfachen Ja-oder-nein-Fragen: »Ich schätze mal, wir sind nicht bis hierher gefahren, damit du mich von Milena Belgoe ablenken konntest.«

Ein Kopfschütteln, immerhin. »Und der Heiratsantrag stand auch nicht wirklich auf der Tagesordnung?« Kein Kopfschütteln, keine Widerrede, sogar das Zupfen am blanken Ohrläppchen bleibt aus. Aber bevor ich aussteige, um ein konstruktiveres Gespräch mit dem Baum zu führen, legt Stan doch noch los: »Olli ist vor ein paar Wochen mit unserem Auto unterwegs gewesen, irgendwo bei Kassel. Und da ist er dann mit 160 durch eine Baustelle durch, und ich hab den Wisch von der Polizei gekriegt: zweihundertfünfzig Euro Strafe, ein Monat Fahrverbot. Aber das Foto vom Blitzer war ganz unscharf, da erkannte man das Gesicht gar nicht richtig, also habe ich das auf meine Kappe genommen, direkt.«

Was mich stutzig macht, ist nicht, dass Stan für den Mist geradesteht, den Olli verbockt hat, beileibe nicht. Ich verstehe sogar, dass er in diesem Fall so gehandelt hat, denn Olli braucht seinen Führerschein, für seine Arbeit und wegen seines Fußes. Mein ganzer Körper spannt sich nur aufgrund eines einzigen kleinen Wortes an: »direkt«.

»Heißt das, du hast Olli nicht mal davon *erzählt*, dass du den Brief von der Polizei bekommen hast?«, frage ich, hoffe dabei noch ein ganz klein wenig darauf, dass Stan sagt: »Doch, sicher, und das Strafgeld hat Olli natürlich auch bezahlt.«

Aber Stan nickt nur. Ganz langsam. Aber es beschleicht mich das Gefühl, dass das noch nicht alles ist, dass ich vielleicht die falschen Fragen stelle. Oder dieselbe Frage einfach umdrehen muss: »Aber Olli hat dir doch bestimmt erzählt, dass er geblitzt worden ist, oder? In unserem Auto!«

Stan nickt nicht, schüttelt auch nicht den Kopf, sondern schaut mich nur an, wie er mich immer anschaut, wenn es um Olli geht. Sein bester Kumpel hat ihn mal wieder auflaufen lassen. Hat ihn emotional erpresst, ohne ein Wort zu sagen, wie er es seit Jahren macht. Seit dieser beschissenen Nacht.

»Stan, das muss aufhören.«

Aber es wird nicht einfach so aufhören. Es hängt in unserer Wohnung rum, frisst unseren Kühlschrank leer, dünstet unter unserer Bettdecke aus und redet sich dabei ein, dass es ein verdammt dufter Kumpel ist, der halt immer, immer Pech hat. Olli fährt die Mitleidsschiene, und wenn bei anderen damit Endstation ist, kommt er zu uns, wo es immer weitergeht, weil wir beide unfähig sind, endlich zu sagen: »Es reicht.«

Vielleicht sollten Stan und ich endlich mal klären, warum das so ist.

»Olli ist gar nicht so drauf, weil er nicht mehr Profisurfer werden konnte«, fange ich an, Stan unterbricht mich sofort: »Nein, das ist mir auch klar. Er hätte eh nicht das Zeug dazu gehabt. Er ist sauer, weil ich mit dir zusammen bin. Und das wir uns verliebt haben, während er im Koma lag.«

Wow, so war das? Hatte Stan sich nicht viel eher in mich verliebt? Oder ich mich in ihn? Aber darüber kann ich gerade nicht nachdenken, denn Stan lässt alles raus: »Manchmal denke ich, dass er glaubt, ich hätte ihm die Stelle zum Schwimmen gezeigt, obwohl ich wusste, dass es diese Felsspalten da gibt. Und ihn da als Erstes habe reingehen lassen. Fuck, der denkt doch, dass ich ihn umbringen wollte, um dich für mich zu haben.«

Jetzt ist es also raus.

Diesen Unfug denkt mein Freund seit über acht Jahren.

Es wird Zeit, dass ich ihm sage, wie es wirklich war: »Stan, es war doch ganz anders. Genau umgekehrt. Olli ist auf mich wütend, weil ich dich ihm weggeschnappt habe. Er hat mich nie wirklich leiden können. Olli ist nicht eifersüchtig auf dich, sondern auf mich! Überleg doch mal.«

Stan nimmt sich wenig Zeit, um zu überlegen. Aber er lächelt wenigstens, bevor er sagt: »Komisch. Genau dasselbe hat mein Vater auch gesagt.«

Das ist wirklich außerordentlich komisch. Nicht nur dass Stans Vater und ich ausnahmsweise einer Meinung sind, sondern auch dass die beiden über das Thema schon gesprochen haben. Wann war das? Jetzt, wo wir die Sache mit Olli endgültig vom Tisch haben, ist es mir enorm wichtig, genau zu wissen, was Stan wann mit seinem Vater besprochen hat.

»Wann hat er das gesagt?«, frage ich, bekomme aber als Antwort nur ein Klopfen. Nicht auf das Lenkrad, sondern von draußen. Von der Fahrerseite.

Wenn du einen Mordsschreck bekommst, dann wird eine solche Menge Stresshormone in deinem Körper freigesetzt, dass du übermenschliche Kräfte entwickeln kannst, Dinge tust, die physisch und physikalisch fast unmöglich sind. Ich zum Beispiel habe mal auf Adrenalin einen neunzig Kilo schweren Mann aus dem Atlantik gezogen.

Bei manchen Menschen kickt Adrenalin aber auch ganz anders rein. Sie werden total unfähig zu handeln, verfallen in Schockstarre. So wirkt es bei Stan normalerweise. Heute aber nicht. Stan hat gerade Sprungfedern im Hintern bekommen und versucht tatsächlich, den Zündschlüssel umzudrehen, um vor der Gefahr zu entfliehen. Wie gut, dass ich da bin und einen kühlen Kopf behalte. Ich habe sofort gecheckt, dass da kein Yeti steht, sondern nur ein sehr großer Mann mit dunklen Haaren, der einen bodenlangen Hermelinmantel trägt. »Stan, ganz ruhig. Es ist nur Eddie«, sage ich.

Komischerweise macht dieser Ratschlag mich selbst ganz ruhig. Oder vielleicht ist es Eddies Grinsen, das meine Kopfschmerzen fast verschwinden lässt. Ich bin froh, dass er da ist. Vielleicht ist Eddie irre, aber nicht so irre wie ich. Ich dachte, dass mein Freund die Hinweise gefunden und daraufhin die Entscheidungen getroffen hätte, die er vor Jahren hätte treffen sollen. Ich hatte mir für ein paar Stunden eingebildet, dass alles so läuft, wie ich es geplant habe. Dass mein Mann und ich uns wortlos verstehen, dass er sich verabschieden kann von unserem sogenannten Leben. Aber er will gar nicht weiter, er will sich immer nur im Kreis drehen und gar nichts verstehen. Und ich kann ihm nicht mehr helfen, und alleine schafft er es nicht. Vielleicht hilft Eddie. Ich erwidere sein Lächeln.

STAN

»Es ist nur Eddie«, höre ich Britta sagen. Ich kann sie nicht ansehen, ich bin zu sehr auf den Zündschlüssel konzentriert. Umdrehen und losfahren, umdrehen, Gang einlegen, losfah ren. Mache ich aber nicht. Eddie klopft wieder. Und bevor ich den Schlüssel umdrehen kann, hat Britta sich schon über mich hinweggebeugt und die Fensterscheibe auf meiner Seite heruntergekurbelt: »Hi«, sagt sie, als hätte sie gerade irgendeinen Bekannten zufällig in der Fußgängerzone getroffen.

»Hi«, sagt Eddie. Es folgt sogar die berühmte peinliche Stille. Fast erwarte ich, dass einer von beiden jetzt so etwas Dämliches sagt wie: »Auch in der Stadt unterwegs?« Aber Eddie ist nicht ganz so bescheuert, er klappert nur ein bisschen mit den Zähnen. Den unechten Zähnen. Als ich darauf nicht reagiere, fragt er: »Kann ich vielleicht reinkommen? Es ist kalt hier draußen.«

Nein, nein, nein. Auf keinen Fall. Britta sagt: »Klar. Hinten ist offen.« Eddie geht um den Wagen herum. Ich könnte jetzt den Schlüssel umdrehen. Jetzt ist er an der Tür hinter mir, nimmt sich unendlich Zeit, um so umständlich wie möglich die Rückbank hochzuklappen und sich samt seinem albernen Mantel in den Wagen zu wuchten. Zeit, die ich nicht nutze, um Gas zu geben. Ich spüre eine Hand auf meiner kaputten Schulter. »Du siehst schlecht aus, Stan. Alles okay mit dir? Ich habe mir Sorgen um euch gemacht.«

Ich kann mich nicht umdrehen und ihn packen, ich kann nicht mal schreien oder laut loslachen, ich kann nur sagen: »Alles okay, danke.« Hätten wir das geklärt, lieb, dass du nachgefragt hast, also kannst du ja jetzt wieder aussteigen. Okay, Eddie? Das hätte ich vielleicht noch hinzufügen können. Aber Britta hat noch nicht alle Höflichkeiten ausgetauscht, sie fragt in den Rückspiegel: »Und, Eddie, ist bei dir alles klar?« Ein tiefer Seufzer ertönt, ein weißes Pelzmeer schwappt über die gesamte Rückbank. »Nein, aber ich dachte, ich bin euch vielleicht eine Erklärung schuldig.«

Okay, okay, warum nicht? Draußen ist es immer noch dunkel, Britta kann nicht fahren, rechtlich gesehen habe ich zurzeit keine

Fahrerlaubnis, und weil wir gerade so schön dabei waren, ganz große Wahrheiten herauszufinden, warum sollten wir uns nicht anhören, was Eddie zu der letzten Nacht zu sagen hat? Schon damit wir nicht darüber rätseln für den Rest unseres Lebens.

»Also, das ist nicht meine Kneipe gewesen«, beginnt Eddie mit dem Offensichtlichen. »Sie hat einer Freundin von mir gehört, die verstorben ist. Kürzlich.«

»Das tut mir leid«, sage ich automatisch. Britta nickt nur. Ihre Theorie von Eddies gutbürgerlichem Lover ist also dahin. Schade eigentlich, in meiner Fantasie hatte ich jenem schon einen Schnurrbart, eine Lederweste mit Fransen und einen paranoiden Blick verpasst. »Ach, sie war alt und verschuldet. Sie hatte keinen Kontakt zu ihren Angehörigen mehr. Auch sonst keine Freunde. Trauriges Leben«, fasst Eddie kühl zusammen. Ich grabe mich tiefer in meinen Schlafsack ein, Eddie fährt fort: »Also, morgen sollten die Leute kommen, die alles beschlagnahmen. Zwangsräumung. Da wollte ich ein paar persönliche Erinnerungsstücke herausholen. Und dann seid ihr reingekommen.«

Eddie macht eine kleine Kunstpause, als ob er darauf warten würde, dass wir unsere Notizen hervorholen und von nun an seine Version mit der unsrigen abgleichen. Dann fragt er: »Stan, könntest du vielleicht die Heizung anstellen?« Klar, sicher, wir stehen ja nicht in der Tiefgarage.

»Und dann?«, fragt Britta, als wäre sie auf den Kopf gefallen und nicht ich. Eddie lächelt, und um mich von seinem Kunstgebiss abzulenken, starre ich wieder auf diese heftigen Nasolabialfalten. Ob es wirklich nur der Magen ist? Eine so starke Ausprägung entsteht durch massive Gewichtsabnahme, oft hervorgerufen durch eine schwere Krankheit. Allerdings auch bei Menschen, die von Natur aus schmale Gesichter haben und eine ungleiche Fettverteilung. Oder bei denen, die sehr viel lachen. »Tja, Britta, ihr kamt rein und saht so ... *verloren* aus. Erst wollte ich euch ja direkt wieder rauswerfen. Ich habe gedacht, wenn ich euch mit dem schlechten Essen drohe, geht ihr schon wieder weg. Aber ihr habt euch ja noch nicht mal von den Zähnen abschrecken lassen. Und mit der Hochzeit, das war doch ein schöner Spaß, oder?«

»Nein«, sagt Britta entschieden.

Ich habe sie sehr oft dieses kleine Wort sagen hören, aber noch nie klang es so überzeugt wie gerade. Es entschädigt sogar für das verhunzte Jawort. Es wäre auch ein perfektes Ende für dieses Gespräch. Eddie sieht das anders: »Äh, war es nicht schön, oder war es kein Spaß?«

»Beides«, schnauzen Britta und ich synchron.

BRITTA

»Beides«, schnauzen Stan und ich synchron. Aber ich weiß, nur mir wird dabei schwarz vor den Augen. Eddie hilft doch bei irgendetwas, oder auch nur gegen Kopfschmerzen. Außerdem will ich mir von ihm nicht nachträglich unsere jämmerliche Hochzeit verderben lassen. Ich will jetzt mit Stan alleine sein und ihm alles sagen. Eddie soll wieder weg. Er muss weg.

STAN

Schön, dass Britta und ich noch einer Meinung sein können. Dafür sind wir erneut in eine von Eddies kleinen Fallen getappt, das gleiche Spiel wie vor ein paar Stunden. Wir sind im Rückstand, und Eddie ist wieder am Zug: »Okay, wenn die Zeremonie nicht nach euren Vorstellungen war, heißt das, ihr wollt jetzt euer Geld zurück?« Er wiehert laut und allein.

148

Britta klaubt die Zehner vom Boden, Eddie wehrt erschrocken ab, als er begreift, was sie da tut: »Nein, Britta, das war ein Scherz, ihr schuldet mir nichts, es war ein Scherz, hey.« Obacht, Eddie, meiner Braut ist heute nicht mehr nach Scherzen, und tu bitte nicht so, als hätte sie dich nicht gewarnt. Britta hält Eddie das Knäuel Scheine vors Gesicht: »Da, nimm, und mach, dass du hier rauskommst!« Noch eine Erkenntnis für die Therapieliste: Egal wie klamm wir sind, manchmal liebe ich es einfach, wenn Britta mit meinem Geld umherwirft. Und Eddies Gesichtsausdruck ist wesentlich mehr als dreihundert Euro wert. Unbezahlbar, geradezu. Wenn er jetzt beschämt nach den Scheinen grabschen und sich endlich aus unserer Karre bewegen würde, ich würde ihm auch noch mein Kleingeld hinterherwerfen.

Aber das macht er natürlich nicht. Irgendwann wird es Britta zu doof oder zu anstrengend, ihre Hand vor Eddies Gesicht zu halten. Sie pfeffert die Scheine auf die Mittelkonsole. Eddie gibt sich entrüstet: »Ich brauche kein Geld«, behauptet er, »aber ich bräuchte eine Mitfahrgelegenheit. Könnt ihr mich ein Stück mitnehmen?«

Manchmal ist eine Frage so unverschämt, dass du gar nicht weißt, mit welcher der vielen naheliegenden Gegenargumente du anfangen sollst. Dann verhedderst du dich in deiner eigenen Fassungslosigkeit: »Warum fährst du nicht mit dem Zug?«, fragst du dann zum Beispiel und bekommst auch noch eine plausible Antwort: »Das Kaff, in das ich muss, hat keinen Bahnhof. Aber keine Sorge, nehmt mich mit Richtung Rheinland oder so, von da aus trampe ich dann weiter.«

Ha, jetzt habe ich ihn. Wieso weiß Eddie, woher wir kommen? Na gut, das hat er wahrscheinlich am Kennzeichen erraten. Was allerdings eine viel entscheidendere Frage aufwirft, nämlich die, woher er wusste, wo unser Auto steht. Ist er uns heimlich gefolgt? Wahrscheinlich. Ich sagte doch, der Kerl ist gefährlich, der hat bestimmt eine Waffe dabei. Wir müssen ganz ruhig bleiben, ihn irgendwie überlisten, damit er wieder aus dem Auto aussteigt. Ich versuche, Augenkontakt mit Britta herzustellen, ohne dass Eddie es mitkriegt, aber die starrt in den Rückspiegel.

»Kannst du fahren, Eddie?«, erkundigt sie sich. Natürlich hat Britta wieder schneller geschaltet als ich, und was tut sie? Geht auf volles Risiko, wie immer. Bejaht Eddie, steigt er aus, und ich gebe Gas, klar. Verneint er, wird er uns gleich als Geiseln nehmen und mit einer Pistole in unserem Rücken auf die Autobahn lotsen.

»Ich kann, aber ich sollte nicht«, murmelt Eddie kleinlaut. Er zieht keine Waffe, sondern schaut zu Boden. »Ich könnte, aber ich darf nicht«, gebe ich zu. Britta berichtigt: »Stan dürfte schon, aber er ist zu nett gewesen, mal wieder.«

»Britta kann nicht im Dunkeln fahren, hat sie dieses Jahr beschlossen«, petze ich. Perfekt, jetzt können wir ja fast nahtlos an unseren Streit über Olli anknüpfen, sogar vor Publikum, das keiner eingeladen hat. Ich ducke mich instinktiv, um mich vor Brittas Wutausbruch zu schützen. Der ist so was von überfällig. Aber sie sagt nur: »Scheiße, das ist ja fast wie in diesem Rätsel für Grundschulkinder.«

»Bitte, was?« Danke fürs Nachfragen, Eddie, ich war noch nicht wieder in der Lage dazu.

»Na, dieses doofe Rätsel mit dem Schaf, dem Salat und dem Wolf. Der Bauer muss alle drei über einen Fluss bringen, aber im Boot ist immer nur Platz für zwei. Wenn er als erstes den Salat mitnimmt, dann frisst der Wolf derweil am anderen Ufer das Schaf, wenn er den Wolf mitnimmt, frisst das Schaf den Salat, und ...«

»Natürlich muss er zuerst das Schaf mitnehmen«, ruft Eddie. Ohne vorher aufzuzeigen. Super, *noch* ein Klugscheißer an Bord. Britta dreht sich nach hinten, spricht streng: »Das ist schon klar, es ist ein Rätsel für Grundschulkinder, wie gesagt. Ich habe mich ja immer gefragt, warum dieser blöde Salatkopf nicht mehr mit ins Boot passt. Wenn man einen Wolf und ein Schaf gleichzeitig reinbekommt ...«

»Viel interessanter ist doch, weshalb sich ein Bauer einen Wolf hält.« Ja, das kam von mir. Seit langer Zeit bedenkt mich Britta mal wieder mit einem bewundernden Blick, aber den kann ich nur kurz genießen, weil unser Passagier hektisch an seinem Pelz herumnestelt. Eddie hat uns nur abgelenkt, jetzt zieht er doch die Waffe, und ich kann wieder nichts tun, außer zu denken: »Konstantin, du bist und bleibst ein sehr dummer Bauer.«

Aber dieses Mal stürzt Britta sich nicht in die Fluten, greift nicht beherzt ein, als Eddie einen goldglänzenden Gegenstand aus den Tiefen seines Fells herausbefördert. Eine Thermoskanne? Eine Bombe? Eddie löst auf: »Also, ich muss mitfahren, weil ich jemandem etwas versprochen habe.«

»Oh, Scheiße. Nein. Nein.« Eddie balanciert die Urne vorsichtig auf seinem Schoß. Mir leuchtet endlich ein, weshalb ein Bauer einen Wolf über einen Fluss bringen sollte. Das Vieh gehört ihm gar nicht, sondern er wird von dem Wolf erpresst. »Du oder das Schaf, Alter. Eins von beiden fresse ich eh«, wird er zum Bauern gesagt haben. Daraufhin hat der Bauer den Salat ins Spiel gebracht. Um den Wolf zu verwirren, logisch. Der Bauer ist nämlich doch noch schlauer als der Wolf, deswegen kann der auch so gut schlussfolgern: »Ich schätze mal, die Freundin, von der du erzählt hast, war wohl eher deine Mutter. Und du willst ihre Asche zurück in ihre Heimat bringen. Wo war das noch? Düsseldorf?«

Kein bewundernder Blick von Britta dieses Mal, nur ein fassungsloses Kopfschütteln. Dabei habe ich ins Schwarze getroffen. »Ich weiß, dass das nicht legal ist«, räumt Eddie ein. »Nicht mal teilweise. Nicht in Deutschland.«

Das stimmt, und das habe ich nie verstanden. Man darf Tote

verbrennen, aber man darf sie nicht mit nach Hause nehmen, sondern muss ein Urnengrab auf dem Friedhof kaufen. Man darf die Asche schon gar nicht dort verstreuen, wo es dem Verstorbenen am liebsten gewesen wäre, obwohl das doch ein schöner Abschied und ein wirklich verständlicher letzter Wille ist.

»Eddie, bist du sicher, dass da nicht doch vielleicht ein Pfund von deinem komischen Gras drin ist?«, fragt Britta.

»Oh, du kannst gerne nachgucken«, bietet Eddie an und will schon den Deckel abschrauben. Britta verzichtet. Ist selten, dass sie etwas nicht durchzieht. Ich springe ein:

»Okay, Eddie, dann verstau das Ding ... die Urne mal gut. Pack sie am besten wieder in den Mantel. Wir nehmen dich ein Stück mit.«

Nach diesem Satz sollte ein Mann die überraschten Gesichter seiner Mitfahrer nonchalant ignorieren, den Zündschlüssel drehen, den Gang einlegen und in die bald aufgehende Sonne Richtung Osten fahren. Allerdings hat dieser Mann größere Frachtprobleme als der Bauer mit seinem Schaf, dem Wolf und dem dämlichen Salatkopf. Bei seinem Glück wird er nämlich sicher angehalten werden, und wenn er seinen Führerschein nicht vorzeigen kann, wird das garantiert eine Durchsuchung des Autos nach sich ziehen. Zum Glück hat dieser Mann aber eine Frau.

»Es wird gleich hell, ich kann fahren. Lass uns schon mal die Plätze tauschen, Baby.« Britta öffnet die Beifahrertür und steigt aus. Ich schäle mich aus meinem Schlafsack und will ebenfalls aussteigen. Eddie hält mich am T-Shirt fest: »Danke, Stan. Bist ein echter Freund.«

»Schon gut.« Ich nehme Eddie und die Asche seiner Mutter mit über die Grenze, aber ich will nicht sein Freund sein. Genau an der Mitte der Kühlerhaube treffe ich auf meine Frau. Sie sagt nichts, aber sie gibt mir den Kuss zurück, den sie mir noch geschuldet hat.

Zwei, drei Stunden Autofahrt zu dritt, und dabei tun wir ein gutes Werk. Karmapunkte sammeln. Wir sind nicht nett zu Eddie, weil wir ihm etwas schulden. Wir erweisen einem Fremden in Not einen Gefallen. Einen letzten Gefallen. Danach geht Eddie seiner Wege, wohin auch immer ihn die führen mögen. Auf jeden Fall nicht zu uns nach Hause. Da haben wir ein ganz anderes Projekt sitzen, das wir nach dieser Nacht mühelos stemmen werden. Wenn ich es mir überlege, ist Eddie eine Art Probelauf: »Wie sage ich jemandem auf Nimmerwiedersehen? – Ein Abschiedsworkshop mit Britta Werner und Konstantin von Eltzberg«.

Bei dieser Aussicht fühlt sich sogar der Beifahrersitz ganz gut an. Eddie tippt mir auf die gesunde Schulter: »Eins verstehe ich nur noch nicht, Stan: Wie kann man zu nett zum Autofahren sein?«

Britta startet wortlos den Motor, kuppelt, schaltet und lässt unser Auto haarscharf an dem Ahorn vorbeihüpfen. »Huch, Entschuldigung, war wirklich keine Absicht.« Zum Beweis setzt Britta geschmeidig zurück und lässt den Volvo wie ein Stück Butter in der Pfanne über den Parkplatz gleiten.

BRITTA

Die Wahrheit sieht so aus: Nachtblindheit ist gar nicht das Problem. Ich kann auch tagsüber nicht so gut sehen, zumindest nicht mehr dreidimensional. Aber das erzählt man ja niemandem. Und wenn ich mich auf die Straße konzentriere, geht es ja auch einigermaßen. Ich beteilige mich also nicht am Gespräch meiner Mitfahrer, sondern lausche nur, wie Stan und Eddie das Gegenteil eines Gespräches führen: »Also, das war Quatsch. Ich bin nicht zu nett zum Fahren, ich habe nur ... Wie alt ist deine Mutter eigentlich geworden, Eddie?«

»Meine Mutter? Alt. Sehr alt. Ich bin ja schon alt, haha. Kannst du wegen deiner Schulter nicht fahren, ist es das?«

»Nee, die Schulter wird schon wieder. Darf ich fragen, woran deine Mutter gestorben ist?«

»Es war das Alter, Stan. Was ist mit deinen Eltern, leben die noch?«

»Äh. Ja. Warum kannst du nicht Auto fahren, wie war das gleich?«

»Ach, nichts. Macht es euch was aus, wenn ich ein bisschen schlafe, ich bin echt müde.«

»Nee, gar nicht. Gute Idee, übrigens.«

Stan mummelt sich in den Schlafsack ein, Eddie in seinen Mantel. Ich bin kurz versucht, ihnen Szenenapplaus zu geben. Tolle Vorstellung, Kinder, wirklich. Aber natürlich tue ich das nicht, ich muss ja fahren und vor allem nachdenken.

Wie konnte es gleich passieren, dass Eddie jetzt in unserem Auto sitzt? Na, weil ich ihn eingeladen habe. Und es nicht geschafft habe, ihn wieder auszuladen. Und weil Stan es zugelassen hat. Weil Eddie ja das Totschlagargument auf seiner Seite hatte, beziehungsweise seine Mutter in der Urne. Da konnte Stan nicht Nein sagen. So ist er eben, viel zu nett zu den Lebenden, viel zu viel Achtung vor den Toten. Obwohl er aus der Kirche ausgetreten ist und meines Wissens auch nicht an Himmel, Hölle, Wiedergeburt oder sonstige Seelenwanderung glaubt.

Aber er glaubt an ewige Ruhe, hat er mir mal gesagt. »Was ist denn das für eine Ruhe, wenn deine Fleischhülle in eine Kiste gesteckt wird und die Würmer aus der Erde kommen, um sie dann abzunagen, Stück für Stück?«, habe ich zurückgefragt. Stan hat seinen pikierten Blick aufgesetzt und meinte: »Es heißt ›fleischliche Hülle‹.« Wenn Stan mit etwas nicht umgehen kann, kommt sein innerer Snob zum Vorschein. Darauf wartet mein innerer Prolet nur: »Ist doch egal. Der Scheißkadaver halt. So behandeln sie ihn doch, wenn alles vorbei ist. Knüpfen einem ein Heidengeld für die Bestattungskosten ab, aber dann lassen sie dich doch verrotten. Und wenn die Verwandten das Grab nicht pflegen, sind die dann die Bösen. Das ergibt doch alles keinen Sinn.«

Das hat Stan tatsächlich eingesehen, also habe ich ihm ein Versprechen abgerungen: »Baby, wenn ich vor dir sterbe, dann will ich verbrannt werden. Und die Asche soll dann ... Ach, ist mir egal, dann bin ich ja tot.« Stan hat seinen Tequila getrunken, auf den Tisch geklopft und gesagt: »Ich sterbe vor dir. Statistisch gesehen. Und dann lässt du mich bitte auch verbrennen. Keine Organspende, kein Aufschnippeln. Ich weiß, wovon ich rede.« Dieses Gespräch fand zu einer Zeit statt, als Stan mal wieder Medizinstudent war. Als ich daraufhin anmerkte, dass dies aber keine besonders gute Einstellung für jemanden seines zukünftigen Berufsstandes sei, brauchte Stan noch drei Tequila, bis er mir die ganze Geschichte erzählte. Von der Leber eines Toten, die ihm mal durch die gesamte Pathologie geflutscht sei. Und unauffindbar blieb, drei Tage lang. Dann tauchte sie in seinem Spind wieder auf, immerhin in eine Plastiktüte verpackt. Der Spaßvogel, der sie da deponiert hatte, hatte sogar noch mit Edding »Buh!« draufgeschrieben. Stan war schon bei der Erinnerung daran völlig fertig. Also habe ich ihm versprochen, ihn komplett mit allen Ersatzteilen zu verbrennen und ihn eingeäschert mit verplombter Urne in die Gruft zu legen. Wir hatten noch sehr guten Sex an dem Abend. Schon bedenklich, im Nachhinein, was einen in einer langjährigen, normalen und monogamen Beziehung plötzlich scharfmachen kann. Gibt es da ein Wort für? Sind wir *metanekrophil?*

Noch viel bedenklicher ist, dass ich meine Mission völlig vernachlässige und mein Plan sabotiert wurde. Ich weiß zu hundert Prozent, dass da keine Asche in der Urne ist. Wahrscheinlich ist sie tatsächlich voll mit Drogen, aber unser Freund Eddie kennt eben alle Tricks, auch die ältesten der Welt: »Wenn du mir nicht glaubst, dann guck doch nach.« Das habe ich aus zwei Gründen nicht getan: Erstens wäre Stan vollkommen ausgerastet, und zweitens soll Eddie ruhig etwas leiden, bis ich ihn überführe.

Sobald wir am nächsten Rastplatz sind, werde ich an Eddie ein Exempel statuieren. Ein kleiner Probelauf. Mit dem ich Stan zeigen werde, wie man Leute loswird, die einen nur ausnutzen wollen. Ich schätze, es wird etwa zehn Minuten dauern, bis ich diesen elenden Schmarotzer so weit habe, dass er zusammenbricht. Dann werden wir ihn einfach stehen lassen, und Stan kann sich merken, wie so etwas funktioniert, für später, wenn er Olli aus unserer Wohnung schmeißt.

Es ist unfassbar, wie leicht man Stan zu etwas überreden, ihn vom Gegenteil überzeugen kann. Er hatte doch beschlossen, dass Eddie ein Schwerverbrecher ist. Wieso hat er dann nicht Gas gegeben, als er an unserem Auto auftauchte? Überhaupt: Hat Stan sich nicht gefragt, woher Eddie wusste, wo wir parken? Bestimmt hat er das, aber andererseits war er wohl froh, dass unser Gespräch über seinen Vater unterbrochen wurde. Und letztendlich stand er ja wieder wie der großmütige Gönner da, der Urnenschmuggel als Kavaliersdelikt verkaufen kann, vor allem sich selbst. Ein Seitenblick bestätigt mir, dass ein gutes Gewissen tatsächlich ein sanftes Ruhekissen ist.

Dafür ist Eddie noch sehr wach: »Da vorne an der Ampel geht es schon auf die Autobahn.«

»Ich weiß, danke«, sage ich artig und ganz entspannt. Nein, ich täusche Entspannung vor und plane dabei den Showdown.

Eine sehr alte, sehr hässliche Lehrerin an meiner Schauspielschule hat uns im ersten Semester immer eingebläut: »Im Theater seid ihr vielleicht später mit Schminke zugekleistert, aber die kann nur unterstützen. Man muss immer, immer in euren

Gesichtern sehen, welche Emotion ihr gerade ausdrücken wollt, selbst wenn ihr eine Maske tragt. Theater ist Expressionismus, übertreibt, selbst wenn ihr gerade einen Pferdehintern spielt!«

Großes Gelächter im Saal, außer bei mir. Ein halbes Jahr später erzählte uns der neue, nicht ganz so hässliche Lehrer: »Warum schneidet ihr alle solche Grimassen? Wollt ihr alle als Pantomimen in der Fußgängerzone enden? Schauspielen bedeutet, dass ihr nuancieren könnt! Bei euch kann ich nicht sagen, ob ihr über Romeos Tod trauert oder Magenkrämpfe habt! Und wenn ihr Magenkrämpfe spielen sollt, guckt bitte nicht, als sei eure große Liebe gestorben!«

Enorme Ratlosigkeit, außer bei mir. Dieser Lehrer war übrigens der zweite Mann, mit dem ich mal etwas hatte. Aber nach einem halben Jahr waren die großen Emotionen verschwunden, und nur die leichten Magenschmerzen blieben, wenn er zu seiner Frau nach Hause fuhr.

»Die nächste Ausfahrt dann.« Danke für den Rückruf in die Gegenwart, Eddie.

»Ja, ich weiß. Aber rede bitte nicht so laut, Stan schläft.« Das war sehr gut, Britta. Du hast nicht gesagt: »Halt die Klappe, ich muss nachdenken, wo ich dich am besten aussetze.« Leider bin ich eine so gute Schauspielerin, dass man den Subtext sehr wohl heraushören kann. Allerdings hält Eddie sich nicht für das Publikum, sondern zählt sich zum Ensemble.

»Dein Stan ist wirklich einer der nettesten Menschen, die ich je getroffen habe«, sagt er jetzt, ganz leise. »Du hast wirklich Glück mit ihm, Britta. Ich meine, er ist so ...«

»Könntest du einfach die Klappe halten, Eddie. Ich muss mich aufs Fahren konzentrieren. Danke.«

Eddie kann, eine geschlagene Minute lang: »Britta, eins noch: Ich habe nie gesagt, dass in der Urne die Asche meiner Mutter ist.«

Ich bremse nicht. Ich fahre auch nicht an den Seitenstreifen, und brettere auch nicht gegen die Leitplanke. All das vermeide ich, weil ich glaube, dass es Eddie nur recht wäre, wenn ich genau hier schon anhielte. Er hat längst durchschaut, dass ich ihn durchschaut habe, und weil ich am Steuer sitze, gibt er auf. Von hier aus kann er noch bequem zurücklaufen. Aber er soll es nicht bequem haben. Ich halte den Mund geschlossen und die Augen geöffnet. Erst kurz vor der Grenze werde ich Eddie aus dem Auto werfen. Okay, die Grenze gibt es gar nicht mehr so richtig, aber ein Zollamt wird ja wohl ausgeschildert sein. Da gebe ich ihn direkt ab, ohne auch nur weiteres Wort mit ihm zu wechseln. Kann er mit den Polizisten diskutieren, wie »teilweise legal« sein Gras hier ist.

Natürlich versucht Eddie alles, damit ich wieder mit ihm rede: »Stan und du, ihr seid doch bestimmt schon ewig zusammen, oder? Klar, das merkt man direkt. Habt ihr vorher schon mal überlegt zu heiraten, so richtig, meine ich? Hm. Ich wette, Stan hat sich nicht getraut, weil er Angst hatte, dass du Nein sagst. Du bist eher so ein unkonventioneller Typ, oder? Bestimmt hast du auch einen unkonventionellen Beruf. Nein, nicht sagen, ich rate: Du bist Schauspielerin, stimmt's? Natürlich! Aber ich muss gestehen: Das wusste ich schon. Ich schaue nicht viel fern, aber vor ein paar Jahren habe ich dich mal in einer Serie gesehen. Spielst du da noch mit, oder hast du bessere Angebote bekommen? Ich weiß, wie schwierig so etwas ist, heutzutage, du bist ja auch keine zwanzig mehr .... Da schafft man entweder irgendwann den Sprung auf ernsthafte Rollen, oder man orientiert sich noch mal ganz anders. Und irgendwann will man ja auch eine Familie gründen. Ihr zwei würdet ganz sicher unheimlich schöne ...«

Scheiße. Entweder hat Eddie in der letzten Nacht unsere Sachen durchwühlt, oder ich habe ihm, als wir die Kneipe geschmückt haben, wesentlich mehr erzählt, als ich wollte. Ich kann mich nicht mehr daran erinnern. Dafür scheint sich Eddie bestens in meinem Leben auszukennen oder zumindest in meinem Kopf. Ich muss ihn jetzt loswerden, genau jetzt.

Da, ein Rastplatz! Schnell rüberziehen, und die Vollbremsung wird auch Stan wieder aufwecken.

»Was ...«, höre ich ihn schon nuscheln, aber da bin ich schon raus aus der Karre und reiße die hintere Tür auf. Sehe nur Eddies Kopf aus seinem Mantelgebirge lugen, er wagt es tatsächlich, seinen letzten Satz zu Ende zu bringen: »... Kinder bekommen.«

Ich glaube, Eddie steht auf Schmerzen. Das ist der einzige Grund, weshalb ich ihn nicht schlage. Und ihm auch nicht den Gefallen tue auszurasten. Ganz, ganz ruhig sage ich nur: »Raus.«

Eddie hebt die Hände, als würde ich ihn mit einer Pistole bedrohen, Stan fragt aus dem Off: »Baby, was machst du da?« Nun, ich rette mal wieder unsere Leben, keine Minute zu früh. »Raus aus meinem Auto«, wiederhole ich. Eddie wagt es zu grinsen: »Ich kann nicht.«

Er kann nicht? Eddie murmelt: »Ich kann meine Beine nicht mehr spüren.« Er schlägt sich mit beiden Armen auf die Oberschenkel, immer wieder. Und da kommt mir die Idee, wie ich eine wundersame Heilung vollbringen könnte. Fast wie Jesus. Ich packe mir die Urne, schneller als Eddie gucken kann, und halte sie mit ausgestrecktem Arm vom Auto weg. »Möchtest du die nicht vielleicht wiederhaben, na, na? Komm, hol sie dir!«

Scheiße, ich höre mich an, als würde ich Hündchen quälen. Stan hingegen so, als wolle er einen tollwütigen Rottweiler zur Räson bringen wollen: »Britta, spinnst du? Lass das!« Ich lasse das nicht.

Eddie schaut sehnsüchtig nach seinem Schatz, hofft wohl, dass Stan ihn mir aus der Hand reißt und ihm zurückgibt, schon weil der ja immer noch denkt, in der Urne sei eine tote Mutter drin. »Britta, hey, das kannst du nicht machen«, behauptet Stan und packt das andere Ende der Urne. Aber er wagt es nicht, daran zu ziehen. Ich schon, und natürlich geht der Deckel auf. Der arme Stan. Er schaut extrem irritiert, als jetzt keine Asche durch die Gegend fliegt. Allerdings platscht auch keine große Tüte Gras auf den Boden. In der Urne war nichts. Gar nichts. Nur Luft.

Und während wir beide so reglos dastehen, Stan mit dem Deckel, ich mit der Urne, sagt Eddie: »Okay. Ihr habt mich erwischt. Die Urne ist für mich. Ich werde bald sterben.«

Dazu fällt mir tatsächlich nur eins ein: »Nicht in meinem Auto.«

Stan verdreht die Augen. Meine Mutter hat immer gesagt, eine Beziehung ist vorbei, wenn der Mann derjenige ist, der die Augen verdreht. Eddie lacht leise. »Nein, ganz so bald sterbe ich nicht, hoffe ich. Aber das mit den Beinen, das ist nicht gut. Das ist jetzt das dritte Mal diese Woche.«

»Muskelschwund?«, fragt Stan, ganz der Arzt, der er immer werden sollte. Oder eher der, den er aus Krankenhausserien kennt.

Eddie schüttelt den Kopf: »Nein. Ein Tumor. Ein Gangliom. Hier oben.« Er deutet auf seine Stirn. Ich weiß, dass Stan derjenige sein wollte, der das Geschwür genauer definiert, es bei seinem lateinischen oder griechischen Namen nennt. Aber er nimmt sich aus Rücksicht auf den Patienten zurück und führt das Anamnesegespräch fort: »Okay. Okay. Wo sitzt es genau? Wann ist es diagnostiziert worden?« Fehlt nur noch, dass er fragt, welcher Kollege ihn überwiesen hat. Aber ich überlasse ihm gerne das Verhör, während ich auf Eddies Beine achte. Kann ja sein, dass er sich durch eine Bewegung verrät. Er verarscht uns nämlich immer noch, er spielt ein ganz mieses Spiel.

Warum begreift Stan das nicht? Weil Eddie ihm weiter von

seinem Tumor erzählt. Er weiß, dass man Lügen mit Details ausschmücken muss, um sie glaubhafter zu machen: »Ich war vor sechs Wochen in einer Klinik. Die Ärzte da haben gesagt, es sei inoperabel. Wenn ich Glück habe, bleiben mir noch drei, vier Monate. Falls die Symptome mich nicht vorher umbringen, heißt das. Deswegen sollte ich auch nicht Auto fahren, um deine Frage von vorhin zu beantworten, Stan.« Eddie lächelt tapfer. Oder lacht sich innerlich halb tot darüber, wie er uns zum Narren hält. Besser gesagt: Stan. Der kniet jetzt vor Eddie, nickt nur noch mitfühlend, lässt nicht mehr den Viertelgott in Weiß raushängen. Ich bin so müde, dass ich es als Fortschritt werte, wenn alle mal die Klappe halten.

Okay, okay, vielleicht ist es ja wahr. Aber was garantiert wahr ist: Es gibt auf dieser Welt Menschen, die vollkommen abgebrüht sind. So skrupellos, dass sie behaupten, sie litten unter einer tödlichen Krankheit. Um sich dadurch einen Vorteil zu verschaffen, oder weil sie eben ganz arme Säue sind, die sonst keine Aufmerksamkeit bekommen. Oder weil sie nur nach Düsseldorf chauffiert werden wollen. Und ich weiß mit Sicherheit, dass manche Menschen auf Kommando weinen können. Aber beides gleichzeitig zu tun und dabei noch die Beine keinen Millimeter zu bewegen, das ist schon die Königsklasse. Die traue ich Eddie allerdings ohne Weiteres zu.

Eddies Tränen können Stan sogar binnen Sekunden davon überzeugen, dass er seinen Facharzt in Onkologie gemacht hätte: »Eddie, ruhig. Ganz ruhig. Was ist mit Bestrahlung? Chemotherapie? Einer zweiten Meinung? Bist du krankenversichert? Falls nicht, keine Sorge. Wir kriegen dich bestimmt in irgendeine Studie rein, wenn es selten genug ist, Eddie, dann nehmen die dich mit Kusshand.«

Die Weltordnung ist wiederhergestellt, ich verdrehe die Augen. Wie kann man denn »mit Kusshand« sagen, während jemand da sitzt und wimmert: »Nein. Nein. Das möchte ich nicht. Ich habe zu viel Angst vor den Schmerzen.«?

»Das ist doch Unfug. Schmerzen können niemals so schlimm sein, wie ...«, beginnt Stan, aber dann hat er es kapiert. Sonst würde er weitersprechen. Ich muss meinem Mann jetzt nur noch erklären, wie wir weiter vorgehen. Aber das sage ich ihm lieber unter vier Augen, wir wollen den Patienten ja nicht unnötig aufregen. »Eddie, sollen wir dich mal kurz alleine lassen? Damit du dich ein bisschen beruhigst? Wir holen dir ein bisschen Wasser von der Toilette, ja?« Oberschwester Britta berührt sanft die Schulter von Professor von Eltzberg, dieser folgt ihr mit gesenktem Kopf.

Wir sind schon auf halber Strecke zum Toilettenhäuschen, als Stan sagt: »Britta, wir müssen den schnellstmöglich in eine Klinik bringen.«

Schade. Diese Worte beweisen mir, dass Stan gar nicht verstanden hat, worum es geht. Es geht nicht darum, was er jetzt tun kann, sondern um das, was Eddie will. Aber Stan will einfach nicht aufhören, die völlig falschen Fragen zu stellen: »Britta, ob der überhaupt noch Herr seiner Sinne ist? Der war doch schon gestern in der Kneipe unzurechnungsfähig, wahrscheinlich. So ein Gangliom ist tückisch, aber nicht unbedingt unheilbar. Meinst du, wir könnten ihn überreden, wenn wir ihm sagen, dass er in der Klinik Morphium bekommt? Die müssen dem ja was geben, sonst kann er wirklich vor Schmerz sterben. Mann, was für eine arme Sau. Und warum musste er uns erst die Geschichte von seiner toten Mutter erzählen? Kann aber auch eine Auswirkung des Tumors sein ...«

Nein. Die Story hat Eddie uns wohl nur aufgetischt, weil er wusste, dass du drauf anspringst, Stan. Das will ich sagen, aber stattdessen wiederhole ich Eddies Worte: »Er hat nie gesagt, dass seine Mutter in der Urne ist.« Stan macht ein nachdenkliches

Gesicht. Mir fällt auf, dass wir gar keine leere Flasche mitgenommen haben, um damit Wasser für Eddie zu holen. Aber wir haben ja die Urne. Ich muss lachen. Stan nicht. Er stellt weiter falsche Fragen: »Wie kannst du darüber lachen? Hier riskiert gerade jemand, elendig zu verrecken. Und du lachst auch noch!«, herrscht er mich an.

»Wie kannst du nicht verstehen, dass er gerade das nicht will?«, blaffe ich zurück. Stan will es einfach nicht kapieren. Aber jetzt muss er. »Stan, Eddie hat gesagt, er habe Angst vor Schmerzen. Er will nicht in ein Krankenhaus. Und er will sich auch nicht mit Morphium zudröhnen lassen. Er will leben, solange er klar denken kann, und dann will er ...« Komm, Stan, lass mich das nicht sagen. »Dann will er sich umbringen.« Danke, Stan.

Du kannst jemanden über alles lieben, deine Geheimnisse mit ihm teilen, über Gott und die Welt reden, über das Leben, Beerdigungsriten und sogar über den Tod. Aber nie über das Sterben. Du entwickelst unfassbar raffinierte Strategien, um das Thema zu vermeiden, gerade wenn du schon einmal knapp mit dem Leben davongekommen bist. Und du damals gelernt hast, dass dein Geliebter eine völlig andere Meinung dazu hat. Haben muss, angeblich, weil er eben Arzt ist, werden wollte oder gerne geworden wäre. Oder sich für einen verdammten Rettungshund hält, einen Heilsbringer, einen Eiferer, für den Aufgeben einfach keine Option ist. Also jemand, der keine Ahnung davon hat, was Todesangst wirklich bedeutet. Die ist nämlich gar nicht so schlimm. Die kann man austricksen. Indem man einfach selbst bestimmt, wann Schluss ist. Stan hat das Konzept damals nicht verstanden, als es um mich ging, aber jetzt geht es ja um Eddie. Ich sollte dem Kerl dankbar sein, denn er ist die perfekte Gelegenheit, meinem Freund die Welt so zu zeigen, wie sie ist, ohne dass er es wieder zu persönlich nimmt: »Ja, Stan, genau. Ich denke auch, er will Sterbehilfe in Anspruch nehmen.«

»Ach Quatsch. Der doch nicht. Das ist in Deutschland auch gar nicht erlaubt.« Stan trommelt auf dem Urnendeckel herum, bis ihm auffällt, dass es ein Urnendeckel ist. Hilflos hält er mir das Teil entgegen, ich setze die Urne wieder zusammen. Es ist doch vollkommen verrückt, dass Stan kein Problem damit hatte, diese Urne zu transportieren, als sie angeblich die Überreste einer Toten enthielt, sich aber vor dem leeren Gefäß geradezu ekelt. Ich wünschte, ich hätte die Zeit, das niedlich zu finden, aber ich verliere langsam die Geduld mit ihm.

»Dann wird er wohl in die Schweiz wollen, da geht das. Eddie hat ja nur gesagt, wir sollen ihn ein Stück mitnehmen«, erinnere ich Stan. Der tritt wütend gegen die Klotür: »Eddie hat dies gesagt, Eddie hat das gesagt! Eddie ist nicht ganz richtig im Kopf, Britta, das sagt er doch selbst! Und weißt du, was ich jetzt mache, Britta? Ich rufe meinen Vater an: Der soll unseren Eddie mal ganz genau durchchecken, und wenn der wirklich so sterbenskrank ist, wie er behauptet, dann ... dann machen wir uns hier gerade strafbar. Wegen unterlassener Hilfeleistung. So sieht es nämlich aus! Gib mir mein Handy.«

Ich gebe ihm die ganze Jacke, soll er das Telefon doch da rausfummeln. Das gibt mir ein wenig Zeit, um meinem Mann ein kurzes Update zu geben: »Dein Vater hat übrigens angerufen. Zehn Mal. Schon komisch, wo ihr gar nicht mehr miteinander redet, oder? Wo du dich doch enterbt hast oder er dich. Wie war's denn genau? Erzähl doch mal. Und wann war das?«

Natürlich erzählt Stan nicht. Er fragt aber auch nicht nach, woher ich weiß, dass sein Vater angerufen hat. Er sackt auch nicht wieder in sich zusammen wie vor einer Stunde, als er mir die Sache mit seinem Führerschein und Olli gebeichtet hat. Er schaut mich nicht einmal an.

Schon hat er die PIN eingegeben und das Telefon am Ohr. Ich will etwas sagen, keine Ahnung, was genau, aber Stan hebt die

freie Hand: das internationale Zeichen, genutzt von allen Arsch-
löchern weltweit, das besagt: »Entschuldigung, mein gleich folgendes Telefongespräch ist hundert Mal wichtiger als das, was
du gerade zu sagen hast.« Tausend Mal gesehen. Nie von Stan.
Mit »Ey, Baby, halt einfach mal das Maul« hätte ich leben können. Nicht mit dieser abwehrenden Handbewegung.

»Hallo, Papa? Ja ... Ja. Nein.« Stan geht Richtung Straßengra-
ben, ich gehe in das Toilettenhäuschen hinein. Finde den Licht-
schalter nicht, schaffe es aber, die Urne so unter den Wasser-
hahn zu halten, dass ich sie füllen kann.

Als ich wieder aus dem Häuschen trete, telefoniert Stan immer noch, natürlich. Er kann sich sogar schon wieder am Ohr
zupfen. Ich halte ihm die Urne direkt vors Gesicht, schüttle
sie ein wenig, damit er weiß, dass sie jetzt voll Wasser ist. Stan
schafft es sogar noch, den Mund zu verziehen, bevor er seinem
Vater weiter Rapport erstattet: »Nein, das war nicht so geplant.
... Ja ... Ja, wir müssen auch noch mal reden, Papa, über ...« Stan
reckt mir einen Daumen entgegen, um abzusegnen, dass ich
den Patienten jetzt tränken kann.

Wahrscheinlich hat der Herr Papa zuvor nach kurzer Ferndia-
gnose dazu grünes Licht gegeben. Ich gehe zum Auto.

»Was machen die Beine, Eddie?«, frage ich den Patienten.

»Das wird schon wieder, glaube ich.« Gut. Ich reiche Eddie
seine Urne, er schaut nicht pikiert, er lacht. »Sehr stilvoll, Britta.« Er trinkt drei große Schlucke, dann bietet er mir die Urne
an. Warum nicht, ich habe Durst.

»Wo ist Stan?«, fragt Eddie, ich deute auf den Parkplatz, wo
Stan immer wieder eine unsichtbare Linie abschreitet wie ein
katatonischer Zirkusbär.

»Mit wem telefoniert er da?«, erkundigt sich Eddie, leicht be-
unruhigt. Der Patient soll sich nicht aufregen, und da ich ja die
Oberschwester bin, tue ich, was genervtes Pflegepersonal so tut,

wenn es auf eine Frage nicht antworten kann oder will. Ich schlage die Tür zu, gute Nacht.

Und setze mich hinters Steuer. Beobachte Stan, der immer noch mit seinem Vater telefoniert. Schätze den Abstand ein, den er zum Auto hat. Zwanzig Meter? Dreißig? Ich frage Eddie: »Sollen wir vielleicht einen Ausflug in die Schweiz machen?«

Eddie sieht mich nur ganz kurz überrascht an, gibt dann zu Bedenken: »Es sieht nicht so aus, als wollte Stan da hinfahren.«

»Nein. Aber der kommt auch nicht mit«, sage ich und drehe den Zündschlüssel um. Stan wendet sich mit dem Gesicht zu mir. Ich glaube, er lächelt mir zu. Aber er ist zu weit entfernt, als dass ich das mit Sicherheit sagen könnte.

Der Motor macht ein gutes Geräusch. Ich fahre los, instruiere meinen Passagier: »Wenn keiner von uns in diesem Auto sterben soll, dann halt bitte die Klappe, ja? Ich muss mich konzentrieren.«

Zwar sagt Eddie nichts, aber er greift in die Mittelkonsole und wirft all das Geld aus dem Fenster, das er zu fassen kriegt. Das muss Stan schon mitbekommen haben. Ich hoffe es für ihn. Er muss ja irgendwie nach Hause kommen. Zu seinem Papa.

STAN

Ganz kurz, ganz sachlich habe ich meinem Vater die Lage geschildert, alle Vermutungen unterlassen und sogar die Worte »Selbstmord« und »Freitod« dabei vermieden. Ich habe »unter enormem psychischem Druck, daher akut suizidgefährdet« gesagt. Und er hat schweigend zugehört, bestimmt eine volle Minute lang.

»Konstantin, was habt ihr überhaupt in Belgien zu suchen?«

Ist doch egal. »Wir wollten einfach mal raus, Papa.«

»Aha«, sagt mein Vater. Er reagiert allgemein nicht gut auf Ziellosigkeit. Wundert sich allerdings auch nicht mehr darüber, zumindest nicht bei mir. Aber das ist nicht das Thema: »Papa, wie gesagt, wir haben da jemanden im Wagen, der meint, dass er sterben muss. Oder will. Wobei ich ja glaube, dass er sich gar nicht hat wirklich untersuchen lassen. Der Typ ist ein bisschen schräg. Aber wenn du vielleicht ...«

»Du bist dir also gar nicht sicher. Aha. Wie geht es Britta?«

Was soll mit ihr sein? »Britta ist ... Britta.« Ich weiß, dass ich gereizt klinge, weil ich übermüdet bin. Natürlich wird mein Vater das gleich noch mal feststellen und hinzufügen, dass dieser Ton der Situation in keinster Weise förderlich ist. Aber er korrigiert gar nicht mich, sondern sich selbst: »Ist sich Britta denn sicher, dass der Patient den begleiteten Exitus in Anspruch nehmen will?«

»Ja.« Was gibt es da mehr zu sagen? Und mit knappen, klaren Antworten kann mein Vater arbeiten: »Dann hat sie wohl recht damit.«

»Aha.« Mit »Aha« kann man nichts Falsches sagen, wenn ich meinen Vater nach sechsunddreißig Jahren jetzt endlich richtig verstanden habe. »Nichts Falsches« ist natürlich nicht dasselbe wie »recht haben«. Dafür reicht es bei mir nicht, nicht bei der Konkurrenz. Mein Vater und Britta haben immer recht und treffen daher die Entscheidungen. Meine Meinung zählt gar nicht, weil ich ja leicht geistig behindert bin: Ich bin zu weich, zu nett, zu empathisch, ein bisschen blöd halt. Gut, dass meine Betreuer da für mich mitdenken. Britta hat zum Beispiel schon den Wagen ein Stück vorgefahren, keine Ahnung, wieso, aber sie wird schon recht haben damit.

»Konstantin, bist du noch dran? Hat der Patient denn akute Symptome? Klagt er über Schmerzen?« Nicht wirklich, aber das will mein Vater nicht von mir hören, also sage ich. »Er spürt seine Beine nicht mehr. Sagt er. Ist wohl schon öfter vorgekommen.« Mein Vater seufzt leise, dann sagt er: »Junge, worüber diskutieren wir dann eigentlich? Da *müsst* ihr ihn zum nächsten Krankenhaus bringen, sonst ist das unterlassene Hilfeleistung. Ich kann auch versuchen, ein paar Kollegen in Belgien zu erreichen, wie wäre das? Wenn du mir sagst, wo genau ihr seid, dann kann ich von hier aus … Sagst du Britta in jedem Fall, was ich dir gerade gesagt habe?«

»Ja, Papa.«

»Gut.«

Gut. Fein gemacht, Konstantin, nun lauf schnell zu Frauchen, und sag ihr, was der Papa gesagt hat. So läuft das seit Jahren. Ich renne zwischen beiden hin und her und erstatte Bericht: »Britta, mein Vater hat gesagt …« und »Papa, Britta meinte …«, und zur Belohnung werfen mir beide ihr verdammtes »Aha« zu.

Der einzige Unterschied zwischen Britta und meinem Vater ist, dass mein Vater die Probleme, die ihn nichts angehen, anpackt und meine Freundin alles, was sie stört, wie ein Bulldozer niederwalzt. Das lenkt aber nur beide davon ab, was gerade wirklich wichtig ist: »Aber was mache ich denn, wenn Eddie, also wenn der Patient dann einfach aus dem Krankenhaus wieder abhaut? Und sich irgendwelche anderen Leute sucht, die ihn dorthin fahren, zum … Sterben?« Da weiß er keine Antwort drauf, jede Wette.

»Tja, was wäre dann, Konstantin?« Ich hatte auch einmal recht: keine Antwort, sondern eine Gegenfrage. Vielen Dank auch, Papa. Gut, dass ich dich angerufen habe, warst eine große Hilfe.

»Ich glaube, wir fahren jetzt erst mal einen Kaffee trinken.« Da behaupte noch einer, ich könnte nicht rebellieren, wenn mir etwas nicht passt.

»Nein, Junge, ihr fahrt jetzt ins nächste Krankenhaus. Kaffee könnt ihr später trinken.«

»Okay. Tschüss. Tschüss, Papa. Danke. Bis später.«

»Bis später. Ich verlass mich auf dich.«

Ich wette, Britta ist dafür, dass wir erst mal Kaffee trinken. Schon weil mein Vater dagegen ist. Wo ist Britta? Wo ist mein Auto? Und warum liegt da überall Geld auf der Erde? In Zehneuroscheinen.

Ganz ruhig bleiben, Konstantin. Du sammelst jetzt das Geld auf und steckst es zusammen mit dem Handy zurück in deine Jackentasche. Dann ziehst du die Jacke aus, obwohl da Frost auf den Zweigen liegt. Dir ist ja nicht kalt, sondern heiß. Dann gehst du zum Toilettenhäuschen, legst die Jacke auf den Boden davor. So ist es gut. Guck, da ist eine Tür. Eine dicke, solide Stahltür. Perfekt. Gegen die trittst du jetzt. Noch mal. Sehr gut. Hämmere noch mit den Fäusten dagegen und brülle dabei, so laut du kannst: »Scheiße! Scheiße! Scheiße! Scheiße!«

Das war doch sehr gut. Jedenfalls um Längen besser als das, was du im ersten Moment tun wolltest. Du wolltest wie ein Junkie die Kippen vom Asphalt aufsammeln und an den Stummeln saugen. Hast du nicht getan, also Glückwunsch: Endlich Nichtraucher! Bei manchen klappt es halt nur auf die ganz harte Tour. Auto weg, Frau weg, alles weg. Sagen Sie Hallo zu Ihrem neuen, gesunden Leben, haha!

Hahaha. Ha! Scheiße! Ich trete den Mülleimer. Der fällt sofort um. War voller Windeln. Großartig.

Ich muss hier weg, nach Hause. Soll ich mich an die Straße stellen und den Daumen raushalten? Oder hier stehen bleiben und darauf warten, dass jemand zum Pinkeln anhält? Ist vielleicht besser, dann kann man den Leuten erklären, was passiert ist. Genau: So einen Typen würde ich auch mitnehmen, der an einem frühen Sonntagmorgen im blutbefleckten T-Shirt auf einem gottverlassenen Parkplatz in einem Haufen Windeln steht. Den Kerl mit dem durchgerissenen Ohrläppchen und den roten Augen, der so nach Bierschweiß und kaltem Marihuanarauch stinkt. Und falls doch jemand anhalten sollte, statt mit quietschenden Reifen weiterzufahren, dann erklär mal schön, Stan: Deine Freundin hat dich hier stehen lassen, weil sie einem Verrückten helfen muss, sich umzubringen. Könnte klappen. Irgendwer wird schon die Bullen rufen, damit sie dich einfangen.

Moment. Warum habe ich das Handy nicht auf den Boden geschmettert und zertreten? Bestimmt weil ich jemanden anrufen wollte. Die Taxizentrale? Oder wieder meinen Papa, damit ich dem berichten kann: »Ach, das Problem hat sich übrigens schneller erledigt, als ich dachte. Von Britta habe ich mich bei der Gelegenheit übrigens auch endlich getrennt, ich wette, da fällt dir ein Stein vom Herzen, nicht wahr? Und wo wir grad so nett plaudern: Könntest du mich abholen? Irgendwo in Belgien?« Nein, für dieses Gespräch reicht der Akku gar nicht mehr aus, die Batterie ist nur noch zu zwei Prozent geladen. Scheißding. Scheißtechnik. Scheiße. Es gibt nur eine Person, die ich jetzt anrufen kann. Anrufen muss.

Schon nach dem zweiten Klingeln hebt Olli ab: »Alter, von wo rufst du an? Dein alter Herr terrorisiert mich schon die ganze Zeit, sag mal, woher hat der eigentlich meine Handynummer?« Keine Ahnung. Ist auch nicht wichtig, oder?

»Olli, du musst mich abholen. Britta ist weg, mit dem Auto.« Mist, ich hätte nur sagen sollen, dass er hierherkommen soll. Jetzt muss ich ihm lang und breit erklären, was passiert ist, und Olli erzählt noch länger und breiter, dass er es immer geahnt hat, dass das eines Tages so kommen wird. Das Handy erinnert mich mit einem dezenten Piepton daran, dass es gleich keinen Saft mehr hat.

»Okay. Wo bist du?« Bester Kumpel bleibt eben doch bester Kumpel. »Auf einem Parkplatz, schätze mal, so vierzig Kilometer östlich von Brügge.«

»Aber schon Brügge in Belgien?« Und Idiot bleibt Idiot.

»Nein, Olli, Brügge in Afghanistan. Kommst du?«

»Ja, klar. Ich rufe dich an, sobald ich in der Nähe bin, in zwei Stunden, oder so. Dann kannst du mich dahinlotsen, okay?«

»Okay.« Ich lege auf. Ich Depp. Der Akku wird nicht ausreichen, niemals. Es bringt noch nicht mal was, wenn ich jetzt zur nächsten Tankstelle laufe oder zu irgendeinem Bauernhof, denn das Ladekabel liegt ja im Auto! Aber ich muss es versuchen, ich muss mir jetzt Ollis Handynummer einprägen. Und dann loslaufen, sonst irrt Olli bald ziellos durch Belgien, kriegt einen Mordshals auf mich, und wenn ich in vier Monaten in Köln ankomme, dann gründet er bestimmt keine WG mit mir, so wie wir es immer vorhatten. Gesetzt den Fall, dass wir jemals wieder zeitgleich Single sind. Ich habe das Olli sogar mal schriftlich gegeben, weil ich dachte, der Fall tritt niemals ein.

Vielleicht sollte ich noch ein bisschen gegen die Klotür treten, bevor ich losgehe.

Vielleicht besser nicht. Da kommt ein Auto, ein Kombi, deutsches Kennzeichen sogar. Die Fahrerin hält an, steigt aber nicht aus. Was jetzt? Mein Shirt ausziehen, damit wedeln und rufen: »Ich bin unbewaffnet!«? Würde etwas verrückt wirken. Und die Frau hinter der Windschutzscheibe sieht nicht so aus, als könne sie gerade einen Verrückten gebrauchen. Sie guckt, als ob sie dringend aufs Klo muss. Deswegen hat sie ja angehalten. Wenn ich auf das Auto zugehe, gibt sie bestimmt direkt Gas und macht sich in die Hose, wenn auch nicht zwingend in dieser Reihenfolge. Also winke ich schüchtern. Das war gut, die Frau steigt aus. Geht langsam, dann mit immer schnelleren Schritten auf mich zu. Lange Beine, komische Ohren, aber schöne, braune, weit aufgerissene Augen: »Hey! Bist du ausgeraubt worden?«

Ich nicke. Ist ja keine Lüge, eine Frau wie die könnte ich gar nicht anlügen. Sie ist groß und sehr schlank, aber nicht abgemagert, eher so, als würde sie einen Sport treiben, der ihr Spaß bereitet. Basketball, das würde passen. Wo sie jetzt so vor mir steht, wirkt es, als hätte ihr Gesicht überhaupt keine Poren, sondern bestünde nur aus einer einzigen, seidigen Schicht. Wahrscheinlich hat Gott ihr diese Segelohren verpasst, damit sie als irdisches Wesen durchkommt. »Wie viele waren es?«, fragt die Engelsgleiche und deutet auf mein blutbesprenkeltes T-Shirt. Ich überlege etwas zu lange, bevor ich »zwei« sage. Der Engel grinst. Ein gutes Zeichen, denke ich.

»Zwei? Sicher? Die meisten Kerle würden behaupten, es wären mindestens zwölf gewesen. Die jetzt alle noch schlimmer aussehen als du.« Tja, ich bin halt eine ehrliche Haut: »Das mit dem Müll war ich«, gebe ich unaufgefordert zu. »Ich musste Dampf ablassen, weil sie mein Auto haben. Ich liebe mein Auto.«

Sie lacht nicht, rollt nicht mit den Augen, sondern nickt nur verständnisvoll. Natürlich versteht sie das, am besten erzähle ich ihr auch gleich, dass ich auch Sonnenaufgänge und das Meer liebe, meine Freundin mich gerade verlassen hat und ich bis morgen früh um zehn Zeit habe. Da müsste ich wieder los, um benachteiligten Kindern den Dativ zu erklären. Zum Glück lässt sie mich nicht zu Wort kommen: »Okay, pass auf, ich muss kurz pullern. Warte hier, dann rufe ich die Kollegen. Keine Sorge, bin sofort wieder da.« Sie tätschelt meinen Arm und geht entschlossenen Schrittes in das Toilettenhäuschen. Sie hat »pullern« gesagt. Ein Engel aus dem Osten, der zum Glück nicht sächselt. Außerdem will sie die Kollegen rufen. Wen mag sie damit meinen? Gabriel, Uriel und Michael?

Nein, es werden wohl die Kollegen von der belgischen Polizei sein. Warum würde da sonst ein uniformierter Miniteddybär am Rückspiegel ihres Wagens baumeln? Und dieser riesige Schäferhund hinten im Wagen sieht auch so unangenehm berufstätig aus. Misstrauisch beäugt er mich durch das Absperrgitter hindurch, aber immerhin bellt er nicht. Mag daran liegen, dass ich mittlerweile vor dem Auto der netten Zivilfahnderin niedergesunken bin. Guck mal, Hund, ich bin viel zu erschöpft, um gefährlich zu sein.

Als sich die Tür des Toilettenhäuschens öffnet, stehe ich natürlich sofort wieder auf. Alte Gewohnheit. Ob jetzt eine Dame den Raum betritt oder ein Engel über den Parkplatz schwebt, man erhebt sich. Auch wenn der Hund dann bellt. Der Polizistinnenengel ignoriert das, hat sich beim Pullern offensichtlich an seine Vorschriften erinnert. Kaum am Wagen angekommen, zückt sie Stift und Notizbuch: »So, dann wollen wir mal. Papiere liegen ja wahrscheinlich im Wagen, aber solange du das Kennzeichen und deinen Führerschein hast, geben wir direkt die Fahndung raus. Und entschuldige, dass ich dich hier habe allein stehen lassen. Aber es war so dringend, es ging echt nicht anders.«

Ich schätze, sie arbeitet noch nicht lange in ihrem Beruf. Zumindest habe ich noch keinen Polizeibeamten getroffen, der sich für irgendetwas bei mir entschuldigt hätte. Geschweige denn dafür, dass er ein Mensch ist. Wie entzückend unprofessionell. Ich möchte sie nicht enttäuschen, sondern weiterhin ganz ehrlich zu ihr sein. So ehrlich, wie ich kann: »Ähem. Es war meine Freundin, die mit dem Wagen abgehauen ist, einem weißen Volvo 850, Kombi. Wir haben uns gestritten.«

So viel zu vertrauensbildenden Maßnahmen. Ihr Blick wird starr, gleichzeitig der reflexartige Griff an die Hüfte, an der sie aber keine Waffe trägt. Ich kann in sie hineinsehen, sie verflucht sich gerade selbst, oder zumindest ihre schwache Blase. Mit erhobenen Händen gehe ich drei Schritte rückwärts, weg von ihr, ihrem Auto, ihrem Hund, der immer lauter bellt: »Ich schwöre, ich habe sie nicht geschlagen, sie hat mich nicht geschlagen, alles ist gut, wir haben uns nur ... Sie ist nur weggefahren. Bitte, bitte hören Sie mir zu: Das Blut kommt von meinem Ohr, da.« Ich zupfe an meinem verkrusteten Ohrläppchen, und sie entspannt sich etwas: »Okay. Okay. Alles gut. Nimm die Hände runter.«

Ich lasse die Arme sinken, sie schnauft. Gut. Zumindest besser. Was jetzt? Die schöne Polizistin wackelt mit ihren Segelohren, greift in die Tasche ihres Kapuzenpullis. Klar, jetzt fordert sie per Handy Verstärkung an, großartig. Ich werde den Tag auf einer belgischen Polizeiwache verbringen. Oder in einer Gummizelle, bei meinem Glück.

»Hier. Du kannst es brauchen.« Die Polizistin wirft mir eine kleine blaue Schachtel zu. Will wohl meine Reaktionsgeschwindigkeit testen. Oder meine Fingerabdrücke haben. Natürlich bin ich zu dumm, um die Schachtel auf den Boden fallen zu lassen, sondern fange sie. Es sind Nikotinkaugummis.

»Klasse, danke. Habe gerade mit dem Rauchen aufgehört«, sage ich, sie lacht. Eher so ein kurzes, trockenes Schnauben. Gefolgt von einem weiteren Geständnis: »Ich vor zwei Jahren. Jetzt bin ich nach diesen Dingern süchtig.«

Immerhin besser als nach Nikotinpflastern, denke ich, sage aber: »Tja, ist bestimmt nicht einfach in dem Job. So als Raucher. Nichtraucher. Ex-Raucher.« Im Gegensatz zu mir versteht sie, was ich meinte, und winkt ab.

»Ach, geht schon. Verträgt sich halt nicht mit dem Sport. Und für die Tiere ist es auch nicht gut. So extreme Gerüche verwirren die Hunde ja, da kannst du das Training gleich vergessen. Also, wenn du rauchst.«

»Ah. Du bist beim Zoll?« Heiteres Beruferaten mit Konstantin von Eltzberg, da duzt man sich auch wieder. Leider lag ich wieder falsch. »Nee, ich bilde nur die Hunde aus. Für verschiedene Dinge. Das war jetzt so ein Trainingswochenende, ein EU-Programm.«

»Klingt spannend.« Das finde ich wirklich.

»Ist es aber nicht«, sagt sie. »Du sitzt da halt und hörst dir an, was es für neue Methoden gibt, um Drogen zu verpacken, und die Hunde müssen mitkommen, zu den Vorträgen. Obwohl es da gar nichts für sie zu erschnüffeln gibt. Völlig bescheuert.«

Ich stelle mir ein altmodisches Klassenzimmer vor: An den Bänken sitzen Hunde, die alle verzweifelt jaulen, weil sie eine Textaufgabe nicht lösen können. Dann wird einer von ihnen an die Tafel zitiert, ein kleiner Jack Russell Terrier, der eine frappierende Ähnlichkeit mit meinem größten Sorgenkind Serdar aus der Hausaufgabenbetreuung aufweist. Vielleicht ist jetzt der Zeitpunkt gekommen, an dem ich den Schäferhund im Wagen konsultieren sollte. Als Profi sollte der doch erschnüffeln können, was genau ich gestern Abend geraucht habe. Mittlerweile bin ich ziemlich sicher, dass das kein gewöhnliches Gras war.

»Ach, übrigens: Ich bin Gesine, und ich finde, wir sollten langsam weg hier.« Das habe ich jetzt hoffentlich nicht halluziniert. Nein, die Hand, die mir die Hundeausbilderin entgegenstreckt, fühlt sich sehr echt an. Und etwas feucht: »Ich bin Konstantin. Danke, echt.«

Als europäische Polizistin war sie nur halbwegs überzeugend, aber Gesines Imitation des guten Sheriffs hat was: »Tja. Ich habe mich eben dazu entschlossen, dass du einer von den Guten bist.«

Endlich mal eine. Als wir die Autotüren öffnen, hechelt der Hund uns beide freundlich an, als wolle er Frauchens Urteil bestätigen. Entweder ist er schlecht in seinem Job, oder er ignoriert meine Ausdünstungen, weil er auch nur endlich nach Hause will. Angenehmerweise verzichtet Gesine darauf, ihren Azubi zu schelten, und unterlässt auch diesen widerlichen Hundemamaquatsch, das arme Tier zu fragen, wer sich denn da so freut und wer ein ganz Feiner ist. Wahrscheinlich, weil sie wichtigere Fragen beschäftigen: »Also, Konstantin, noch einmal zur Klärung:

Deine Freundin ist mit dem Auto abgehauen und hat dich hier in der Pampa stehen lassen. Das muss ja ein heftiger Streit gewesen sein. Darf ich fragen, worum es ging?«

»So richtig haben wir uns gar nicht gestritten. Es ging eher um was Prinzipielles.«

Gesine verdreht nicht die Augen, sagt nicht »Aha«, sondern behauptet nur: »Kenne ich«, und fährt vom Parkplatz herunter. Ein vorbildlicher Blick über die Schulter, das knurrende Geräusch kommt vom Hund, nicht vom Getriebe.

Wir fahren einfach. Gesine macht keine Anstalten, irgendwen anzurufen, fällt mir nach einer Weile auf. Vielleicht bin ich ihr doch eine weitere Erklärung schuldig. Oder wenigstens mir selbst: »Also, wir hatten jetzt keine Beziehungskrise. Also doch. Auch. Aber jetzt ging es gar nicht um uns, sondern um jemand anderen. Wir haben da so einen Typen kennengelernt, in Brügge, und haben die ganze Nacht mit ihm gesoffen, in einer Kneipe, die ... Ist auch egal.«

Sowohl Britta als auch mein Vater würden mich an dieser Stelle meiner Ausführungen unterbrechen und so etwas sagen wie: »Das ist wieder so typisch für dich! Wenn du irgendwen schützen willst, sagst du immer: ›Ist auch egal.‹« Und da hätten sie beide wieder recht, allerdings habe ich in diesem Fall keine Ahnung, wen ich schützen will und vor was. Leider unterbricht mich Gesine nicht, dabei könnte ich gut eine Pause brauchen, um meine Gedanken zu ordnen. Ich will sie auf keinen Fall anlügen, also erzähle ich das, von dem ich glaube, dass es so geschehen ist, vor einer Ewigkeit, also etwa einer halben Stunde.

»Jedenfalls haben wir ihn mitgenommen, also den Typen aus der Kneipe. Den Kellner. Eddie. Vielleicht war er gar nicht der Kellner dort, und ich bin mir inzwischen ziemlich sicher, dass Eddie nicht sein richtiger Name ist. Aber heute Morgen stand er vor unserem Auto, in so einem Mantel. Einem weißen Pelzmantel.« Wäre Gesine eine Polizistin, würde sie jetzt fragen: »Warum ist der Mantel so wichtig?« Ich frage mich das zumindest. Aber ich weiß die Antwort darauf nicht. Ich weiß gar nichts mehr, rede aber trotzdem weiter: »Wir haben Eddie mitgenommen, weil wir dachten, er würde seine Mutter beerdigen wollen, in Deutschland. Er hatte eine Urne dabei. Aber dann kam raus, dass er todkrank ist. Jedenfalls behauptete er das. Mittlerweile bin ich mir ziemlich sicher, dass er todkrank ist, sonst wäre Britta nicht mit ihm weggefahren. Sie will ihn wahrscheinlich in die Schweiz bringen, damit er da ... sterben kann. Und ich wollte das nicht. Es ging also nur um Leben und Tod. Nichts Weltbewegendes.«

Wenn das Ganze schon so vollkommen lächerlich klingt, warum nicht mit einem kleinen Witz abschließen, um die Stimmung zu heben? Gesine lacht aber nicht, sondern schaltet einen Gang höher: »War das so ein großer Typ? Groß und dünn?«

Das war so ungefähr die vorletzte Frage, die ich erwartet hätte.

»Ja. Ziemlich groß. Sehr dünn. Warum?«

Der Hund hechelt mir in den Nacken, als hätte er mich nun doch ertappt. Gesine trommelt auf dem Lenkrad herum, abwechselnd mit Daumen und Zeigefinger, ganz andere Technik als meine.

»Ja, verdammt«, sagt sie schließlich. »Ich dachte immer, das wäre so eine urbane Legende, der Typ. Wie die Katze in der Mikrowelle oder die Spinne in der Yuccapalme.«

Ich kenne die Geschichten von der Katze und die von der Spinne. Die von Eddie kenne ich noch nicht.

Gesine wirft mir einen besorgten Blick zu: »Ich will dich nicht beunruhigen, Konstantin, aber vielleicht sollten wir uns erst mal noch ein Kaugummi gönnen?« Das ist bestimmt besser. Ich greife in meine Jackentasche, drücke Gesine eins in ihre ausgestreckte Hand. Perfekte Pilot/Kopilot-Aktion. Wir kauen an, dann erzählt Gesine: »Also, das geht schon eine Weile um, in unterschiedlichen Versionen. Ein großer, dünner Typ, der per Anhalter in ganz Europa unterwegs ist. Und den Fahrern gegenüber dann behauptet, er sei todkrank. Daraufhin haben die Leute Mitleid mit ihm, geben ihm Geld oder nehmen ihn mit, in einen Freizeitpark, zu einem Konzert oder so. Ein letztes Mal mit der Achterbahn fahren und so weiter. Eben einen letzten Wunsch, den sie einem Todgeweihten erfüllen können.«

Eddie wollte aber nicht ins *Phantasialand*. Er wollte sterben. Und Britta wollte das auch, unbedingt. Also, dass Eddie stirbt. Zum Sterben gebracht wird. Zu viele Gedanken in meinem Kopf, dabei ein guter: Ich muss Olli anrufen.

»Kann ich mein Handy aufladen? Hast du ein Ladekabel da?« Gesine hat eins, und es passt sogar. Die Frau ist großartig. »Ja, und sie kann sicherlich ganz toll zuhören, mit den Ohren«, würde Britta jetzt giften. Na, die wird schön blöd gucken, wenn sie rausbekommt, dass Eddie gar nicht todkrank ist. Oder besser noch, wenn ich es ihr sage. Wie nennt man noch einmal das Gefühl, das mich gerade überkommt? Triumph? Vorfreude? Rachsucht? Und wie soll das dann genau aussehen, wenn ich die beiden finde: Showdown an einem Berghang, ich ringe Eddie nieder, er wird von der Polizei (oder vielleicht von einer Ausbilderin für Polizeihunde?) abgeführt, ich nehme Britta in den Arm und sage gönnerhaft: »Siehst du, ich hatte recht. Keiner muss sterben.« Ja, sicher. Britta wird nur sagen: »Alle müssen sterben, Stan.«

Gesine wirft mir einen kurzen Seitenblick zu: »Kann es sein, dass du Fieber hast?«

Kann gut sein. Aber wahrscheinlich schäme ich mich nur wegen dem, was ich gerade über meine Freundin denke. Meine Frau. Dabei sollte ich doch über den wahren Bösewicht nachdenken: Eddie. Er ist eine reale Gefahr. Ich bin so erleichtert darüber, dass ich ihn noch realer und noch gefährlicher haben will: »Gesine, was hast du denn sonst noch so über den Typen gehört? Ich meine, dieser Eddie hat uns ja nicht einfach an der Straße angehalten, sondern in dieser Kneipe. Der hat uns abgecheckt, ausspioniert. Vielleicht passten wir genau in sein Beuteschema. Ein Paar, das gerade ... ein paar Probleme hat. Und da hat er dann Öl ins Feuer gegossen, Salz in die Wunden gestreut. Also, direkt darüber nachgedacht, wie er uns trennen könnte, verstehst du? Das gehört alles zu seinem Plan. Er hat einen Plan, oder?«

Jetzt hat Gesine ihre Antwort. Ich bin ganz eindeutig im Fieberwahn. Sie denkt nach. Zieht die Stirn in Falten, ihre Ohren wackeln dabei automatisch mit. Sie sind nicht nur abstehend, sondern auch durchscheinend. Zwei zierliche, fleischfarbene Schmetterlinge. Schließlich sagt sie nur: »Ich weiß es nicht, Konstantin. Aber ich glaube dir, dass dieser Typ jetzt mit deiner Freundin unterwegs ist. Und das ist nicht gut.«

Ich glaube ihr, dass sie mir glaubt. Und muss fast losheulen deswegen. Aber ich reiße mich zusammen, denn ich teile Gesines Meinung uneingeschränkt: Das ist nicht gut, und ich muss es wieder besser machen. Nur wie? Erst einmal die Fakten sammeln. Gesine fängt an: »Also, war der Typ nur groß und wunderlich, oder war er auch trainiert? Aggressiv?«

»Nein, Eddie war nicht kräftig, sondern eher ausgemergelt. Und die Beine waren auch gelähmt oder zumindest taub.« Ich versuche, mich daran zu erinnern, was vor einer knappen halben Stunde geschehen ist: Eddie hat ja richtig auf seine Schenkel eingeschlagen und dabei nicht einmal das Gesicht verzogen. Verdammt, ich hätte einfach auf sein Knie hämmern sollen, um wenigstens mal die Reflexe zu testen. Aber ich habe ihn ja nicht einmal angerührt. Nur den Mantel. Und die Urne. Andererseits: Ich habe ihn ja gesehen, wie er da saß und seine Beine wirklich nicht mehr bewegte, kein Stück. Meine finale Diagnose lautet: »Ich denke nicht, dass er das nur vorgetäuscht hat.« Und ich weiß, wozu gute Schauspieler in der Lage sind und wozu nicht, füge ich fast noch hinzu. Gesine bearbeitet wieder das Lenkrad, mit Daumen und Zeigefinger: »Ich gebe zu: Ich hatte heute noch keinen Kaffee, aber ... du kennst doch bestimmt die Geschichte von dem Jungen, der immer ›Wölfe! Wölfe!‹ schreit, oder?«

Zu viele Wölfe am frühen Morgen, aber ja, die Geschichte kennt doch jeder, und ich weiß, worauf Gesine hinauswill: »Du meinst, Eddie hat so lange behauptet, er wäre todkrank, dass er es jetzt geworden ist? So als ausgleichende Gerechtigkeit oder Gottes Strafe?«

»Na, lassen wir Gott mal besser aus dem Spiel«, schlägt Gesine vor und nimmt die Ausfahrt Richtung Brüssel. »Aber ich glaube, du solltest deine Freundin mal anrufen.«

»Sie wird nicht drangehen.« Nach dem ganzen Spekulieren mal eine Sache, die ich mit Sicherheit weiß.

»Dann versuchst du's wieder. Und wieder, bis sie drangeht.« Ich glaube, Gesine wäre eine gute Ärztin. Wenn ich wiederbelebt werden müsste, wünschte ich mir Gesine als Ersthelferin. Aber sie wäre auch eine hervorragende Psychologin. Ohne dass sie drängt, will man ihr direkt alles sagen: »Ich habe Angst. Richtig, richtig Angst um Britta. Sie ist ein komplizierter Mensch.«

Gesine reicht mir mein Handy. »Ach, kompliziert sind wir doch alle. Deswegen hab ich den Hund.«

Ich rufe Britta an. Es klingelt. Einmal. Noch einmal. Nach dem dritten Klingeln springt die Mailbox an, die Computerstimme erklärt: »Ihr Anruf kann zur Zeit nicht entgegengenommen werden, Sie haben aber die Möglichkeit ...« Ich halte die Luft an, nach dem Pfeifton lege ich direkt los: »Britta, ich bin's. Ruf mich an, ich mache mir Sorgen. Weil ...« Weil da eine urbane Legende auf deiner Rückbank sitzt, die gar nicht todkrank ist, sondern vielleicht nur Achterbahn fahren will? Oder auch nicht oder doch? Weil ich gar keinen Grund brauche, sondern einfach nur eine Scheißangst um dich habe, so wie immer? Ein weiterer Piepton erlöst mich, ich muss gar nichts mehr sagen. Sondern noch einmal anrufen. Der Schweiß läuft mir den Nacken hinab, alles ist so anstrengend. Gesine tippt mir auf die Schulter.

»Konstantin, soll ich dich mal kurz allein lassen?« Was hat sie vor, mich bei voller Fahrt aus dem Auto werfen? Nein, wohl kaum. Außerdem fahren wir ja gar nicht mehr. Gesine ist irgendwann auf einen Parkplatz gefahren, wir sind fast in Brüssel, nehme ich an. Ich habe wohl eine Weile vor mich hin gestarrt, jedenfalls stupst Gesine mich erneut an: »Ich bin gleich wieder da, okay? Aber der Egon muss mal raus, und dahinten sind ein paar Bäume.«

Egon bellt, als er seinen Namen hört. Er hält das für einen guten Plan. Ich auch: »Klar. Danke. Bis gleich.«

Gesine steigt aus. Ich höre, wie sie die Heckklappe öffnet, der Hund sich vor Freude fast überschlägt. Die Klappe knallt wieder zu, im Rückspiegel sehe ich, wie Egon in Richtung Bäume prescht, Gesine latscht ihm gemächlich nach. Extralangsam, als ob sie wüsste, dass ich sie beobachte. Ich höre auf, sie zu beobachten, schaue stattdessen auf den Zündschlüssel, der noch steckt. Erinnert mich an irgendetwas. Wahrscheinlich an heute früh, wo ich einfach hätte losfahren sollen. Gesine hat außerdem ihr Portemonnaie auf dem Fahrersitz liegen lassen, ihr Handy und die Nikotinkaugummis. Wie leichtsinnig. Aber sie hat ja beschlossen, dass ich einer von den Guten bin. Ich rufe Britta erneut an, dieses Mal springt die Mailbox sofort an. Ich flehe sie an: »Britta, ich will doch nur ein kurzes Lebenszeichen von dir. Sobald du anhältst, ruf mich bitte an. Sofort.« Piep.

Klang das zu beunruhigend? Ich rufe erneut an. »Britta, es geht hier nicht um dich und mich, sondern um Eddie. Also ruf mich ...« Piep.

Ein letztes Mal: »Wenn du nicht sofort zurückrufst, dann, dann ... suche ich dich. Und ich finde dich. Ich finde euch.« Piep.

Genau das werde ich tun. Gesines Vorschlag, die Polizei zu verständigen, wäre unter normalen Umständen bestimmt vernünftig. Aber wir reden nicht von normalen Umständen, sondern von Britta. Ich kann mir schon vorstellen, wie meine Freundin einfach an einer Polizeikontrolle vorbeizieht, und wenn Eddie sie anfeuert, kann ich es direkt vor mir sehen, wie sie mit 180 Sachen durch eine Straßensperre donnert. Und irgendwann gegen Abend überfährt sie Eddie, weil sie herausgefunden hat, dass er sie angelogen hat.

Ich sollte Olli anrufen. Und ihn davon überzeugen, dass wir Britta suchen müssen, und zwar in ... Westeuropa. Ob Gesine mitkommt? Egon, der Hund, könnte doch helfen, der ist doch Profi. In Ausbildung. Brittas Geruch ist doch noch an meiner Jacke, da kann er die Fährte aufnehmen, oder? Wenn ich das Gesine vorschlage, wird sie denken, ich hätte Drogen genommen. Habe ich ja auch. Nicht einmal die hat der nutzlose Hund gerochen. Wie komme ich darauf, dass er Britta finden könnte? Und dass Gesine für so ein Himmelfahrtskommando zur Verfügung stehen könnte? Die ist ja nicht vollkommen durchgeknallt, im Gegensatz zu Britta. Oder mir.

Mein Telefon klingelt, es fällt mir fast aus der Hand. Aber es ist nicht Britta. »Stan? Alter, wo bist du? Ich bin so fünfzig Kilometer vor Brüssel.« Wie schnell ist Olli gefahren? Hoffentlich ist er nicht geblitzt worden, sonst ist er seinen Führerschein endgültig los. Ich lache hysterisch. Ich bin hysterisch. Selbst Olli merkt das: »Hey, Stanni, beruhige dich, okay? Ich bin in einer halben Stunde am Bahnhof. Brüssel Süd, okay? Nicht Zentrum. Süd, Midi, klar? Komm dahin. Ruf mich sofort an, wenn du da bist, ich muss auflegen.«

Ich schaue nach vorn. Versuche, mich zu orientieren. Da sind Autos, etwas weiter hinten schon Hochhäuser. Bürokomplexe. Vielleicht auch Parlamentsgebäude. Was halt so im Zentrum einer Hauptstadt rumsteht. Und da ist auch ein Schild, direkt vor mir. »Station du Train Midi« steht darauf. Darunter ein Pfeil, nach links. Weit kann es nicht sein.

Im Spiegel keine Spur von Gesine oder dem Hund. Sie lässt mir Zeit zum Nachdenken, nehme ich an. Habe jetzt aber genug nachgedacht. Ich packe Gesines Telefon und Portemonnaie ins Handschuhfach. Die Nikotinkaugummis nehme ich mit. Und den Teddy klaube ich auch vom Rückspiegel. Gesine wird das schon richtig verstehen, nicht als Warnung, nach dem Motto »Keine Polizei!« oder so. Aber ein Teddy in Uniform ist nicht einfach nur geschmacklos, sondern irgendwie falsch. Er verschandelt ihr Auto und könnte die echten Verbrecher auf falsche Ideen bringen, oder? Ich stecke das mickrige Stofftier in meine Jackentasche. Ziehe den Schlüssel ab, als Vorsichtsmaßnahme. Gesine ist schlau, sie wird den Schlüssel sofort hinter dem Vorderreifen finden. Wo ich einen Zettel dazulege. Dass es mir leidtut. Da ich nicht genau weiß, was mir leidtut, schreibe ich noch meine Telefonnummer dazu. Bei Gesine bin ich sicher: Sie ist eine von den Guten. Dann renne ich los, so schnell ich kann.

BRITTA

Im Außenspiegel kann ich sehen, dass Stan immer noch telefoniert. Ich will ihn aber nicht mehr sehen. Könnte ich dadurch ändern, dass ich einfach auf die Straße vor mir schaue, wird ja empfohlen beim Autofahren. Oder zur Abwechslung mal in den Rückspiegel. Da tut sich nur eine einzige weiße Wand auf. Eddies lächerlicher Pelzmantel, in dem auch ein sehr großer Mensch einfach verschwinden konnte. Vor allem wenn er sehr hager ist. Da ich jetzt keine Rücksicht mehr auf Stan nehmen muss oder kann, frage ich laut: »Eddie, bist du noch da?« Es dauert eine Sekunde, oder zwei, jedenfalls einen Spurwechsel lang, bis ich seine Stimme höre, ebenfalls laut und klar: »Ich bin da, Britta. Wo sollte ich denn hin?«

Seine Antwort beruhigt mich. Seine Frage nicht. Überhaupt: Ich stelle hier die Fragen. Weil ich Eddie chauffiere, ihm einen Gefallen tue, einen letzten Dienst erweise und dafür meinen Mann habe stehen lassen. Eddie sollte sich dessen bewusst sein und auch der Tatsache, dass ich das Kommando habe. Und jederzeit umkehren könnte. Theoretisch. Wenn ich mich hier orientieren könnte. Da könnte ich jetzt tatsächlich Eddies Hilfe gebrauchen.

»Wir müssen mal anhalten. Ich brauche eine Straßenkarte, das Navi in meinem Handy funktioniert nicht.« Meine eigene Stimme hört sich auf einmal fremd an. Als hätte ich seit Tagen nicht gesprochen. Dabei haben wir uns höchstens fünf Minuten lang angeschwiegen. Und in der Zwischenzeit hat Eddie damit angefangen, auf seinen Oberschenkeln herumzuschlagen, mittlerweile trommelt er nur noch sachte und nervtötend auf ihnen herum. Er hört damit auf, als er endlich sagt: »Gut, ich habe eine dabei.« Eddie wurschtelt in seinem Mantelgebirge herum und zaubert einen Straßenatlas hervor. Was versteckt er noch in diesem Ungetüm? Eine Cocktailbar? Er will mir das aufgeschlagene Buch nach vorne reichen. Was soll ich hier damit?

»Du musst mich schon navigieren. Du musst jetzt mal das Hirn spielen oder wenigstens ein bisschen mitdenken. Mir Anweisungen geben«, sage ich, Eddie macht auf Diva: »Oh, ich darf also endlich wieder sprechen, ja? Danke, Madame. Tausend Mal danke. Okay. Wir fahren also die E 411 runter, bis sie in Luxemburg zur A 6 wird. Dann wieder raus aus dem Land und an der deutschen Grenze entlang. Das wäre die Vorschau für die nächsten fünf Stunden, wenn wir zügig durchfahren. Noch Fragen?«

Hallo, wer bringt denn hier wessen Leben komplett durcheinander, nur weil er unbedingt sterben will?

»Ja, habe ich. Hast du einen Termin da, den du einhalten musst, oder warum hast du es plötzlich so eilig?«

Eddie seufzt auf, genau wie Stan, wenn er weiß, dass ich nur gemein sein will. Und er nur nett sein. Die Antwort klingt dann umso vorwurfsvoller: »Na ja, Britta, ich spüre gelegentlich meine Beine nicht mehr, und ich weiß nicht, was als Nächstes kommt. Wahrscheinlich die Arme, oder ich werde bewusstlos. Und wir hatten ja verabredet, dass ich nicht im Auto sterbe, oder?«

Nein, nein, bloß nicht im Auto sterben. Ich drücke auf die Tube, bis mir einfällt: »Aber du hattest doch gesagt, dass das mit den Beinen schon mal passiert ist, und dann ist es ja wieder gut geworden. Gestern hast du getanzt. Und wie! Du willst doch bestimmt noch mal tanzen, bevor sie dir die Todesspritze geben, oder?«

Viele meiner Mitstudenten haben die übliche Karriere eines Schauspielschülers eingeschlagen: Sie sind ohne Übergangsengagements zu Schauspiellehrern geworden. Das war keine Option für mich. Mir fehlt offensichtlich die Gabe, andere Menschen zu motivieren. Stan habe ich in acht Jahren nicht mal dazu gekriegt, sich ein Rückgrat wachsen zu lassen.

Eddie beschäftigen aber ganz andere Sorgen: »Britta, warum machst du das eigentlich? Warum fährst du mich dahin? Nur um Stan eins auszuwischen?«

Um ihm eins auszuwischen? Das hört sich an, als wäre das, was ich hier durchziehe, eine kleine Nickeligkeit von mir. Als würde ich über Rina lästern. Oder Ungeziefer auf dem Dachboden großziehen. Aber hier geht es nicht um einen Akt der Verzweiflung oder ums Rechthaben. Natürlich habe ich recht, aber ich habe noch mehr: Ich habe meine tiefe Überzeugung. Ich weiß, dass ich das Richtige tue. Und rechtfertige mich natürlich trotzdem dafür: »Ich würde auch wollen, dass das jemand für mich tut. Ich will bei klarem Verstand sterben. Und ich will auch keine Schmerzen haben, wenn es so weit ist.« So einfach ist das. Niemand, der bei klarem Verstand ist, will Schmerzen.

»Wirklich? Du wirkst auf mich eher wie jemand, der *ohne Ende* Schmerzen ertragen kann. Oder vielleicht bist du auch nur wirklich gut im Verdrängen von Schmerz. Was im Prinzip auf dasselbe hinausläuft. Halt dich links, wir müssen die Nächste raus.«

Oh, jetzt habe ich ein Navigationsgerät mit integriertem Psychotherapeuten, das ist ja praktisch. Leider ist die Technik noch nicht ausgereift: Ich hasse Schmerzen. Und dämliches Gelaber: »Was verdränge ich denn deiner Meinung nach so, Eddie? Ich meine, wir kennen uns ja jetzt schon eine ganze Weile, da bin ich ja gespannt, was du so beobachtet hast, Doktor Freud.«

Eddie nimmt einen Schluck aus seiner Urne: »Ich glaube nicht, dass ich dazu etwas sagen will, solange du fährst.«

»Oh, wir müssen sowieso gleich tanken. Fang schon mal an, ich verspreche dir, ich baue schon keinen Unfall, während du mich auseinandernimmst.« Ich bin nicht wirklich gespannt auf Eddies Analyse. Er wird mir erzählen, dass ich meinen Freund unterdrücke, weil meine Karriere vorbei ist. Nur um nicht mir selbst die Schuld daran zu geben, was alles schiefgelaufen ist. Wahrscheinlich noch, dass ich meinen Vaterkomplex nie werde abarbeiten können. Logisch, wenn man seinen Vater gar nicht kennt. Und ein schwieriges Verhältnis zu meiner Mutter habe ich natürlich auch. Das hat jeder, der meine Mutter kennt. Das alles wird mich nicht aus der Spur bringen. Eddie kann mir nichts anhaben. Denn er braucht mich ja, um einigermaßen würdevoll zu sterben. Ja, so wird ein Schuh draus: Ich habe ihn in der Hand, nicht er mich. Natürlich wird er mir das gleich als Erstes erzählen. Dass ich diese Machtposition genieße. Also los, Eddie, gib es mir!

»Du tust immer genau das Gegenteil von dem, was dir andere raten. Besonders wenn diese Menschen dich lieben. Das würde ich bei einer Zwanzigjährigen infantil nennen. Aber wie alt bist du, dreißig?« Danke für das Kompliment, Eddie, aber ich falle nicht auf Schmeicheleien herein. Ich bin alt genug, um zu wissen, dass nach so einem Gesülze meist der große Hammer geflogen kommt. Ich kann es kaum erwarten, um genau zu sein.

»Ich gehe also davon aus, dass du irgendwann etwas getan hast, was für dich im ersten Moment richtig erschien, sich aber später als großer Fehler herausstellte. Unsere aktuelle Situation ist ein schönes Beispiel für dieses Handlungsmuster: Gerade willst du jemandem dabei helfen, sich das Leben zu nehmen. Deshalb vermute ich, dass du schon mal jemandem das Leben gerettet hast.«

Als Kellner war Eddie eine komplette Niete, als Psychologe ist er noch schlechter. »Eddie, selbst wenn es so wäre: Wie kann es denn ein Fehler sein, jemandem das Leben zu retten?«

Ich bin aber auch nicht gut in Form. Ich habe gerade für die Gegenseite argumentiert, oder? Eddie geht gar nicht darauf ein, er hört sich selbst einfach zu gern reden:

»Oh, es gibt ja Leute, denen man einmal einen sehr, sehr großen Gefallen getan hat. Und zum Dank dafür sitzen sie einem ewig im Nacken, haha.«

Haha, ja, der war gut, Eddie. Mir scheint, ihm geht es wieder besser. Oder auch zu gut: »Ich rate jetzt mal ganz wild, Britta: Du hast deinem ehemaligen Liebhaber das Leben gerettet. Und so etwas verbindet einfach, egal was da sonst noch zwischen euch war. Und zwar so sehr, das Stan niemals gegen dieses Bündnis anstinken kann, egal wie lange ihr schon zusammen seid, denn ...«

»Bullshit! Kompletter Bullshit. Null Punkte, Eddie.« Aber ein Punkt für mich. Da ist schon die Ausfahrt zur Tankstelle. In drei

Minuten sind wir schon an der Zapfsäule, in zehn Minuten kann ich eine rauchen. Ich muss mich nur noch ein ganz bisschen aufs Fahren konzentrieren, nur noch ...

»Ich hab's!«, schreit Eddie. Ich bin zu erschrocken, um zurückzuschreien. Eddie sagt, was er hat: »Das war nicht irgendein Lover von dir, sondern ein Freund von Stan. Stans bester Freund. Und du hast ihm das Leben gerettet. Stan war dabei, und er konnte nichts tun, weil er ... Wie hast du es formuliert? Weil er es nicht so mit dem Timing hat. Er war wie gelähmt, oder? Oh, oh, das ist bitter. Das hat ja schon fast was von Shakespeare. Und wenn wir noch ein bisschen Seifenoper dazumischen, dann hat Stan bestimmt auch was mit seinem besten Freund gehabt. So sind sie ja, diese unterdrückten jungen Männer von heute ...«

Ich trete aufs Bremspedal. Eddie wird im Auto sterben, jetzt und hier an dieser Tankstelle. Ich übergieße ihn einfach mit Benzin und zünde ihn an. Aber er soll nicht vollkommen dumm sterben: »Stan hatte nichts mit Olli. Und ich auch nicht. Außerdem war es Olli, der ...«

Eddie hält sich die Handflächen vor das Gesicht wie ein Zweijähriger, der sich ganz raffiniert verstecken will. Sein ganzer Körper zittert, oh nein, bitte, lass das keinen epileptischen Anfall sein. So stirbst du mir nicht, Bürschchen. Aber es ist ein Krampf. Ein Lachkrampf: »Stan und *Olli*? Du verarschst mich, oder?« Er schlägt sich doch wieder auf die Schenkel, begleitet von diesem Wiehern, immer lauter. Bis er plötzlich innehält: »Oh, meine Beine! Sie kribbeln. Ich habe wieder Gefühl in meinen Beinen, Britta. Danke. Danke.«

Ich drücke auf den Knopf für die Kindersicherung. Warum bin ich nicht schon früher darauf gekommen? Bevor Eddie protestieren kann, bin ich schon aus dem Wagen raus, mit dem Schlüssel. So schnell ich kann, laufe ich auf die Toiletten zu, höre noch, wie Eddie mir hinterherschreit: »Keine Sorge, Brit-

ta! Dein kleines Geheimnis nehme ich mit ins Grab, hahaha.«
Dieses Arschloch. Dieses fiese Biest.

Zum Glück ist da keine Toilettenfrau, sondern nur eine unbewachte Untertasse, auf der ein paar Münzen liegen. Danke für das Vertrauen. Es ist vollkommen unbegründet. Ich schließe mich in der letzten Kabine ein, ziehe sogar die Hose runter und hocke mich auf die Schüssel. Nichts passiert, außer dass mein Hintern kalt wird und die Oberschenkel langsam taub. Witzig, das sollte ich unbedingt Eddie erzählen, wenn ich hier wieder rauskomme. Falls ich hier je wieder rauskomme.

Irgendwann stehe ich vor dem Spiegel. Aus dem blickt mir ein Waschbär entgegen. Er hat sich eine blonde Perücke aufgesetzt. Sieht gruselig aus. Vielleicht wird es besser, wenn ich ihm das Gesicht wasche. Ich drücke immer wieder auf den Knopf, der das Wasser für fünf Sekunden laufen lässt, und klatsche es mir ins Gesicht. Eiskaltes Wasser. Mindestens zwanzig Mal wiederholen. Angeblich hat die Monroe auf diesen Schönheitstrick geschworen. Dann hat sie noch acht Schichten Make-up aufgelegt, tonnenweise Tabletten geschluckt und mit sechsunddreißig den Abgang gemacht. Letztendlich wird man also nicht beweisen können, ob die Haut dadurch über Jahrzehnte jung und frisch bleibt oder nicht. Guter Trick, Marilyn.

Eine Mutter und ihre beiden kleinen Töchter huschen in den Waschraum, die Kinder glotzen mich an. Quieken irgendetwas auf Flämisch und zeigen mit den Fingern auf mich. Die Mutter lächelt ihre Brut entzückt an, ja, das werden mal gute Denunzianten, Glückwunsch, Mutti! Leute sind so furchtbar, alle miteinander. In Zukunft muss mich niemand mehr bitten, ihn zum Sterben in die Schweiz zu fahren, das mache ich unaufgefordert, vielleicht sogar beruflich. Setze ganz neue Schwerpunkte bei der Sterbebegleitung. Haha. Jetzt muss ich doch endlich pinkeln. Vielleicht will ich auch nur unterbewusst die Mutter und ihre

Töchter mit meiner Anwesenheit belästigen, wer weiß? Eddie wahrscheinlich. Ich schließe mich wieder in die Kabine ein, setze mich auf die Schüssel und versuche es mal mit Denken. Reflektieren. Nicht durchdrehen.

Mache ich immer das Gegenteil von dem, was von mir erwartet wird? Nein, das ist Blödsinn, ich tue alles, was man von mir erwartet, mehr als man von mir erwarten kann: Ich zahle Steuern, halte meine Wohnung sauber und wische sogar jede zweite Woche die Treppe. Ich lebe nicht auf Staatskosten, obwohl ich es könnte. Ich bemühe mich um Arbeit, und wenn ich keine Jobs kriege, reagiere ich dennoch besonnen: Ich kaufe dann keine hässlichen Häuser auf Pump oder setze gar Kinder in die Welt. Ich verabrede mich nicht mit Leuten auf einen Kaffee, mit denen ich nichts zu bereden habe, was länger als eine halbe Zigarette dauern würde. Ich gehe wählen, bin gegen Krieg und halte mich vom Korianderhype fern. Ich bin der vernünftigste Mensch, den ich kenne. Aber selbst mir unterlaufen kleine Fehler. Sonst würde ich jetzt nicht hier sitzen, an dieser Tankstelle mit Eddie. Und ohne Stan.

Ich habe die Liebe meines Lebens gegen Eddie eingetauscht. Aber das ist nur so ein Ablenkungsmanöver, oder? Sehen wir die Dinge doch einmal ganz klar: Ich habe meinen Freund verlassen, aber so richtig. Kein peinliches Rumgedrucke per SMS, keine Statusänderung bei Facebook, nicht mal das berühmte »Du, wir müssen mal reden«, sondern einen erstklassigen, dramatischen Abgang habe ich da hingelegt. Habe ihn so richtig, fast buchstäblich im Wald stehen lassen. Das war ja die einzig mögliche Konsequenz, denn er wollte ja das Gegenteil von dem, was ich wollte. Das Gegenteil von dem, was richtig ist. Stan wollte Eddie einreden, dass sich ein Leben als Versuchskaninchen lohnt. Dass es irgendjemandem hilft, Höllenqualen zu erleiden und die Kontrolle über seine Körperfunktionen zu verlieren. Und seinen Verstand. Vielleicht ist es doch ein Glück, den zuerst zu verlieren, denn man will doch wirklich nicht noch mitbekommen, wie man als sabbernder Lappen nur noch alle zwölf Stunden von fremden Händen in eine andere Position gewendet wird, damit das Fleisch gleichmäßig fault. So ein Dekubitus macht die Leiche ja nicht schöner, man muss ja auch an die Medizinstudenten denken, die nur darauf warten, dass der Überwachungsmonitor endlich die gerade Linie anzeigt. Und dann lassen sie noch deine stinkende Leber fallen, wenn sie dich aufschneiden. Und für so einen Abgang wollte Stan die Verantwortung übernehmen. Nein, nicht mal das. Er hat seinen Vater angerufen, damit der das tut. Deswegen habe ich ihn da stehen lassen. Um mal etwas Grundsätzliches zu klären. Ich denke, das habe ich zumindest geschafft.

Jetzt hätte ich Stan gerne zurück.

»Britta? Britta, bist du da drin? Wir müssen weiter. Ich will nicht drängeln, aber schließlich bist du nachtblind, und ich möchte nicht im Dunkeln ...«

Ich erschrecke mich gar nicht so sehr, wie ich sollte. Ist nicht der beste Trick, die Kindersicherung zu aktivieren und dann die Fahrertür nicht abzuschließen. Aber ich schreie Eddie dieses Mal nicht an, sondern antworte ganz ruhig: »Eddie, kannst du mich bitte noch zwei Minuten allein lassen? Ist privat hier. Danke.«

Eddie entfernt sich lautlos. Ehemaliger Tänzer halt. Und ein Fünkchen Anstand hat er auch noch, wenn man drum bettelt. Und da er jetzt gerade keine Fragen mehr stellt, stelle ich mir eine neue: Hätte ich Stan jetzt wirklich gerne zurück?

Mein Plan hätte mit Stan niemals funktioniert. Oder sollte es korrekt formuliert heißen, mein Plan hätte *bei* Stan nicht funktioniert? Egal. Jedenfalls hätte mir das klar sein sollen, bevor er seinen Papa angerufen hat. Schon blöd, wenn man den Telefonjoker zückt, obwohl man gar nicht der Kandidat ist, was? Vielleicht hätte ich Stan das Handy abnehmen sollen, um weiter mit Fritz zu telefonieren. Ich hätte einfach den Lautsprecher anstellen können, damit Stan es hört, es versteht: »Dein Vater und ich haben das längst alles geklärt, was jetzt passieren wird. Wir haben vernünftig geredet, ich habe mir endlich einmal von ihm helfen lassen, und wir, dein Vater und ich, sind *einer* Meinung, mein Geliebter, ist das nicht schön?« Nein. Stan hätte sich übergangen gefühlt. Oder noch übergangener, falls es eine Steigerungsform des Wortes gibt. Überrumpelter? Und dann hätte er mich da stehen lassen, statt ich ihn. Aber es gab ja nie eine Möglichkeit, es Stan auf die sanfte Tour beizubringen. Deswegen ja der Plan: Stan so weit bringen, dass er alle Brücken niederreißt, sich von seinem Vater löst – und von Olli. Und dann von mir – irgendwann. Bald. Ich hätte ihm schon den genauen Zeitpunkt mitgeteilt, sobald wir da gewesen wären, wo wir immer hinwollten. Oder zumindest ganz in die Nähe. Jetzt ist der ganze Plan durcheinander. Und er muss trotzdem funktionieren. Aber dazu brauche ich Stan wieder.

Ob er wohl noch auf dem Parkplatz ist? Ist bestimmt nicht viel los, in so einer abgelegenen Gegend früh am Sonntagmorgen. Gut, dass ich gestern in der Kneipe noch mein Handy aufgeladen und es sogar in die Hosentasche gesteckt habe, bevor ich eben aus dem Auto gestiegen bin. An all das habe ich gedacht, obwohl mir Eddie die Hölle heiß gemacht hat. Ich schaue aufs Display: vier Anrufe, drei neue Nachrichten auf der Mailbox. Die muss ich mir gar nicht anhören, ich weiß, was Stan mir draufgesprochen hat. Erste Nachricht: »Britta, wo bist du?« Zweite Nachricht: »Du blöde Kuh, du bist einfach abgehauen, das verzeihe ich dir nie!« Dritte Nachricht: »Ich liege übrigens erfroren am Straßenrand. Deine Schuld.«

So ein Quatsch. Wir haben uns erst vor einer Stunde getrennt. Oder vor zwei Stunden? Entweder er steht noch da und wartet auf Hilfe, oder er ist losgestapft, Richtung nächster Tankstelle.

Ich werde ihn anrufen und ihn dann wieder aufgabeln. Dann reden wir. Über den Plan und dass wir an der Stelle wieder anknüpfen müssen. Und mit Eddie mache ich genau das, was ich ihm versprochen habe. Ich nehme ihn ein Stück mit. Und zwar bis hierhin und nicht weiter.

Stan geht schon beim ersten Klingeln dran. Ich weiß nicht, was ich sagen soll. Daher lass ich ihn reden:

»Hey Britta, wo bist du?« Er hört sich gar nicht böse an, sondern besorgt. Oder bloß unwahrscheinlich müde.

»Auf dem Klo, an einer Raststätte, irgendwo in der Nähe von Brüssel. Warte, ich bin in ... Waterloo?«

Stan muss auch lachen: »Das ist gut. Das ist prima, Baby. Wo ... wo ist Eddie?«

»Bei mir.«

Diese Nachricht scheint Stan nicht ganz so prima zu finden. Es dauert ein bisschen, bis er fragt: »Hast du deine Mailbox abgehört?«

»Nein, ich dachte, ich rufe dich besser an, damit wir reden können.«

»Gut«, sagt Stan, dann: »Pass auf, Baby, du wartest jetzt genau da, wo du bist. Trink einen Kaffee mit Eddie oder so. Ich bin in Brüssel, am Bahnhof, gar nicht weit weg. Wir sind in einer halben Stunde bei dir, wenn alles gut läuft.«

Wir. Er hat also jemanden gefunden, der ihn mitnimmt. Ich muss lächeln. Na klar, Stan sieht selbst mit abgerissenem Ohrläppchen, dreckigen Klamotten und knallroten Augen so harmlos aus, dass ihn jeder von einem verlassenen Parkplatz mitnimmt. Und ihn sogar bis zu seiner Freundin nach Waterloo kutschiert. Stan hat diese Wirkung auf Menschen. Man vertraut ihm, weil er einer von den Guten ist. Ich will noch ein bisschen mit ihm sprechen, irgendetwas sagen, was nicht wichtig ist, etwas, das ihn zum Lachen bringt.

»›Wir‹, ja? Wer fährt dich denn? Ein Typ oder eine Frau? Hast du eine Unschuld vom Lande um den kleinen Finger gewickelt, du Ladykiller?« Stan schweigt wieder, also liegt der Fall klar: »Verstehe. Du hast ihr nur deine Grübchen gezeigt, dein Sonnenscheinlächeln, oder? Gut gemacht, Baby!«

Stan schweigt.

STAN

Ich fasse es nicht. Vielleicht sollte ich Britta jetzt einfach von Gesine erzählen, und dass die mich fahren wird. Wenn ich ihr von Egon berichte, hätte ich sogar eine Chance, dass Britta tatsächlich in Waterloo auf uns wartet. Sie mag Hunde, noch mehr als ich. Noch mehr als mich? Scheiße, warum erzähle ich ihr nicht gleich, dass ich die *Red Hot Chili Peppers* getroffen habe und wir sie mit einer goldenen Kutsche abholen werden, die von Einhörnern gezogen wird. Oder von Milena Belgoe? Ich sage ihr einfach, wie es ist: »Olli holt mich gleich hier ab. Dann kommen wir zu dir.«

Natürlich legt sie auf. Warum habe ich das gesagt? Warum habe ich nicht gefragt, ob sie Eddie ans Telefon holen kann. Ich Idiot.

BRITTA

Olli. Wieso ist Olli hier in Belgien? Das kann doch nicht wahr sein! Warum erzählt mein Freund mir so einen Müll? Oder hat er das jetzt metaphorisch gemeint, so wie bei »Moby Dick« oder was? Was soll denn so ein großer, weißer Wal überhaupt symbolisieren, hm? Zu der Zeit, als das Buch geschrieben wurde, waren die Menschen eben mit Walfang beschäftigt, und sie gin-

194

gen dabei drauf oder verloren ihre Gliedmaßen, und dann sind sie eben noch mal los, um dem Vieh zu zeigen, wer hier auf dem Planeten das Sagen hat. Darum geht es in »Moby Dick«, verdammt. Das weiß man sogar, ohne den blöden Film gesehen zu haben!

Okay, okay. Beruhige dich. Olli ist keine Metapher, für nichts. Also muss ich mich an jedes einzelne Wort erinnern, das Stan gerade gesagt hat: Olli ist unterwegs. Meint: Er ist noch nicht da. Brüssel ist etwa zwanzig Kilometer weit weg von hier. Aber wenn ich den Berufsverkehr einrechne und den Faktor, dass Olli meistens zu spät ist, dann ... Quatsch, es gibt gar keinen Berufsverkehr am Sonntag! Also muss ich schnell tanken und weg hier. Eine Flasche Wasser sollte ich vorher noch kaufen, ganz dringend. Ich möchte nicht mehr aus einer Urne trinken.

Als ich aus dem Tankshop herauskomme, hupen schon zwei Autos hinter mir, ein sehr abstoßender Mann in kariertem Hemd und mit unregelmäßigem Bartwuchs brüllt mich auf Französisch an. Schade, ich kann die Sprache leider nicht gut genug, um ihm zu sagen, dass er aussieht wie dieser Kinderschänder, und das auch noch in Belgien, er solle sich was schämen oder zumindest rasieren. Ich kann ihm ja noch nicht mal sagen, dass ich erst noch tanken muss, bevor ich wegfahre. Na, das wird er schon begreifen, wenn ich es einfach tue.

»Ist schon getankt«, lässt mich Eddie wissen. Ich schaue auf die restlichen Zehneuroscheine, die auf dem Beifahrersitz verteilt liegen. Kann sein, dass es weniger sind als zuvor. Ich muss da wohl auf Eddie vertrauen. Jemand tippt mir auf die Schulter. Es ist der Barttyp, der endlich kapiert hat, dass ich ihn nicht verstehe: »Are you okay? Do you need help?«

Vielleicht sind es doch nicht nur die Spiegel auf dem Klo, die mich so beschissen haben aussehen lassen. »You can go on now, I think«, behauptet Bartmann, und ich frage mich, warum Menschen aus sprachlich zweigeteilten Ländern meinen, sie dürften wegen dieser Doppelbelastung so ein lausiges Englisch sprechen. »I know«, sage ich, und weil er so dämlich guckt, greife ich nach ein paar Scheinen und gebe sie ihm: »You need to shave.«

Ich steige ins Auto und fahre auf die Autobahn. Gleichzeitig, irgendwie.

»Wollen wir nicht noch was zu trinken holen? Ich könnte auch was zu essen vertragen. Wenigstens einen Kaffee?« Der Patient hat Appetit, der Patient ist auf dem Weg der Besserung. »Wir halten woanders, Eddie. Es ist echt etwas zu abgefahren, in Waterloo herumzuhängen, findest du nicht?«

»Es gibt definitiv abgefahrenere Dinge, aber wenn du dringend hier wegwillst, dann hast du wohl deine Gründe. Darf ich raten? Die Kavallerie ist unterwegs, in Form von Stan ... und Olli?«

Am besten du antwortest gar nicht darauf, konzentrierst dich aufs Fahren und drehst den Spieß um: »Eddie, ich denke, jetzt bist du mal dran. Du willst mir doch bestimmt noch das eine oder andere aus deinem spannenden Leben erzählen, bevor es vorbei ist, oder? Und keine Sorge, ich nehme es mit ins Grab.«

»Das ist nur fair«, gibt Eddie zu und setzt sich seine Zähne ein. Das werde ich auch noch herausfinden, was es damit auf sich hat, ganz ohne in Stans Lexikon für Metaphorik nachzuschauen.

STAN

Ich kann nur hier warten, bis Olli kommt. Sonst nichts. Warten und mir Sorgen um Britta machen, aber davon wird das Warten nicht kürzer und die Sorge nicht kleiner. Und der Kopf denkt trotzdem weiter, auch wenn er schmerzt. Aber wenigstens lässt sich meiner von den aktuellen Ereignissen ablenken und kramt eine ganz andere Begebenheit aus dem Gedächtnis hervor. Nämlich folgende: Ein Kollege von meinem Papa war mal bei »Ärzte ohne Grenzen« und verbrachte ein halbes Jahr in Swasiland. Da ist es wirklich finster, kaum einer hat auch nur direkten Zugang zu frischem Wasser. Also ist auch der Bekannte von meinem Papa jeden Tag acht Kilometer gelaufen, zu einem Brunnen und zurück. Er meinte, es wäre kaum möglich gewesen, dort überhaupt zu arbeiten, aber diese bitterarmen Menschen dort hätten ihn immer getröstet, gelacht und ihm gesagt, wie dankbar sie für seinen Einsatz seien. Noch auf dem Flug nach Hause hat er sich gedacht: »Was sind wir Europäer doch für Nörgler. Ich werde diese Zeit für immer in Erinnerung behalten und von nun an sehr viel demütiger leben.« Dann kam er in seine Wohnung und wollte seine dreckigen Klamotten waschen, dringend, weil er sich schon am nächsten Tag für einen neuen Job vorstellen wollte. Und dann stellte er fest, dass seine Waschmaschine kaputt war. Er hat den Klempner angerufen, der hat zugesagt, binnen einer Stunde da zu sein. Der Klempner kam aber nicht; nicht nach einer, nicht nach zwei, sondern erst nach drei Stunden. »Und ich habe den armen Kerl so zur Sau gemacht«, berichtete der ehemals grenzenlose Arzt. »Ich habe nicht für einen halben Tag demütig sein können.« Und mein Vater hat genickt und gemeint: »Ja, aber du musstest doch wirklich in die Klinik, und da erwartet man hierzulande, dass du saubere Klamotten anhast. Man passt sich immer den Problemen vor Ort an, nicht die Probleme an dich.« So sprach mein weiser, alter Vater, und dann stießen wir drei mit Wein an und ließen uns das gute Essen schmecken. Ich ahne, worauf mein Gehirn mich mit dieser Erinnerung aufmerksam machen will.

Meine Probleme vor Ort, in Mitteleuropa, sind momentan folgende: Ich habe Hunger, ich stinke und bin unwahrscheinlich müde. Aber es wird von mir erwartet, dass mein Magen nicht knurrt, ich munter wirke und passabel dufte. Schon um nicht als geistig verwirrt zu gelten. Ich selbst erwarte von mir, dass ich nicht mehr stinke und nicht zusammenklappe. Nur weil Britta zwanzig Kilometer entfernt von mir vielleicht durchdreht, darf ich nicht wie der letzte Penner durch den Bahnhof »Bruxelles du Midi« streunen. Gehen wir das Problem also logisch an. Zuerst Zahnpasta, Deo, Pflaster und Babyfeuchttücher aus dem Drogeriemarkt holen. Brad Pitt schwört auf Babyfeuchttücher. Er sagt, dass er es bei sechs Kindern selten schafft, jeden Morgen zu duschen. Was für Brad gut ist, funktioniert sicher auch für mich. Bevor ich die sanitären Anlagen aufsuche, bleibe ich an einem Souvenirshop stehen. Es gibt T-Shirts mit »I love Bruxelles«-Aufdruck, zu zehn Euro, sehr miese Qualität, made in Bangladesh. Dann gibt es welche aus etwas dickerem Stoff, in kreischbunten Farben, zu je zwanzig Euro. Auf denen steht nur: »Brussel«, ohne Liebesschwur. In meiner Hosentasche sind hundert Euro. Ich kann die Rechenaufgabe trotzdem nicht lösen. Also kaufe ich den Kapuzenpulli, auf dem gar nichts draufsteht, zu achtzig Euro, die asiatisch aussehende Verkäuferin gratuliert zu meiner guten Wahl. Nachdem ich dann noch die Pflegeprodukte gekauft habe, besitze ich exakt achtzig Cent, für die ich in Swasiland vielleicht ein Huhn bekäme. Hier nicht mal ein halbes Ei. Global denken, lokal versagen. Ich kann nicht mal mehr zur Toilette gehen, der Eintritt kostet einen Euro.

Ich stelle mich wie der letzte Penner unter eine Treppe und werfe mein altes T-Shirt in den Mülleimer. Die Zähne putze ich trocken und lege noch ein Nikotinkaugummi nach. Ich verbrauche die halbe Packung Feuchttücher, um meinen Oberkörper zu säubern. Gerade als ich den neuen Pulli angezogen habe, klingelt mein Handy: »Stan, ich habe am Hinterausgang geparkt. Wo bist du? Ich hole dich ab.« Was für ein Service. Ist man gar nicht mehr gewohnt. Ich schaue mich im Bahnhofsgebäude um: »Ich warte an der Bäckerei am Gleis 2. Hast du Geld dabei? Ich habe Hunger.« Unglaublichen Hunger sogar. Wie lange habe ich nichts mehr gegessen?

»Wir gehen gleich was essen«, sagt Olli und legt auf. Animiert durch den Duft der Aufbackbrötchen ballt sich mein Magen zusammen und klopft von innen an meine Bauchdecke. Ich beschließe, Olli entgegenzugehen. Da winkt mir einer, der ihm sehr ähnlich sieht, nur guckt dieser Typ sehr ernst, und die Haare sind kurz. Nein, zum Zopf gebunden. Aber natürlich ist es Olli, und natürlich sagt er auch als Erstes das, was er sich vor zwei Stunden noch verkniffen hat: »Hey. Hey, Stan. Es tut mir leid. Aber das musste ja irgendwann passieren, oder?« Olli ist wie alle anderen, er weiß auch immer alles besser. Trotzdem falle ich ihm in die Arme, drücke ihn und schließe sogar für eine Sekunde die Augen. Aber nur weil ich müde bin: Ich muss essen. Und dann schlafen.

Als ich die Augen wieder öffne, halluziniere ich: Direkt vor mir sehe ich meinen Vater. Er trägt seine Barbourjacke, als ginge es zur Jagd, und eine Bundfaltenhose. Im Gesicht trägt er mehr Falten als sonst.

»Junge«, sagt er. »Du musst was trinken. Oliver, hol doch mal Wasser oder vielleicht eine Cola, ist vielleicht besser in Anbetracht der Umstände.« Das ist keine Vision, das ist mein Papa. Ansprache, Diagnose, Therapie, alles in genau dem Ton, den sich nur ein verkopfter Chefarzt aneignen kann, der von einem Tag auf den anderen Vater und Mutter in Personalunion werden musste. Eine Cola, obwohl ich heute gar nicht Geburtstag habe. Ich könnte schon wieder heulen.

Mein Papa nimmt mich nicht in den Arm, er untersucht mich noch, schaut mit flackernden Augen, ob meine Augen flackern, und greift nach meiner Hand, um den Puls zu fühlen.

»Wir haben gestern geheiratet, Britta und ich.« Gute Neuigkeiten muss man in die Welt hinaustragen, da ist es egal, wenn das Timing nicht so hundertprozentig stimmt.

»Das ist schön für euch, Konstantin, sehr schön. Ich gratuliere.«

Was habe ich gesagt? Er gratuliert. Bin ich jetzt wieder dran damit, etwas zu sagen? Nein, mein Vater spricht noch: »Oliver, lass das mit der Cola, komm her, schnell, er wird ohnmächtig!« Und dann nimmt er mich doch noch in die Arme, mein Papa.

BRITTA

Eigentlich mag ich mir Eddies Vergangenheit gar nicht vorstellen. Es wäre ja eh nur alles zusammenfantasiert.

»Eigentlich willst du doch gar nichts über meine Vergangenheit wissen, Britta. Reden wir doch lieber über die nahe Zukunft, was meinst du?« Na, viel gibt es da ja nicht mehr zu erzählen. Aber wenn ich schon mein Praktikum in Sterbebegleitung absolviere, dann kann ich es ja auch gleich richtig machen. Vorher muss ich aber etwas klarstellen: »Ich habe kein Mitleid mit dir, Eddie. Nimm es nicht persönlich, aber ich interessiere mich generell wenig für die Probleme anderer. Du hast beschlossen zu sterben, also helfe ich dir dabei. Ich find's gut, wenn sich jemand für eine Sache entscheidet und bei seinem Plan bleibt.«

Eddie lehnt sich nach vorne, als ob er kontrollieren wolle, ob die Straße wirklich so frei ist, wie sie aussieht. Ist sie, also kann er sich relativ sicher sein, dass ich keinen Auffahrunfall baue, wenn er mit seinem nächsten Knaller rausrückt: »Du und kein Mitleid, Britta? Du bist ein sehr, sehr mitfühlender Mensch, sonst wärst du doch gar nicht so lange mit Stan zusammengeblieben, oder? Ich meine, abgesehen von dieser Sache mit Olli, mit dem ihr natürlich beide nichts hattet, hat er ja wohl genug andere Probleme, oder? Da braucht es schon eine sehr starke, sehr geduldige und vor allem mitfühlende Frau, die das mitmacht, so lange. Ach übrigens, du schlingerst.«

Vielleicht *will* ich schlingern? Nein, will ich nicht, ich wollte mit Eddie über Eddie reden. Also rede, Eddie, dann fahre ich auch geradeaus: »Du hast genauso viel Mitleid, wie ich Angst habe. Und ich habe eine Riesenangst, Britta. Ich will nicht sterben. Ich habe noch so viel vor in meinem Leben, es gibt so viel, was ich nie ausprobiert habe.«

»Taschentücher liegen im Handschuhfach.« Eddie zieht es vor, den Rotz an Stans Schlafsack abzuwischen. Lecker, der wird sich freuen und sich dann überlegen, ob er das Teil in die Reinigung gibt oder doch lieber verbrennt. Und weil er sich nicht entscheiden kann, wird er den Schlafsack einfach im Auto vergessen und ihn irgendwann arglos wieder benutzen.

»Eddie, jetzt beruhige dich, du musst navigieren, erinnerst du dich? Warum fahren wir eigentlich nicht durch Frankreich, wär' doch viel kürzer, oder?«

Wie vermutet, lässt sich Eddie von seinen Tränen nicht davon abhalten, weiterhin ein elender Klugscheißer zu sein: »Weil da die Autobahnen Gebühren kosten, Britta. Wir haben nicht mehr so viel Geld.«

Notfalls hätte ich noch eine Kreditkarte, aber das muss Eddie ja nicht wissen. »Okay, kein Geld für Frankreich.«

»Wir sollten in Luxemburg noch mal tanken, da ist der Sprit günstiger ...«, sagt Eddie. »Keine Sorge, ich habe eine Kreditkarte. Für Notfälle.« Mist, er hat mich schon wieder überlistet. Und Eddie kostet das aus: »Oh, echt? Seit wann geben die Banken einer arbeitslosen Schauspielerin eine Kreditkarte? Ob die mir auch noch eine geben, was meinst du? Lass es uns ausprobieren, in Baden-Baden oder so.«

Wie kommt er jetzt auf Baden-Baden? Wahrscheinlich weil es etwa auf halber Strecke liegt, ein letztes Bergfest. Oder will er ins

Casino? Stan und ich wollten da immer mal hin. Wenn schon Glücksspiel, dann gediegen. Und natürlich gewinnen. Und direkt mit dem Geld abhauen. Wir haben sogar geschaut, wo der nächste Flughafen ist, als wir uns das ausmalten, vor einem Stapel unbezahlter Rechnungen. Ich wollte an jenem Tag direkt ins Casino, Stan natürlich nicht. Aus Angst, auf noch mehr Schulden sitzen zu bleiben. Mit Sitzenbleiben und Abwarten hat er an sich keine Probleme, mein guter Stan. So unterschiedlich sind die Menschen. Sie passen gar nicht zusammen. Ich will nicht mehr an Stan denken.

»Was würdest du denn mit einer Kreditkarte anstellen, Eddie? Wenn du, na, sagen wir mal zehntausend Euro Limit hättest, was würdest du jetzt noch tun?«

Eddie lehnt sich genüsslich im Sitz zurück, so als hätte ich ihm gerade die zehntausend Euro in kleinen Scheinen auf den Schoß gelegt: »Na, ich würde mir ein First-Class-Ticket buchen, vielleicht nach Mittelamerika. Costa Rica soll sehr schön sein. Und da würde ich mich in einer Sänfte zu einer Hängematte am Strand tragen lassen und mir ohne Ende Cocktails reinpfeifen. Und wenn ich merke, dass es zu Ende geht, ziehe ich mir ein Pfund Koks durch die Nase. Dann fliege ich auf Engelsstaub dem Himmel entgegen. Sage ›Grüß Gott!‹ und zische ab Richtung Hölle, wo ich hingehöre. Der Klassiker eben.«

»Sprichst du Spanisch? Hast du Kontakte zu Drogenbossen, oder weißt du, wen du in Costa Rica bei der Regierung schmieren kannst?«

Ich sagte doch, dass ich kein Mitleid habe: »Wenn du dich nicht verständigen kannst, wird dir wohl kaum jemand dein Koks besorgen, und wenn du es am Strand nimmst und erwischt wirst, buchten sie dich ein. Du verreckst in deiner eigenen Scheiße in einem Knast voller Kakerlaken.«

Eddie beherrscht den pikierten Blick doch, fast so gut wie

Stan. Dieser Blick, der mich immer noch gemeiner werden lässt: »Ich meine, die Schweiz ist immerhin schön sauber, oder? Außerdem hast du bei deiner Aufzählung gerade was vergessen: Die kleinen Beachboys, die dir ein letztes Mal die Nudel wringen, bevor du zur Hölle fährst.«

»Du hast einen unglaublich ordinären Ton am Leib, junges Fräulein. Und auch eine schmutzige Fantasie. Nein, ich will keinen Sex mit Fremden, bevor ich sterbe. Besten Dank.«

»Aber Sex mit jemandem, den du liebst, das schon, oder? Sex mit der Liebe deines Lebens, wenn es das letzte Mal ist, das gehört dazu, oder?« Warum bin ich so gemein? Ich weiß doch, dass Eddie keinen Liebsten hat. Sonst säßen wir beide jetzt nicht in diesem Auto. Aber Eddie lächelt nur: »Britta, wäre das nicht ausgesprochen grausam, jemanden zu bitten, ein letztes Mal mit dir zu schlafen, bevor du stirbst? Das wäre doch nur Mitleidssex. Und grenzt an Nekrophilie, findest du nicht?«

»Du hast eine eklige Fantasie, Eddie. Du bist nicht ganz richtig im Kopf.«

»Du auch nicht, deswegen passen wir so gut zusammen.«

Mir wird schlecht. So richtig schlecht, wir müssen anhalten. »Schaffst du's noch ein Stückchen, Britta? Da vorne ist eine Abzweigung, man fährt einen Feldweg hinauf, und von da aus hat man eine wunderschöne Aussicht auf die Vogesen.«

Was redet er da? Die Vogesen? Das kann nicht sein. Ich habe einen guten Orientierungssinn oder hatte ihn zumindest mal. Ich blicke auf die Uhr. Alles in Ordnung mit meiner Orientierung, nur mein Zeitgefühl ist im Eimer. Wir haben Waterloo vor fast drei Stunden verlassen. Die Zeit fliegt eben, wenn man Spaß hat. Und die Wut wächst, wenn Eddie recht hat.

»Ich hasse Berge!« Das kann ich immer mit Bestimmtheit sagen, wenigstens.

»Ich auch. Blöd, dass wir in die Schweiz fahren, was?«

Ich schaffe es noch von der Bundesstraße herunter, aber nur in ein Feld hinein, nicht auf einen Weg. Ich will das Lenkrad nicht versauen, also kotze ich auf Eddies Schoß. Macht ja nichts, der Schlafsack liegt ja über seinen Knien, und der war eh schon hin. »Wir sollten Stan anrufen, Britta. Du schaffst das nicht allein. Und wir hatten versprochen, nicht im Auto zu sterben.«

STAN

Ich öffne die Augen und habe keine Ahnung, wo ich bin. Auf jeden Fall in der Horizontalen, auf einem Bett. Es ist nicht weich genug, aber immerhin breit. Ein Nachttisch aus dunklem Holz, Nachttischlampe von *habitat*. Retrotapeten an der Wand. Bin ich wieder bei Rina? Die Tür zum Nebenraum ist angelehnt, ich höre Stimmen.

»Das war eine gute Idee mit dem Hotel, Oliver. Ein Krankenhaus, das hätte ihn jetzt zu sehr aufgeregt.«

»Aber es war gut, dass Sie etwas zur Beruhigung dabeihatten, Herr von Eltzberg. Ich meine, Doktor ... Professor ...«

»Lass doch den Quatsch, Oliver. Wie lange kennen wir uns jetzt? Mehr als zwanzig Jahre, oder? Ich bin der Fritz.«

Ich kann bis hierhin spüren, wie Olli errötet, sich wahrscheinlich noch die Hand vor den Mund hält, damit mein Vater seine miesen Zähne nicht sieht. Papa muss echt durch den Wind sein, wenn er dem alten Suffkopp jetzt das Du anbietet. Und Olli, der Verräter, nutzt es natürlich gleich schamlos aus, schleimt sich ein bei meinem Vater: »Danke, dass du mitgekommen bist, Fritz. Also, dass du mich mitgenommen hast. Ich habe ja auch gar kein Auto gerade ...«

Ach, Olli, kein Dank ohne Vorwurf im Anschluss. Das funktioniert vielleicht bei mir, aber mein Vater wird dir gleich was husten. Tut er aber nicht. Mein Vater schweigt. Olli legt dafür noch einen drauf: »Das wird noch ein Stück Arbeit, wenn er aufwacht. Das schaffe ich nicht alleine.«

Schon klar, wer »er« ist. Und dass das mein Zeichen, mein Stichwort ist, die Augen wieder zu schließen und so zu tun, als würde ich nie wieder aufwachen. Ich sollte es nicht übertreiben, also bloß keine Schnarchgeräusche von mir geben. Das funktioniert nur bei Britta.

Ich höre das Klirren von Gläsern, einen dumpfen Schlag. Jemand hat eine Kühlschranktür zugeschlagen. »Auch einen Schluck, Oliver?« Toll, jetzt trinken sie noch darauf, dass sie mich sediert haben. »Nein, danke, für mich nur ein Wasser. Ich habe es etwas übertrieben in letzter Zeit.«

Genau, Olli, »in letzter Zeit«, sagen wir mal, in den letzten acht Jahren warst du mehr blau als nüchtern, oder? »Ja, besser ist das bestimmt, Oliver, aber ich bin etwas runter mit den Nerven. Ich weiß, dass dich das alles auch sehr mitgenommen hat, die ganze Geschichte seit damals. Was rede ich da? Entschuldige, bitte.«

Ich glaube, mein Vater ist aufgestanden, um zu schauen, ob ich auch wirklich schlafe. Mache ich, Papa, keine Sorge, redet ruhig weiter über das ganze Drama, wenn ihr nicht weiterkommt, springe ich auf und helfe euch. Aber jetzt bin ich zu gespannt, was ihr so über mich denkt. Mein Vater setzt sich wieder, und Olli redet: »Das mit dem Fuß habe ich mir selbst zuzuschreiben. Wir hätten da nie ins Wasser gehen sollen. Und dass Britta mir hinterhergesprungen ist, das war ...« Mein Vater unterbricht: »Das kann ich nicht beurteilen. Und versteh mich jetzt bitte nicht falsch, aber wenn du nicht im Koma gelegen hättest, wären Britta und Stan ja gar nicht so oft im Krankenhaus gewesen bei dir, und ... wenn wir Britta damals nicht so gründlich durchgecheckt hatten, wäre es vielleicht zu spät für sie gewesen. Ich sehe das so: Sie hat dir das Leben gerettet und du ihres.«

Los, Papa, sag es schon: »Und Konstantin hat gar nichts getan.« Aber die beiden schweigen. Ruckeln auf ihren Stühlen herum, vielleicht erteilt mein Vater Olli gerade die Absolution oder schlägt ihn zum Ritter. Anschließend ist Olli wieder dran mit reden: »Das kann sein. Aber ... immer wenn ich Britta sehe, denke ich, sie hasst mich dafür. Und verstehen Sie mich jetzt bitte auch nicht falsch, ich meinte: Versteh *du* das nicht falsch, aber Britta ist so ... unberechenbar. Seitdem. Ich weiß, dass das alles an der Krankheit liegen kann, jedenfalls ... Wenn Konstantin nicht gewesen wäre, hätte sie aufgegeben. Stan hat ihr das Leben gerettet, nicht ich.«

Mein Vater sagt nichts. Er wird Olli nicht zustimmen, dass auch ich ein Lebensretter bin, er wird nur sagen, dass ich mein Leben vergeude, weil ich immer noch mit Britta zusammen bin. Aber es ist so: Britta ist mein Leben. Ich bin eben eine treue Seele, und mein Vater ist wohl der Letzte, der mir das vorwerfen könnte.

»Nun«, flüstert mein Vater beinahe. »Ich war stolz auf Konstantin, als er Britta beigestanden hat. Und du hast recht, ohne ihn hätte sie aufgegeben. Obwohl der Tumor damals ja wirklich gut zu behandeln war, er hatte ja nicht gestreut. Aber wie die Lage jetzt aussieht ... Konstantin war ja immer schon so ... Du kennst ihn doch, besser als ich. Er hält an allem fest, was ihm wichtig ist. Oder wichtig erscheint. Das ist ja etwas Gutes im Grunde. Aber jetzt braucht er Hilfe. Und ich will ihm helfen, aber er denkt, ich will ihn bevormunden. Ihm fehlt die Mutter, ganz klar. Und ja, ich bevormunde ihn. Ich will meinen Sohn zwingen, ein selbstständiges Leben zu führen, das ist ... *paradox*.«

Mein Vater sollte sich auf die Couch legen, wenn er Olli schon mit seinem Analytiker verwechselt. Aber Olli gefällt sich auch so in dieser Rolle: »Tja, so sind Eltern eben, schätze ich. Aber du solltest Stan wirklich nicht dazu drängen, sein Studium wieder aufzunehmen.«

Mein Vater wird laut, selten laut: »Hat Konstantin das behauptet? Das ist ja unfassbar! Warum sollte ich das tun? Er ist Mitte dreißig. Und abgesehen davon liegt ihm das doch gar nicht. Aber genau das meine ich ja. Der Junge hält an Dingen fest. Als ob ich ihn jetzt oder jemals zu einem Medizinstudium gedrängt hätte. Er kann ja nicht mal Blut sehen!«

Ich wusste nicht, dass mein Vater das wusste. Es gäbe bestimmt noch mehr über ihn und über mich zu erfahren, aber ich halte es nicht mehr aus, weiter nur zuzuhören.

»Ich bin wach.«

Das haben sie auch schon daran erkannt, dass ich im Türrahmen stehe. Jetzt können wir das alles in größerer Runde diskutieren, vielleicht springt ja sogar ein ganz neuer Zukunftsplan für mich raus. »Junge«, sagt mein Vater, »Alter«, murmelt Olli. Sie sollten beide ins Comedyfach wechseln, Fritz und Olli, ist doch viel hipper als Stan und Olli.

Bevor den beiden noch so eine Brüllernummer einfällt, kann ich ja mal etwas zum Thema loswerden: »Papa, du bevormundest mich nicht. Du erpresst uns.«

»Wie bitte, Junge?«

Das war genau der eine »Junge« zu viel, Alter. Ich wollte dieses Gespräch nicht vor Olli führen. Aber vielleicht ist es doch besser, einen Zeugen dabeizuhaben, wenn ich meinen Vater jetzt überführe. Ihm mal ganz anschaulich erkläre, woher ich das habe, dass ich angeblich an allem festhalte.

Ich will ganz ruhig sprechen, aber die Wut bricht aus mir heraus: »Jetzt tu doch nicht so scheinheilig: Du willst angeblich immer nur das Beste für uns, aber du willst nur kontrollieren. Lässt uns total großherzig in dieser fürchterlichen Wohnung leben, die du sowieso von der Steuer abschreiben kannst. Aber damit willst du nur erreichen, dass Britta eines Tages zu viel davon hat und mich verlässt, damit du ... damit ich ...«

Verdammt, mein Vater weiß doch genau, worauf ich hinauswill. Warum soll ich es auch noch laut aussprechen? »Du weißt genau, dass Britta keine Kinder haben will. Wegen dem Scheißkrebs damals. Und du setzt alles daran, dass wir uns trennen und du noch Großvaterfreuden erleben kannst. Wo du schon als Vater total versagt hast. Das ist so krank.«

»Das ist doch ... Bitte was ... Das *stimmt* doch nicht!«

Mein Vater wirkt schockiert, aber er ist kein guter Schauspieler. Viel zu übertrieben. Sogar sein neuer Intimus rückt ein Stück von ihm ab. Ich bin so wütend, auf alle: »Nein? Warum lässt du mir dann einen Brief zukommen, durch deinen Anwalt? Hast du diesen Mist mit dem zusammen formuliert, damit der dir bescheinigt, wie edel das von dir ist, ja? Und du lässt mir sogar noch bis zu meinem vierzigsten Lebensjahr Zeit, bis ich Kinder in die Welt setze, danke sehr! Woher hast du diesen scheinheiligen Müll? ›Sollte mein Sohn Konstantin bis dahin keine Nachkommen haben, soll mein gesamtes Vermögen in meine Stiftung fließen‹? Hast du das aus einer Fernsehserie? Oder ist das die Rahmenhandlung einer Oper? Du selbstgerechtes ... Arschloch!«

Olli vergräbt sein Gesicht in den Händen, aber mein Vater blinzelt nicht mal: »Was für ein Brief? Nein. Nein. Warum sollte ich so etwas tun? Das ist doch ... absurd. Glaubst du wirklich, ich könnte so etwas tun?« Mein Vater tut so, als sei er völlig perplex, aber er fällt wieder aus der Rolle. »Oh. Jetzt ... Jetzt begreife ich langsam, warum du mir diese Textnachricht geschrieben hast, gestern Nacht.«

Ach, jetzt erst, Papa? Du hast doch diesen Brief geschrieben, ich habe ihn doch in meiner Hand gehalten, gestern Morgen, ihn gelesen, mehrfach. Dickes Papier mit Wasserzeichen, die Unterschrift meines Vaters, die von seinem Anwalt, alles stimmte. Und vor allem: Das Motiv stimmt! Mein Vater hat doch eben erst wieder zugegeben, dass er ein Kontrollfreak ist und er Britta immer schon für eine ungeeignete Partie gehalten hat. Ach was, für ein Monster. Aber jetzt schaut er so völlig verzweifelt drein, trinkt seinen Whisky aus, in einem Schluck, schüttelt den Kopf. Das hat er nicht mal getan, als meine Mutter uns verlassen hat: »Das ist doch unglaublich, einfach unglaublich, Konstantin. Ich würde dir *nie* so einen Brief schicken. Wer würde so etwas überhaupt tun? Wer *tut* so etwas? Wer würde so etwas tun?«

Ich weiß es.

Wir alle drei wissen es.

»Sie hat es verdammt gut geplant, oder?«, bricht Olli endlich das Schweigen. Natürlich, Britta plant immer alles sehr gut. Und sie wollte sehen, wie weit ich mitgehe, bis sie beschlossen hat, mich doch einfach stehen zu lassen. Mein Vater weigert sich immer noch, die ganze Wahrheit am Stück zu schlucken: »Das ist doch verrückt. Sie kann doch so etwas nicht ... Wieso hat sie ... Wie hat sie denn ...? Dabei haben wir doch ein so gutes Gespräch geführt, als sie bei mir war. Sie hat mich nach meinem Anwalt gefragt, weil sie einen juristischen Rat benötigte. Sie war doch sehr klar trotz ihres ... oh.«

»Wann war das?«, frage ich. Ich weiß schon, was bei dem Puzzle rauskommt, aber es gehört eben dazu, auch das letzte Teilchen einzufügen, bevor man das hässliche Gesamtbild anschaut.

»Vor drei Monaten. Etwa.«

Sie wusste es seit drei Monaten. Seit drei verfickten Monaten. Ich hätte es ahnen müssen. Wissen können. Britta war in letzter Zeit oft müde. Sie hat sich kaum aufraffen können, Milena Belgoe zu verabscheuen. Oder sonst irgendwen. Sie hat mich putzen lassen, ohne die Augen zu verdrehen. Ja doch, vielleicht gab es Hinweise.

Aber mein Vater musste nichts ahnen. Er wusste es. Oder glaubt, es genau zu wissen. Auch seit drei Monaten. Ich kann ihn nicht mehr ansehen. Ich kann nur noch an eins denken: Britta und mein Vater haben sich getroffen, wahrscheinlich in seiner Bibliothek, wo die wichtigen Dinge besprochen werden. Sie haben etwas besprochen, einen Plan ausgeheckt, einen Deal gemacht, einen Pakt geschlossen, was weiß ich. Ich weiß nur, dass wieder einmal über mich hinweg entschieden wurde. Und Britta sich nicht an den Plan gehalten hat.

»Es klingt jetzt vielleicht bescheuert«, sagt Olli, und was immer er sagen will, es klingt jetzt schon bescheuert, weil er gar nicht hier sein sollte. »Aber es ist kein Rückfall, oder? Ich meine, es ist nicht wieder ... Gudrun?«

Gudrun hieß der Tumor in Brittas Brust. In dieser dämlichen Therapiegruppe wurde ihr geraten, dem Ding einen Namen zu geben, damit wir nicht immer das böse K-Wort benutzen müssen. Wir sollten es wie einen Teil von Britta behandeln. Mit dem Tumor sprechen. Ihn ansprechen. Ihn einbeziehen. Mein Vater fand damals, dass das kompletter Schwachsinn sei, und ich auch. Deswegen fand Britta die Idee wahrscheinlich so gut. Sie hat das Biest nach der hässlichen Krankenschwester mit dem fliehenden Kinn benannt, die mich immer aus ihrem Zimmer geschmissen hat. Und natürlich hat Britta sich da reingesteigert, diese Konversation mit dem Krebs, Entschuldigung, mit Gudrun, total übertrieben. Hat ihr eine dritte Kaffeetasse mit auf den Frühstückstisch gestellt. Und ich habe mitgespielt. Irgendwann hatte ich Albträume davon, dass ihre linke Brust mit mir reden würde, dass ein Gesicht aus ihr herauswächst, eine Fistelstimme mich aus meinem eigenen Schlafzimmer schmeißt. Diese Träume hörten erst wieder auf, nachdem Gudrun durch Silikon-Gudrun ausgetauscht worden war. Anfassen kann ich sie bis heute nicht. Oder bis gestern.

»Nein«, sage ich und wage einen Schuss ins Blaue, »dieses Mal ist er ... ist es ... in ihrem Kopf.«

Mein Vater nickt. Gut geraten, Junge.

Und er heißt Eddie, schießt es mir durch den Kopf. Aber ich bin mir noch nicht sicher. Nein. Ich will mir noch nicht sicher sein. Ich kann es noch nicht. Alles, was ich gerade kann, ist, mich zwischen Olli und meinen Vater zu setzen und gemeinsam mit den beiden ins Leere zu starren.

BRITTA

Genau das wollte ich vermeiden: Das Bewusstsein verlieren und in meiner eigenen Kotze aufwachen. Aber ich kann nicht lange weg gewesen sein, sonst stünde die Sonne nicht noch so hoch am Himmel, und es wäre bestimmt schon irgendein Bauer vorbeigekommen, um mich von seinem Feld zu verjagen. Schauen Bauern im November nach ihren Feldern?

Jedenfalls hat die Zeit dazu gereicht, dass Eddie sich verkrümelt hat. Ich meine, er sitzt nicht mehr neben mir. Kein Indianer mit oder ohne Pferdegebiss, kein großer, weißer Wolf. Jetzt ist er da, wo er hingehört. Nur noch ein großer, unförmiger Klumpen, den man nur auf einem Bild sehen kann. Auf dem, das sie von deinem Kopf gemacht haben, im MRT, und dann auch noch »sehr schön« dazu sagten. Diese blöden Ärzte, das dämliche Pack. Ich steige aus und werfe Stans Schlafsack aus dem Fenster. Dafür wird er mir dankbar sein, jetzt muss er ihn nicht mehr verbrennen.

Mir ist so elend, und das ist nur Stans Schuld. Er muss doch geahnt haben, dass ich krank bin. Dass ich nicht mehr will.

Ich habe ihm doch tausend kleine Hinweise gegeben in den letzten Wochen. Und er hat sie alle nicht verstanden. Wollte sie nicht verstehen. Stan reagiert einfach immer nur völlig absurd, wie ein degeneriertes Tier: Er kann weder fliehen noch kämpfen, sondern ist nur zu Übersprunghandlungen fähig. Und ich nutze das aus. Er hat ja auch alles brav so gemacht, wie ich es berechnet habe. Zu Anfang.

Der Versuchsaufbau war ja denkbar einfach: Vor Wochen schon habe ich diesen Brief gefälscht; am selben Abend, an dem ich mit Fritz alles abgeklärt hatte. Dieser Brief war mein Notfallknopf. Den ich drücken musste, wenn ich merken würde, dass es nicht mehr weitergehen würde, dass ich zu schwach werde und Stan immer schwach bleiben würde. Und das wurde mir auf Rinas beschissener Dinnerparty klar: Wenn ich gehe, muss ich Stan ein Stück mitnehmen, raus aus diesem Leben, in dem er mit lauter Idioten feststeckt. Also habe ich den Brief in der vorletzten Nacht, als wir in die Tiefgarage schlichen, endlich in unserem Postkasten deponiert.

Und es hat funktioniert, weil Stan eben funktioniert: Er hat den Brief gefunden, ihn geöffnet und gelesen, und sein Instinkt sagte ihm: Flucht. Flüchten mit mir, weg von seinem Vater, weg von Olli. Gut, natürlich musste da wieder etwas schieflaufen, natürlich war wieder diese Schlampe daran schuld. Milena Belgoe. War klar, dass die sich noch auf den letzten Metern in mein Leben schleicht und dafür gesorgt hat, dass ich tatsächlich unsicher wurde und für einen Moment daran gezweifelt habe, ob Stan den Brief wirklich gefunden hat oder ob er mich nur schützen wollte. Dabei war es doch so wichtig, dass er den Brief findet! Dass er Fritz für ein Arschloch hält, ihm den Rücken kehrt, für eine Weile zumindest. Bis er irgendwann herausfinden würde, dass ich den Brief geschrieben habe. Damit er mich dann hassen könnte, statt mir ewig nachzutrauern. Aber so lange sollte er mich lieben. Hat er ja auch. Er hat ja alles richtig gemacht, mein lieber Stan. Als er mir den Heiratsantrag gemacht hat, wäre ich fast gestorben. Etwas zu früh. Und da wäre der ideale Zeitpunkt gewesen, ihm von dem Tumor zu erzählen. Oder ihm die Flugtickets zu zeigen. Ihn zu locken, mit dem All-inklusive-Paket: »Schau, Stan, wir fliegen schon morgen Nachmittag, ab Brüssel , I. Klasse, Geld spielt keine Rolle. Direkt nach Portland. Da machen wir es uns schön, und irgendwann dann weiter, zu deiner Mutter. Ja, Überraschung, wir haben da was geplant, für dich! Und das ist nicht die einzige Überraschung, wart's ab!« Komisch. Irgendwie habe ich nicht geplant, wann genau ich ihm von dem Tumor erzähle. Aber ich war mir sicher, dass ich es tue. Und dann ist alles schiefgegangen. Weil wir in die Kneipe gegangen sind. Zu Eddie. Eddie hat alles, alles kaputtgemacht. Böser echter Eddie. Aber vielleicht sollte ich nicht zu streng mit ihm sein. Wie heißt es doch so schön: Niemand kann sich zwischen ein Paar drängen, bei dem nicht eh schon was schiefläuft. Bei uns ist alles schiefgelaufen, vor allem ich. Ich sollte Eddie dankbar sein: Ohne ihn hätte mir Stan heute früh nie gebeichtet, was es mit dem Verlust seines Führerscheins wirklich auf sich hat.

Und wir hätten vielleicht erst viel später oder nie darüber geredet, wieso Olli der schlechteste Freund der Welt ist und immer war. Ja, diesen wichtigen Part haben wir vielleicht Eddie zu verdanken. Aber dann hat er's wieder versaut. Denn als ich beinahe bereit war, Stan zu beichten, dass ich diesen Brief gefälscht hatte, als ich so müde und fertig war, dass ich sogar wieder mit nach Hause gekommen wäre, um den ganzen Mist noch einmal durchzustehen, nur um nicht zu sterben.

Genau in dem Augenblick, in dem mir eingefallen war: Eddie, das wäre doch der passende Name für den neuen Tumor in deinem Kopf. Wir benennen das Biest nach dem durchgeknallten Kellner, der gar keiner war, sondern unser Trauzeuge wurde. – Da kreuzt dieser Eddie wieder auf.

Kurz nachdem mir klar geworden war, dass Stan gar nicht mit seinem Vater über den Brief gesprochen hat, weil er ein unsagbarer Feigling ist

Fast so einer wie ich.

Denn nur Feiglinge haben noch einen Plan B in der Hinterhand, improvisieren zwischendurch und weihen Statisten in ihre dunkelsten Geheimnisse ein. Ich habe Eddie, dem Kellner, von der endlos langen Stadtmauer erzählt und damit wohl verraten, wo unser Auto steht. Und vielleicht habe ich ihm sogar verraten, dass ich sterben werde. Nur weil ich es Stan nicht sagen konnte.

Ich brauche Stift und Papier, dringend. Ich muss mir so einen Zeitstrahl zeichnen, wie im Geschichtsunterricht, damit ich weiß, bis wohin mein Plan funktioniert hat und wann Eddie ihn zunichtegemacht hat. Und wann vielleicht Stan. Das ist enorm wichtig. Ich muss jetzt ganz dringend herauskriegen, wann Eddie, der Kellner, der Verrückte, der Kleinganove, sich aus dem Staub gemacht hat. Besser gesagt: Wann ist der Mann aus Fleisch und Blut aus meinem Auto verschwunden, um sich wieder als Zellklumpen in meinem Kopf einzunisten? Ist der echte Eddie schon an der Tankstelle in Waterloo ausgestiegen oder noch früher, oder hat er sich wirklich erst hier vom Acker gemacht? Ich will verdammt noch einmal wissen, seit wann ich Selbstgespräche führe, und kann mich dabei nicht mehr auf meinen Verstand verlassen. Oder mein Gedächtnis. Ich muss es notieren, auch, nein, vor allem für Stan. Warum habe ich keinen Schreibblock mitgenommen? Der stand doch auf der Liste.

»Hier, nimm den solange«, sagt Eddie. Er sitzt wieder auf dem Rücksitz, reicht mir einen Notizblock und einen Stift. Genauer gesagt, den Füller, den Stans Vater mir mal geschenkt hat. Das ist so geschmacklos, ich könnte schon wieder kotzen. Aber ich muss mich darauf konzentrieren, meine Angst nicht zu zeigen, also sage ich »Danke« und greife mir die Sachen. Was man in der Hand hat, hat man. Und was man dringend loswerden muss, muss man wegschicken. Höflich, aber bestimmt: »Eddie, du solltest mich jetzt wirklich alleine lassen. Die vereinbarte Zeit ist ja schon eine Weile vorbei, und ehrlich gesagt: Du bist mir keine große Hilfe mehr.«

»Ich bin aber die einzige Hilfe, die du bekommst, wenn du Stan nicht anrufst.« Eddie ist und bleibt ein Klugscheißer. Und so verdammt hartnäckig. Ich werde ihn weder mit freundlicher Ansprache noch mit Drohungen los, anders als Gudrun damals. Liegt womöglich daran, dass er immer noch ein realer Mensch ist, irgendwo, und nicht bloß ein amorpher Zellhaufen. Und zwar kein guter Mensch wie Stan, der mir nur helfen wollte und den ich zum Dank an einem Rastplatz ausgesetzt habe. Aber vielleicht kann Eddie mir jetzt auch helfen, wenn ich es etwas listig anstelle: »Eddie, du hast uns doch in der Kneipe Bier gegeben, oder? Und du diese Touristen abgewimmelt, richtig? Ich meine die Idioten, das Pärchen mit den Regencapes.«

»Was für Regencapes?«, fragt Eddie erstaunt. Er fand wohl, dass es an der Zeit für einen Scherz war. Zum Totlachen, ja, aber dafür habe ich jetzt keine Zeit. Selbst Eddie bemerkt das: »Ja doch, Britta. Klar, die habe ich rausgeschmissen. Und ich habe euch auch noch vermählt, falls das deine nächste Frage ist. Und Stan hat geweint dabei. Das war echt. Also real. Falls es da einen Unterschied gibt für dich.«

Mein Herz zerspringt. Schade, ich hatte gehofft, dass ich das nicht mehr mitbekommen würde. Eddie redet einfach weiter, als bräuchte man kein Herz zum Leben:

»Diese CD hast du mir allerdings gegeben und auch dazugeschrieben, was ich dann sagen sollte ...«

»Warte, warte. Nicht so schnell. Haben wir uns geküsst? Ich meine: du und ich? Als du das Licht ausgemacht und du die falschen Zähne rausgenommen hast, haben wir uns da geküsst?«

»Nein. Wir haben nur geredet, du hast mir erzählt, dass du krank bist. Ich weiß nicht, wen du geküsst hast, Britta. Willst du mich küssen?«

»Ach, halt die Klappe. Was war mit dem Gras? Hast du uns das Gras gegeben? Hast du mit uns getanzt?« Eddie verdreht die Augen. Wenn ein Mann die Augen verdreht, haut er bald ab. Gut. Aber noch redet er: »Britta, willst du mich für dumm verkaufen? Das Zeug hast du mitgebracht. Du wolltest Stan erst ganz flauschig machen, bevor du ihm sagst, dass du krank bist. Du wolltest nicht, dass der arme Stan leidet. Du bist gar nicht so böse, Britta.«

»Aber er hätte es doch längst wissen müssen!«, schreie ich. Aber Eddie sitzt nicht mehr auf der Rückbank. Er ist wieder nur in meinem Kopf, und er piekt mir von innen ins Auge, als wolle er mir noch sagen: »Du hast wieder mal recht, Britta, gratuliere. Natürlich wusste Stan das schon. Er wusste es, bevor du es wusstest. Und er versteht auch, dass du gehen willst. Er will, dass du gehst. Stan macht das nicht noch einmal mit. Und er wusste auch, dass du abhaust, sobald er seinen Vater anruft und ihm von mir erzählt. Hast du dir jemals überlegt, dass dein Stan nicht vielleicht auch Pläne haben könnte? Um dich loszuwerden?«

Das ist gar nicht Eddie, sondern nur mein Unterbewusstsein, das da spricht. Hallo, schön von dir zu hören, wir werden es ja bald öfter miteinander zu tun haben, denn bald sind war ja alleine hier oben, wir schmeißen gerade noch eine Abschiedsparty für die Fleischhülle. Fleischliche Hülle. Sekt und Häppchen gibt es leider nicht, wir sind ja nicht bei einer Vernissage hier, der Künstler ist abwesend.

Mir ist so übel vom Denken. Ob ich kurz aus dem Auto steigen könnte? Es ist hier so stickig und voller Zeug, das mich nur ablenkt. Draußen ist es wirklich kalt. Ob ich den Pelzmantel anziehen sollte? Wozu denn, Britta? Du willst doch sterben. Warum setzt du dich nicht einfach auf das kalte Stoppelfeld hier und erfrierst? Um deine vorherige Frage zu beantworten: Nein,

im November wird kaum ein Bauer sein brachliegendes Acker-
land begutachten. Komm raus, los geht's.

Vorsichtig greife ich nach dem Mantel. Schüttle ihn vorsichtig, als hätte ich Angst, Eddie könnte doch noch herauspurzeln.
Tut er aber nicht. Sondern nur seine bescheuerte Urne. Die greife ich mir und schleudere sie auf den Acker. Der echte Eddie,
wo immer er ausgestiegen ist, wird sich ohne Mantel den Arsch
abfrieren. Das versöhnt mich etwas und gibt mir die Kraft, aus
dem Auto zu klettern. Ich setze mich auch nicht auf den kalten
Erdboden, sondern auf die Motorhaube. Ha, da habe ich dich
aber ausgetrickst, Unterbewusstsein, da guckste blöd, was? Und
ich sage dir noch etwas: »Nein. Nein. Ich werde nicht erfrieren.
Und ich werde auch keinen Scheißunfall haben oder mir die
Pulsadern aufschneiden. Das werde ich Stan nicht antun! Und
weißt du auch, weshalb? Weil das nicht der Plan ist. Wir halten
uns an den verdammten Plan, auch wenn's nur Plan B ist! Ab
jetzt wieder.«

Eddie applaudiert in meinem Kopf, langsam, scheppernd.
Und als er damit aufhört, um noch eine fiese Bemerkung dran-
zuhängen, kann ich ihn gar nicht richtig verstehen. Er hört sich
an, als sei er weit weg.

Moment, das war nicht Eddie. Und der Applaus war ein Trak-
tor am Feldrand. Auf dem hockt ein Bauer und gestikuliert wütend in meine Richtung. Jetzt springt er vom Bock, was hat er
da in der Hand? Eine Schrotflinte? Ja, glaube schon. Er würde ja
kaum mit einem Stock auf mich zielen.

Das gehört definitiv nicht zum Plan. Noch nie zuvor war ich
so schnell wieder hinterm Steuer, und auch der Volvo scheint zu
spüren, dass es jetzt drauf ankommt. Sofort springt er an und
rast über das Feld, weg von dem durchgedrehten Landwirt. Ob
der wirklich schießen wollte? Dachte er, ich sei ein Eisbär? Oder
hat man hier das Recht, alles niederzuballern, was sich unbe-

fugterweise auf seinem Grund und Boden aufhält? Millionen Dinge, die ich nicht weiß und nie wissen werde. Wie gut, dass sie mich einen Scheißdreck interessieren. Mich interessiert nur der Plan. Ich gehe vom Gas, fahre langsam auf das Wäldchen vor mir zu. Wenn man einfach weiterfährt, kommt man irgendwann schon wieder auf den richtigen Weg.

STAN

Das nenne ich mal eine unangenehme Stille. Es ist fast wie damals, beim Medizinertest. Als wären gerade die Aufgabenzettel verteilt worden, und alle Aspiranten versuchen, sich zu konzentrieren, ihr gesamtes Wissen im Kopf zusammenzuklauben, aber bloß nicht zu sprechen, nicht mal eine Gefühlsregung zu zeigen, die dem Tischnachbarn etwas verraten könnte. Hätten wir tatsächlich Zettel und Stift vor uns liegen, würde mein Vater jetzt notieren: »Kollegen verständigen, europaweit. B. ist eine Gefahr für sich und andere, sie muss aufgespürt und eingefangen werden. Bleibende Schäden von K. nicht auszuschließen. Überweisung an Neurologie/psychosomatische Klinik wahrscheinlich erforderlich.«

Auf Ollis Zettel stünde etwas ganz Ähnliches, nur anders formuliert: »Jetzt ist Britta völlig durchgedreht. Und Stan auch. Hoffentlich hat sein alter Herr noch eine Dosis von dem Beruhigungsmittel dabei, damit wir den irgendwie wieder nach Hause kriegen. Oder gleich in die Klapse.«

Auf meinem Zettel stünde nur das, was diese Diagnosen bestätigen würde, nämlich: »Zettel?«

Britta schreibt mir gelegentlich Zettel. Nein, keine Einkaufslisten oder so eklige Notizen wie »Hab dich lieb, Purzelchen« oder »Kannst du dein nasses Handtuch bitte auf *deine* Seite hängen?« – Britta hat vor Jahren damit angefangen, mir hin und wieder besondere kleine Botschaften zu hinterlassen. So las ich vor dem Frühstück schon mal: »Um 4:38 Uhr hast du einen See in der Form eines Kaninchens auf dein Kissen gesabbert. Und das am Ostersonntag, du Teufelskerl.« Ich antworte nie auf diese Botschaften, weder schriftlich noch verbal. Das ist ein Teil des Spiels. Nehme ich an. Manchmal sind es Botschaften, die nichts mit mir zu tun haben: »Milena Belgoe hat ein großes, haariges Muttermal am Hintern. Hoffe ich zumindest.« Manchmal ist es nur ein Wort, das ich auf einem Post-it finde: »Meer«. Ohne Ausrufezeichen, ohne Fragezeichen. Komischerweise löst dieses Wort in geschriebener Form keine unstillbare Sehnsucht in mir aus. Aber auch keine Schuldgefühle. Ich weiß dann einfach, dass das Meer noch da ist und auf uns wartet. Und ich bewahre solche Zettel auch nur bis zum Abend in der Hosentasche auf, dann verbrenne ich sie über dem Aschenbecher. Ich weiß, ich weiß. Aber es gibt noch bedenklichere Rituale auf dieser Welt. Menschenopfer zum Beispiel. Viel wichtiger ist jetzt: Wo hat Britta den verdammten Zettel versteckt, der mich jetzt weiterbringt?

Ich kapituliere als Erster, stehe auf. Mein Vater nimmt das dankbar an und bricht das Schweigen: »Konstantin, keine Sorge. Das übermäßige Schwitzen ist eine Nebenwirkung von dem Medikament. Am besten versuchst du noch, dich ein bisschen auszuruhen, bevor ...«

Das ist selten, dass mein Vater einen Satz nicht zu Ende denkt, bevor er ihn ausspricht. Aber er befindet sich ja auch in einer Ausnahmesituation. Seine Schwiegertochter hat ihn ganz perfide an der Nase herumgeführt, nein, ihn mächtig verarscht, seine Großzügigkeit ausgenutzt und ihn da gepackt, wo es so richtig wehtut. So muss er das sehen, natürlich. Also helfe ich ihm da raus, ich bin ein guter Sohn: »Papa, ich glaube, ich habe einfach nur Hunger. Kann jemand vielleicht irgendetwas zu essen holen, während ich dusche?«

Es ist so ein profaner Satz, aber ich kann meinem Vater ansehen, dass er in diesem Moment so stolz auf mich ist wie seit Jahren nicht mehr. Nur weil ich im Angesicht der jüngsten Ereignisse nicht vergesse, mich um meine Körperhygiene zu kümmern. Genau wie sein Kollege damals, der aus Swasiland zurückkam. Den hat mein Vater ja auch nur eingestellt, weil er ein tadellos gebügeltes Hemd trug. »Gepflegt durch den Irrsinn«, das wäre doch ein hübsches Familienmotto.

Olli will schon aufstehen, würde wahrscheinlich nichts lieber tun, als aus diesem Zimmer zu verschwinden, aber mein Vater hält ihn zurück. Darauf habe ich gewettet, genau wie auf den Satz, der jetzt von meinem Vater kommt: »Nein, warte, Oliver, wir machen das anders. Konstantin duscht, und wir beide suchen von hier aus ein Restaurant, wo man etwas Vernünftiges bekommt. Da liegen doch bestimmt einige Empfehlungskärtchen auf dem Schreibtisch, oder?«

Mein Papa. Natürlich liegen da Empfehlungskärtchen, im Volksmund auch »Flyer« genannt, und mein Vater wird diese jetzt, unfreiwillig assistiert von Olli, durchgehen, bis er etwas gefunden hat, das seinen Ansprüchen genügt. Das gibt mir ein paar Minuten, um endlich mal nachzudenken. Vernünftig. Oder wenigstens allein.

»Warum nimmst du denn die schwere Jacke mit ins Bad?« Klang da Misstrauen durch, oder nur väterliche Sorge? Wurscht, ich muss ja nur wahrheitsgemäß antworten: »Da ist meine Zahnbürste drin.« Olli schüttelt den Kopf, spart es sich aber immerhin, wieder »Alter ...« zu murmeln, mein Papa lächelt so beseelt, als könne er sich jetzt doch vorstellen, dass noch mal ein Arzt aus mir wird. Oder wenigstens ein Zahnarzt.

Tür zu, nicht abschließen, das wäre zu auffällig. Ich stelle schon mal die Dusche an. Wie sie es in amerikanischen Filmen immer machen, um dann klammheimlich durchs Badezimmerfenster abzuhauen.

Ich räume meine Jackentaschen leer. Das Handy, die Kaugummis, der idiotische kleine Teddy mit der Polizeimütze, ein paar Tabakkrümel. Und ein Zettel. Nein, ein ganzes DIN-A4-Blatt. Darauf die Anfahrtsskizze zu Rinas trautem Heim. Und noch eine Seite von dem Weingeschäft, wo wir dieses überteuerte Gesöff kaufen mussten. Wut kocht in mir hoch, nein, der blanke Hass: Ich werde Rina anrufen und ihr Bescheid geben, sie könne einfach mal so, ohne Termin, bei meinem Vater vorbeischauen. Am besten in ihren Yogaklamotten, ganz natürlich, da steht mein Papa drauf, ha! Das hat sie verdient, nachdem sie Britta und mir so viel Zeit gestohlen hat. Kein Zettel, keine Botschaft von Britta.

Ich drehe die Dusche wieder aus. Wasserverschwendung. Zeitverschwendung.

Es klopft an der Badezimmertür. »Moment noch«, sage ich, aber Olli steht schon im Türrahmen. »Stan, wir müssen mal reden. Ohne deinen alten Herrn am besten.«

Ach, jetzt ist er schon nicht mehr »Fritz«, Olli? Ist vielleicht auch besser so. Noch besser wäre es vielleicht, wenn Olli endlich von hier verschwindet. Aber das wird er nicht tun, wie ich ihn kenne. Also probiere ich was Neues aus. Statt mir von meinem besten Kumpel ständig diese passiv-aggressive Art reinzupfeifen, teile ich mal aus:

»Aha. Reden müssen wir also. Worüber? Willst du Kohle von mir, weil dir durch die Scheiße hier ein halber Arbeitstag flöten gegangen ist, oder was?«

Ich schaue Olli an, der zur Abwechslung mal keinen Kommentar zur Lage abgibt. Tut immer so hilflos, aber jetzt ist er es wirklich. Ich würde diesen Anblick gerne noch auskosten, aber leider dämmert es mir, just in diesem Augenblick. Durch den ganzen Mist hindurch, der sich in meinem Kopf und in meinem Körper befindet, wird mir klar, dass Olli und mein Vater nicht hätten hier sein können, wenn sie erst nach meinem Anruf losgefahren wären. Sie waren längst in Belgien. Aber wieso? Okay, mein Vater war alarmiert. Durch die SMS, die ich ihm geschickt habe. Wäre ich auch gewesen, ehrlich gesagt, wenn mir mein nächster Verwandter, den ich gar nicht per Post enterbt hätte, eine Nachricht schickte, in der nur steht: »Ich will dich nie wieder sehen. Ruf nicht mehr an.« Daraufhin hat mein Vater mich dann zehn Mal angerufen. Dann hat er Olli angerufen. Und der ist ja so ein Tüftler, der kann schnell rauskriegen, in welchem Land eine SMS abgeschickt wurde. Dann sind sie Richtung Belgien gefahren. Und haben sich gemeinsam um mich gesorgt, weil sich ja alle immer um mich sorgen. Und sie haben geredet. Über mich. Und Britta. Mein Vater wird erzählt haben, dass sie bei ihm war vor drei Monaten. Etwa. Warum war sie da? Um ihm zu erzählen, dass sie krank ist. Na sicher doch. Britta würde sich ausgerechnet meinem Vater anvertrauen, weil sie es ja so toll findet, von ihm Ratschläge zu bekommen, unter seiner Kontrolle zu stehen, von ihm abhängig zu sein, so wie ich. Am Arsch. Jetzt habe ich es: Sie hat an einer Rolle gearbeitet! Genau. Sie hat ihm diese Geschichte von einem Hirntumor erzählt, und da ist mein Vater natürlich drauf angesprungen. Hat Britta ganz irre gemacht, mit Namen von Kollegen und neuen Therapien, wahrscheinlich mit irgendwelchen Studien. Hat sich von seiner fürchterlichsten, sachlichen Medizinerseite gezeigt. Statt sie einfach mal in den Arm zu nehmen, wie das doch jeder normale Mensch tun würde. Und dann erst hat Britta sich das mit dem gefälschten Brief ausgedacht. Um mir klarzumachen, was für ein kalter Fisch mein Vater wirklich ist. Sein kann. Als ich ihn dann angerufen habe und von dem Patienten »Eddie«

gesprochen habe, dachte er natürlich, ich rede über den Tumor in Brittas Kopf, dem sie wieder so einen grenzgenialen Namen verpasst hat. Hat sie ja auch. Nur weiß mein Vater nicht, dass es auch einen echten Eddie gibt, einen Psychotramper, der jetzt mit Britta unterwegs ist. Der eine tödliche Krankheit vortäuscht, um bei Zufallsbekanntschaften Mitleid zu erregen.

Moment. Stopp! Wie zufällig war eigentlich unsere Begegnung mit Eddie? Scheiße. Hat Britta etwa den echten Eddie engagiert, damit der mir möglichst schonend von dem Eddie in ihrem Kopf berichtet? Eine ganz besondere Inszenierung, mit anschließender Publikumsdiskussion. Leider hat es der einzige Zuschauer nicht auf die Metaebene geschafft, den Elefanten im Raum nicht gesehen, und deswegen ist das Ensemble beleidigt abgezischt? Ich weiß es nicht. Ich weiß nur, dass ich Britta finden muss.

Olli gibt auch zu, nichts zu wissen: »Stan, Alter, ich weiß auch nicht, was wir jetzt machen sollen, aber entweder duschst du jetzt, oder du stellst das Wasser ab.«

Ich entscheide mich für Möglichkeit B. Und bin Olli im Nachhinein dankbar, für seinen Hinweis und sein Angebot. Ja, ich bin immer dankbar, wenn jemand mit mir statt nur über mich reden will. Und vielleicht ist da ein Einzelgespräch wirklich hilfreicher. Wir müssen also nur nur noch meinen Vater loswerden. So, dass er sich nicht um mich sorgt. Habe ich bisher noch nie geschafft, aber irgendwas muss heute ja mal klappen.

Ich dränge mich an Olli vorbei aus dem Bad, sehe meinen Vater, der an dem winzigen, überhaupt nicht ergonomischen Schreibtisch sitzt und ratlos die Restaurantflyer durchgeht. Ihn so zu sehen, zerreißt mir nicht das Herz, es macht mich auch nicht noch wütender, und er erregt nicht mein Mitgefühl. Es tut mir noch nicht einmal leid, dass ich ihn jetzt anlügen muss: »Papa, ich muss noch mal zurück nach Brügge. Da haben wir ein ziemliches Chaos hinterlassen, das muss ich regeln. Und keine Sorge, Olli fährt mich. Wenn du uns dein Auto leihst.«

Mein Vater senkt den Kopf, atmet durch. Ich muss ihm schon mehr bieten, wenn er mir vertrauen soll. »Papa, ich hab's verstanden. Und ich werde nicht nach Britta suchen. Hätte sie das gewollt, hätte sie mir etwas Genaueres gesagt als ... sie fährt in die Schweiz. Und ich kann sie jetzt gehen lassen. Und du auch, oder?«

Learning by listening. Und ich habe von den beiden Besten gelernt, über Jahre. Wenn du jemanden von etwas überzeugen willst, verkaufe ihnen einfach ihren eigenen sehnlichsten Wunsch als vermeintliche Dreingabe. Lass ihn denken, er fällt die Entscheidungen, damit er blind für deine Manipulationen wird. Am allerbesten ist es, das Ganze am Ende noch mit einer Frage zu garnieren, die dein Gegenüber bestimmt nicht beantworten will. Es ist nur ein Spiel, und endlich hast du es verstanden.

Mein Vater legt die Flyer zusammen, auf einen adretten Stapel, Ecke auf Ecke, als wolle er sie gleich in einem Aktenordner abheften. Äußere Ordnung sorgt für innere Ordnung. Die hat er jetzt auch erlangt:

»Gut, Konstantin. Dann fahre ich mit dem Zug heim. Der Bahnhof ist ja gleich hier. Kann ich noch irgendetwas tun?«

»Nein. Danke.«

Ich beuge mich zu ihm herunter, wir klopfen uns gegenseitig auf die Schulter. Dürfte albern aussehen, aber keiner lacht. Olli hat sich schon seine Jacke angezogen, hält mir meine entgegen. »Dann mal los. Du sagst, wo's langgeht.«

Scheiße. Als wir sechzehn waren und auf frisierten Mopeds durch die Gegend gejagt sind, haben wir immer so geredet. Als wären wir die ultraharten Mitglieder einer ganz gemeingefährlichen Biker-Gang.

Nein, als wäre Olli der Präsi und ich der Vize. Heute ist es umgekehrt. Denn zur Abwechslung weiß ich tatsächlich mal, wo es langgeht: Hauptsache weg hier.

BRITTA

Okay. Man findet nicht zurück auf den Weg, wenn man einfach losfährt. Hier ist keine Straße. Nicht mal ein Abhang. Einfach nur das Ende vom Wald. Oder der Anfang von dem Teil des Waldes, in den man nicht mit dem Auto fahren darf. Damit man gar nicht erst in die Versuchung gerät, haben sie einfach Bäume in den Weg gestellt. Raffiniert.

»Was war das denn für eine Nummer, Britta?« Eddie hat tatsächlich geschwiegen, solange ich gefahren bin. Vielleicht sollte ich in Bewegung bleiben, immer in Bewegung, und werde ihn so los. Aber nein, stattdessen antworte ich ihm natürlich:

»Hey, dieser Bauer, der hatte eine Schrotflinte. Der war völlig irre, der hätte uns erschossen.«

Eddie schüttelt den Kopf, das Lenkrad verschwimmt vor meinen Augen. »Selbst wenn das wirklich eine Schrotflinte war: Das wäre doch ideal gewesen, Britta! Wir wären nicht im Auto gestorben, und noch besser: Wir hätten es nicht selbst tun müssen. Wir wären ermordet worden! Totschlag wäre es mindestens gewesen. Und dann hätte die Lebensversicherung, die du abgeschlossen hast, an Stan gezahlt, sogar doppelt. Britta, bei allem Respekt, du bist eine feige, dumme Sau.«

Ja, bin ich. Aber im logischen Denken bin ich immer noch besser als Eddie: »Das hätte nicht hingehauen, Eddie. Wenn wir das zugelassen hätten, hätte Stan ewig daran gezweifelt, dass ich mich wirklich dafür entschieden habe zu gehen. Dass es mein freier Wille ist. Mein Wunsch. Er würde mich nie aus dem Kopf bekommen.«

»Kriegt der doch eh nicht. Du bist so naiv, Britta.«

Bin ich gar nicht. Ich habe für alles gesorgt. »Mittlerweile sollte er mich zumindest hassen«, sage ich. »Und er hat sicherlich auch längst begriffen, dass es dich gar nicht gibt. Ich meine, dass du nur mitgespielt hast bis zu einem gewissen Punkt.«

Eddie hat dem nichts zu entgegnen. Er stimmt auch nicht zu oder verrät mir endlich den Punkt, an dem er ausgestiegen ist, sondern überlässt mich einfach eigenen Gedanken.

Ja, mein lieber, guter Stan müsste es jetzt kapiert haben. Vielleicht hat er auch schon geschnallt, dass das kein gewöhnliches Gras in dem Joint war. Es war größtenteils nur getrocknetes Unkraut. Die Drogen waren im Bier, verdammt. Eine halbe Ecstasy hat immer gereicht, um ihn total euphorisch zu machen, also habe ich anderthalb reingetan. Kein Wunder, dass es ihn beim Tanzen umgehauen hat. Die Kopfverletzung war nicht geplant.

Das ist das Problem an polytoxischen Experimenten: Man weiß nie genau, welche Substanz welche Wirkung verursacht hat, einige Antworten wird man sich selbst immer schuldig bleiben. Hat Stan tatsächlich die Geschichte von Eddies toter Mutter auch nur eine Sekunde lang geglaubt? Oder hat er sie sich sogar selbst ausgedacht? »*Ich habe nie gesagt, dass die Asche meiner Mutter in der Urne ist*«, waren das nicht Eddies Worte? Genau, Stan hat davon angefangen. Und auf dem Rastplatz hat er dann nur aus Liebe zu mir weiter mitgespielt. Bis es ihm zu viel wurde. Dann hat er seinen Vater angerufen, weil er genau wusste, wie ich darauf reagieren würde. Stan wollte, dass ich ihn auf der Strecke lasse.

Quatsch, Britta, das war nicht Teil von Stans großartigem Plan, sondern von deinem. Der über die letzten Monate zusammen mit dem Tumor in deinem Kopf gewuchert ist, und das Irrwitzigste an ihm ist: Er haut immer noch hin. Oder besser gesagt: wieder. Dank der modernen Technik. Wie gut, dass du deine gesamten medizinischen Unterlagen mitgenommen hast. Und dein Handy aufgeladen. Olli sollte inzwischen Gelegenheit gehabt haben, sich die ganzen Fotos auf seinem Handy anzusehen. Und er wird sie Stan zeigen. Du kennst Olli. Und du kennst Stan. Eine seiner wenigen schlechten Eigenschaften ist die, dass er bei schlechten Nachrichten dazu neigt, den Boten zu bestrafen. Du steuerst jetzt auf das Finale zu, da kannst du dich nicht mit lächerlichen Details beschäftigen, wie zum Beispiel der Frage, ob und seit wann da ein Mensch hinter deinem Sitz oder doch nur ein Tumor hinter deinem linken Auge steckt. Das sind nur Statisten in deinem Film, die ab sofort nichts mehr zu melden haben.

Ich schaue auf die Uhr. Kurz vor vier. Olli hat Stan längst aufgegabelt. Ist vielleicht schon viel früher losgefahren, heute Morgen noch, als ich ihm die erste Nachricht geschickt habe. Noch aus der Kneipe habe ich ihm eine SMS geschickt. Mit nur einem Foto im Anhang. Das, auf dem Stan wie tot am Boden liegt. Ich fand es irgendwie ausdrucksstärker als: »Wir haben geheiratet. Verpiss dich aus unserer Wohnung!«

Vielleicht hat ihn der Anblick spontan ausgenüchtert. Er hat gecheckt, woher die Nachricht gesendet wurde, und ist losgefahren. Mit welchem Auto? Nun, Oliver Stauffer hatte nie Probleme damit, die Leute um große Gefallen zu bitten. Er wird in aller Herrgottsfrühe den alten Fritz geweckt haben. Vielleicht war es auch umgekehrt. Denn Fritz habe ich ja dasselbe Foto geschickt. Also habe ich meinen Plan selbst sabotiert, noch bevor Stan etwas falsch machen konnte. Vielleicht hatte ich von Anfang an gar keinen Plan, sondern bin einfach nur boshaft. Oder das Gegenteil davon: Ich will nicht, dass irgendjemand um mich trauert, und kümmere mich deshalb um besonders ekelhafte Abschiedsgrüße.

Jedenfalls: Die Menschen sind so leicht zu durchschauen: Sie lassen alles stehen und liegen, um ihre Brut zu schützen. Bilden Koalitionen mit Leuten, die ihnen unter normalen Umständen suspekt sind. Wahrscheinlich sitzen die drei jetzt irgendwo in Brüssel und fügen die Fäden zusammen. Fritz wird sehr enttäuscht von mir sein, so enttäuscht. Aber er wird sich damit trösten, dass er mit seiner Einschätzung, was mich betrifft, schon immer richtig lag. Und jetzt hat er es schwarz auf weiß, dass ich eine böse, geisteskranke Frau bin und schon immer war, mit oder ohne Hirntumor. Stan wird ihn natürlich mit dem Anwaltsschreiben konfrontiert haben, das ich gefälscht habe. Dann wird Fritz sich irgendwann verplappern, dass ich bei ihm war vor drei Monaten. Dass er von Eddie gewusst hat, aber ihm die ärztliche Schweigepflicht doch über das Wohlergehen seines Sohnes ging. Das wird hart für von Eltzberg Senior. Vielleicht so hart, dass er das lieber Olli überlässt. Und Stan?

»Er wird dich suchen, Britta. Jede Wette.«

Ich will gar nicht dagegen wetten. Daher gebe ich zu: »Natürlich wird er das, Eddie. Er liebt ja unser Auto. Das will er zurückhaben, garantiert.«

Ich warte darauf, dass Eddie mir widerspricht. Tut er aber nicht. »Bist du sicher, dass Stan jetzt auch weiß, wo er hinmuss, Britta?«

»Ja. Doch. Außerdem hat er ja Olli dabei. Der wird ihm schon helfen. Zumindest wird er ihn chauffieren, so wie ich dich.«

Eddie denkt nach. Glaube ich. Jedenfalls ist es sehr einsam in meinem Kopf. Und in meinem Auto. Unserem Auto. Das Einzige von Wert, das wir uns jemals gemeinsam angeschafft haben, jeder hat genau die Hälfte davon bezahlt. Ich könnte ganz rührselig werden, aber da passt Eddie schon drauf auf, dass das nicht passiert. »Wir müssen die Karre loswerden, Britta. Anders geht es nicht.«

Das weiß ich. Und ich weiß auch schon, wann und wo. Aber

ich sage Eddie nichts davon. Soll er ruhig weiter denken, wir würden in die Schweiz fahren. Solange Stan das nicht denkt, ist alles gut. Es wird alles gut. Stan weiß, dass ich Berge hasse. Ich hoffe, dass ihn dieses Wissen dorthin bringt, wo er wirklich hinwill.

STAN

Wir stehen wieder am Hinterausgang des Bahnhofs, nur sinke ich dieses Mal nicht ohnmächtig zusammen wie vor ein paar Stunden. Mein Vater kann natürlich nicht einfach in den Zug steigen und nach Hause fahren. Es fährt kein Zug, zumindest nicht sofort. Der in zwei Stunden wäre günstig, meint Olli. Mein Vater findet den, der erst morgen früh fährt, noch günstiger. Dann kann er sich noch die Stadt ansehen, sagt er, und das Hotelzimmer hat er ja auch schon bezahlt. Er meint: Er will seine Kommandozentrale hier errichten. Kann ich ihm nicht verdenken. Ich habe anderes zu tun.

»Soll ich dich anrufen, wenn wir in Brügge fertig sind? Damit du ungefähr abschätzen kannst, wann wir wieder zu Hause sind? Wahrscheinlich können wir dich dann auch einfach morgen früh hier abholen.« Mein Vater nickt zustimmend, noch während ich spreche. »Gute Idee, Konstantin. Ja. Ja, ruf auf jeden Fall an. Benötigst du Geld, ich meine: Soll ich schon mal deine Haftpflichtversicherung kontaktieren? Wegen des Schadens in dem Lokal?«

Ich winke so lässig ab, wie ich kann. Natürlich hat mein Vater mir auf dem Weg aus dem Hotel noch das Foto gezeigt, das ihm Britta aufs Handy geschickt hat. Um mir zu beweisen, dass sie komplett unzurechnungsfähig ist. Und ich habe es geschafft, bei dem Anblick verständig zu nicken. So getan, als wäre ich nicht schockiert davon, dass Britta mich in dem Moment fotografiert hat, als ich wie tot dalag, sondern als würde mich das Chaos um meinen Körper herum viel mehr beschäftigen: »Das sieht ja wirklich schlimm aus, Papa. Deswegen muss ich auch dahin. Das alles geraderücken. Mich bei dem Eigentümer entschuldigen.«

Mein Vater traut mir das alles zu. Dass ich mich um diesen Nebenkriegsschauplatz kümmere, da aufräume und alles geraderücke. Die Idee gefällt ihm sogar sehr: »Gut. Dann hören wir uns später. Ich bin stolz auf dich, Konstantin, ...«

Oh nein. Das wird jetzt ein bisschen viel. Nicht jetzt, Papa, bitte, sonst ...

»... du hast keine einzige Zigarette geraucht, heute. Großartig.«

Ich muss grinsen, kann aber ein Lächeln daraus zaubern. Olli nimmt die Hände aus den Taschen, als hätte er nicht gerade nach seinen Kippen gewühlt. Um nicht ganz so blöd dazustehen, schließt er Papas Auto auf, rückt sich den Sitz zurecht und stellt die Spiegel ein: Schau mal, Fritz, was für ein verantwortungsvoller Bursche ich bin. Auf mich kann man auch stolz sein, oder?

Mein Vater klopft mit der losen Faust auf das Autodach. Ob er das in irgendeinem Film gesehen hat? Oder ist das seine Version meines Trommelns? »Dann fahrt mal. Je eher ihr da seid, desto schneller seid ihr wieder zurück, nicht wahr?«

Umarmt habe ich meinen Vater heute schon. Und ihm auf die Schulter geklopft. Wir geben uns also die Hand, wie sonst auch immer, wenn wir uns begrüßen oder verabschieden. Ich steige auf der Beifahrerseite ein, Olli hat den Motor schon gestartet. Papas BMW ist ein Automatik mit Tempomat, damit kommt Olli viel besser zurecht. Kuppeln an sich ist zwar kein Problem für ihn, aber die Prothese scheint immer zum Bleifuß zu mutieren, sobald er damit aufs Gaspedal tritt. Besonders wenn er mit meinem Auto fährt.

Trotzdem: Die Prothese war eine wahre Steigerung der Lebensqualität, vor allem für meine. Viel schlimmer war die Zeit, in der Olli den Plastikfuß verweigert hat und mit den Krücken mehr gefallen als gehumpelt ist. Und uns den Stumpf präsentiert hat bei jeder unpassenden Gelegenheit.

Olli fährt schweigend am Bahnhof vorbei in die Richtung, in der er wohl Brügge vermutet. Zumindest hat er das Navi nicht eingestellt. Aber er hatte immer einen guten Orientierungssinn, einen inneren Kompass. Tatsächlich fahren wir Richtung Nordwesten. Ich weiß das nur, weil da jetzt ein Schild auftaucht: »GENT-BRUGGE«. Aber so hat jeder seine Talente. Ich kann beispielsweise gut lesen, mittlerweile sogar Menschen. Olli zum Beispiel will mir etwas sagen, ist aber noch zu feige dazu. Bis der den Mund aufmacht, muss er erst mal denken, er säße am Steuer. Überhaupt nicht methaphorisch gemeint. Deswegen werde ich ihn erst in ein paar Minuten darauf aufmerksam machen, dass wir in genau die entgegengesetzte Richtung fahren müssen.

Olli fummelt am Radio herum, als würde er tatsächlich nach einem Sender suchen, der erträgliche Musik spielt. Einen geeigneten Soundtrack für unsere kleine Reise.

Schließlich gibt er die Suche nach guter Musik auf und stellt fest: »Du hättest tatsächlich mal duschen können, Alter.«

Was erwartet er jetzt von mir? Ein Kichern, ein »Selber, Alter«? Dass ich ihm jetzt sage, dass dafür keine Zeit war, weil wir in einer Mission unterwegs sind, bei der wir nicht unbedingt gut riechen müssen? Auf jeden Fall will er mich ablenken. Das kann ich besser: »Halt dich rechts. Da vorne ist ein Drive-in-Schalter. Ich muss was essen.«

Olli grinst und blinkt gleichzeitig. Am Schalter bestellt er das, was wir immer bestellen, mit sechs Tüten Mayo. Als wir eine Minute später die braunen Papiertüten durch das Fenster gereicht bekommen, zückt er sogar sein Portemonnaie, ohne mich vorher um meinen Anteil zu bitten. Wie großzügig. »Alter, ich kann schlecht gleichzeitig fahren und das Futter zusammenbasteln, also entweder machst du mir die Mayo auf die Pommes und gibst die mir einzeln, oder ...«

Ich weiß, Olli. »Fahr doch auf den Parkplatz. Wir müssen das Auto von meinem Papa ja nicht auch noch komplett vollsauen.«

Olli fährt mit Schwung in die Parklücke. Hat wohl auch länger nichts gegessen. Bevor er sich seinem Mahl widmet, öffnet er sogar das Fenster einen Spalt weit. Als wenn der Geruch von frittiertem Fett dadurch nicht für Wochen im Wagen hängen bliebe. Ich stürze mich auf meinen Burger, verschlinge ihn in vier Bissen. Trinke gierig meine Cola, die mir heute zwar schon versprochen wurde, die ich dann aber nie bekommen habe. Ich habe Durst und brauche den Zucker. Olli sagt: »Dann hätten wir eigentlich auch an so einer typischen belgischen Frittenbude anhalten können, oder? Ich meine, den Scheiß hier bekommen wir ja überall ...«

»Nein«, sage ich. Mehr kann ich gerade nicht sagen, weil ich kaue. Und Olli reden soll.

»Wie nein? Was nein, Stan? Meinst du, dass die belgischen Fritten überbewertet sind oder dass die nicht überall auf der Welt dieselben Zutaten reintun, beim Mäckes? Aber das tun die. Soll ja überall gleich schmecken, damit die Kunden wiederkommen. Da ist doch dieses Zeug in den Gurken drin, das die Leute süchtig machen soll, und ...«

Ich erlöse ihn, bevor er sich noch weitere Verschwörungstheorien aus den Rippen leiern muss: »Olli, seit wann weißt du es?«

Ein fantastischer Trick, den ich von Britta gelernt habe. Wenn man weiß, dass der andere etwas weiß, was man nicht weiß, muss man so tun, als wüsste man schon mehr. Dann mit einer möglichst stumpfen Waffe, einer unspezifischen Frage, auf den Busch klopfen. Erstaunlich, welche Geheimnisse Britta schon durch eine kurze SMS mit dem schlichten Inhalt »Und?« aus manchen Leuten herausgekriegt hat.

Da ist ein Mayoklecks an Ollis Unterlippe, viele kleinere in seinen Bartstoppeln. Er sollte die dringend abwischen, aber erst soll er mir antworten. Olli lehnt sich im Sitz zurück, als stünde sein Text auf dem Armaturenbrett: »Britta hat mir noch eine SMS geschickt. Vor einer halben Stunde etwa. Darin stand es. Also, dass sie wieder ... also, dass es zurück ist, dieses Mal im Kopf, und dass sie nicht mehr ... also nicht noch einmal ...«

Ja, ganz genau so stand es wahrscheinlich in ihrer SMS, Olli, ganz bestimmt. »Britta hat dir also geschrieben, dass sie einen Hirntumor hat, ja? Einen bösartigen, den man nicht behandeln kann. Und sie jetzt deswegen in die Schweiz fährt, um allem ein Ende zu bereiten. Sonst noch was? War da ein Screenshot vom Röntgenbild bei, oder was?«

Olli tut etwas, was völlig untypisch für Olli ist. Er gibt eine klare Antwort: »Ja.«

Ich glaube nicht, dass sie überall auf der Welt dasselbe in die Burger tun. Entweder war die Soße in Ollis Bestellung völlig verdorben, oder der Alkohol hat sein Hirn endgültig zerfressen. Zum Glück kann ich inzwischen wieder klar denken: »Olli, noch mal zum Mitschreiben: Du denkst also, Britta schickt dir Fotos von echten medizinischen Unterlagen. Nachdem du vor einer Stunde mitbekommen hast, dass sie den Brief eines Anwalts gefälscht hat?«

Olli lehnt sich zurück, schließt kurz die Augen, beharrt aber auf seiner Aussage: »Ja, Stan.«

Da kannst du nichts tun bei so viel Irrsinn, außer in deiner Jackentasche zu wühlen, und ... auf etwas Weiches zu stoßen. Etwas Pelziges, Flauschiges, mit einer winzigen Mütze auf dem Kopf. Ich ziehe den Teddy aus meiner Jacke und halte ihn Olli direkt vor die Nase: »Hör mir zu«, beschwöre ich meinen besten Freund. »Hör mir einfach zu, Olli. Dieser Teddy hier ist ein Beweis. Ich meine, ein Beweis dafür, dass Britta vielleicht nicht verrückt ist. Nicht so verrückt. Ich meine, ja, sie hat sich diesen ganzen wahnwitzigen Plan ausgedacht. Aber sie hat keinen Hirntumor. Und sie will sich nicht umbringen. Umbringen lassen. Das war bestimmt nur so eine fixe Idee von ihr. Um mir irgendetwas zu beweisen, oder ... es war für eine neue Rolle. Es war Schauspielerei, verstehst du? Und dann ist das alles etwas aus dem Ruder gelaufen. Es war ja meine Idee, nach Brügge zu fahren und in diese Kneipe zu gehen, nicht ihre. Und dann, dann hat dieser Kerl, dieser Eddie, der Kellner, der hat uns Drogen verabreicht. Der ist natürlich kein echter Kellner, aber er ist ein Mensch, kein Tumor. Er ist der Todestramper! Du kennst die Geschichte? Macht nichts, ich kannte sie auch nicht. Aber sie ist wahr, es gibt ihn wirklich. Das hat mir Gesine erzählt, von der habe ich auch den Teddy. Und der ist auch echt. Hier, fass den mal an. Der ist echt. Alles echt, alles real.«

Aber Olli fasst den Teddy nicht an. Er greift in seine Jackentasche, holt sein Smartphone heraus, tippt darauf herum. Zwingt mich, die Bilder anzusehen. Wischt mit dem Zeigefinger immer weiter, sobald er meint, ich hätte lange genug auf eines gestarrt. Es macht mich wohl sehr müde, irgendwann.

Ich weiß nicht, wie lange mein Kopf schon auf Ollis Schoß liegt. Oder wie lange er mir schon mit seinen fettigen Fingern durch die Haare streicht. In meinem Kopf ist kein richtiger Gedanke mehr, sondern nur eine lange, gerade Linie. Wie auf einem Überwachungsmonitor nach dem Exitus. Und auf dem suche ich eine Erhebung, ein Zeichen, eine Lücke, einen Punkt, an den ich zurückwill. An dem ich etwas hätte ändern können. Aber du kannst die Zeit nicht zurückdrehen.

Natürlich kannst du dich für den Rest deines Lebens mit der Frage beschäftigen, was du alles hättest anders machen können. Oder was alles anders gelaufen wäre, wenn du nur eine Sache anders gemacht hättest. Wenn du damals in diese Bucht gesprungen wärest. Und du Olli gerettet hättest und nicht Britta. Wenn du zu deiner Mutter nach Kalifornien gezogen wärest und Britta nie kennengelernt hättest. Aber davon bekommst du nur Kopfschmerzen. Also musst du etwas tun, etwas Neues. Oder wenigstens etwas aus einem neuen Blickwinkel betrachten, damit du eine Ahnung bekommst, wie es weitergehen könnte.

Ich schaue mir also ein zweites Mal die Fotos auf Ollis Handy an. Die MRT-Bilder von einem Schädel. Brittas Name steht unten in der Ecke. Und ja, da ist etwas, was da nicht hingehört. Das wüsste ich auch, ohne jemals eine Vorlesung in Anatomie besucht zu haben, schon weil die Stelle rot umkringelt ist. Hallo, Eddie. In den folgenden Dokumenten bestätigen drei Fachärzte, darunter mein Vater, eindeutig: Der Tumor ist inoperabel, nicht behandelbar, die Prognose: Britta wird daran sterben, vielleicht in ein paar Monaten, vielleicht in einem Jahr. Vielleicht stirbt sie jetzt, in diesem Moment.

Ich wische weiter, vergrößere das nächste Dokument, eine Sondergenehmigung: ein Schreiben, aufgesetzt vom Anwalt meines Vaters, das Briefpapier kenne ich ja. Hatte erst gestern Morgen einen Bogen davon in der Hand. Nur ist dieses Schreiben echt. Die Satzstellung, die vielen Fachwörter, die Paragraphen. All das Zeug, das in Brittas kruder Fälschung nicht vorkam, auf die ich aber trotzdem angesprungen bin. Ich lese dieses echte Schreiben noch einmal aufmerksam: In Brittas Fall mussten nicht zwei ihrer Angehörigen unterschreiben, dass sie sich mehrfach mit ihr über ihren Wunsch, selbstbestimmt aus dem Leben zu treten, auseinandergesetzt haben. Weil sie ja keine zwei zurechnungsfähigen Angehörigen mehr hat. Oder hatte, als das Schreiben aufgesetzt wurde. Und jetzt hat sie nur mich, ihren Mann. Und mit mir hat sie sich nicht auseinandergesetzt. Weil wir uns ja nicht streiten. Und weil ich es nie zugelassen hätte.

Aber nicht weil ich es feige finde, so aus dem Leben zu treten. Ich hätte nur mehr Zeit mit ihr gewollt. So viel Zeit wie irgendwie möglich. Ich hätte doch jede Sekunde mit ihr ausgekostet, wenn ich es gewusst hätte. Ich hätte ... ja, was? Doch endlich mal zwei Flüge nach Kalifornien gebucht? Und dann hätten wir am Strand gesessen, nach Westen geschaut, und Britta wäre einfach nicht gestorben in meinen Armen? Es hätte zu regnen begonnen, die Polizei hätte uns einen Strafzettel geschrieben, weil wir natürlich Bier getrunken hätten am Strand und vergessen, die Flaschen mit diesen lächerlichen braunen Papiertüten zu umwickeln. Britta hätte daraufhin einen Streit mit den Cops angefangen, sie hätten uns mitgenommen, in getrennte Zellen gesteckt, und sie wäre vielleicht dort gestorben. Oder Britta hätte mich gedrängt, meine Mutter zu besuchen, wo wir schon einmal da wären, und wir hätten sie in diesem jämmerlichen, kleinen Kaff besucht, in dem sie wohnt, falls sie da noch wohnt. Ganz im Süden, fast in Mexiko, aber fernab der Strände in der Scheißwüste, in einem schäbigen Apartmentblock, wo die Loser und die Exjunkies wohnen, die übrig gebliebenen Sektenmitglieder, die den Tag verpasst haben, an dem ihr Raumschiff sie abholen sollte. Leute wie meine Mutter und ihre jeweiligen neuen Seelenpartner eben, die tagsüber den Müll anderer Leute wegmachen, um sich von ihrem Mindestlohn esoterischen Müll im Internet zu bestellen. Dann hätte meine Mutter wahrscheinlich Brittas Aura erspürt, ihr Heilsteine aufgelegt, und am Abend hätte Britta beim Essen behauptet, sie müsse mal kurz an die frische Luft. Dann hätte sie sich beim Walmart um die Ecke einen Revolver gekauft und sich in den Kopf geschossen.

Jetzt erkenne ich, dass Brittas Plan eindeutig besser war. Oder noch ist. Ich würde ihr tatsächlich noch gerne meinen Respekt dafür aussprechen. Für ihre gute Menschenkenntnis, für ihre Raffinesse. Sie hat meinen Vater eingeweiht, aber gleichzeitig sichergestellt, dass er mir nichts von dem Tumor erzählen darf. Schweigepflicht, die nimmt er natürlich ernst. Aber heute hätte er es mir sagen können. Wir sind ja verheiratet. Aber das hat er dann doch lieber Olli übernehmen lassen. Falsch: Britta hat dafür gesorgt, dass Olli diesen Part übernehmen würde.

Verdammt. Gehörte es etwa sogar schon zu ihrem Plan, dass wir nach Brügge gefahren sind? Hat sie die DVD von *Brügge sehen … und sterben?* etwa absichtlich als Köder ausgelegt? Sie hat gewusst, dass ich währenddessen ihren gefälschten Brief öffnen und in Panik geraten würde. Und dann musste ich nur noch die DVD sehen und denken: »Wir fahren nach Brügge, gute Idee!« Ich bin eben leicht zu beeinflussen. Ich bin ein Schaf, das gerne mitläuft. Man muss nur darauf achten, dass ich nicht zum Nachdenken komme, so wie jetzt.

Aber jetzt wird alles klar: Dass wir ausgerechnet in der Kneipe gelandet sind: kein Zufall. Und Eddie selbstverständlich auch nicht. Sie hat den Typen engagiert, wahrscheinlich schon vor Wochen. Britta hat ein Talent dafür, schräge Typen vertrauen ihr spontan – und umgekehrt. Die schafft es sogar, den mysteriösen Psychotramper ausfindig zu machen und sich mit dem zusammen eine Show auszudenken: »Und am Ende tust du so, als wären deine Beine gelähmt, haha!« Britta wollte mir eine schaurig-schöne Abschiedsparty schmeißen, um sich dann aus dem Leben zu verpissen. Mit einem Tumor im Kopf *und* einem Eddie, der ja das Steuer bestimmt übernehmen kann, falls es länger dauert, in die Schweiz zu kommen, von wegen Nachtblindheit. Das Steuer von *unserem* Auto. Wahrscheinlich hat sie das Eddie als Gage versprochen. *Unser* Auto.

Ich richte mich endlich auf, ziehe das letzte Babyfeuchttuch aus der Verpackung und wische mir damit durchs Gesicht. Olli fragt: »Soll ich dich jetzt nach Hause fahren? Wir müssen ja deinen alten Herrn nicht unbedingt im Hotel abholen. Ich glaube, der versteht das, wenn du alleine sein willst ...«

»Ich will den Volvo zurück.« Das ist wirklich das Einzige, was ich will. Ich will mein Auto, meinen Schlafsack, meinen DVD-Player. Vielleicht kann man den doch noch reparieren.

Olli seufzt, er wird mich natürlich nicht fahren. Er wüsste ja auch gar nicht, wohin. Und ich weiß nicht, ob ich ihm das sagen will. Ich werde ihn also überwältigen und mir seinen Führerschein nehmen müssen. Das Foto auf dem alten rosa Lappen ist so verwittert, das Gesicht auf dem Foto könnte auch meins sein. Ich könnte ihn jetzt k. o. schlagen, ich hätte genug Energie und Wut im Bauch, und Olli hätte das sowieso mal verdient. Ich muss ihn nur aus dem Auto locken, ihm sagen, dass er sich mal die Finger waschen sollte, und ...

»Okay, Stan. Okay. Wenn du mir sagst, wo wir suchen sollen, machen wir das.«

Olli mag der große Pfadfinder sein, aber ich bin der Experte dafür, wie Britta denkt: »Sie wird jetzt auf dem schnellsten Weg in die Schweiz wollen. Also nehmen wir den auch.«

Olli trommelt auf das Lenkrad, genauso wie ich es immer tue: »Stan, ich weiß, es ist ein kleines Land, aber so klein nun auch wieder nicht. Oder sollen wir auf einen hohen Berg rauffahren, und du guckst, ob du deine Karre von da oben siehst?«

Wir müssen beide grinsen. Wahrscheinlich mischen sie bei der internationalen Burgerschmiede doch irgendetwas in die Gurken. »Nein, aber ich könnte das Auto bei der Schweizer Polizei als gestohlen melden.« Das könnte ich wirklich tun. Habe ich aber nicht wirklich vor. »Genial, Alter.«

Wir fahren los, die grüne Welle muss ich einfach als Zeichen dafür sehen, dass wir das Richtige tun. Olli hält sich entgegen seiner Gewohnheit an die Geschwindigkeitsbegrenzung. Nicht dass wir noch angehalten werden und unsere Suche deshalb unterbrechen müssen. Ich bin gerade nicht in der Lage, einem Polizisten zu erklären, dass ich möglichst schnell unser Auto finden muss, da die zweite rechtmäßige Besitzerin des Fahrzeuges es sonst ihrem Komplizen vermachen wird, bevor sie sich umbringt. Ich könnte es niemandem erklären, am wenigsten mir selbst. Ich bin einfach nur dankbar, dass Olli fährt und schweigt.

BRITTA

Es scheint zu funktionieren. Wenn man umkehrt und seinen eigenen Spuren folgt, kommt man wieder zurück auf die Straße. Und solange ich fahre, verhält Eddie sich still. Aber im Moment macht es das nicht besser. Ich hasse es, Richtung Osten zu fahren. Es ist so, als würde ich versuchen, von rechts nach links zu lesen. »Na ja, die gesamte arabische Welt macht es so, ist halt eine Gewöhnungsfrage. Oder eine Frage der Kultur. In China liest man ja von oben nach unten, oder?«, hat Stan damals gesagt.

Damals. Ich habe ihm das nicht krummgenommen, dass er nicht sofort verstanden hat, was ich meinte. Wir kannten uns ja kaum. Außerdem war er sehr aufgeregt, und es war ja auch verdammt aufregend. Seit Monaten hatten wir uns nicht gesehen, und plötzlich stand er da, am Strand von Biarritz, mit seinem Bubilächeln. Und er hat auch sofort durchschaut, dass ich ihn durchschaut hatte. Jedenfalls hat er gar nicht erst behauptet, dass er ganz zufällig beim Brötchenholen nach Südfrankreich abgebogen sei und mich noch viel zufälliger dort am Strand gefunden hätte, sondern direkt gesagt: »Dein Mitbewohner hat gesagt, du wolltest es hier noch einmal mit dem Surfen probieren.«

Und bevor eine peinliche Stille entstehen konnte, sind zum

Glück die ganzen Teenager aus meinem Surfkurs aus dem Meer gekrabbelt, erschöpft, aber glücklich, weil sie es geschafft hatten, sich zwei Sekunden auf dem Board zu halten. Und die Surflehrerin hat mir noch diesen vorwurfsvollen Blick zugeworfen, weil ich es zwei Stunden zuvor drangegeben hatte. Stan hat ihr nur freundlich zugewinkt. Das tut er gern. Stan ist ein großartiger Winker, niemand kann so viel Arglosigkeit aus einem Handgelenk schütteln. Die blöde Surflehrerin hat dann dämlich gegrinst, nach dem Motto: »Ach, mit so einem hübschen Kerl würde ich aber auch jederzeit ein Zigarettenpäuschen machen.«

Stan hat mit seinem Fuß Kreise in den Sand gemalt und gemeint: »Also, ich bin auf der Durchreise nach Portugal. Ist einfach immer noch der beste Spot, finde ich, und …« Die Surflehrerin hat sich ganz langsam aus ihrem Neoprenanzug geschält, von uns abgewandt, arschwackelnd. Da habe ich zu Stan gesagt: »Ich komme mit. Nach Portugal.«

Habe nur mein Handtuch in die Badetasche geworfen und war startklar. Stan war da zögerlicher: »Okay. Echt? Dann fahren wir noch an deinem Hostel vorbei und …?« Ich wollte nicht wieder zurück in das Hostel. Ich wollte vor allem den Neoprenanzug und das Board am Strand liegen lassen, nur damit die dumme Surflehrerin es bis zum Parkplatz tragen musste. »Ich habe immer alles dabei, was ich brauche«, habe ich zu Stan gesagt. Und wie hat er gestrahlt. »Na dann. Los.« Und dann sind wir los.

Sobald wir auf der Straße waren, habe ich ihm erzählt, wie ungern ich gen Osten fahre. Und statt den Trip für gescheitert zu erklären und einfach wieder auszusteigen, weil Stan nicht gecheckt hat, was ich damit meinte, habe ich es mal mit was Neuem versucht. Statt zu erklären, was ich hasse, habe ich zugegeben, was ich liebe: »Ich fahre einfach lieber in den Sonnenuntergang. Klingt kitschig, oder? Wahrscheinlich habe ich früher zu viele Western gesehen.«

Und da hat Stan es kapiert. Zumindest hat er das Richtige gesagt, nämlich: »Meine Mutter lebt in Kalifornien. Seit Jahren.«

Weiter nichts. Nichts über die Strände und Wellen dort, nichts über Erdbeben, Avocadobäume oder Orangenplantagen. Kein Wort über Rassenunruhen oder den vollkommen überschätzten Hollywood Boulevard, nichts über den Dollarkurs oder wie er beim Campen mal einen echten Grizzlybären gesehen hat, oder was die ganzen Aufschneider sonst so reden, die einmal für drei Wochen »drüben in Amiland« waren, »so West Coast Style«, wie sie es so gern ausdrücken.

Da wusste ich, was Stan und ich gemeinsam hatten. Wir waren beide noch nie in Kalifornien. Und genau wie meine Mutter hatte auch seine ihre Aufgabe als solche vollkommen verbockt. Aber statt einfach die Klappe zu halten, musste ich ein wenig Meersalz in die Wunden streuen: »Was hältst du von der neuen Platte von den *Red Hot Chili Peppers*?« Stan hat mich von der Seite angesehen, als müsse er prüfen, ob er mir ein ganz großes Geheimnis anvertrauen könne: »Ehrlich gesagt: Nichts schlägt die ›Blood, Sugar, Sex, Magic‹.«

»Die habe ich auch dabei«, habe ich gesagt, und Stan hat vor Schreck eine Vollbremsung hingelegt. Dabei haben doch viele Menschen immer ihr Notfallgepäck dabei: Geld, Pass, Zahnbürste, Unterhose. In meiner Strandtasche befindet sich zusätzlich eben noch das komplette Werk meiner Lieblingsband. Ich wühlte schon in der Tasche herum, als Stan einfiel: »Oh, verdammt. In dem Wagen kann ich keinen USB-Stick oder so anschließen. Der hat nur ein Radio. Ist halt retro.«

Ich habe so getan, als wäre ich auch enttäuscht. So traurig, wie Stan schaute. Dann habe ich meinen Discman aus der Tasche geholt, und Stan sind fast die Augen aus dem Kopf gefallen. »Was? Ein Discman? Du bist ja irre! Wir haben 2008, Britta!«

Wir haben beide einen Lachanfall bekommen. Weil es natürlich irre ist, in diesem Jahrtausend seine Musik auf CDs zu speichern. Und diese auch noch mit an den Strand zu schleppen. Ich wollte Stan noch erzählen, dass mir meine Mutter diesen Discman geschenkt hat vor langer Zeit, aber er hat immer weiter gegackert: »Womit bist du vor zehn Jahren auf Reisen gegangen? Einem Grammofon?« Als er dann festgestellt hatte, dass er mittlerweile alleine lachte, gab er zum ersten Mal zu: »Ich hab's auch nicht so mit dem Timing. Komm, schmeiß rein das Teil.«

Danach haben wir nicht mehr geredet, sondern uns jeder einen Ohrstöpsel ins Ohr gesteckt und den Lautstärkeknopf bis zum Anschlag gedreht. Der Sound war erbärmlich, aber das war uns egal. Stan hat jedes Lied laut mitgetrommelt, ich habe hin und wieder ein Luftgitarrensolo dazu gespielt. Wir haben nur diese CD gehört, immer wieder, bis in die Nacht hinein, bis zum Morgengrauen. Sind Richtung Westen gefahren und haben uns nach jedem Song angelächelt. Zwei Komplizen, die die Zeit ausgetrickst haben. Schließlich wurde das Album veröffentlicht, als Stan und ich noch zur Grundschule gingen. Dabei hätten wir Teenager sein sollen im Jahr 1991. Es war verdammt unfair, dass unsere Eltern uns zu spät in diese Welt gesetzt hatten und wir so um den wahren Soundtrack unserer Jugend betrogen wurden. Aber diese Jugend holten wir uns zurück für ein paar Stunden, auf dieser Fahrt, als wir beide schon viel zu alt dafür waren. Beide schon Mitte zwanzig. Als von Stan erwartet wurde, dass er nach dem Sommer sein Studium endlich schafft, und von mir, dass ich ein Engagement am Theater antreten würde. Ich bin mir nicht mehr sicher, ob wir das tatsächlich alles so durchziehen wollten.

Ich weiß nur noch, dass sie auf der Gegenspur alle im Stau standen, eine kilometerlange Blechlawine, die ganz langsam gen Osten rollte. Die Fähnchen an den Wagen hingen müde herunter, es war ja Fußball-EM, alle fuhren in Richtung Österreich oder

Schweiz, in der Hoffnung, es könne sich dort noch so ein Sommermärchen ereignen wie zwei Jahre zuvor. Dass es wieder vier Wochen lang eitel Sonnenschein im deutschsprachigen Raum geben würde, damit sich alle besoffen in den Armen liegen und Hymnen durcheinandergrölen könnten, der ganze Scheiß eben. Nur wir hatten freie Fahrt und stellten uns beide vor, wir würden bis nach Kalifornien fahren. In diesem einen Punkt bin ich mir vollkommen sicher.

»Also, Britta: Wenn du Stan doch noch anrufen möchtest, jetzt wäre wohl die beste Gelegenheit. Die letzte Gelegenheit. Noch könntest du ihm sagen, dass all das ein Scherz gewesen sei. Ein Witz, ein Experiment. Du könntest einfach anrufen und mit deiner Zuckerstimme flöten: ›Und, wie war ich, Schatz? Hat dich meine Vorstellung überzeugt?‹ Wenn du mich fragst: Er würde es dir verzeihen. Hey, es ist Stan. Der verzeiht dir alles. Irgendwann.«

Eddie sitzt wieder neben mir auf dem Beifahrersitz. Im vollen Ornat. Pelzmantel, Sonntagsgebiss. Als würde er damit rechnen, dass ich bei der nächsten Möglichkeit rechts rausfahre, anhalte und ihn aussteigen lasse. Als würde er dann einfach mitspielen und sagen: »Danke für die Mitfahrgelegenheit. Alles Gute und schöne Grüße an Stan.«

Das hätte was. Schon weil es hier bald Richtung Flughafen rausgeht. Da könnte ich am Terminal anhalten, Eddie würde durch die Drehtür in die Halle zu einem Schalter gehen, sich ein Ticket lösen und auf Nimmerwiedersehen verschwinden. Nach Südamerika. Direktflug, Karlsruhe/Baden-Baden–Caracas. Klar doch, Eddie. Wenn die Welt so funktionieren würde, wärest du nicht in meinem Kopf.

»Eddie, Stan soll es mir doch gar nicht verzeihen. Er soll einfach wieder glücklich werden. Und das wird er mit mir nicht mehr. Wegen dir.«

Eddie lacht: »Ach, jetzt ist das alles meine Schuld, ja? Dein ganzer fantastischer Plan, den habe *ich* mir ausgedacht, ja? Wow, Britta, für so feige hätte ich dich nicht gehalten, dass du nicht mal *mir* gegenüber ehrlich bist. Ich meine: Stan belügen ist eine Sache. Schon weil es zur Gewohnheit geworden ist, oder? Und dieses Mal hast du ja auch noch ganz edle Motive, ich weiß. Du willst, dass Stan glücklich wird, ein neues Leben beginnt. Frei von seinem Vater und frei von Schuldgefühlen Olli gegenüber. Du opferst dich für ihn, na klar, Britta! Aber du bist eben eine eitle Dramaqueen. Bis zum bitteren Ende, oder? Einfach Schluss zu machen mit Stan, stand nie zur Debatte, weil es doch zu gewöhnlich ist. Also redest du dir einfach ein, dass du das dem armen Jungen nicht antun wolltest, weil seine Mutter das schon getan hat und blablabla ...

Und dich einfach umzubringen, weil du dein beschissenes Leben nicht mehr erträgst, das schaffst du auch nicht. Nicht mal das. Deswegen wirfst du ihm ein Stöckchen hin, an dem er rumknabbern kann: Dieses wahnwitzige Ablenkungsmanöver mit mir, dem bösen Tumor. Und das Schlimmste ist: Stan wird es glauben. Er wird glauben, dass es mich gibt! Aber eines sage ich dir: Die Ärzte in der Schweiz werden nicht darauf reinfallen. Da hilft dir deine Schauspielerei nicht. Die wollen Beweise sehen: Originale, keine Fotos, keine Kopien. Sonst nehmen die dir das nicht ab mit dem Abgang in ... Würde.«

Danke, Eddie, aber deine Redezeit ist jetzt zu Ende. Jetzt erfährst du das Beste am ganzen Plan: »Ja, schöne Ansprache, Eddie. Und was die Klinik in der Schweiz angeht: Ich habe da eine gefunden, hoch oben auf einem Berg. Ich sage denen einfach: Wenn ihr es nicht tut, tue ich es selbst. Ich stelle mich mit der Karre an den Abhang und rufe von da aus da an. Dann zähle ich bis hundert. Dann müssen sie mich aufnehmen, klar?«

Eddie stimmt mir zu: »Na klar, sonst wäre das ja unterlassene Hilfeleistung. Und sobald du da durch die Tür bist, packen sie dich in eine Zwangsjacke, und die Kollegen von der Klapse holen dich ab. Es überrascht mich, dass du an der Stelle nicht weitergedacht hast, Britta, wirklich. Man könnte meinen, dass du wirklich einen Hirntumor hast. Und jetzt mal ganz im Ernst und nur unter uns: Hast du mich oder nicht? Ich bin mir wirklich nicht sicher.«

»Falls es dich beruhigt, Eddie: Natürlich habe ich dich. Schau unter dem Sitz nach.«

Eddie verschränkt die Arme vor der Brust, weigert sich, mir seine Existenz zu beweisen. Also fahre ich rechts ran, stelle den Warnblinker an und hole die Unterlagen selber unter dem Beifahrersitz hervor. Breite alles vor ihm aus, auf seinem Schoß: die Diagnose, die MRT-Bilder, das Schreiben von Fritz' Anwalt, eines, das nicht gefälscht ist. In dem steht, dass es in meinem Fall keine zwei Angehörigen braucht, die ich von meinem Wunsch zu sterben hätte unterrichten müssen und die mir dafür ihr Einverständnis geben müssten. Oder ihren Segen. Oder es einfach nur quittieren. Ich habe keine zwei Angehörigen mehr. Keine Geschwister, keine noch lebenden Vorfahren, meine Mutter wurde schon vor vielen Jahren für unmündig erklärt. Kurz nachdem sie das Sorgerecht für mich verlor. Ich besitze all diese Dokumente und einen zweiten Satz davon, ins Englische übersetzt und notariell beglaubigt. Mit denen hätte ich dorthin gehen können, wo ich wirklich hinwollte für den Rest meines Lebens. Wenn Stan mitgekommen wäre. Ich zeige Eddie diese ganzen furchtbaren Dokumente, halte ihm den Stapel direkt unter die Nase. Aber er ist kindisch und verschließt die Augen. Also will ich ihm den ganzen Kram vorlesen, angefangen bei der Krankenakte meiner Mutter, die mir schließlich doch noch ausgehändigt wurde. Aber sobald ich rede, hält Eddie sich die Ohren zu und beginnt, laut zu singen: »Lalalalala ... Ich höre dich nicht, ich höre dich nicht ... Lalalala.«

Das wird mir zu blöd. Ich greife nach Eddies Händen, ziehe sie mit aller Kraft von seinem Kopf weg und brülle in sein Ohr: »Es reicht mir. Steig aus. Komm, steig aus.« Eddie hört auf zu singen, schaut mich an und fragt: »Jetzt ernsthaft? Ernsthaft: Jetzt?«

Natürlich jetzt. Wer nicht hören will, muss fühlen. Den Rest des Weges schaffe ich alleine. Muss ihn alleine schaffen. Und es wird kein Problem geben in der Schweiz, die werden mir zuhören. Außerdem habe ich ja alles schwarz auf weiß, die ganzen Beweise dafür, dass ich berechtigt bin zu sterben. Ganz alleine.

»Ja, jetzt, Eddie. Steig einfach aus. Kannst ja mit jemand anderem mitfahren. Hier ist viel Verkehr, da geht's gleich nach Baden-Baden. Wolltest du da nicht hin? Oder du lässt dich zum Flughafen bringen, ist auch gar nicht weit. Da könntest du sogar hinlaufen. Wir sind grad an der Abfahrt vorbei. Nur ein kleines Stückchen zurück, siehst du?«

Eddie sieht es nicht, weil er sich gar nicht bemüht, in die Richtung zu schauen. Er schaut auf die Unterlagen, auf seinem Schoß. Jetzt liest er sie doch. Ich glaube, er will Zeit schinden oder mich einfach nur wahnsinnig machen. Schließlich sagt er: »Ich will zum Flughafen. Aber du musst mich dahin bringen. Ich schaffe es nicht, so weit zu laufen.«

Will der mich verarschen? »Eddie, ich kann dich nicht dahin bringen. Wir sind grad an der Abfahrt vorbei. Ich müsste einen Riesenumweg …«

»Fahr doch einfach ein Stück rückwärts. Sind nur hundert Meter. Sieht doch keiner. Und wenn, du hast ja eine gute Ausrede: mich.«

Das ist vollkommen verrückt. Aber andererseits beruhigend: »Also glaubst du mir jetzt endlich, dass es dich gibt, ja? Du bist in meinem Kopf!«

Eddie senkt den Kopf, lächelt in sich hinein: »Ganz ernsthaft,

Britta? Ich weiß es nicht. Aber ich glaube nicht, dass es einen Unterschied macht.«

Natürlich macht es einen Unterschied. Ich lege den Rückwärtsgang ein.

STAN

Wir schaffen es, kein Wort zu reden, bis wir die Staatsgrenze zu Luxemburg überqueren. Nicht einmal eine kurze Diskussion darüber, ob wir über Frankreich fahren sollten. Aber um den besten Weg zu erörtern, müsste man ja erst mal das genaue Ziel kennen. Scheiße. Wenn ich den heutigen Tag überlebe, kann ich danach vielleicht als Glückskeksweisheitenschreiber anfangen. Bietet bestimmt bessere Aufstiegschancen als die Schülernachhilfe. Ich sollte meinen Vater anrufen und ihm berichten, dass ich mir Gedanken über meine Zukunft mache. Würde ihn bestimmt beruhigen, solange ich da nicht ins Detail gehe.

»Ich dachte, wir fahren besser über Luxemburg, weil der Sprit hier günstiger ist. Wir müssen eh gleich tanken, passt ja.« Es gab also einen ganz einfachen, ganz vernünftigen Grund, weshalb Olli diese Route gewählt hat. Er ist keiner Eingebung gefolgt, wie ich heimlich gehofft habe, sondern es war eine Kosten-Nutzen-Rechnung. Wie kann Olli so pragmatisch sein in so einer Situation? Genau wie mein Vater – und wie Britta. Und Rina, und alle anderen um mich herum? Alle scheinen so zu denken: »Ich habe ein Problem. Aber ich weiß, wer mir helfen könnte, es zu lösen. Zu dem gehe ich hin und behaupte, es sei auch gut für ihn, wenn er mir hilft. Oder ich setze ihn unter Druck. Erpresse ihn. Sage einfach, er schulde mir etwas. Hauptsache, ich bin am Ende fein raus.«

Warum kann ich das nicht? Ich schaffe es nicht einmal bis

zum zweiten Schritt. Wenn ich erkenne, dass ich ein Problem habe, renne ich entweder davor weg oder sitze es aus. Meistens. Heute am Rastplatz bin ich zum Beispiel kurz ausgeflippt. Und dann habe ich die Person um Hilfe gebeten, die zufällig vorbeikam. Ich versuche zu zählen, ob ich seitdem zwei oder drei Nervenzusammenbrüche hatte, schaffe es aber nicht. Olli blinkt und fährt auf die Tankstelle. Als er vor der Zapfsäule hält, frage ich ihn: »Alter, ganz ehrlich: Bin ich eine Dramaqueen?«

Olli schaut drein, als hätte er nicht mit dieser Frage gerechnet. Hatte ich ehrlich gesagt auch nicht, aber ich bin froh, dass ich stattdessen nicht gefragt habe, was mir eigentlich durch den Kopf ging, nämlich: Bin ich überhaupt lebenstüchtig? Das hätte ihn überfordert, in diesem Moment. Denn Olli setzt seinen Wauzi-Blick auf, drei fette, teigige Falten erscheinen auf seiner Stirn, er schaut leicht schräg an mir vorbei, als er endlich zu einem Urteil kommt: »Nein, Stan. Ich glaube, für den Job bist du einfach zu ... gut.«

Er steigt aus, geht hinten um den BMW herum, öffnet den Tankdeckel, zieht den Stutzen aus der Säule und tankt. Was auch sonst? Ich beobachte, wie Olli die Zahlen auf der Anzeigetafel beim Rotieren beobachtet. Oder so tut, als ob. Ich kenne ihn schon so lange, inklusive aller seiner Ticks. Andere warten beim Tanken darauf, dass ein möglichst gerader Geldbetrag auf der Anzeige erscheint, manche auf Schnapszahlen. Olli wartet auf Primzahlen, seit wir fünfzehn sind. Und ich bin der Einzige, der das weiß. Jetzt aber tankt Olli einfach voll, hängt den Stutzen wieder ein und geht zahlen. Was stimmt nicht mit ihm? Und was stimmt nicht mit mir? Ich habe seit mindestens zehn Minuten nicht an Britta gedacht. Vielleicht ist das gut. Ich bin ja gut, sagt zumindest Olli. Und gleich, wenn er aus dem Tankshop zurückkommt, wird er mir sagen, dass wir die Mission abbrechen. Es bringt ja nichts.

Den Volvo werden sie irgendwann finden. Oder auch nicht. Irgendwann bekomme ich vielleicht eine Karte aus einer Klinik in der Schweiz, eine sehr schlichte und gleichzeitig kitschige, schwarz umrandet und mit einem Druck von einem lieblos dahingepinselten Aquarell darauf, ein Stillleben, ein pastellfarbener Strauß irgendwelcher nichtssagender, blasser Blumen vielleicht, und darin steht »Wir nehmen Anteil« oder so ein Scheiß. Oder noch schlimmer: ein Spruch aus »Der kleine Prinz«. Nicht der für Hochzeiten, von wegen »Wir gucken jetzt aneinander vorbei nach vorne«, sondern der andere, den sie immer nehmen für tote Kinder. Mir fällt nicht ein, wie der geht. Ich habe dieses unermessliche Verlangen, mit Britta zu sprechen, ihr zu sagen: »Baby, du kannst stolz auf mich sein: Ich habe nicht die geringste Ahnung, wie der Scheißtrauerspruch aus ›Der kleine Prinz‹ geht. Obwohl du tausendmal darüber mit den Augen gerollt hast. Bei dem du immer gesagt hast: ›Wenn das jemand in meine Traueranzeige schreibt, erstehe ich auf und erschieße denjenigen!‹ Ich war immer so beschäftigt damit, dich zu beruhigen und mich für dich zu schämen, dass ich vergessen habe, wie der Spruch geht. Du hast ganze Arbeit geleistet, das wollte ich dir nur sagen!«

Die Fahrertür wird geöffnet, Olli steigt ein. Ich lege mein Handy, das ich wohl aus der Tasche meiner Jackentasche genommen habe und seitdem umkralle, möglichst lässig ins Handschuhfach. Ich bin ja keine Dramaqueen. Olli sagt: »Stan, du musst mir mal helfen.«

Natürlich. Ich helfe immer gern. Schieß los, Alter.

»Also: Ich glaube nicht, dass Britta in die Schweiz will. Ich meine: Das passt nicht zu ihr.«

Hatte Olli gerade, als er getankt hat, dieselben Bilder vor Augen wie ich? Von einer furchtbaren »Wir nehmen Anteil«-Karte? Nein, wahrscheinlich nicht. Ich weiß, worauf er hinauswill. Die Dokumente. »Du hast recht, Olli. Es ergibt überhaupt keinen

Sinn, dass sie den ganzen Scheiß hat übersetzen und beglaubigen lassen. Ins Englische. Warum sollten die das in der Schweiz brauchen? Und außerdem ...«

» ... hasst Britta Berge.«

Olli ist auch gut. Zumindest viel besser, als ich dachte. Er wird mich nicht als Nächstes fragen, ob Britta ihren Pass dabei hat. Britta hat immer alles dabei. »Wir sollten bei den Flughäfen anrufen, Stan. Bei allen, die infrage kommen. Wir lassen sie ausrufen, und ...« Und was weiter, Olli? Er wusste das mit den Bergen, aber es gibt eine Sache, die nur ich über Britta weiß. Und sie über mich. Eine alberne Fantasie, ein Hirngespinst, ein Geheimnis, das nur uns gehört. Das muss ich jetzt auch noch verraten: »Olli, fahr Richtung Baden-Baden. Ich geb's ins Navi ein, aber fahr schon mal los. Fahr schnell.«

BRITTA

Wir haben niemanden umgebracht. Nicht einmal verletzt oder einen Wagen gerammt. Gut, dass alle anderen besser Auto fahren als ich. Zumal es inzwischen dunkel ist und ich kaum noch was sehe. Natürlich gab es ein wildes Hupen von allen Seiten, fast einen Auffahrunfall auf der linken Spur, aber niemand ist mir nachgefahren. Keine Kollateralschäden. Aber wahrscheinlich hat irgendjemand die Polizei verständigt, sich sogar mein Kennzeichen gemerkt, auf jeden Fall den Wagen beschrieben: weißer Volvo 850, auf der Autobahn rückwärts gefahren. Warum höre ich auch auf Eddie?

»Weil ich ein paar interessante Informationen für dich habe«, sagt Eddie. Ich kann ihn nicht mehr sehen, aber höre ihn so deutlich wie nie zuvor in meinem Kopf. »Britta, wir stehen jetzt auf dem Flughafenparkplatz. Das dauert nicht lange, und die Polizei wird hier auftauchen und den Wagen suchen. Deshalb sollten wir dringend aussteigen und uns im Terminal verstecken. Nimm alles mit, was dir gehört. Vor allem die Unterlagen, verstehst du? Pack das alles ein, und lauf!«

Ich laufe selbstverständlich nicht. Ich bin schon auffällig genug, in diesem weißen Hermelinmantel, der mir viel zu groß ist. Er ist fast so groß wie dieser lächerliche Flughafen, der mich eher an die Rennbahn daheim erinnert, nur dass keine Pferde und kaum Menschen unterwegs sind. Der Parkplatz ist leer, von hier fliegt heute nichts mehr irgendwohin, wahrscheinlich haben sie den Terminal für die Nacht abgeschlossen. Nein, er ist geöffnet. Ich schreite durch die Glastür. Blicke niemandem in die Augen, als wäre ich ein Popstar, der mit leichtem Gepäck reist, inkognito, weg vom Provinzflughafen, auf zum nächsten Konzert. Ich bin überzeugt davon, dass zumindest die Dame hinter dem Schalter wissend den Kopf schüttelt, als die Tür zu den Toiletten hinter mir zufällt. Aber sie weiß gar nichts, sondern bildet sich das nur ein, dass sie irgendetwas weiß.

»Jetzt wäre es mal wieder Zeit, sich in einer Kabine einzuschließen«, empfiehlt Eddie. Und da ich nicht weiß, auf wen ich sonst hören soll, folge ich seinem Rat. »Fühlst du dich fit, Britta? Ich meine, fitter als vor ein paar Stunden zum Beispiel?« Komische Frage, aber: Ja, tatsächlich. Ich könnte auch etwas zu essen vertragen, aber Eddie hat andere Pläne:

»So, Britta, bevor wir jetzt gleich in dieses schnuckelige kleine Nachbarland fahren, um uns dort auf Nimmerwiedersehen von dieser Welt zu verabschieden, also: Bevor alles da endet, wo du nie hinwolltest: Schau doch noch einmal genau nach, ob wir auch alle Unterlagen beisammen haben. Schau sie dir genau an, Britta.«

Das hatte ich sowieso vor. Und fange mit dem wichtigsten Beweis an. Das MRT-Bild meines Schädels. Ich zeige mit dem Finger auf die rot umkreiste Stelle: »Schau mal, Eddie, da bist du!«, sage ich laut. Dieses Mal schließt er nicht die Augen und singt, sondern betrachtet das Bild aufmerksam: »Bist du sicher? Ich meine, ich bin kein Arzt, aber gehört das da nicht hin? Ich meine, hat nicht jeder da so einen Knubbel? Oder vielleicht hat den jemand nachträglich da hineinretuschiert? Das ist ja keine Kunst heutzutage. Es ist ja nur eine Kopie, oder nicht?«

Langsam wird es lächerlich. Wie kann ein Tumor bezweifeln, dass er existiert? »Eddie, du wolltest Beweise, und hier sind sie. Außerdem: Wer sollte so etwas fälschen? Und warum?«

Eddie antwortet nicht. »Ich war doch extra in der Uniklinik. Zwei Mal. Und dann bin ich erst zu Fritz gegangen. Wegen der zweiten Untersuchung. Und wegen des Anwalts. Und damit er mir die Kreditkarte gibt. Und damit er Stan nichts erzählt. Eddie, hörst du mich? Bist du da?«

Zum Glück ist er das noch: »Britta, hast du mal daran gedacht, dass Fritz vielleicht Freunde an der Uniklinik hat? Und wie lange er dich schon loswerden wollte? Da hast du ihm doch einen eleganten Ausweg geliefert, nicht wahr? Und die Kreditkarte, die er dir gegeben hat, das war doch ein Pappenstiel für ihn. Zehntausend Euro, die tun ihm nicht weh. Damit hat er sich freigekauft, oder?«

So ein Schwachsinn! So ein Unfug. »Eddie, der Mann ist Arzt. Und er würde doch seines Lebens nicht mehr froh, wenn er mich ... umbringt. Oder?«

Eddie sagt: »Hey, beruhige dich. Das war ja nur eine Theorie. Ich bin auch nicht von ihr überzeugt, ich will nur ganz sichergehen, dass es keinen anderen Ausweg gibt. Ich will nur sicher sein, dass ich wirklich da bin. Also, in dir. Das verstehst du, oder?«

»Verdammt, ich wünschte mir, du wärst es nicht! Aber ich rede doch mit dir, die ganze Zeit, oder? Warum sollte ich das tun, wenn du nicht da wärst?«

Ich glaube, ich bin sehr laut geworden. Ich kann hören, wie die Korridortür sich öffnet und direkt wieder schließt. Keine Schritte auf den Fliesen, niemand, der sich in der Kabine neben mir einschließt. Die Frau, die zur Toilette wollte, hat sich wohl doch dazu entschlossen, lieber das Sicherheitspersonal darüber zu informieren, dass hier eine Durchgeknallte Selbstgespräche führt. Aber das tue ich ja gar nicht.

Eddie fragt: »Redest du wirklich die ganze Zeit mit mir, Britta? Oder erst seit Brügge? Überleg doch mal ganz genau: Wann bin ich Eddie, der Tumor, geworden? Bist du ganz, ganz sicher, dass ich nicht noch der bin, den du als Kellner kennengelernt hast? Oder was ist, wenn es keinen von uns beiden gibt? Oder je gab? Was ist, wenn du einfach nur verrückt bist? Oder einfach nur lebensmüde?«

Was kann ich noch tun, um Eddie zu beweisen, dass es ihn gibt? Ach ja: ohnmächtig werden.

STAN

Dieser dämliche alte Witz über Luxemburg ist gar keiner. Wenn man nach dem Reinfahren nicht scharf abbremst, ist man tatsächlich schon wieder auf der anderen Seite raus. Gut so. Ich wünschte, bei Frankreich würde es genauso funktionieren. Tut es aber nicht. Immerhin herrscht kaum Verkehr, und die Dämmerung hat eingesetzt. Wenn wir die Vogesen passieren, muss ich mir also die Berge, die Britta so hasst, gar nicht ansehen. Und Britta? Hat sie die Route über Deutschland genommen? Oder taucht gleich unser Auto am Straßenrand auf, weil Britta sich gedacht hat: »Ich warte hier ab, bis es dunkel wird. Dann muss ich die Berge nicht sehen.«

Was für ein dummer Gedanke, Stan. Eddie fährt sie doch.

Britta kann einfach die Augen schließen und sich kutschieren lassen. Bis ins Casino. Da setzt sie sich dann an den Roulettetisch, mit Eddie. Er trägt ja schon seinen besten Anzug, und Britta kann sich seinen fiesen Pelzmantel leihen. Damit hätte sie den Dresscode mehr oder minder erfüllt und unser Geheimnis verraten. Ich bin mir mittlerweile todsicher: Sie zieht unser Ding durch. Nur nicht mit mir, sondern mit einem Psychopathen. Einem Gauner, dessen Existenz bis heute gar nicht bewiesen war. Dazu brauchte es schon Britta. Ich muss grinsen. Das gefällt Olli nicht: »Alter, lass das. Das ist gruselig. Erzähl mir lieber was. Erzähl mir zum Beispiel, was das mit Baden-Baden auf sich hat. Was glaubst du, was uns da erwartet?«

Okay, Olli. Den ersten Wunsch kann ich dir erfüllen, den zweiten nicht. Ich mag dir nicht mehr von Eddie, dem Tramper, erzählen, das würde dich nur wieder an meinem Geisteszustand zweifeln lassen. Aber ich erzähle dir von dem großen Geheimnis, das keines mehr ist: »Ach, Britta und ich haben immer mal wieder herumgesponnen. Weißt schon, wie andere sich ausmalen, was sie machen würden, wenn sie im Lotto gewinnen. Nur musste es für Britta halt immer das ganz große Kino sein: chic machen, nach Baden-Baden ins Casino. Hat sie sich wahrscheinlich vorgestellt wie bei *James Bond*.«

»Aha. Na ja, passt zu ihr.« Olli soll fahren und mir nicht erzählen, was zu meiner Frau passt. Das weiß ich selbst, ich hatte es nur zwischenzeitlich vergessen. Olli meint offenbar, dass ich noch weitererzählen soll: »Und was wolltet ihr mit der Kohle machen, die ihr da gewinnt? Lass mich raten: auf nach Kalifornien. Hattet ihr doch immer vor, oder?«

Hatten wir das? Ich weiß es nicht. Ich weiß nur, dass ich nicht rauchen will, und ich will nicht auf dem Handschuhfach herumtrommeln. Ich glaube, ich will Eddie. Als Fahrer. Gerade wäre es mir zumindest lieber, mich würde ein unbekannter

Freak chauffieren als jemand, der mich so gut kennt. Zu kennen glaubt.

»Olli, es ging überhaupt nicht ums Geld. Also, ob wir es gewinnen würden. Sondern darum, ob wir, egal was passiert, anschließend sofort ins Flugzeug steigen und alles hinter uns lassen. Also, einfach abhauen, auf alles scheißen, bis alle Konten gesperrt sind und kein Automat mehr Geld ausspuckt.«

Olli schaut nach vorn, konzentriert sich auf die Strecke, die vor uns liegt. Er fragt nicht: »Und dann?«, obwohl sich diese Frage doch aufdrängt. Mir zumindest. Jetzt erst. All die Jahre zuvor habe ich sie ausgeblendet, frühzeitig abgebremst, das Gedankenspiel abgebrochen: »Ich habe Britta immer gesagt, dass sie da einen Denkfehler macht. Denn von diesem Provinzflughafen bei Baden-Baden gehen nämlich nur Flüge dahin, wo sie nie hinwollen würde. Mallorca oder Belgrad. Außerdem geht der letzte so um acht Uhr abends. Ich hab's nachgeschaut. Und ihr den Flugplan gezeigt. Wir sind also nie ins Casino gefahren.« Überflüssig zu erwähnen. Immerhin verkneife ich es mir, noch »sicherheitshalber« an den letzten Satz anzufügen.

Olli scheint zu spüren, dass mir nicht mehr nach Erzählen ist. Also sagt er zur Abwechslung etwas: »Na ja. Also, das zeigt ja doch, dass Britta ... Sie hatte schon immer diese *Tendenzen*, oder? Schon vor ... Gudrun, oder?« Mir kommt der Burger wieder hoch. »Olli, sag bitte nicht ›Gudrun‹. Sag ›Tumor‹. Oder einfach ›Krebs‹, okay?«

Auf einmal ist mir das sehr wichtig. Das böse K-Wort. K wie Klartext. Und auf Ollis Gedanken zu Brittas Tendenzen bin ich jetzt wirklich sehr gespannt.

»Okay. Ich meinte: Britta hatte doch schon Probleme, bevor sie zum ersten Mal Krebs ... bekam. Sie wurden dadurch nur ... *deutlicher*. Ich meine, die erste Zeit kann ich nicht beurteilen, da war ich ja drei Monate lang nicht auf Sendung ...«

Ich erwische mich dabei, wie ich die Augen verdrehe. Klar, wer im Koma liegt, der ist fein raus, der fehlt entschuldigt. Der kann dann aber alle anderen für immer und ewig beschuldigen für das, was sie in dieser Zeit getan oder gelassen haben. Aber ich unterbreche Olli nicht. Und zum Dank dafür redet er weiter, als wäre bei ihm ein Damm gebrochen: »Aber es war doch klar, dass mit ihr was nicht stimmt, als sie in die Grotte gesprungen ist. Reingesprungen! Das waren mindestens sechs Meter, im Dunkeln. Das war doch vollkommen verrückt, Stan, das war ...«

Wie kann er es wagen, so über sie zu reden?!

»Verrückt, ja? Sie hat dir das Leben gerettet, du Arschloch! Du wärst da ersoffen, wenn sie dich da nicht rausgezogen hätte.«

Olli guckt nur. Setzt diesen Blick auf, den er so gut kann. Den ich so gut kenne und der immer nur heißt: »Ja, und du hast gar nichts getan, Alter.« Aber das sagt er nicht. Er sagt es nie. Ich sage: »Guck auf die Straße, Alter.«

Das macht er. Es ist jetzt schon dunkel draußen, aber ich weiß ja trotzdem, dass wir gerade an den Vogesen vorbeifahren, weil sie eben auch da sind, wenn ich nur ihre Schatten sehe. Darüber kann ich mich ärgern, aber ich kann es ja nicht ändern. Sonst würde ich verrückt werden, und das ist nicht meine Art. Und Britta ist auch nicht verrückt. Sie macht nur verrückte Sachen. Sie ist in diese verfluchte Felsenbucht gesprungen, um Olli da rauszuholen.

Noch verrückter ist nur das, was Olli jetzt sagt: »Stan, damals, als wir da schwimmen waren ... schwimmen wollten, erinnerst du dich, dass du noch gesagt hast, dass es doch eine blöde Idee sei?«

»Nein, tue ich nicht.« Ich verschränke die Arme vor der Brust. Damit ich nicht doch wieder damit anfange, auf dem Handschuhfach herumzutrommeln. Olli seufzt, klaubt sich eine vorgedrehte Zigarette aus dem Tabakpäckchen, steckt sie sich an und nimmt einen tiefen Zug. Raucht nicht, um seine Nerven in den Griff zu bekommen, sondern damit ich meine Gedanken ordnen kann. Aber das muss ich gar nicht. Ich weiß ja genau, wie es damals war, vor über acht Jahren.

Britta und ich waren gerade erst wieder in Portugal angekommen, am Abend zuvor, und die Stimmung war äußerst angespannt. Olli war zickig, weil ich Britta in Frankreich aufgegabelt hatte, Britta war sauer, weil Olli da war. Dann waren auch noch die Wellen mies, und ich bin Zigaretten holen gegangen. Und auf dem Weg zum Laden habe ich diese Bucht oder diese Grotte, eben dieses verdammte Meerwasserbassin entdeckt. Die spitzen Felsen darin habe ich damals gar nicht gesehen, nur die Farbe des Wassers. Es war ganz dunkelgrün und wunderschön. Zurück am Strand habe ich Olli und Britta von der Stelle erzählt, vorgeschlagen, da schwimmen zu gehen. Aber Olli hatte schon sein zweites Bier auf, und Britta war … Britta. Damals waren wir ja noch gar nicht zusammen, nur Freunde. Bekannte. Eine zufällige Fahrgemeinschaft.

Nein, nicht zufällig, es war so: Im Jahr zuvor, als sie ihren desaströsen Surfkurs bei Olli gemacht hatte, fand ich sie irgendwie interessant. Und dann bin ich nach dem Sommer einfach bei ihr vorbeigefahren, wir haben einen Kaffee getrunken, und ich habe sie zum Flughafen gebracht, weil sie an dem Tag nach München musste, zu einem Dreh. Mein beschissenes Timing halt.

Danach sind wir uns ab und zu über den Weg gelaufen, vielleicht vier, fünf, sechs Mal, bis schon wieder Sommer war. Auch nicht wahr. Ich habe mich absichtlich dort herumgetrieben, wo ich sie vermutete. Und als ihr Mitbewohner erwähnte, dass sie nach Südfrankreich gefahren sei, um es noch einmal mit dem Surfen zu probieren, habe ich dort eine kleine Pause eingelegt auf dem Weg nach Portugal. Ach, Quatsch. Ich bin zu dem Spot gefahren, dessen Namen mir ihre WG-Kumpel nach ein paar Be-

stechungsbieren endlich verraten hatten, und habe ihr dort quasi aufgelauert. Und als ich sie gefunden hatte, hat Britta diesen
Zufall direkt durchschaut. Trotzdem hat sie einfach alles stehen
und liegen lassen, und wir sind mit dem VW-Bulli los. Und diese
Autofahrt war – magisch. Es war gleichzeitig so unwirklich und
so vertraut, dass ich es einfach nicht verderben wollte. Dadurch,
dass ich Britta erzählte, dass Olli schon am Ziel auf uns wartet.
Oder besser gesagt, nur auf mich ...

Olli öffnet den Aschenbecher, der uns blitzblank entgegenstrahlt. Mein Vater hat nie geraucht, aber wo soll Olli seine Kippe
sonst ausdrücken? Aber warum kann er sie nicht einfach aus
dem Fenster schnippen wie sonst auch immer? Ich klappe den
Aschenbecher wieder zu. Olli schaut mich strafend an, so als
würde ich den Unterricht so absichtlich stören wollen, weil ich
die letzte Lektion schon nicht verstanden habe. Deswegen wiederholt Olli sie, ganz langsam, für Blöde: »Doch, Stan, du hast
aber damals gesagt, die Idee sei nicht gut. Viel zu gefährlich, da
nachts zu schwimmen. Das hast du mindestens drei Mal wiederholt, als wir uns auf den Weg gemacht haben. Und auch noch,
als ich da reingeklettert bin. Nach drei oder fünf Bieren. Und
als ich dann unten war, habe ich euch da auf dem Felsen stehen
sehen und ... und ...«

Er versucht tatsächlich, mich mit einem Lückentext zu ködern. Und es klappt hervorragend: »Ja, Olli, ich weiß doch, was
dann war. Du bist mit dem Fuß in diese Felsspalte geraten, hast
Panik bekommen, um Hilfe geschrien. Und Britta ist von ganz
oben runtergesprungen. Um dich zu retten.«

Olli stöhnt, wie ich immer stöhnen will, wenn die Kids von
meiner Nachhilfegruppe einen vollkommen unlogischen Satz
aus der vollkommen eindeutigen Vorgabe gebildet haben. Dann
packt er völlig überraschend meine linke Hand, ziemlich fest:
»Stan. Stannie. Wenn jemand wirklich Panik hat, meinst du

denn allen Ernstes, der ruft dann ›Hilfe, Hilfe, ich ertrinke!‹? Denk doch einmal nach!«

Ich denke einmal nach. Darüber, dass Olli vielleicht aus einem guten Grund meine Hand gepackt hat. »Stan, ich habe nur so getan. Ich wollte einen Witz machen. Ich hätte im nächsten Moment gelacht, aber dann ist Britta schon reingesprungen!«

Achteinhalb Jahre später kann ich endlich über diesen Witz lachen. Ich kann mich gar nicht mehr einkriegen und würde mir wohl auf die Schenkel schlagen, wenn Olli meine linke Hand endlich loslassen würde. Tut er aber nicht. Je angestrengter ich versuche, mich aus seinem Griff herauszuwinden, desto fester packt er mich. Dabei sollte er doch beide Hände besser am Steuer lassen. Aber er will lieber reden und mein Handgelenk umgreifen: »Stan, Britta hat das gewusst. Sie hat es doch gewusst, die ganze Zeit.«

Ich höre auf zu zappeln, Olli lässt meine Hand endlich los. Das war ein Fehler, jetzt, wo ich meinen Körper wieder unter Kontrolle habe, kehrt auch mein Verstand zurück: »Was hat sie gewusst? Dass das ein Witz war? Du hast also *aus Spaß* deinen Fuß verloren?« Ich bin überrascht, wie gehässig ich klinge. Dass ich so klingen kann. Aber ich bin es leid, mich ewig schuldig zu fühlen. Heute ist Olli mal damit dran: »Erst als Britta gesprungen ist, habe ich gemerkt, was ich da angerichtet habe. Und als sie bei mir war, habe ich ihr sofort gesagt, dass ich nur einen Joke gemacht habe. Und dann hat sie ... zugetreten. Richtig fest, immer wieder, dahin, wo's wehtut. Sie ließ sich gar nicht mehr beruhigen. Und dabei bin ich erst mit dem Fuß im Felsen hängen geblieben und in Panik geraten. Und ja, danach hat sie mich tatsächlich gerettet. Ich weiß bis heute nicht, wie, aber so war's. Ich konnte es dir nie sagen, weil ... dann alles so gekommen ist, wie es gekommen ist. Ich habe meinen Fuß verloren, du hast Britta bekommen. Schien mir gerecht, so im Nachhinein.«

Gerecht. Im Nachhinein. Ich starre auf die Pommesbröckchen auf der Fußmatte. Sieht aus wie ein Sternenhimmel. Da kann ich auch nie irgendwelche Bilder drin erkennen. Gerecht. Fuß verloren, Frau bekommen. Das ist mir zu abgespaced. Aber ich habe plötzlich eine Idee, weshalb sich ein Bauer einen Wolf halten würde. Er will cooler sein als die anderen Bauern, mit ihren langweiligen Hütehunden. Und damit auch davon ablenken, dass er gar keine Schafherde hat, sondern nur eines, das eine ziemliche Macke hat. Das lenkt immerhin schön davon ab, wie dumm der Bauer eigentlich ist. Klingt gerecht, im Nachhinein. Vielleicht ist in meinem Kopf gerade auch nur Salat. Denn ich habe große Lust, einen Krüppel zu verprügeln. Aber ich komme selten dazu, meine Pläne in die Tat umzusetzen. Immer quatscht jemand dazwischen.

»Stan? Dein Handy klingelt. Willst du drangehen? Vielleicht ist es ...«

Es ist eine unbekannte Nummer. Prima. Ich will jetzt gerne mit einer mir unbekannten Person reden. Alle, die ich kenne, kotzen mich an. »Hallo?«, melde ich mich.

Eine Frauenstimme fragt: »Konstantin?« Eine Frau, die mich Konstantin nennt. Und es ist weder meine Mutter noch Rina.

»Gesine?«, frage ich zurück.

»Ja. Puh. Gut, du bist es. Pass auf, die von der Autobahnpolizei haben gerade einen weißen Volvo gemeldet bekommen, der auf der Autobahn rückwärts gefahren ist. Bei der Ausfahrt zum Flughafen in Baden-Baden. Ich hatte so ein Gefühl, dass ...« Gefühle sind schön. Fakten interessanter: »Gesine, ich denke, das ist unser Auto. Ich danke dir. Wir sind auf dem Weg.«

»Okay«, sagt Gesine. Vielleicht will sie noch mehr sagen, aber ich lege auf.

Olli will wissen: »Wer war das?«

Das geht ihn nichts an. »Fahr einfach. Direkt zum Flughafen. Nicht zum Casino. Und halt bitte dein Maul bis dahin.«

Ich hatte recht. Und es fühlt sich nicht annähernd so gut an, wie ich dachte.

BRITTA

»Machen Sie mal bitte die Tür auf. ... Hallo! Öffnen Sie die Tür, sonst müssen wir sie aufbrechen!« Jemand klopft an die Toilettentür. Nein. Hämmert dagegen, und es sind mehrere Menschen vor der Tür. Mindestens zwei. Unter dem Türschlitz erkenne ich zwei Paar Schuhe, eins mit Absatz, einmal grobe Arbeitsstiefel. Die Frau vom Schalter und ein Security-Mann. Der klingt bedrohlich: »Hören Sie mal, Sie müssen da rauskommen, die Polizei ist auch schon unterwegs. Hören Sie?«

Klar, wie denn auch nicht? Die Unterlagen liegen auf dem Boden verstreut: mein ganzes Leben oder eine Fälschung davon. Ich weiß es nicht mehr. Wer könnte das wissen? Stan muss das wissen. Er muss wissen, dass ich hier bin. Dann kann er mich hier abholen. Und dann fliegen wir weg, ja. Wie es immer geplant war. Ich muss ihn jetzt anrufen. Wo ist mein Handy? In der Manteltasche, irgendwo, tief unten. Bei den Flugtickets. Flugtickets sind gut, wenn man am Flughafen ist. Eine Daseinsberechtigung oder zumindest eine Aufenthaltserlaubnis. Sie sind ausgestellt auf Stan und mich, von Brüssel nach Portland, Direktflug, morgen um 17:25 Uhr. Das ist gut. Ich rufe jetzt Stan an. Sage ihm, dass er in Brüssel auf mich warten soll, ich nehme dann einen Flug, von hier aus, dorthin. Das wird doch wohl möglich sein für eine zahlende Kundin. Eine mündige Kundin. Genau: Ich gehe jetzt hier raus und gehe ganz normal zum Flugschalter. Halte ihr die Kreditkarte vor die Nase und sage nur: »Nach Brüssel. 1. Klasse, bitte.« Und dann rufe ich Stan erst an.

»Ich würde ihn vorher anrufen, dann hat er die Wahl«, empfiehlt mir Eddie.

»Halt's Maul. Halt doch endlich mal deine Fresse«, schreie ich. Das Handy entgleitet mir, landet in der Kloschüssel. Scheiße. Scheiße. Scheiße. Ich drücke die Spülung.

Das Hämmern an der Tür hat aufgehört, sie beratschlagen sich, was mit mir zu tun ist. Es macht ihnen gar nichts aus, dass ich hören kann, was sie mit mir vorhaben. Der Sicherheitsmann spricht in ein Funkgerät, erklärt der Polizei, was ich bin: »Ja, durchgedrehte Junkiefrau, nehmen wir mal ganz schwer an. Vielleicht gefährlich. Ja, genau, wahrscheinlich die, die schon auf der Autobahn rückwärtsgefahren ist. Der Wagen steht hier auf dem Parkplatz. Wir warten jetzt auf euch. Over.«

Ich warte nicht mehr. Ich nutze den Vorteil der Überraschung, öffne leise das Schloss, knote mir den Pelzmantel fest zu und renne. Renne den Security-Typen um, renne, wie ich noch nie gerannt bin.

STAN

Olli hat das Maul gehalten. Sehr lange. Vor uns ist ein Kaff namens Beinheim ausgeschildert. Britta hätte darüber ihre Witze gemacht, ich hätte irgendetwas Schlaues dazu gesagt, Britta hätte einen noch blöderen Witz gemacht und gewonnen. Ich muss lächeln und hasse mich dafür. Denn Olli hält das für ein Zeichen, dass er wieder etwas sagen darf: »Wir sind gleich da. Was ... was hast du denn vor, dann? Ich meine, wie ist der Plan, Alter?«

Auf einmal soll ich einen Plan haben. Oder darf heute einmal der Bestimmer sein, nach all den Jahren, keine Ahnung. Wie sind denn die Optionen? Mein Auto abholen? Wird schwierig, ohne Führerschein. Britta retten? Vor wem? Vor Eddie? Ich bin nicht gut im Retten. Das müsste Olli wissen. Wir sind in Deutschland, das Navi meldet, dass es nur noch wenige Kilometer bis zum Flughafen sind. Olli weiß aber gar nicht, weshalb ich nicht gut im Retten bin. Ist vielleicht an der Zeit, ihm das zu verraten: »Britta hat dir also in die Eier getreten, damals, ja? Kann sein. Aber vorher hast du sie geküsst. Und sie dich. Das habe ich alles gesehen, von da oben, Olli. Deswegen habe ich euch nicht geholfen. Weil du immer schon ein Arschloch warst.«

Ollis Gebiss sieht wirklich umso schlimmer aus, je länger man es sich anschauen muss. Warum macht er auch den Mund auf, wenn er doch nichts mehr zu sagen hat? Weil er es natürlich trotzdem versucht: »Stan, das war doch ... Das hat sich doch ganz anders ... Ich war betrunken, und Britta hat mich nicht ... Alter, du bist doch krank im Kopf. Genau wie Britta. Ich meine ...«

Ich weiß nicht, was er meint. Ich kann ihn nicht mehr hören. Um uns erklingen Sirenen, zwei Polizei- und ein Rettungswagen rasen an uns vorbei, auf den Parkplatz zu, alles wie im Film, Blaulicht flackert um uns herum, überall. Und Olli meint offenbar, dass er aufs Gas treten muss.

BRITTA

»Stehen bleiben! Bleiben Sie stehen!«

Auf keinen Fall. Was wollen die machen? Mich erschießen? Ich renne zur Tür raus, eiskalte Luft schlägt mir entgegen, strömt in meinen Rachen, ich spüre meine Beine nicht mehr. Sie wurden vom Boden weggerissen. Ich fliege. Sehr kurz. Der Boden kommt mir entgegen. Jetzt wird mir warm um die Ohren. Und da ist ein Licht. Nein, sogar zwei. Scheinwerfer. Schau mal, Eddie, wie schön.

Wir haben den großen, bösen Wolf getötet. Olli hat ihn überfahren.

Jemand öffnet von außen die Tür, es zieht. Jetzt werde ich an der Schulter gepackt, von einem Polizisten, nehme ich an. Er trägt so eine Mütze, wie der Teddy, den ich in der Hand halte: »Sind Sie verletzt? Nein. Dann steigen Sie jetzt aus. Können Sie bitte aussteigen? Bitte, ganz langsam. Ich gebe Ihnen die Hand. So ist gut. Gucken Sie nicht dahin, nein, lassen Sie das besser, Sie gucken jetzt mich an, nicht da hinüber ...«

Ich tue nicht mehr, was man mir sagt. Ich schaue nach vorne. Auf dem Asphalt liegt ein riesiger Klumpen Fell. Ein Pelz, der mal weiß war, aber jetzt ganz schmutzig ist. Und am oberen Ende dunkel, rot, das ist Blut. Eddie ist tot, aber in echt, nicht wie in einem Cartoon. Obwohl am unteren Ende Füße herausschauen. An schmalen Fesseln. Die zu den kleinen Füßen passen. Schuhgröße 37. Das kann ich von hier aus sehen. Der Polizist zieht mich weg von Papas Auto.

Alles immer noch in Blaulicht getaucht, aber sie haben die Sirenen ausgestellt. Die Polizisten schütteln die Köpfe; der, der mich über den Parkplatz zieht, guckt ganz betroffen. Seine Kollegin, so eine Kleine, Dralle, flucht laut: »Scheiße. Das fehlte heute Abend noch.«

Jetzt wird alles golden um mich herum. Die Sanitäter haben mir so eine Rettungsdecke umgelegt, als ob mir kalt wäre oder die mich retten könnte. »Kommen Sie mal mit zum Rettungswagen, ja?« Ein Wagen wird mich auch nicht retten, deswegen bleibe ich stehen. »Können Sie weitergehen, ja? Sollen wir einen Rollstuhl holen?« Alle fragen mich schon wieder so bescheuerte Sachen. Niemand fragt Olli irgendetwas. Sie holen ihn auch nicht aus dem Auto. Lassen ihn einfach da sitzen, über das Lenkrad gebeugt.

»Kommen Sie einfach hier rüber, ja? So ist gut.« Ein Sanitäter setzt mich hin, auf die Ladefläche. Die dicke Polizistin kann einfach nicht leise schreien: »Der hier hat keinen Puls, hier! Scheiße. Scheiße! Bitte mal Sanitäter zum Unfallfahrzeug, schnell!«

Das Unfallfahrzeug hat gar nichts abbekommen. Da wird sich mein Vater aber freuen. So ein Riesenpelzmantel dämpft offenbar enorm ab. Olli sieht auch gar nicht verletzt aus, kein Blut, nirgends. Aber er wehrt sich nicht, als sie ihn aus dem Auto zerren und auf eine Bahre legen, die sie jetzt in einem Wahnsinnstempo in meine Richtung schieben. Ich sollte aus dem Weg gehen, hier herrscht jetzt ein ziemliches Chaos. Keiner beachtet mich mehr. Die Leute gucken eben nach oben, wenn ein Hubschrauber knapp über ihnen fliegt. Die Notärzte, die da jetzt herausspringen, laufen zu dem Fellhaufen, sammeln ihn auf und fliegen mit ihm weg. Ziemlich dramatisch. Britta würde das gefallen.

Ich sollte hier abhauen, bevor den Polizisten einfällt, dass sie ihre Arbeit tun müssen. Kann ja nicht mehr lange dauern, bis sie jemanden befragen wollen, und ich bin der Einzige hier, der keine Uniform trägt. Unser Volvo lächelt mir verschwörerisch zu. Ich gehe auf ihn zu, suche den Zweitschlussel in meiner Jackentasche.

»Konstantin? Hey, Konstantin!«

Mein Engel holt mich ein. Also kann ich auch stehen bleiben, mich umdrehen, um sein schönes Gesicht zu schauen. Und die komischen Ohren: »Alles in Ordnung mit dir? Ich war schon auf dem Weg nach Hause, als ich dich angerufen habe. Und bin umgedreht. Die sagen, es gäbe eine schwerverletzte Person und einen Toten. Herzinfarkt, am Steuer. Soweit ich weiß, saß der aber in dem BMW da vorne ...«

Ich würde Gesine so gerne küssen. Das würde sie vom Nachdenken abhalten, für eine ganze Weile. Aber ich habe den Mo ment verpasst. »Konstantin, das da vorne ist dein Auto, oder? Scheiße, die Schwerverletzte im Hubschrauber, das ist deine Freundin, oder?«

Ich schüttle den Kopf. Britta ist nicht verletzt. Sie ist tot. Gesine nimmt meine Hand, zieht mich zu ihr: »Konstantin, du stehst unter Schock, klar. Aber die werden sie in die Uniklinik nach Karlsruhe bringen. Soll ich dich hinfahren? Komm, wir fahren.«

Ich fahre mit Gesine. Nach Karlsruhe. Hätte ich gestern auch nicht drauf gewettet. Das Leben ist eben nicht planbar. Man muss im Augenblick leben und seine Chancen ergreifen. Vielleicht warte ich aber trotzdem noch ein wenig ab, bevor ich sie nach ihrer Telefonnummer frage.

6 WOCHEN SPÄTER

GESINE

Ich wollte warten, bis ich ihn wieder besuche. Bis sie dem Antrag zustimmen, dass ich Egon mitbringen darf. Die Schwester bringt mich bis vor die Zimmertür, sagt: »Aber höchstens eine Viertelstunde, klar? Er darf sich nicht aufregen. Meiner Meinung nach sollte ja ein Arzt dabei sein, aber ...«

Nichts »aber«. Die Meinung der Schwester interessiert mich nicht. Sie weiß das und verzieht noch missbilligend das Gesicht, bevor sie klopft und mit ihrer unangenehmen Stimme kräht: »Herr von Eltzberg, Sie haben Besuch.« Noch bevor Konstantin etwas dazu sagen darf, öffnet sie schon die Tür. Ich lasse die Leine absichtlich los, Egon stürmt auf Konstantin zu, leckt ihm über das Gesicht, der lächelt und streichelt Egon. Fragt ihn aber nicht: »Ja, wo kommst du denn her? Wo ist denn dein Frauchen?« Er kann mich ja sehen. Und lächelt zum Glück auch mich an, hebt die Hand und winkt mir zu. »Hallo, Gesine.« – Gut. Sehr gut. Nicht »Hey, Baby, was machst du denn für Sachen?« wie beim letzten Mal, als er mich mit Britta verwechselt hat. Vielleicht darf er bald hier raus. Vielleicht schon ganz bald.

»Hallo, Konstantin«, sage ich und gehe auf ihn zu, setze mich neben ihn an den Schreibtisch. Die Schwester schließt die Tür, sogar von außen. »Muss Egon wieder die Schulbank drücken?«, fragt Konstantin.

Wenn ich der Typ wäre, der Hunde vermenschlicht, würde ich sagen: Egon schaut etwas schuldbewusst drein. Dabei hat er gar keinen Grund dazu: »Nein, er ist arbeitslos geworden. Kein Talent zum Drogenhund. Macht jetzt vielleicht eine Umschulung zum Therapiehund. Das hier ist sein erster Praktikumstag.«

Konstanin lacht, tätschelt mit einer Hand Egons Kopf, mit der anderen nimmt er meine. Was für ein Fortschritt. Ob ich ihm direkt berichten soll, was wir alles herausgefunden haben? Mein Blick fällt auf Konstantins Schreibtisch, auf all die Zettel, auf denen er sich Notizen macht, sie aber jeden Abend wieder zerreißt und wegwirft.

Konstantin hängt in einer Schleife fest, er denkt im Kreis, hat Fritz gesagt und die Befürchtung geäußert, dass sein Sohn in dieser Klinik vielleicht endgültig verrückt wird. Ich habe Fritz zugestimmt. Aber ich habe ihm auch gesagt, dass er seinem Sohn wohl aus dieser Schleife heraushelfen könnte, wenn er wollte. Er wollte nicht. Jedenfalls nicht von Angesicht zu Angesicht. Also bin ich jetzt hier. Weil Konstantin kein bisschen verrückt ist. Und seine Britta auch nicht. Es war nur ihr Plan, der vollkommen verrückt war. Und deswegen auch vollkommen schiefgelaufen ist. Vor allem für Olli. Das alles muss jetzt auf den Tisch. Ich kann ihm das alles nicht mit Zuckerguss servieren, aber ich werde versuchen, es ihm häppchenweise beizubringen: »Also: Du weißt doch, was die Ermittler in den Krimis immer als Erstes sagen, wenn sie an einem Fall dran sind, oder?«, frage ich, Konstantin überlegt nicht allzu lange: »Klar. Sie fragen: ›Hatte das Opfer Feinde?‹«

Egon jault auf, damit ich das nicht übernehmen muss. Ich fange noch mal von vorn an: »Nein, der andere Spruch. Sie sagen: ›Folge dem Geld.‹ Und das habe ich getan.«

Ich lege die Kreditkartenabrechnungen auf Konstantins Schreibtisch. Natürlich habe ich sie mir zuvor angesehen, ganz genau und mehrfach, und ich habe meine Schlüsse daraus gezogen. Aber Stan soll seine eigenen ziehen. Er studiert die acht Seiten sorgfältig, hebt ein paar Mal die Brauen, schließt kurz die Augen. Rückt den Stapel wieder zurecht, Ecke auf Ecke. Sagt schließlich etwas dazu: »Okay, ich verstehe. Mein Vater hat ihr diese Kreditkarte gegeben, mit einem Verfügungsrahmen von 10.000 Euro. Das war bestimmt lieb gemeint von ihm.« Ich bin erleichtert.

Konstantin hat eine grundlegende Sache verstanden. Sein Vater wollte Britta nicht schaden und ihm schon gar nicht. Und er spricht von »lieb gemeint« statt »Er hat sich freigekauft«. Meiner Meinung nach liegt die Wahrheit irgendwo dazwischen, aber ich mische mich da nicht ein. Ich will nur, dass er erkennt, was Britta mit dem Geld getan hat. Tun wollte. Und auch was sie damit nicht getan hat. Zum Beispiel hat sie keine urbane Legende namens Eddie angeheuert, nie. Sie hat allerdings zwei Flugtickets mit der Karte bezahlt, eines für sich, eins für Konstantin. Die Tickets, die bei ihr gefunden wurden, von Brüssel nach Portland. Das Geld dafür ist Ende Oktober abgebucht worden. Außerdem hat sie noch eine dubiose Lebensversicherung abgeschlossen, aber an dem Posten bin ich noch nicht weiter.

Konstantin weiß von diesen Tickets, und er scheint sich endlich einen Reim darauf gemacht zu haben, der nicht vollkommen abstrus klingt: »Okay. Oregon, nicht Kalifornien. Immerhin Westküste. Und sie wollte von Brüssel aus fliegen, weil es da diesen Direktflug gab. Sie steigt nicht gerne um, das ergibt Sinn. Mist. Wahrscheinlich dachte sie, ich hätte die Tickets längst gefunden, als ich ihr vorgeschlagen habe, nach Brügge zu fahren. Die Richtung stimmt ja. Und die Buchstaben auch, fast ...«

Egon ist gut in seinem neuen Job. In der Sekunde, in der Konstantin angefangen hat, sich neuen Mutmaßungen hinzugeben, hat er sofort angefangen, ihm über die Hand zu lecken. »Ja, schon gut, ich weiß. Die blöde DVD lag obenauf, weil Britta unsere Pässe im Regal gesucht hat. War ein Zufall oder auch nicht. Jedenfalls wusste ich nichts von den Tickets, bis vor sechs

Wochen. Wir sind nach Brügge gefahren, weil ich es für eine gute Idee hielt. Na, eine Idee, halt. Und ja, Gesine, ich weiß jetzt, dass Britta sich dort nicht mit Eddie in der Kneipe verabredet hat. Oder ihn gar bezahlt hat.«

Das klingt doch schon ganz gut. Aber »ganz gut« reicht nicht, nicht für mich und schon gar nicht für Konstantin. Er muss zugeben, dass er bei diesem ganzen Trip irgendwann nicht mehr ganz auf der Höhe war. Und so ungern ich es zugebe: Er war schon mit den Nerven am Ende, bevor ich ihn getroffen habe. Denn es gibt keinen Eddie. Und falls doch, hat der nie mit Britta und Konstantin im Auto gesessen. Allerdings habe ich etwas über die Kneipe herausgefunden, in der die beiden gewesen sind.

Ich schaue auf die Uhr, die Zeit läuft mir davon, also muss ich doch direkter werden: »Pass auf: Ich glaube dir, dass ihr in der Kneipe wart. Und dass ein Typ euch da Biere gegeben hat, der sich Eddie genannt hat. Es gibt allerdings keine Spuren von ihm in dem Volvo, und eine Urne wurde auch nicht gefunden, der Pelzmantel ist in der Klinik entsorgt worden, also frage ich dich jetzt, ganz direkt: Saß der Typ je in eurem Auto oder nicht?«

Konstantin krault Egons Hals und denkt nach. Soll er ja auch. Er hat schon so viel Vernünftiges gesagt heute, da wäre es doch nur noch ein kleiner Schritt, bis er …

»Gesine, es ist so: Ich stand noch unter Drogen. Ich stand unter Druck. Als Britta und ich da in unserem Auto saßen, hatten wir gerade ein ziemlich unangenehmes Gespräch geführt, und wer weiß: Vielleicht habe ich halluziniert, habe ich den Kellner darin gesehen, weil ich es wollte. Vielleicht habe ich damals schon geahnt, dass Britta krank ist, oder zumindest, dass mit ihr irgendetwas nicht stimmt, aber ich konnte nicht mit ihr darüber reden. Daher haben wir Eddie vielleicht nur … im übertragenen Sinn mitgenommen, verstehst du?«

Ich verstehe das leider. Aber die Ärzte hier werden das etwas anders sehen: »Konstantin, wenn du das bei der Therapiesitzung hier auch so erzählst, könntest du dann vielleicht das ›vielleicht‹ weglassen?«

»Vielleicht«, antwortet Konstantin. Wir nehmen uns die Zeit zum Kichern. Bis Konstantin sagt: »Fuck, ich glaube, ich wollte einfach nicht, dass sie allein stirbt. Ich habe irgendwann geschnallt, dass sie mich nicht dabeihaben wollte, und auch, weshalb nicht. Und ab da ... war die Vorstellung ganz tröstlich, dass *irgendjemand* bei ihr ist am Ende. Jemand, dem sie alles sagen kann, was sie mir nicht sagen konnte.«

Sie ist aber noch gar nicht tot, will ich sagen. Konstantin weiß das. Er weiß auch, dass Britta jetzt genau da ist, wo sie nie sein wollte: In einer Klinik, im Dämmerzustand, niemand kann sagen, ob und wie viel sie von dem mitbekommt, was um sie herum geschieht. Die Ärzte sagen, dass sie außer dem Tumor noch eine Menge interessanter Substanzen in ihrem Blut hatte. Die sie wohl schon eine Weile zu sich genommen hat, sehr regelmäßig. Natürlich verschreibungspflichtig, aber wir haben in der Wohnung keine Rezepte gefunden. Aber irgendwie kommt man ja an alles ran, das haben wir beim Zoll gelernt. Und wenn Britta sich diese Psychohammer illegal besorgt hat, würde das auch die hohen Summen erklären, die sie mit der Kreditkarte in bar abgehoben hat.

Die Schwester klopft dieses Mal nicht an die Tür, bevor sie sie weit öffnet und sich nicht zu blöd ist, einen Satz loszuwerden wie aus einer schlechten Vorabendserie: »Die Zeit ist um«, sagt sie mit einer ausladenden Geste. Ich nehme Egons Leine in die Hand, Konstantin zupft an meiner Jacke und flüstert: »Ich verzeihe Britta. Alles. Ganz bald, okay?«

Ich nicke, und Egon zieht mich schon zur Tür hin. Er ist eben unglaublich begabt als Therapiehund. Spürt genau, wenn es gut war für heute. Und die Schwester ist so beschäftigt damit, Egon noch einmal missbilligend anzuschauen, dass sie keine Augen für den Brief hat, den ich in Konstantins Bademanteltasche gleiten lasse. Konstantin schon. Er verkneift sich ein Zwinkern, ich mir auch.

Egon und ich gehen durch die im Frühjahr bestimmt wunderschöne Gartenanlage, durch die Konstantin noch nicht gehen darf. Mögliche Reizüberflutung. Verdammt, das Leben ist nun mal eine Reizüberflutung, oder? Und die Aufgabe besteht darin, dass man den ganzen unwichtigen Kram aussortiert und sich auf das Wesentliche konzentriert. Und dabei versucht, anderen nicht zu schaden. Das ist schon das ganze Geheimnis, aber kompliziert genug. Es sei denn, man ist ein Hund. Egon zum Beispiel ist es schnurzpiepe, ob Olli tot ist und Britta nicht. Es wäre ihm auch egal, wenn es umgekehrt wäre, er kannte die beiden nicht, sein Gerechtigkeitssinn ist so ausgeprägt, wie es sich für seine Spezies gehört. Er ist also total unbefangen, was den Fall angeht, deshalb frage ich ihn: »Na, mein Kleener, wie hat dir der Besuch gefallen? Glaubst du, Konstantin kommt wieder auf den Damm, ganz bald? Oder knapst der ewig an seinen Schuldgefühlen herum wegen Oliver?«

Egon hechelt, bleibt da ganz neutral, hält sich mit seiner Prognose zurück. Ich spinne weiter: »Und nehmen wir ihm das ab, dass er nicht mehr daran glaubt, dass Eddie in seinem Wagen saß?«

Egon hechelt etwas lauter, aber wahrscheinlich nur, weil ihm warm ist. Oder er Kaninchen gerochen hat. Ich werte das trotzdem als Antwort, schon damit ich mich nicht ganz so blöd fühle, wenn ich laut Fragen an meinen Hund stelle, nur weil ich sie niemand anderem stellen will: »Und dass ich ihm den Brief von Fritz gegeben habe, das war richtig, oder? Ich meine, egal was drinsteht, es wird Konstantin helfen, klar im Kopf zu werden. Und das wollen wir doch beide, oder?«

Egon bellt einen Spaziergänger an, wahrscheinlich einen Patienten der Klinik. Jedenfalls lächelt der mich so freundlich an, als wolle er meine These bestätigen. Ich sollte aufhören, mit meinem Hund zu reden, sondern mehr auf ihn hören.

Für Egon ist Konstantin einer von den Guten. Ich habe mich seiner Meinung angeschlossen. Deshalb will ich ihm auch nur Gutes tun. Es ist nicht meine Aufgabe, ihn mit meinen Theorien aufzuwühlen, darüber nachzusinnen, ob und wann Britta was wollte oder wer wie daran Schuld trägt, was mit Oliver geschehen ist. Olli ist an einem Herzinfarkt gestorben, so viel steht fest. Und für Britta wäre es das Beste, wenn sie nie wieder aufwacht. Ihr Hirn ist bei dem Aufprall so stark geschädigt worden, sie könnte niemals aufklären, wer wann was warum getan oder gelassen hat. Da könnte nur Eddie weiterhelfen, wenn es ihn denn gäbe. Außerdem bin ich nicht die Polizei, und auch Egon hat den Aufnahmetest nicht bestanden. Kein Wunder. Wir sind beide zu vertrauensselig. Glauben einem dahergelaufenen Mann mit zerrissenen Klamotten und blutigem Ohrläppchen diese wilde Geschichte von dem mysteriösen Tramper. Wollen sie glauben, weil er sie glaubt. Jetzt glaube ich nur noch, dass wir beide erst einmal in einen langen, langen Urlaub fahren sollten, Egon.

KONSTANTIN

Als Gesine weg ist, fasse ich einen Entschluss. Ich muss wieder mit dem Rauchen anfangen. Sonst lassen sie einen nicht raus in den Garten. Und nur da kann ich dann die ganzen Zettel verbrennen, die ich mit der Zeit angehäuft habe. Meine bescheuerten Notizen, die ich mir selber schreiben muss, weil Britta das nicht mehr kann. Das wird das Personal beeindrucken, das hat so was

Symbolisches, das schreit doch quasi: »Der Patient lässt los, der Patient ist bereit für einen Neuanfang!« Ob ich auch den Brief von Papa mit verbrenne? Ich sollte ihn erst einmal lesen.

Ich reiße den Umschlag mit den Fingern auf, gefährliche Waffen wie einen Brieföffner lassen die hier nicht herumliegen. Mein Vater hat die drei Seiten mit der Hand geschrieben, damit ich begreife, wie wichtig und persönlich ihm die Angelegenheit ist. Und er hat neutrales Briefpapier verwendet, um zu zeigen, wie wichtig es ihm ist, nicht derjenige zu sein, der mich mit irgendetwas triggert – zum Beispiel diesem Briefkopf, den Britta verwendet hat, um das Schreiben des Anwalts zu fälschen. Als ich die ersten Zeilen lese, verstehe ich, warum mein Vater mich nicht besuchen kommt. Er hat Angst vor mir.

Als ich die letzten Zeilen lese, will ich den Brief nicht mehr verbrennen. Mein Vater hat Angst vor sich selbst. Die muss ich ihm ausreden, wenn ich hier rauskomme. Aber zuerst muss ich zu Ollis Grab. Ihm sagen, dass es mir leidtut. Und dass ich ihm verzeihe. Und hoffe, dass er mir verzeiht. Dass ich das alles nicht gerecht finde, so im Nachhinein. Was die Pfarrer eben auch sagen, bei Beerdigungen, nur mit anderen Worten, und dann Gott für alles verantwortlich machen, weil der angeblich weiß, was gerecht ist.

Mein Vater hat geschrieben, dass bei Ollis Beerdigung kein Pfarrer anwesend war, sondern nur ein freier Redner ein paar Worte gesprochen und dann eine Band gespielt habe, dem Wunsch des Verstorbenen entsprechend. Ich schätze, Olli hat es durchgezogen. Beziehungsweise durchziehen lassen. Er hat mir bei verschiedenen Gelegenheiten berichtet, dass bei seinem Begräbnis dereinst »Bite the Bullet« von *Motörhead* gespielt werden soll. Das oder gar nichts. Offenbar hat er es nicht nur mir erzählt, sondern auch anderen. Iris vielleicht. Ich bin jedenfalls froh, dass er sich noch mit anderen über so wichtige Dinge ausgetauscht hat. Und dass ich nicht bei seiner Beerdigung dabei war. Und dann muss ich zu Britta gehen.

EDDIE

»Es ist Zeit, dass ich hier wegkomme. Ich war viel zu lange in dieser verschissenen Stadt. Aber es war bestimmt richtig, mal eine Weile die Füße still zu halten. Die letzte Nummer war doch etwas zu krass, das war eine Warnung, ganz klar: Eddie, hör auf mit dem Scheiß. Aber letztendlich war es ja nur ein ganz dummer Zufall, nicht Schicksal oder so. Ich glaube nicht an das Schicksal, sondern dass jeder seines Glückes Schmied ist. Und man niemals an dem Glück anderer herumschmieden sollte.

Diese eiserne Regel habe ich gebrochen, im November. Sollte ja nur ein warmer Abriss werden in dieser elenden Kneipe. Die Hälfte von dem Geld hatte ich schon in der Tasche, die andere hätte es nach erledigter Arbeit gegeben. Und dann kommen diese beiden Seelchen da reingestiefelt. Sie waren so erfrischend ... durchgeknallt. Ich studiere die Menschen, schon mein Leben lang. Seit sechzehn Jahren beruflich, sozusagen. Ich merke direkt, wer ein weiches Herz hat und wer eine weiche Birne. Aus den beiden wurde ich nicht schlau, das war schon eine Aufgabe. Also habe ich sie getrennt, mental und räumlich, das war ein Leichtes. Die einfachsten Tricks haben bei dem Typen funktioniert: Verkappt war der ein bisschen bi, also habe ich auf Vollschwuchtel gemacht, um ihn zu verunsichern. Männer sind einfacher zu knacken, immer. Die wollen zeigen, dass sie edle Ritter sind. Aber da sie keine Drachen töten können, müssen sie ihre Damen anders beeindrucken. Du würdest nicht glauben, wie viele Keile über die Jahre an einem Geldautomaten angehalten und ihr Konto leergeräumt haben. Die haben mir Tausende von Euros in die Hand gedrückt, nur um mal wieder zu sehen, wie ihre Trullas vor Rührung weinen. Verrückte Welt, aber du kannst sie zu deinem Vorteil nutzen. Bei diesen beiden lief es nicht ganz so, aber immerhin: Auch er ist raus aus der Kneipe, um ihr irgendein Geschenk zu besorgen, ihr zu beweisen, dass er doch noch ein toller Hecht ist, was weiß ich.

Und dann wurde es spannend, als ich mit der Frau alleine war. Hätte ich nicht mit gerechnet, dass sie so schnell zusammenfällt. Nach zwei Minuten erzählt sie mir, dass sie einen inoperablen Hirntumor habe. Sie erzählt das mir. Dabei ist das mein Job. Ganz kurz habe ich befürchtet, dass sie mich endlich erwischt haben. Dass die beiden Zivilfahnder sind oder so. Also habe ich sie abgecheckt.

Wenn man in der Branche tätig ist, bildet man sich permanent weiter, ist doch klar. Es kann immer sein, dass man von einem Arzt aufgegabelt wird, da muss man die Fachbegriffe kennen. Und die Symptome, den Verlauf der Krankheit. Das kleine Fräulein hatte entweder einen an der Klatsche, klar, oder sie war eine verdammt gute Schauspielerin. Ich habe sie weiter getestet. Meine falschen Zähne eingesetzt und wieder herausgenommen. Aber sie hat sich weder erschreckt, noch hatte sie eine verlangsamte Wahrnehmung. Keine Lähmungen, keine Sprachstörungen oder so. Aber sie hat sehr schnell Dinge gesehen, die nicht da sind. Und sie für echt erklärt. Ihre eigene kleine Welt ersponnen, die immer noch knapp in die Wirklichkeit passte. Wo man sich fragt: Schmeißt die sich jeden Tag Acid, und wenn ja: Weiß sie davon?

Und dann habe ich eins kapiert: Vielleicht hat sie wirklich einen Tumor im Kopf, vielleicht eine Psychose, bestimmt steht die unter irgendwelchen Medikamenten, aber: Ihr Typ weiß von gar nichts. Und da habe ich mich schon gefragt, was *der* wohl nimmt, dass er das übersehen kann.

Aber wie gesagt, ich spiele nicht Gott, das ist eine Nummer

zu groß. Aber den Standesbeamten, warum nicht? Erstens hat es wirklich keinen Unterschied gemacht, ob die Kneipe noch einen Tag länger steht, zweitens wurde ich ja gut bezahlt.

Nein, jetzt ernsthaft. Ganz ernsthaft, denn über die Liebe macht man keine Scherze. Habe ich nie gemacht. Und ich habe das Brautpaar auch alleine gelassen in der Kneipe, in ihrer Hochzeitsnacht. Da ist schon ein Funken Anstand in mir, doch. Bin ich durch die Stadt getigert, Brügge bei Nacht, das kann romantisch sein, aber einen auch ziemlich runterziehen. Ist wie in dem blöden Film. Da denkst du nach über dein Leben, und plötzlich stehst du vor dem Auto, das den beiden gehören muss. Kennzeichen stimmte. War so ein schöner, älterer Volvo, und da denke ich so bei mir: Eddie, du kannst die nicht so weiterfahren lassen. Das ist doch ein Zeichen, dass du die beiden getroffen hast. Jetzt hast du so lange die Leute angelogen und um ihr Geld gebracht, jetzt siehst du mal zu, dass zwei Liebende sich gegenseitig aus der Scheiße ziehen können. Oder sich zumindest mal klar darüber werden, dass sie in der Scheiße stecken. Ich habe ewig hinter dem Baum gewartet, mich dahinter versteckt, wollte schon abhauen, als die beiden doch endlich ankamen.

Als sie dann im Auto saßen, wirkte das nicht so, als würde sie ihm mal endlich reinen Wein einschenken. Die haben sich gezofft über irgendeine alte Kamelle wahrscheinlich, wie es alle Paare dauernd tun. Das erkennst du mit ein bisschen Übung auch durch ein Heckfenster an den Hinterköpfen. Den Rhythmus eines Gesprächs. Eines Streites. Da muss man auf die Pausen achten. Und davon gab es zu viele.

Es war nicht mehr auszuhalten. Da habe ich dann eingegriffen. Habe den beiden das Gleiche erzählt wie immer bei meinen Fahrten, die Urne hatte ich ja dabei. Allzeit bereit. Und der Pelzmantel, der ist auch wichtig. Zur Ablenkung. Du musst was haben, was gleichzeitig imposant ist, aber auch irgendwie heimelig. Gruselig kuschelig, nenn es wie du willst, es funktioniert jedenfalls, immer. Sobald der Mantel im Wagen ist, bist du auch drin, so geht das. Hat dann auch keine halbe Stunde gebraucht, da hatte ich ihn so weit. Ich sage ja, ich kann die Schwachstellen von Menschen erkennen, und der Typ war eine einzige emotionale Fleischwunde. Ich sage nur ›Mutter‹, und schon heult der fast los. Sie war die harte Nuss, und ich muss gestehen: Ich hatte keine Ahnung, wie leidensfähig die ist. Und dann bin ich auf Risiko gegangen, so richtig.

Als wir dann endlich auf der Straße waren, habe ich meine Masche weiter durchgezogen und bei der Lady dann alle Knöpfe gedrückt, an ihrer Eitelkeit gekratzt, sogar die Kinder erwähnt, die sie haben könnte. Das zieht leider immer, auch bei den Durchgedrehten. Sie hält also wie geplant endlich an, ich mache weiter mit der üblichen Story, dass die Urne für mich ist, der ganze Kram halt.

Als die beiden dann endlich ausgestiegen sind, um sich zu beratschlagen, dachte ich, es wäre so weit. Jetzt erzählt sie ihm endlich von dem Scheißtumor, den sie hat und nicht ich. Weil sie ja glaubte, *ich* hätte ihr die Story gestohlen, nicht umgekehrt. Das konnte die nicht zulassen, die nicht. Leider konnte ich vom Auto nicht genau hören, was sie gesagt hat, aber es lief erst mal wie erwartet. Die beiden reden, streiten sich ein bisschen, dieses Mal richtig saftig, und dann: telefoniert er! Wen ruft der an, habe ich mir dann noch gedacht: seine Mama? Die Bullen? Und in ihrem Gesicht: Nix mehr von Liebe, nicht mehr verwirrt, nur noch Wut.

Da war's klar, ich musste aus dem Auto raus, weg von dem Rastplatz, und ehe ich alles zusammenraffen konnte, sitzt sie schon wieder am Steuer und fragt mich, ob ich mit ihr in die Schweiz fahren will.

Ich hab natürlich sofort kapiert, was sie ausgerechnet da wollte. Sterbehilfe. Ist ja auch Teil von meiner Nummer, da lasse ich mich öfter hinfahren, von den ganz reichen Säcken. Fast hätte ich gelacht, denn: Das wäre ja schon spannend geworden, wenn Madame da bei den Leuten anklopft und sagt: ›Salut, ich bin todkrank und bitte um den begleiteten Exitus.‹ Die hätten sie durchgecheckt, vielleicht keinen Tumor gefunden und sie in die Klapse gesteckt. Und mich vielleicht in den Knast. Nicht meine Idee von einem Sonntagsausflug. Also habe ich es noch einmal versucht. Im Grunde meines Herzens bin ich Romantiker, weißt du.

Ich habe ihr gesagt, dass ihr Mann, ihr Stan, da bestimmt nicht hinwill. Und dieser Blick dann, den sie mir im Rückspiegel zugeworfen hat, den werde ich nie vergessen. So guckt jemand, der es durchzieht, dachte ich. Die Frau ist nicht mehr zu retten, die bringt sich auf jeden Fall um, Tumor oder nicht. Aber mich nicht. Ich springe also aus dem Auto, während sie schon anfährt, rolle mich da raus wie ein Stuntman, leider ohne den Mantel. Sehe noch, wie da Geldscheine aus dem Fenster fliegen, will die noch aufsammeln, aber mein Instinkt sagt mir: Eddie, versteck dich jetzt lieber schnell, sonst wird es ganz ungemütlich mit dem Herrn Bräutigam hier. Ich renne also wie ein Wiesel zu dem Toilettenhäuschen. Verstecke mich da drin und war mir sicher, dass ihr Typ das gar nicht mitgeschnitten hat, der war so in sein Telefongespräch vertieft, der hat nicht mal gemerkt, dass seine Süße ihn grad verlassen hatte, für immer.

Ich bleibe also in dem Toilettenhäuschen, Tür zu, aber nicht abgeschlossen, klar. Ein paar Minuten vergehen, ich höre, wie der Typ es dann wohl doch geschnallt hat. Dachte schon, der zerlegt das Toilettenhaus. Hat er aber nicht.

Ziemlich bald hat ihn da jemand aufgesammelt. Glück muss man haben. Ich habe drei Stunden gebraucht, bis ich wieder in der Stadt war. War eine wilde Geschichte jedenfalls, und an dem Tag habe ich mir geschworen: Ich höre auf mit dem Scheiß. Jetzt schreibe ich meine Memoiren oder so. Meinst du, das würde jemand lesen?«

»Wow. Ich meine: *Wow!* Das ist wirklich eine krasse Geschichte. Und wenn du mich fragst: Ich würde das vielleicht nicht lesen, aber als Film könnte ich es mir vorstellen. Den würde ich mir angucken. Oder sogar die weibliche Hauptrolle darin spielen, also die Durchgeknallte. Ich bin nämlich Schauspielerin, weißt du? Ich heiße übrigens Milena. Na, eigentlich Marita. Aber das muss ja nicht jeder wissen.«

»Nein, das muss nicht jeder wissen, aber ich weiß es jetzt, haha! Ich sage ja, ich kriege die Geheimnisse der Leute raus wie nix. Aber: Milena klingt wirklich besser. Und ja, vielleicht ist das Stoff für einen Film. Jedenfalls: Danke, Milena, dass du mich mitgenommen hast. Ich musste wirklich weg.«

FRITZ

Mein lieber Konstantin,

in dem Wissen, dass Du diesen Brief, wenn er mit einer Frage, einer Floskel über Dein Befinden beginnen sollte, nicht zu Ende lesen würdest, möchte ich nur feststellen: Ich weiß, dass es Dir nicht gut gehen kann – nicht mit der Geschichte, die hinter Dir liegt. Zwar berichten mir die Ärzte, dass sich Dein Zustand stabilisiert, aber ich verlasse mich lieber auf das Urteil Deiner Freundin Gesine. Sie berichtet, dass Du leidest wie ein Hund. Ich wünschte, ich könnte alle Sorgen und all den Schmerz von Dir nehmen, aber das kann ich nicht und sehe nun endlich ein, dass ich das nie konnte. Mein Fehler war, dass ich es immer wieder versucht habe. Vielleicht kannst Du mir das irgendwann verzeihen. Du magst mich hassen oder mich für einen Feigling halten, und Letzteres bin ich wohl. Denn der Grund, aus dem ich Dir Brittas Diagnose verheimlicht habe, war nicht allein der, dass ich unter Schweigepflicht stand. Dahinter habe ich mich versteckt, weil ich meinte, Dich so beschützen zu können. Eltern werden ihre Kinder immer schützen wollen. Das trifft auch auf Deine Mutter und mich zu. Ich will Dir, so gut ich kann, nun schildern, was an dem Abend geschah, an dem Deine Britta mich aufsuchte, und auch, was ich danach veranlasste, was mich antrieb und zurückhielt.

An dem Abend im August war Britta sehr klar, sehr beherrscht. So, wie ich sie kaum kannte. Sie erzählte mir geradeheraus von dem Befund, zeigte mir die Unterlagen der Kollegen, die bestätigte Diagnose. Ich nehme an, ich habe reagiert, wie Du es von mir erwarten würdest: Ich prüfte alles sehr genau, wollte mit den Kollegen Rücksprache halten, notierte schon den Namen eines Experten für neue Operationstechniken in Tübingen, als Britta mich anflehte, mich aus tiefstem Herzen bat, mir ihren Plan anzuhören. Du weißt, wie sie und ich zueinander standen. Als Du sie mir vorstelltest, wusste ich sofort, weshalb Du sie liebst und ich sie niemals als Familienmitglied würde lieben oder auch nur akzeptieren können: Im Geiste war sie mir zu ähnlich und glich, rein äußerlich, deiner Mutter zu sehr. Dazu diese wilde Entschlossenheit, die ich heimlich bewundert habe. Diese Kämpfernatur, die ich so gern bei Dir gesehen hätte, empfand ich bei ihr als abstoßend, bisweilen unheimlich. Aber als sie mir gegenübersaß, an diesem Spätsommerabend, da wusste ich, dass sie wieder kämpfen würde: dieses Mal nicht gegen den Krebs, sondern gegen sich selbst. Und als sie mir von ihrem Plan erzählte, wusste ich, wie sehr sie Dich liebt.

Lieber Konstantin, bitte denke nicht, dass ich mich nun rechtfertigen oder meine Taten besser aussehen lassen will, als sie waren. Aber ich habe Britta wesentlich mehr gegeben als die Kreditkarte. Ich habe ihr mein absolutes Vertrauen geschenkt und dafür das ihre erwartet. Wir haben uns die Hand darauf gegeben, dass keiner von uns beiden Dir von ihrer Diagnose berichtet, bis es nicht mehr zu verheimlichen sein würde.

Ich gebe zu, dass es mir bei dieser Verabredung, diesem Pakt, nicht in erster Linie darum ging, dass Britta so aus dem Leben scheiden würde, wie sie es für richtig hielt, sondern dass Du, Konstantin, nicht zu lange an ihren Qualen würdest teilhaben müssen.

Du weißt, dass ich nicht an Zufall oder an das Schicksal glaube, aber mittlerweile denke ich, dass uns Prüfungen, die wir nicht bestanden haben, wohl erneut auferlegt werden und ungelöste Probleme uns wieder einholen.

Als Deine Mutter uns verließ, war ich schwer getroffen. Vielleicht nicht so schwer wie Du, als ihr einziges Kind, aber ich hatte die Arroganz und die Mittel, sie von Dir fernzuhalten. Ich habe ihr immer wieder Geld zukommen lassen über all die Jahre, damit sie nur sporadischen Kontakt zu Dir hält. Und da sie dieses Geld annahm, bewies sie mir, dass sie es nicht wert war, Teil Deines Lebens zu sein. Ich konnte die Trennung von ihr nur überwinden, indem ich einen Grund schuf, sie zu verachten. Da es nur in dem US-Bundesstaat Oregon die Möglichkeit gibt, als Schwerkranker so selbstbestimmt aus dem Leben zu scheiden, wie Britta gehen wollte, habe ich geholfen, die geltenden Auflagen zu erfüllen. Eine davon besteht darin, dass der betroffene Patient einen festen Wohnsitz in Oregon aufweisen muss. Dies zu arrangieren, konnte nur mit der Unterstützung Deiner Mutter gelingen. Ich musste sie um Hilfe bitten, und sie hat sie mir zugesagt, schon vor Monaten. Als Deine Mutter erfuhr, wie es um Britta steht, ist sie sofort nach Oregon übergesiedelt, und ich muss gestehen, dass sie dies ohne meine finanzielle Unterstützung tat. So wie sie alles arrangiert hat, um Britta ein letztes Zuhause zu geben. Wir haben in den letzten Wochen viel miteinander telefoniert, Deine Mutter und ich. Viel mehr als in den letzten zweiundzwanzig Jahren, und es entstand wieder eine Basis oder zumindest ein gegenseitiges Verständnis, wir verziehen einander vieles.

Ich will Dir nicht noch mehr aufbürden, aber ich denke, dass Du nun die Wahrheit mehr als alles andere benötigst, um Frieden zu fin-

den. Deine Mutter und ich stritten uns erneut, es ging um Dich. Sie war der unbedingten Meinung, dass Du nicht nur von Brittas Zustand erfahren solltest, sondern auch mit Britta zusammen die Reise nach Oregon antreten solltest. Um Dich von Britta zu verabschieden. Ich hatte nur Angst. Angst, dass Du den Schmerz nicht ertragen würdest, und noch mehr Angst, Dich nie wiederzusehen, weil Du es vorziehen würdest, bei Deiner Mutter zu bleiben.

Ich tat etwas, was ich mir weder als Mensch noch als Mediziner je verzeihen kann: Ich gab Britta ein Medikament, das noch nicht zugelassen ist. Nach bisherigem Erkenntnisstand könnte es helfen, das Wachstum von bestimmten Tumoren einzudämmen, sie sogar zu zerstören: Aber die Auswirkungen auf das Hirn und den Geisteszustand des Patienten sind nicht hinreichend bekannt. Ich habe Britta als Versuchskaninchen missbraucht. Schlimmer noch: Ein Teil von mir hat gehofft, die Wirkung könne verhindern, dass sie die Reise in die Vereinigten Staaten antreten kann.

Konstantin, ich bitte Dich, mit diesen Informationen so zu verfahren, wie Du es für richtig hältst. Ich werde selbstverständlich von der Leitung der Klinik zurücktreten und bin darauf vorbereitet, mich vor Gericht zu verantworten. Einen Ruhestand in Frieden habe ich nicht verdient. Aber ich überlasse Dir diese Entscheidung.

Deine Britta hat mir natürlich nie getraut. Ich hätte ahnen sollen, dass sie einen Plan in der Hinterhand hat, dass sie sich absichert – trotz ihres Zustandes. Und vor allem hätte ich viel eher darauf vertrauen sollen, wie sehr sie Dich liebt.

Von den vielen, vielen Dingen, die ich bereue, wird mich eines für immer verfolgen, dass ich ihr nicht den Abschied von Dir ermöglicht habe, den sie gewollt hätte. Das kann ich nie ungeschehen machen.

Im Anhang zu diesem Schreiben, das Dir Gesine, in der Du eine wirklich gute Freundin, eine Seele von einem Menschen gefunden hast, wohl erfolgreich in die Klinik geschmuggelt hat, findest Du die Patientenverfügung, die mich Britta hat aufbewahren lassen.

Ich sah sie als meine Rückversicherung an, aber nun weiß ich: Es wäre der zweitbeste Abschied gewesen für Britta. Ich wünsche Dir von ganzem Herzen, dass Du ihr diesen letzten Wunsch erfüllst. Und Deinen Frieden finden kannst.

Es umarmt Dich, wenn Du es zulassen kannst,

Dein Vater

STAN

Ich habe nicht wieder mit dem Rauchen angefangen. Ich habe nur das Wort »vielleicht« in den Therapiesitzungen ausgelassen, mir einen Plan für meine mittelfristige Zukunft ausgedacht und aufgehört, Löcher in die Luft zu starren, wenn ich mich beobachtet fühlte. Sie haben mich entlassen, heute, und mir alles Gute gewünscht.

Heute gehe ich zu Britta. Ich werde den Zettel zeigen, auf dem steht, dass ich wieder bei klarem Verstand bin, dann werde ich den Zettel unterschreiben, den Britta auch unterschrieben hat. Die Patientenverfügung, die keine lebenserhaltenden Maßnahmen vorsieht. Ich werde ihr keinen Abschiedskuss geben, denn den bekomme ich nie zurück. Ich will nicht, dass wir uns irgendetwas schuldig bleiben. Heute gehe ich zu Britta. Denn ich kann sie endlich gehen lassen.

DANKE

Ich danke Volker Surmann, aus tiefstem Herzen. Ohne ihn als Verleger würde es dieses Buch nicht geben. Ohne ihn als Lektor hätte es kein Manuskript gegeben, aus dem ein Buch hätte werden können.

Für Inspiration und Motivation danke ich Dagmar Schönleber, Antje Herden, Jenny Laura Bischoff, Mira Palizban, Christian Bartel, Anselm Neft, Robert Tuipelehake, Jess Jochimsen, Tobi Katze und Rainer Jakobs.

Mein besonderer Dank gilt den beiden belgischen Tom-Petty-Fans, die von ihrer abenteuerlichen Anfahrt zum Konzert berichteten. Sie haben vielleicht den echten Eddie getroffen.

Katinka Buddenkotte

›MUSKELKATER VOM DAUERGRINSEN GARANTIERT!‹ JÜRGEN VON DER LIPPE

Sie hatte sie alle: die schlimmsten Jobs, die miserabelsten Lebensabschnittsgefährten, die abgefahrensten Ideen und Krankheiten – und alle miesen weiblichen Eigenschaften sowieso. Charmant und fies, urkomisch und lakonisch sagt Katinka Buddenkotte nichts als die Wahrheit. Bis man heult. Oder sich totlacht.

Die WDR-Sendung »Was liest du?« machte dieses Buch zum Bestseller. Diese erweiterte Neuausgabe enthält fünf neue, bislang unveröffentlichte Geschichten. In ihnen singt Katinka mit den Hell's Angels, erfindet die Hemingway-App und gibt der DDR, Daliah Lavi und einem Weihnachtseber das letzte Geleit.

Katinka Buddenkotte
Ich hatte sie alle
Taschenbuch, 172 S., 12 €
ISBN: 978-3-947106-09-7